LES MYSTÈRES DE PARIS

PARIS.

CHARLES GOSSELIN, ÉDITEUR,

30, RUE JACOB.

SE VEND ÉGALEMENT A LA LIBRAIRIE GARNIER FRÈRES

LES

MYSTÈRES DE PARIS.

———

TROISIÈME PARTIE.

PARIS, IMPRIMÉ PAR BÉTHUNE ET PLON.

Gécily

LES
MYSTÈRES
DE PARIS

PAR M. EUGÈNE SÜE.

NOUVELLE ÉDITION, REVUE PAR L'AUTEUR.

TROISIÈME PARTIE.

PARIS,
LIBRAIRIE DE CHARLES GOSSELIN,
ÉDITEUR, 30, RUE JACOB.
SE VEND ÉGALEMENT A LA LIBRAIRIE GARNIER FRÈRES.

MDCCCXLIV.

CHAPITRE PREMIER

CECILY.

Avant de faire assister le lecteur à l'entretien de madame Séraphin et de madame Pipelet, nous le préviendrons qu'Anastasie, sans suspecter le moins du monde la vertu et la dévotion du notaire, blâmait extrêmement la sévérité qu'il avait déployée à l'égard de Louise Morel et de Germain. Naturellement la portière enveloppait madame Séraphin dans la même réprobation ; mais, en habile politique, madame Pipelet, pour des raisons que nous dirons plus bas, dissimulait son éloignement pour la femme de charge sous l'accueil le plus cordial.

Après avoir formellement désapprouvé l'indigne conduite de Cabrion, madame Séraphin reprit :

— Ah ça ! que devient donc M. Bradamanti (Polidori)! Hier soir je lui écris, pas de réponse ; ce matin je viens pour le trouver, personne... J'espère qu'à cette heure j'aurai plus de bonheur.

Madame Pipelet feignit la contrariété la plus vive.

— Ah ! par exemple — s'écria-t-elle — faut avoir du guignon !

— Comment ?

— M. Bradamanti n'est pas encore rentré.

— C'est insupportable !

— Hein ! est-ce tannant, ma pauvre madame Séraphin !

— Moi qui ai tant à lui parler !

— Si ça n'est pas comme un sort !

— D'autant plus qu'il faut que j'invente des prétextes pour venir ici ; car si M. Ferrand se doutait jamais que je connais un charlatan, lui qui est si dévot... si scrupuleux... vous jugez... quelle scène !

— C'est comme Alfred : il est si bégueule, si bégueule, qu'il s'effarouche de tout.

— Et vous ne savez pas quand il rentrera, M. Bradamanti ?

— Il a donné rendez-vous à quelqu'un pour six ou sept heures du soir ; car il m'a priée de dire à la personne qu'il attend de repasser s'il n'était pas encore rentré... Revenez dans la soirée, vous serez sûre de le trouver.

Et Anastasie ajouta mentalement : Compte là-dessus ! dans une heure il sera en route pour la Normandie.

— Je reviendrai donc ce soir — dit madame Séraphin d'un air contrarié. Puis elle ajouta : — J'avais autre chose à vous dire, ma chère madame Pipelet... Vous savez ce qui est arrivé à cette drôlesse de Louise, que tout le monde croyait si honnête !

— Ne m'en parlez pas — répondit madame Pipelet en levant les yeux avec componction — ça fait dresser les cheveux sur la tête.

— C'est pour vous dire que nous n'avons plus de servante, et que si par hasard vous entendiez parler d'une jeune fille bien sage, bien bonne travailleuse, bien honnête, vous seriez très-aimable de me l'adresser. Les excellents sujets sont si difficiles à rencontrer qu'il faut se mettre en quête de vingt côtés pour les trouver...

— Soyez tranquille, madame Séraphin... Si j'entends parler de quelqu'un, je vous préviendrai... Écoutez donc, les bonnes places sont aussi rares que les bons sujets.

Puis Anastasie ajouta, toujours mentalement :

— *Plus souvent* que je t'enverrai une pauvre fille pour qu'elle crève de faim dans ta baraque ! Ton maître est trop avare et trop méchant : dénoncer du même coup cette pauvre Louise et ce pauvre M. Germain !

— Je n'ai pas besoin de vous dire — reprit madame Séraphin — combien notre maison est tranquille ; il n'y a qu'à gagner pour une jeune fille à être en place chez nous, et il a fallu que cette Louise fût un mauvais sujet incarné pour avoir mal tourné, malgré les bons et saints conseils que lui donnait M. Ferrand...

— Bien sûr... Aussi fiez-vous à moi ; si j'entends parler d'une jeunesse comme il vous la faut, je vous l'adresserai tout de suite...

— Il y a encore une chose — reprit madame Séraphin — M. Ferrand tiendrait, autant que possible, à ce que cette servante n'eût pas de famille, parce qu'ainsi, vous comprenez, n'ayant pas d'occasion de sortir, elle risquerait moins de se déranger ; de sorte que, si par hasard cela se trouvait, monsieur préférerait une orpheline, je suppose... d'abord parce que ça serait une bonne action, et puis parce que, je vous l'ai dit, n'ayant ni tenants ni aboutissants, elle n'aurait aucun prétexte pour sortir. Cette misérable Louise est une fière leçon pour monsieur... allez... ma pauvre madame Pipelet! C'est ce qui maintenant le rend si difficile sur le choix d'une domestique. Un tel esclandre dans une pieuse maison comme la nôtre... quelle horreur! Allons, à ce soir : en montant chez M. Bradamanti, j'entrerai chez la mère Burette.

— A ce soir, madame Séraphin, et vous trouverez M. Bradamanti, pour sûr.

Madame Séraphin sortit.

— Est-elle acharnée après Bradamanti! — dit madame Pipelet; — qu'est-ce qu'elle peut lui vouloir?... Et lui, est-il acharné à ne pas la voir avant son départ pour la Normandie! J'avais une fière peur qu'elle ne s'en allât pas, la Séraphin, d'autant plus que M. Bradamanti attend la dame qui est déjà venue hier soir; je n'ai pas pu bien la voir, mais cette fois-ci je vas joliment tâcher de la dévisager, ni plus ni moins que l'autre jour la particulière de ce commandant de deux liards. Il n'a pas remis les pieds ici... le grippe-sou! Pour lui apprendre, je vas lui brûler son bois!... Oui, je le brûlerai, ton bois!... freluquet manqué... Va donc! avec tes mauvais 12 francs, et ta robe de chambre de ver luisant! Ça t'a servi à grand'chose! Mais qu'est-ce que c'est que cette dame de M. Bradamanti?... une bourgeoise ou une femme du commun?... Je voudrais bien savoir, car je suis curieuse comme une pie; ça n'est pas ma faute, le bon Dieu m'a faite comme ça. Qu'il s'arrange! voilà mon caractère. Tiens.. une idée, et fameuse encore, pour savoir son nom, à cette dame! Il faudra que j'essaie. Mais qui est-ce qui vient là! Ah! c'est mon roi des locataires. Salut! monsieur Rodolphe — dit madame Pipelet en se mettant au *port d'arme*, le revers de sa main gauche à sa perruque.

C'était en effet Rodolphe : il ignorait encore la mort de M. d'Harville.

— Bonjour, madame Pipelet — dit-il en entrant. — Mademoiselle Rigolette est-elle chez elle? J'ai à lui parler.

— Elle? ce pauvre petit chat, est-ce qu'elle n'y est pas toujours! et son travail, donc! Est-ce qu'elle chôme jamais?...

— Et comment va la femme de Morel? reprend-elle un peu courage?

— Oui, monsieur Rodolphe... Dame! grâce à vous ou au protecteur dont vous êtes l'agent, elle et ses enfants sont si heureux maintenant!... Ils sont comme des poissons dans l'eau : ils ont du feu, de l'air, de bons lits, une bonne nourriture, une garde pour les soigner, sans compter mademoiselle Rigolette, qui, tout en travaillant comme un petit castor, et sans avoir l'air de rien, ne les perd pas de l'œil, allez!... Et puis il est venu de votre part un médecin nègre voir la femme de Morel... Eh! eh! eh! dites donc, monsieur Rodolphe, je me suis dit à moi-même : Ah çà! mais c'est donc le médecin des charbonniers, ce moricaud-là? il peut leur tâter le pouls sans se salir les mains. C'est égal, la couleur n'y fait rien : il paraît qu'il est fameux médecin, tout de même! Il a ordonné une potion à la femme Morel qui l'a soulagée tout de suite.

— Pauvre femme! — elle doit être toujours bien triste.

—Oh! oui, monsieur Rodolphe... Que voulez-vous!... avoir son mari fou...
et puis sa Louise en prison. Voyez-vous, sa Louise, c'est son crève-cœur!
Pour une famille honnête, c'est terrible... Et quand je pense que tout à l'heure
la mère Séraphin, la femme de charge du notaire, est venue ici dire des hor-
reurs de cette pauvre fille! Si je n'avais pas eu un goujon à lui faire avaler, à
la Séraphin, ça ne se serait pas passé comme ça; mais pour le quart d'heure
j'ai filé doux. Est-ce qu'elle n'a pas eu le front de venir me demander si je ne
connaîtrais pas une jeunesse pour remplacer Louise chez ce grigou de notaire?...
Sont-ils roués et avares! Figurez-vous qu'ils veulent une orpheline pour servante, si ça se rencontre. Savez-vous pourquoi, monsieur Rodolphe? C'est
censé parce qu'une orpheline, n'ayant pas de parents, n'a pas occasion de
sortir pour les voir, et qu'elle est bien plus tranquille. Mais ça n'est pas ça,
c'est une frime. La vérité vraie est qu'ils voudraient empaumer une pauvre
fille qui ne tiendrait à rien de rien, parce que, n'ayant personne pour la conseiller, ils la grugeraient sur ses gages tout à leur aise. Pas vrai, monsieur
Rodolphe?

— Oui... oui... — répondit celui-ci d'un air préoccupé.

Apprenant que madame Séraphin cherchait une orpheline pour remplacer
Louise comme servante auprès de M. Ferrand, Rodolphe entrevoyait dans
cette circonstance un moyen peut-être certain d'arriver à la punition du notaire. Pendant que madame Pipelet parlait, il modifiait donc peu à peu le
rôle qu'il avait jusqu'alors dans sa pensée destiné à Cécily, principal instrument du juste châtiment qu'il voulait infliger au bourreau de Louise Morel.

— J'étais bien sûre que vous penseriez comme moi — reprit madame Pipelet; — oui, je le répète, ils ne veulent chez eux une jeunesse isolée que
pour rogner ses gages; aussi, plutôt mourir que de leur adresser quelqu'un.
D'abord je ne connais personne... mais je connaîtrais n'importe qui, que je
l'empêcherais bien d'entrer jamais dans une pareille baraque. N'est-ce pas,
monsieur Rodolphe, que j'aurais raison?

— Madame Pipelet, voulez-vous me rendre un grand service?

— Dieu de Dieu! monsieur Rodolphe... faut-il me jeter en travers du feu,
friser ma perruque avec de l'huile bouillante? aimez-vous mieux que je morde
quelqu'un?... parlez... je suis toute à vous... moi et mon cœur nous sommes
vos esclaves... excepté pour ce qui serait de faire des traits à Alfred...

— Rassurez-vous, madame Pipelet... voilà de quoi il s'agit... J'ai à placer
une jeune orpheline... elle est étrangère... elle n'était jamais venue à Paris,
et je voudrais la faire entrer chez M. Ferrand...

— Vous me suffoquez!... comment! dans cette baraque! chez ce vieil
avare?..

— C'est toujours une place.. Si la jeune fille dont je vous parle ne s'y
trouve pas bien, elle en sortira plus tard... mais au moins elle gagnera tout
de suite de quoi vivre... et je serai tranquille sur son compte.

— Dame, monsieur Rodolphe, ça vous regarde, vous êtes prévenu... Si, malgré ça, vous trouvez la place bonne... vous êtes le maître... Et puis aussi, faut être juste, par rapport au notaire, s'il y a du contre, il y a du pour... Il est avare comme un chien, dur comme un âne, bigot comme un sacristain, c'est vrai... mais il est honnête homme comme il n'y en a pas... Il donne peu de gages... mais il les paye rubis sur *l'oncle*... La nourriture est mauvaise... mais elle est tous les jours la même chose. Enfin, c'est une maison où il faut travailler comme un cheval, mais c'est une maison on ne peut pas plus embêtante... où il n'y a jamais de risque qu'une jeune fille prenne des *allures*... Louise, c'est un hasard !

— Madame Pipelet, je vais confier un secret à votre honneur.

— Foi d'Anastasie Pipelet, née Galimard, aussi vrai qu'il y a un Dieu au ciel... et qu'Alfred ne porte que des habits verts... je serai muette comme une tanche...

— Il ne faudra rien dire à M. Pipelet !...

— Je le jure sur la tête de mon vieux chéri... si le motif est honnête...

— Ah ! madame Pipelet !

Alors nous lui en ferons voir de toutes les couleurs ; il ne saura rien de rien ; figurez-vous que c'est un enfant de six mois, pour l'innocence et la malice.

— J'ai confiance en vous. Écoutez-moi donc.

— C'est entre nous à la vie, à la mort, mon roi des locataires... Allez votre train.

— La jeune fille dont je vous parle a fait une faute...

— Connu !... si je n'avais pas à quinze ans épousé Alfred, j'en aurais peut-être commis des cinquantaines... des centaines de fautes ! Moi !!! telle que vous me voyez... j'étais un vrai salpêtre déchaîné, nom d'un petit bonhomme ! Heureusement Pipelet m'a éteinte dans sa vertu... sans ça... j'aurais fait des folies pour les hommes. C'est pour vous dire que si votre jeune fille n'en a commis qu'une *de* faute... il y a encore de l'espoir.

— Je le crois aussi. Cette jeune fille était servante, en Allemagne, chez une de mes parentes ; le fils de cette parente a été le complice de la faute ; vous comprenez ?

— *Alllllez* donc !... je comprends... comme si je l'aurais faite, la faute !

— La mère a chassé la servante ; mais le jeune homme a été assez fou pour quitter la maison paternelle et pour amener cette pauvre fille à Paris.

— Que voulez-vous ?... ces jeunes gens...

— Après le coup de tête sont venues les réflexions, réflexions d'autant plus sages, que le peu d'argent qu'il possédait était mangé. Mon jeune parent s'est adressé à moi ; j'ai consenti à lui donner de quoi retourner auprès de sa mère, mais à condition qu'il laisserait ici cette fille et que je tâcherais de la placer.

— Je n'aurais pas mieux fait pour mon fils... si Pipelet s'était plu à m'en accorder un...

— Je suis enchanté de votre approbation ; seulement, comme la jeune fille

n'a pas de répondants et qu'elle est étrangère, il est très-difficile de la placer. .
Si vous vouliez dire à madame Séraphin qu'un de vos parents, établi en Allemagne, vous a adressé et recommandé cette jeune fille, le notaire la prendrait peut-être à son service, j'en serais doublement satisfait. Cecily, elle
s'appelle ainsi, Cecily, n'ayant été qu'égarée, se corrigerait certainement
dans une maison aussi sévère que celle du notaire... C'est pour cette raison
surtout que je tiendrais à la voir, cette jeune fille, entrer chez M. Jacques
Ferrand. Je n'ai pas besoin de vous dire que, présentée par vous... personne
si respectable...

— Ah! monsieur Rodolphe ..

— Si estimable...

— Ah! mon roi des locataires...

— Que cette jeune fille enfin, recommandée par vous, serait certainement
acceptée par madame Séraphin; tandis que, présentée par moi...

— Connu!... c'est comme si je présentais un petit jeune homme! Eh bien!
tope... ça me chausse... Allllez donc! enfoncée la Séraphin! Tant mieux, j'ai
une dent contre elle; je vous réponds de l'affaire, monsieur Rodolphe! je lui
ferai voir des étoiles en plein midi; je lui dirai que depuis je ne sais combien
de temps, j'ai une cousine établie en Allemagne, une Galimard; que je viens
de recevoir la nouvelle qu'elle est défunte, comme son mari, et que leur fille,
qui est orpheline, va me tomber sur le dos d'un jour à l'autre.

— Très-bien... Vous conduirez vous-même Cécily chez M. Ferrand, sans
en reparler davantage à madame Séraphin. Comme il y a vingt ans que vous
n'avez vu votre cousine, vous n'aurez rien à répondre, si ce n'est que depuis
son départ pour l'Allemagne vous n'aviez eu d'elle aucune nouvelle.

— Ah çà, mais si la jeunesse ne baragouine que l'allemand?

— Elle parle parfaitement français; je lui ferai sa leçon; ne vous occupez
de rien, sinon de la recommander très-instamment à madame Séraphin; ou
plutôt, j'y songe, non... car elle soupçonnerait peut-être que vous voulez lui
forcer la main... Vous le savez, souvent il suffit qu'on demande quelque chose
pour qu'on vous refuse...

— A qui le dites-vous!... C'est pour ça que j'ai toujours rembarré les en-
jôleurs. S'ils ne m'avaient rien demandé... je ne dis pas...

— Cela arrive toujours ainsi... Ne faites donc aucune proposition à madame
Séraphin, et voyez-la venir... Dites-lui seulement que Cecily est orpheline,
étrangère, très-jeune, très-jolie, qu'elle va être pour vous une bien lourde
charge, et que vous ne sentez pour elle qu'une très-médiocre affection, vu que
vous étiez brouillée avec votre cousine, et que vous ne concevez rien au *cadeau*
qu'elle vous fait là...

— Dieu de Dieu! que vous êtes malin!... Mais soyez tranquille, à nous
deux nous faisons la paire. Dites donc, monsieur Rodolphe, comme nous nous
entendons bien... nous deux!... Quand je pense que si vous aviez été de mon
âge dans le temps où j'étais un vrai salpêtre... hein, dites-donc!

— Chut !... si M. Pipelet...

— Ah bien oui ! Pauvre cher homme, il pense bien à la gaudriole ! Vous ne savez pas... une nouvelle infamie de ce Cabrion !... Mais je vous dirai cela plus tard... Quant à votre jeune fille, soyez calme... je gage que j'amène la Séraphin à me demander de placer ma parente chez eux.

— Si vous y réussissez, ma chère madame Pipelet, il y a cent francs pour vous. Je ne suis pas riche ; mais...

— Est-ce que vous vous moquez du monde, monsieur Rodolphe ? Est-ce que vous croyez que je fais ça par intérêt ? Dieu de Dieu !... c'est de la pure amitié... Cent francs !

— Mais jugez donc que si j'avais long-temps cette jeune fille à ma charge, cela me coûterait bien plus que cette somme... au bout de quelques mois...

— C'est donc pour vous rendre service que je prendrai les cent francs, monsieur Rodolphe ; mais c'est un fameux quine à la loterie pour nous que vous soyez venu dans la maison. Je puis le crier sur les toits, vous êtes le roi des locataires... Tiens, un fiacre !... C'est sans doute la petite dame de M. Bradamanti... Elle est venue hier, je n'ai pas pu bien la voir... Je vas lanterner à lui répondre pour la bien dévisager ; sans compter que j'ai inventé un moyen pour savoir son nom... Vous allez me voir *travailler*... ça nous amusera.

— Non, non, madame Pipelet, peu m'importent le nom et la figure de cette dame — dit Rodolphe en se reculant dans le fond de la loge.

— Madame ! — cria Anastasie en se précipitant au-devant de la personne qui entrait — où allez-vous, madame ?

— Chez M. Bradamanti — dit la femme visiblement contrariée d'être ainsi arrêtée au passage.

— Il n'y est pas...

— C'est impossible, j'ai rendez-vous avec lui.

— Il n'y est pas...

— Vous vous trompez...

— Je ne me trompe pas du tout... — dit la portière en manœuvrant toujours habilement afin de distinguer les traits de cette femme. — M. Bradamanti est sorti, bien sorti, très-sorti... c'est-à-dire... excepté pour une dame...

— Eh bien ! c'est moi... vous m'impatientez... laissez-moi passer.

— Votre nom, madame ? je verrai bien si c'est le nom de la personne que M. Bradamanti m'a dit de laisser entrer. Si vous ne portez pas ce nom-là... il faudra que vous me passiez sur le corps pour monter...

— Il vous a dit mon nom ! — s'écria la femme avec autant de surprise que d'inquiétude.

— Oui, madame...

— Quelle imprudence ! — murmura la jeune femme. Puis, après un moment d'hésitation, elle ajouta impatiemment, à voix basse, et comme si elle eût craint d'être entendue : — Eh bien ! je me nomme madame d'Orbigny.

A ce nom, Rodolphe tressaillit.

C'était le nom de la belle-mère de madame d'Harville Au lieu de rester dans l'ombre, il s'avança, et, à la lueur du jour et de la lampe, il reconnut facilement cette femme, grâce au portrait que Clémence lui en avait plus d'une fois tracé.

— Madame d'Orbigny ? — répéta madame Pipelet — c'est bien ça le nom que m'a dit M. Bradamanti. Vous pouvez monter, madame.

La belle-mère de madame d'Harville passa rapidement devant la loge.

— Et allllez donc ! — s'écria la portière d'un air triomphant — enfoncée la bourgeoise !... je sais son nom, elle s'appelle d'Orbigny... Pas mauvais le moyen, hein... monsieur Rodolphe ? Mais qu'est-ce que vous avez donc ? vous voilà tout pensif!

— Cette dame est déjà venue voir M. Bradamanti ? — demanda Rodolphe à la portière.

— Oui. Hier soir, dès qu'elle a été partie, M. Bradamanti est tout de suite sorti, afin d'aller probablement retenir sa place à la diligence pour aujourd'hui :

car hier, en revenant, il m'a priée d'accompagner ce matin sa malle jusqu'au bureau des voitures, parce qu'il ne se fiait pas à ce petit gueux de Tortillard.

— Et où va M. Bradamanti ? le savez-vous ?

— En Normandie… route d'Alençon.

Rodolphe se souvint que la terre des Aubiers, qu'habitait M. d'Orbigny, était située en Normandie. Plus de doute, le charlatan se rendait auprès du père de Clémence, nécessairement dans de sinistres intentions !

— C'est son départ, à M. Bradamanti, qui va joliment *ostiner* la Séraphin ! — reprit madame Pipelet. — Elle est comme une enragée pour voir M. Bradamanti, qui l'évite le plus qu'il peut ; car il m'a bien recommandé de lui cacher qu'il partait ce soir à six heures : aussi, quand elle va revenir, elle trouvera visage de bois ; je profiterai de ça pour lui parler de votre jeunesse. A propos, comment donc qu'elle s'appelle… *Cicé ?…*

— Cecily…

— C'est comme qui dirait Cécile avec un *i* au bout. C'est égal, faudra que je fasse un nœud à mon mouchoir pour me rappeler ce diable de nom-là… *Cici… Caci… Cecily*, bon, m'y voilà.

— Maintenant, je monte chez mademoiselle Rigolette — dit Rodolphe à madame Pipelet, en sortant de sa loge.

— Et en redescendant, monsieur Rodolphe, est-ce que vous ne direz pas bonjour à ce pauvre vieux chéri ! Il a bien du chagrin, allez ! il vous contera cela… Ce monstre de Cabrion… a encore fait des siennes…

— Je prendrai toujours part aux chagrins de votre mari, madame Pipelet…

Et Rodolphe, singulièrement préoccupé de la visite de madame d'Orbigny à Polidori, monta chez mademoiselle Rigolette.

CHAPITRE II.

La chambre de Rigolette brillait toujours de la même propreté coquette; la grosse montre d'argent, placée sur la cheminée dans un cartel de buis, marquait quatre heures; la rigueur du froid ayant cessé, l'économe ouvrière n'avait pas allumé son poêle.

A peine de la fenêtre apercevait-on un coin du ciel bleu à travers la masse irrégulière de toits, de mansardes et de hautes cheminées, qui de l'autre côté de la rue formait l'horizon.

Tout à coup un rayon de soleil, pour ainsi dire égaré, glissant entre deux pignons élevés, vint pendant quelques instants empourprer d'une teinte resplendissante les carreaux de la chambre de la jeune fille.

Rigolette travaillait assise à côté de la croisée; le doux clair-obscur de son charmant profil se détachait alors sur la transparence lumineuse de la vitre comme un camée d'une blancheur rosée sur un fond vermeil. De brillants reflets couraient sur sa noire chevelure, tordue derrière sa tête, et nuançaient d'une chaude couleur d'ambre l'ivoire de ses petites mains laborieuses, qui maniaient l'aiguille avec une incomparable agilité. Les longs plis de sa robe brune, sur laquelle tranchait la dentelure d'un tablier vert, cachaient à demi son fauteuil de paille; ses deux jolis pieds, toujours parfaitement chaussés, s'appuyaient au rebord d'un tabouret placé devant elle.

Ainsi qu'un grand seigneur s'amuse quelquefois par caprice à cacher les murs d'une chaumière sous d'éblouissantes draperies, un moment le soleil couchant illumina cette chambrette de mille feux chatoyants, moira de reflets dorés les rideaux de perse grise et verte, fit étinceler le poli des meubles de noyer, miroiter le carrelage du sol comme du cuivre rouge, et entoura d'un grillage d'or la cage des oiseaux de la grisette.

Mais, hélas! malgré la joyeuseté provocante de ce rayon de soleil, les deux canaris mâle et femelle voletaient d'un air inquiet, et contre leur habitude ne chantaient pas.

C'est que, contre son habitude, Rigolette ne chantait pas...

Tous trois ne gazouillaient guère les uns sans les autres. Presque toujours le chant frais et matinal de celle-ci donnait l'éveil aux chansons de ceux-là, qui, plus paresseux, ne quittaient pas leur nid de si bonne heure. C'étaient alors des défis, des luttes de notes claires, sonores, perlées, argentines, dans lesquelles les oiseaux ne remportaient pas toujours l'avantage.

Rigolette ne chantait plus... parce que pour la première fois de sa vie elle éprouvait un *chagrin*. Jusqu'alors, l'aspect de la misère des Morel l'avait souvent affectée, mais de tels tableaux sont trop familiers aux classes pauvres pour leur causer des ressentiments très-durables.

Après avoir presque chaque jour secouru ces malheureux autant qu'elle le pouvait, sincèrement pleuré avec eux et sur eux, la jeune fille se sentait à la fois émue et satisfaite... émue de ces infortunes... satisfaite de s'y être montrée pitoyable.

Mais ce n'était pas là un *chagrin*.

Bientôt la gaieté naturelle du caractère de Rigolette reprenait son empire... Et puis, sans égoïsme, mais par un simple fait de comparaison, elle se trouvait si heureuse dans sa petite chambre en sortant de l'horrible réduit des Morel, que sa tristesse éphémère se dissipait bientôt.

Cette mobilité d'impression était si peu entachée de personnalité que, par un raisonnement d'une touchante délicatesse, la grisette regardait presque comme un devoir de faire la part des *plus malheureux qu'elle*, pour pouvoir jouir sans scrupule d'une existence bien précaire sans doute, et entièrement acquise par son travail, mais qui, auprès de l'épouvantable détresse de la famille du lapidaire, lui paraissait presque luxueuse.

« Pour chanter sans remords, lorsqu'on a auprès de soi des gens si à plaindre — disait-elle naïvement — il faut leur avoir été aussi charitable que possible. »

Avant d'apprendre au lecteur la cause du *premier chagrin* de Rigolette, nous désirons le rassurer et l'édifier complétement sur la *vertu* de cette jeune fille.

Nous regrettons d'employer le mot de *vertu*, mot grave, pompeux, solennel, qui entraîne presque toujours avec soi des idées de sacrifice douloureux, de lutte pénible contre les passions, d'austères méditations sur la fin des choses d'ici-bas.

Telle n'était pas la vertu de Rigolette.

Elle n'avait ni lutté ni médité.

Elle avait travaillé, ri et chanté.

Sa *sagesse*, ainsi qu'elle le disait simplement et sincèrement à Rodolphe, dépendait surtout d'une question de *temps*... Elle n'avait pas le *loisir* d'être amoureuse... Avant tout, gaie, laborieuse, ordonnée, l'ordre, le travail, la gaieté l'avaient, à son insu, défendue, soutenue, sauvée.

On trouvera peut-être cette morale légère, facile et joyeuse; mais qu'importe la cause, pourvu que l'effet subsiste!

Qu'importe la direction des racines de la plante, pourvu que sa fleur s'épanouisse pure, brillante et parfumée...

A propos de notre *utopie* sur les encouragements, les secours, les récompenses que la société devrait accorder aux artisans remarquables par d'éminentes qualités sociales, nous avons parlé de cet ESPIONNAGE DE LA VERTU, un des projets de l'Empereur. Supposons cette féconde pensée du grand homme réalisée...

Un de ces *vrais philanthropes* chargés par lui de *rechercher le bien* a découvert Rigolette.

Abandonnée, sans conseils, sans appui, exposée à tous les dangers de la pauvreté, à toutes les séductions dont la jeunesse et la beauté sont entourées, cette charmante fille est restée pure; sa vie honnête, laborieuse, pourrait servir d'enseignement et d'exemple. Cette enfant ne méritera-t-elle pas, non une récompense, non un secours, mais quelques touchantes paroles d'approbation, d'encouragement, qui lui donneront la conscience de sa valeur, qui la rehausseront à ses propres yeux, qui l'*obligeront* même pour l'avenir?

Au moins elle saura qu'on la suit d'un regard plein de sollicitude et de protection dans la voie difficile où elle marche avec tant de courage et de sérénité... Elle saura que si un jour *le manque d'ouvrage* ou *la maladie* menaçait de rompre l'équilibre de cette vie pauvre et occupée qui repose tout entière sur *le travail* et sur *la santé*, un léger secours dû à ses mérites passés lui viendrait en aide.

L'on se récriera sans doute sur l'impossibilité de cette surveillance tutélaire dont seraient entourées les personnes *particulièrement dignes d'intérêt par leurs excellents antécédents.*

Il nous semble que la société a déjà résolu ce problème.

N'a-t-elle pas imaginé la *surveillance de la haute police* à vie ou à temps, dans le but d'ailleurs fort utile de contrôler incessamment la conduite des *personnes dangereuses signalées par leurs détestables antécédents?*

Pourquoi la société n'exercerait-elle pas aussi une SURVEILLANCE DE HAUTE CHARITÉ MORALE?

Mais descendons de la sphère des utopies, et revenons à la cause du premier chagrin de Rigolette.

Sauf Germain, candide et grave jeune homme, les *voisins* de la grisette avaient pris tout d'abord son originale familiarité, ses offres de *bon voisinage*, pour des agaceries très-significatives; mais ces messieurs avaient été obligés de reconnaître, avec autant de surprise que de dépit, qu'ils trouveraient dans Rigolette un aimable et gai compagnon pour leurs récréations dominicales, une voisine serviable et *bonne enfant*, mais non pas une maîtresse.

Leur surprise et leur dépit, très-vifs d'abord, cédèrent peu à peu devant la franche et charmante humeur de la grisette; et puis, ainsi qu'elle l'avait judicieusement dit à Rodolphe, ses voisins étaient fiers le dimanche d'avoir au bras une jolie fille qui leur *faisait honneur* de plus d'une manière (Rigolette se souciait peu des apparences), et qui ne leur coûtait que le partage de modestes plaisirs dont sa présence et sa gentillesse doublaient le prix.

D'ailleurs la chère fille se contentait si facilement!... dans les jours de pénurie elle dînait si bien et si gaiement avec un beau morceau de galette chaude, où elle mordait de toutes les forces de ses petites dents blanches; après quoi elle s'amusait tant d'une promenade sur les boulevards ou dans les passages!

Si nos lecteurs ressentent quelque peu de sympathie pour Rigolette, ils conviendront qu'il aurait fallu être bien sot ou bien barbare pour refuser, une fois par semaine, ces modestes distractions à une si gracieuse créature, qui, du reste, n'ayant pas le droit d'être jalouse, n'empêchait jamais ses sigisbés de se consoler de ses rigueurs auprès de *belles* moins *cruelles*.

François Germain seul ne fonda aucune folle espérance sur la familiarité de la jeune fille; fût-ce instinct du cœur ou délicatesse d'esprit, il devina dès le premier jour tout ce qu'il pouvait y avoir de ravissant dans la camaraderie singulière que lui offrait Rigolette.

Ce qui devait fatalement arriver arriva. Germain devint passionnément amoureux de sa voisine, sans oser lui dire un mot de cet amour.

Loin d'imiter ses prédécesseurs, qui, bien convaincus de la vanité de leurs poursuites, s'étaient consolés par d'autres amours, sans pour cela vivre en moins bonne intelligence avec leur voisine, Germain avait délicieusement joui de son intimité avec la jeune fille, passant auprès d'elle non-seulement le dimanche, mais toutes les soirées où il n'était pas occupé. Durant ces longues heures, Rigolette s'était montrée, comme toujours, rieuse et folle; Germain, tendre, attentif, sérieux, souvent même un peu triste.

Cette tristesse était son seul inconvénient; car ses manières, naturellement distinguées, ne pouvaient se comparer aux ridicules prétentions de M. Giraudeau, le commis-voyageur, ou aux turbulentes excentricités de Cabrion; mais M. Giraudeau par son intarissable loquacité, et le peintre par son hilarité non moins intarissable, l'emportaient sur Germain, dont la douce gravité imposait un peu à sa voisine.

Rigolette n'avait donc eu jusqu'alors de préférence marquée pour aucun de
ses trois amoureux... Mais comme elle ne manquait pas de jugement, elle
trouvait que Germain réunissait seul toutes les qualités nécessaires pour rendre
heureuse une femme *raisonnable*.

Ces antécédents posés, nous dirons pourquoi Rigolette était chagrine, et
pourquoi ni elle ni ses oiseaux ne chantaient pas. Sa ronde et fraîche figure
avait un peu pâli; ses grands yeux noirs, ordinairement gais et brillants,
étaient légèrement battus et voilés, ses traits révélaient une fatigue inaccou-
tumée. Elle avait employé à travailler une grande partie de la nuit. De temps
à autre, elle regardait tristement une lettre placée tout ouvert sur une table
auprès d'elle; cette lettre venait de lui être adressée par Germain, et contenait
ce qui suit :

« Prison de la Conciergerie.

» Mademoiselle,

» Le lieu d'où je vous écris vous dira l'étendue de mon malheur. Je suis
incarcéré comme voleur... Je suis coupable aux yeux de tout le monde, et j'ose
pourtant vous écrire !

» C'est qu'il me serait affreux de croire que vous me regardez aussi comme
un être criminel et dégradé. Je vous en supplie, ne me condamnez pas avant
d'avoir lu cette lettre... Si vous me repoussiez... ce dernier coup m'accablerait
tout à fait !

» Voici ce qui s'est passé :

» Depuis quelque temps, je n'habitais plus rue du Temple; mais je savais
par la pauvre Louise que la famille Morel, à laquelle vous et moi nous nous
intéressions tant, était de plus en plus misérable. Hélas! ma pitié pour ces
pauvres gens m'a perdu! Je ne m'en repens pas, mais mon sort est bien
cruel!...

» Hier, j'étais resté assez tard chez M. Ferrand, occupé d'écritures pressées. Dans la chambre où je travaillais, se trouvait un bureau; mon patron y
serrait chaque jour la besogne que j'avais faite. Ce soir-là il paraissait inquiet,
agité; il me dit : — Ne vous en allez pas que ces comptes ne soient terminés;
vous les déposerez dans le bureau dont je vous laisse la clef. — Et il sortit.

» Mon ouvrage fini, j'ouvris le tiroir pour l'y serrer; machinalement mes
yeux s'arrêtèrent sur une lettre déployée où je lus le nom de *Jérôme Morel*,
le lapidaire.

» Je l'avoue, voyant qu'il s'agissait de cet infortuné, j'eus l'indiscrétion de
lire cette lettre; j'appris ainsi que l'artisan devait être le lendemain arrêté
pour une lettre de change de 1,300 francs, à la poursuite de M. Ferrand,
qui, sous un nom supposé, le faisait emprisonner.

» Cet avis était de l'agent d'affaires de mon patron. Je connaissais assez la
situation de la famille Morel pour savoir quel horrible coup lui porterait l'in-
carcération de son seul soutien... Je fus aussi désolé qu'indigné. Malheureu-

sement je vis dans le même tiroir une boîte ouverte, renfermant de l'or; elle contenait 2,000 francs... A ce moment, j'entendis Louise monter l'escalier; sans réfléchir à la gravité de mon action, profitant de l'occasion que le hasard m'offrait, je pris 1,300 francs. J'attendis Louise au passage, je lui mis l'argent dans la main, et lui dis : « On doit arrêter votre père demain au point du jour pour 1,300 francs : les voici, sauvez-le; mais ne dites pas que c'est de moi que vous tenez cet argent... M. Ferrand est un méchant homme... »

» Vous le voyez, mademoiselle, mon intention était bonne, mais ma conduite coupable; je ne vous cache rien... Maintenant voici mon excuse.

» Depuis long-temps, à force d'économies, j'avais réalisé et placé chez un banquier une petite somme de 1,500 francs. Il y a huit jours, il me prévint que le terme de son obligation envers moi étant arrivé, il tenait mes fonds à ma disposition dans le cas où je ne les lui laisserais pas.

» Je possédais donc plus que je ne prenais au notaire : je pouvais le lendemain toucher mes 1,500 francs. Mais le caissier du banquier n'arriverait pas chez son patron avant midi, et c'est au point du jour qu'on devait arrêter Morel... il me fallait donc mettre celui-ci en mesure de payer de très-bonne heure; sinon, lors même que je serais allé dans la journée le tirer de prison, il n'en eût pas moins été arrêté et emmené aux yeux de sa femme, que ce dernier coup pouvait achever. De plus, les frais considérables de l'arrestation auraient encore été à la charge du lapidaire. Vous comprenez, n'est-ce pas, que tous ces malheurs n'arrivaient pas si je prenais les 1,300 francs, que je croyais pouvoir remettre le lendemain matin dans le bureau, avant que M. Ferrand se fût aperçu de quelque chose. Malheureusement je me suis trompé!

» Je sortis de chez M. Ferrand, n'étant plus sous l'impression d'indignation et de pitié qui m'avait fait agir... Je réfléchis à tout le danger de ma position : mille craintes vinrent alors m'assaillir; je connaissais la sévérité du notaire, il pouvait après mon départ revenir fouiller dans son bureau... s'apercevoir du *vol*; car à ses yeux, aux yeux de tous... c'est un *vol*.

» Ces idées me bouleversèrent; quoiqu'il fût tard, je courus chez le banquier pour le supplier de me rendre mes fonds à l'instant; j'aurais motivé cette demande extraordinaire : je serais ensuite retourné chez M. Ferrand remplacer l'argent que j'avais pris.

» Le banquier, par un funeste hasard, était depuis deux jours à Belleville, dans une maison de campagne où il faisait faire des plantations. J'attendis le jour avec une angoisse croissante, enfin j'arrivai à Belleville... Tout se liguait contre moi : le banquier venait de repartir à l'instant pour Paris; j'y accours, j'ai enfin mon argent, je me présente chez M. Ferrand... tout était découvert!...

» Mais ce n'est là qu'une partie de mes infortunes : maintenant le notaire m'accuse de lui avoir volé 15,000 francs en billets de banque, qui étaient, dit-il, dans le tiroir du bureau, avec les 2,000 francs en or. C'est une accusation indigne, un mensonge infâme! Je m'avoue coupable de la première soustraction; mais, par tout ce qu'il y a de plus sacré au monde, je vous jure.

mademoiselle, que je suis innocent de la seconde... Je n'ai vu aucun billet de banque dans ce tiroir : il n'y avait que 2,000 francs en or, sur lesquels j'ai pris les 1,300 francs que je rapportais.

» Telle est la vérité, mademoiselle : je suis sous le coup d'une accusation accablante, et pourtant j'affirme que vous devez me savoir incapable de mentir... Mais me croirez-vous!... Hélas! comme m'a dit M. Ferrand, celui qui a volé une faible somme peut en voler une plus forte, et ses paroles ne méritent aucune confiance

» Je vous ai toujours vue si bonne et si dévouée pour les malheureux, mademoiselle, je vous sais si loyale et si franche, que votre cœur vous guidera, je l'espère, dans l'appréciation de la vérité... Je ne demande rien de plus... Ajoutez foi à mes paroles, et vous me trouverez aussi à plaindre qu'à blâmer; car, je le répète, mon intention était bonne, des circonstances impossibles à prévoir m'ont perdu.

» Ah! mademoiselle Rigolette... je suis bien malheureux!... Si vous saviez au milieu de quels gens je suis destiné à vivre jusqu'au jour de mon jugement!

» Hier on m'a conduit dans un lieu qu'on appelle le dépôt de la préfecture de police. Je ne saurais vous dire ce que j'ai éprouvé lorsqu'après avoir monté un sombre escalier, je suis arrivé devant une porte à guichet de fer que l'on a ouverte et qui s'est bientôt refermée sur moi.

» J'étais si troublé que je ne distinguai d'abord rien. Un air chaud, nauséabond, m'a frappé au visage; j'ai entendu un grand bruit de voix mêlé çà et là de rires sinistres, d'accents de colère et de chansons grossières; je me tenais immobile près de la porte, regardant les dalles de grès de cette salle, n'osant ni avancer ni lever les yeux, croyant que tout le monde m'examinait.

» On ne s'occupait pas de moi : un prisonnier de plus ou de moins inquiète peu ces gens-là. Enfin je me suis hasardé à lever la tête. Quelles horribles figures, mon Dieu! que de vêtements en lambeaux! que de haillons souillés de boue! Tous les dehors de la misère et du vice. Ils étaient là quarante ou cinquante, assis, debout ou couchés sur des bancs scellés dans le mur, vagabonds, voleurs, assassins, enfin tous ceux qui avaient été arrêtés dans la nuit ou dans la journée.

» Lorsqu'ils se sont aperçus de ma présence, j'ai éprouvé une triste consolation en voyant qu'ils reconnaissaient que je n'étais pas des leurs. Quelques-uns me regardèrent d'un air insolent et moqueur; puis ils se mirent à parler entre eux, à voix basse, je ne sais quel langage hideux que je ne comprenais pas. Au bout d'un moment le plus audacieux vint me frapper sur l'épaule et me demander de l'argent pour payer ma *bienvenue*.

» J'ai donné quelques pièces de monnaie, espérant acheter ainsi le repos : cela ne leur a pas suffi, ils ont exigé davantage; j'ai refusé. Alors plusieurs m'ont entouré en m'accablant d'injures et de menaces; ils allaient se précipiter sur moi, lorsque heureusement, attiré par le tumulte, un gardien est entré. Je me suis plaint à lui : il a exigé que l'on me rendît l'argent que j'avais donné,

et m'a dit que, si je voulais, je serais, pour une modique somme, conduit à
ce qu'on appelle la *pistole*, c'est-à-dire que je pourrais être seul dans une cellule. J'acceptai avec reconnaissance et je quittai ces bandits au milieu de leurs

EDOUARD DE BEAUMONT

menaces pour l'avenir; car nous devions, disaient-ils, nous retrouver, et alors
je resterais sur la place.

« Le gardien me mena dans une cellule où je passai le reste de la nuit.

« C'est de là que je vous écris ce matin, mademoiselle Rigolette. Tantôt,
après mon interrogatoire, je serai conduit à une autre prison qu'on appelle *la
Force*, où je crains de retrouver plusieurs de mes compagnons du *Dépôt*. Le
gardien, intéressé par ma douleur et par mes larmes, m'a promis de vous faire
parvenir cette lettre, quoique de telles complaisances lui soient très-sévère-
ment défendues.

« J'attends, mademoiselle Rigolette, un dernier service de votre ancienne
amitié, si toutefois vous ne rougissez pas maintenant de cette amitié. Dans le
cas où vous voudriez bien m'accorder ma demande, la voici : vous recevrez
avec cette lettre une petite clef et un mot pour le portier de la maison que
j'habite, boulevard Saint-Denis, n° 11. Je le préviens que vous pouvez dis-
poser comme moi-même de tout ce qui m'appartient, et qu'il doit exécuter
vos ordres... Il vous conduira dans ma chambre. Vous aurez la bonté d'ou-

vrir mon secrétaire avec la clef que je vous envoie ; vous trouverez une grande
enveloppe renfermant différents papiers que je vous prie de me garder ; l'un
d'eux vous était destiné , ainsi que vous le verrez par l'adresse... D'autres
ont été écrits *à propos de vous*, et cela dans des temps bien heureux... Ne
vous en fâchez pas... vous ne deviez jamais les connaître. Je vous prie aussi
de prendre le peu d'argent qui est dans ce meuble , ainsi qu'un sachet de satin
renfermant une petite cravate de soie orange que vous portiez lors de nos
dernières promenades du dimanche , et que vous m'avez donnée le jour où j'ai
quitté la rue du Temple. Je voudrais enfin qu'à l'exception d'un peu de linge
que vous m'enverriez à *la Force* , vous fissiez vendre les meubles et effets
que je possède : acquitté ou condamné , je n'en serai pas moins flétri et obligé
de quitter Paris... Où irai-je ?... Quelles seront mes ressources ?... Dieu le
sait !... Madame Bouvard , la marchande du Temple qui m'a déjà vendu et
acheté plusieurs objets , se chargerait peut-être du tout ; c'est une honnête
femme ; cet arrangement vous épargnerait beaucoup d'embarras , car je sais
combien votre temps est précieux...

» J'avais payé mon terme d'avance , je vous prie donc de vouloir bien seulement donner une petite gratification au portier. Pardon , mademoiselle , de
vous importuner de tous ces détails , mais vous êtes la seule personne au
monde à laquelle j'ose et je puisse m'adresser. J'aurais pu réclamer ce service
d'un des clercs de M. Ferrand avec lequel je suis assez lié ; mais j'aurais craint
son indiscrétion au sujet de certains papiers ; plusieurs vous concernent ,
comme je vous l'ai dit ; quelques autres ont rapport à de tristes événements
de ma vie. Ah ! croyez-moi , mademoiselle Rigolette , si vous me l'accordez ,
cette dernière preuve de votre ancienne affection sera ma seule consolation
dans le grand malheur qui m'accable ; malgré moi j'espère que vous ne me re-
fuserez pas. Je vous demande aussi la permission de vous écrire quelquefois...
Il me serait si doux , si précieux , de pouvoir épancher dans un cœur bienveillant la tristesse qui m'accable !...

» Hélas ! je suis seul au monde ; personne ne s'intéresse à moi... Cet isolement m'était déjà bien pénible , jugez maintenant !... Et je suis honnête pourtant... et j'ai la conscience de n'avoir jamais nui à personne, d'avoir toujours,
même au péril de ma vie , témoigné de mon aversion pour ce qui était mal...
ainsi que vous le verrez par les papiers que je vous prie de garder, et que
vous pouvez lire... Mais quand je dirai cela, qui me croira ? M. Ferrand est
respecté par tout le monde , sa réputation de probité est établie depuis long-
temps , il a un juste grief à me reprocher... il m'écrasera. Je me résigne d'a-
vance à mon sort. Enfin , mademoiselle Rigolette , si vous *me croyez*, vous
n'aurez , je l'espère , aucun mépris pour moi... vous me plaindrez, et vous
penserez quelquefois à un ami sincère. Alors, si je vous fais bien... bien pitié,
peut-être vous pousserez la générosité jusqu'à venir un jour... *un dimanche*
(hélas ! que de souvenirs ce mot me rappelle !), jusqu'à venir un *dimanche* affronter le parloir de ma prison.

« Mais non, non, vous revoir dans un pareil lieu... je n'oserais jamais... Pourtant, vous êtes si bonne... que...

« Je suis obligé d'interrompre cette lettre et de vous l'envoyer ainsi avec la clef et le petit mot pour le portier, que je vais écrire à la hâte. Le gardien vient m'avertir que je vais être conduit devant le juge... Adieu, adieu, mademoiselle Rigolette... ne me repoussez pas; je n'ai d'espoir qu'en vous, qu'en vous seule!...

                              « FRANÇOIS GERMAIN.

« P. S. — Si vous me répondez, adressez votre lettre à la prison de la Force. »

On comprend maintenant la cause du premier chagrin de Rigolette.

Son excellent cœur s'était profondément ému d'une infortune dont elle n'avait eu jusqu'alors aucun soupçon. Elle croyait aveuglément à l'entière véracité du récit de Germain, ce fils infortuné du Maître d'école...

Assez peu rigoriste, elle trouvait même que son ancien voisin s'exagérait énormément sa faute. Pour sauver un malheureux père de famille il avait pris une somme qu'il savait pouvoir rendre. Cette action, aux yeux de la grisette, n'était que généreuse.

Par une de ces contradictions naturelles aux femmes, et surtout aux femmes de sa classe, cette jeune fille, qui jusqu'alors n'avait éprouvé pour Germain, comme pour ses autres voisins, qu'une joyeuse et cordiale amitié, ressentit pour lui une vive préférence. Dès qu'elle le sut malheureux, injustement accusé, prisonnier, son souvenir effaça celui de ses anciens rivaux. Chez Rigolette ce n'était pas encore de l'amour, c'était une affection vive, sincère, remplie de commisération, de dévouement résolu : sentiment très-nouveau pour elle en raison même de l'amertume qui s'y joignait.

Telle était la situation *morale* de Rigolette, lorsque Rodolphe entra dans sa chambre, après avoir discrètement frappé à la porte.

— Bonjour, ma voisine — dit Rodolphe à Rigolette; — je ne vous dérange pas !

— Non, mon voisin; je suis au contraire très-contente de vous voir, car j'ai beaucoup de chagrin !

— En effet, je vous trouve pâle; vous semblez avoir pleuré !

— Je crois bien que j'ai pleuré!... Il y a de quoi... Pauvre Germain!... Tenez, lisez... — Et Rigolette remit à Rodolphe la lettre du prisonnier. — Si ce n'est pas à fendre le cœur ! Vous m'avez dit que vous vous intéressiez à lui... voilà le moment de le montrer — ajouta-t-elle pendant que Rodolphe lisait attentivement. — Faut-il que ce vilain monsieur Ferrand soit acharné après tout le monde! D'abord ç'a été contre Louise, maintenant c'est contre Germain. Oh! je ne suis pas méchante... mais il arriverait quelque bon malheur à ce notaire, que j'en serais contente !... Accuser un si honnête garçon de lui avoir volé 15,000 francs !... Germain... lui !... la probité en personne,

et puis si rangé, si doux... si triste... va-t-il être à plaindre, mon Dieu!...
au milieu de tous ces scélérats... dans sa prison!... Ah! monsieur Rodolphe,
d'aujourd'hui je commence à voir que tout n'est pas couleur de rose dans la
vie...

— Et que comptez-vous faire, ma voisine?

— Ce que je compte faire!... mais tout ce que Germain me demande, et cela
le plus tôt possible... Je serais déjà partie sans cet ouvrage très-pressé que je
finis, et que je vais porter tout à l'heure rue Saint-Honoré, en me rendant à
la chambre de Germain chercher les papiers dont il me parle. J'ai passé une
partie de la nuit à travailler pour gagner quelques heures d'avance. Je vais
avoir tant de choses à faire en dehors de mon ouvrage... qu'il faut que je me
mette en mesure... D'abord madame Morel voudrait que je puisse voir Louise
dans sa prison... C'est peut-être très-difficile, mais enfin je tâcherai... Malheureusement je ne sais pas seulement à qui m'adresser...

— J'avais songé à cela...

— Vous, mon voisin!

— Voici une permission.

— Quel bonheur! Est-ce que vous ne pourriez pas m'en avoir une aussi
pour la prison de ce malheureux Germain?... ça lui ferait tant de plaisir!

— Je vous donnerai aussi les moyens de voir Germain.

— Oh! merci, monsieur Rodolphe.

— Vous n'aurez donc pas peur d'aller dans sa prison?

— Bien sûr, le cœur me battra très-fort la première fois... Mais c'est égal.
Est-ce que, quand Germain était heureux, je ne le trouvais pas toujours prêt
à aller au-devant de toutes mes volontés, à me mener au spectacle ou promener, à me faire la lecture le soir? Eh bien! il est dans la peine, c'est à mon
tour maintenant. Un pauvre petit rat comme moi ne peut pas grand'chose...
je le sais... mais enfin tout ce que je pourrai, je le ferai... il peut y compter...
il verra si je suis bonne amie! Tenez, monsieur Rodolphe, il y a une chose
qui me désole... c'est sa défiance... Me croire capable de le mépriser!... Moi!
je vous demande un peu pourquoi! Ce vieil avare de notaire l'accuse d'avoir
volé..... qu'est-ce que ça me fait?... je sais bien que ça n'est pas vrai. La
lettre de Germain ne m'aurait pas prouvé clair comme le jour qu'il est innocent,
que je ne l'aurais pas cru coupable; il n'y a qu'à le voir, qu'à le connaître,
pour être sûr qu'il est incapable d'une vilaine action. Il faut être aussi méchant que M. Ferrand pour soutenir des faussetés pareilles.

— Bravo, ma voisine!... j'aime votre indignation.

— Oh! tenez... je voudrais être homme pour pouvoir aller trouver ce notaire... et lui dire : « Ah! vous soutenez que Germain vous a volé; eh bien,
tenez, voilà pour vous, vieux menteur; il ne vous volera pas cela, toujours!
Et! pan! pan! pan!... je le battrais comme plâtre.... »

— Vous avez une justice très-expéditive — dit Rodolphe en souriant de l'a-
nimation de Rigolette.

— C'est que ça révolte aussi... et, comme dit Germain dans sa lettre, tout le monde sera du parti de son patron contre lui, parce que son patron est riche, considéré... et que Germain n'est qu'un pauvre jeune homme sans protection... à moins que vous ne veniez à son secours, monsieur Rodolphe, vous qui connaissez des personnes si bienfaisantes... Est-ce qu'il n'y aurait pas à faire quelque chose ?

— Il faut qu'il attende son jugement.. Une fois acquitté, comme je le crois, de nombreuses preuves d'intérêt lui seront données, je vous l'assure... Mais écoutez, ma voisine, je sais par expérience qu'on peut compter sur votre discrétion...

— Oh! oui, monsieur Rodolphe... je n'ai jamais été bavarde.

— Eh bien! il faut que personne ne sache, et que Germain lui-même ignore que des amis veillent sur lui. . car il a des amis...

— Vraiment ?

— De très-puissants, de très-dévoués.

— Ça lui donnerait tant de courage de le savoir !

— Sans doute; mais il ne pourrait peut-être pas s'en taire. Alors M. Ferrand, effrayé, se mettrait sur ses gardes, sa défiance s'éveillerait, et, comme il est très-adroit, il deviendrait difficile de l'atteindre; ce qui serait fâcheux, car il faut non-seulement que l'innocence de Germain soit reconnue, mais que son calomniateur soit démasqué.

— Je vous comprends, monsieur Rodolphe...

— Il en est de même de Louise; je vous apportais cette permission de la voir, afin que vous la priiez de ne parler à personne de ce qu'elle m'a révélé... elle saura ce que cela signifie.

— Cela suffit, monsieur Rodolphe.

— En un mot, que Louise se garde de se plaindre dans sa prison de la méchanceté de son maître, c'est très-important... Mais elle devra ne rien cacher à un avocat qui viendra de ma part s'entendre avec elle pour sa défense; faites-lui bien toutes ces recommandations.

— Soyez tranquille, mon voisin, je n'oublierai rien... j'ai bonne mémoire... Mais je parle de bonté !... c'est vous qui êtes bon et généreux !... Quelqu'un est-il dans la peine, vous vous trouvez tout de suite là !...

— Je vous l'ai dit, ma voisine, je ne suis qu'un pauvre commis-marchand ; mais quand, en *flânant* de côté et d'autre, je trouve de braves gens qui méritent protection, j'en instruis une personne bienfaisante qui a toute confiance en moi, et on les secourt... Ça n'est pas plus malin que ça.

— Et où logez-vous, maintenant que vous avez cédé votre chambre aux Morel ?

— Je loge... en garni.

— Oh! que je détesterais ça ! Être où a été tout le monde, c'est comme si tout le monde avait été chez vous.

— Je n'y suis que la nuit, et alors...

— Je conçois. . c'est moins désagréable… Ce que c'est que de nous pourtant, monsieur Rodolphe !… Mon *chez-moi* me rendait si heureuse, je m'étais arrangé une petite vie si tranquille, que je n'aurais jamais cru possible d'avoir un chagrin… et vous voyez pourtant !… Non, je ne peux pas vous dire le coup que le malheur de Germain m'a porté. J'ai vu les Morel et d'autres encore bien à plaindre, c'est vrai; mais enfin la misère est la misère; entre pauvres gens on s'y attend, ça ne surprend pas, et l'on s'entr'aide comme on peut. Aujourd'hui c'est l'un, demain c'est l'autre. Quant à soi, avec du courage et de la gaieté, on se tire d'affaire. Mais voir un pauvre jeune homme, honnête et bon, qui a été votre ami pendant long-temps, le voir accusé de vol et emprisonné pêle-mêle avec des scélérats !… ah ! dame, monsieur Rodolphe, vrai, je suis sans force contre ça, c'est un malheur auquel je n'avais jamais pensé, ça me bouleverse…

Et les grands yeux de Rigolette se voilèrent de larmes.

— Courage, courage ! votre gaieté reviendra quand votre ami sera acquitté…

— Oh ! il faudra bien qu'il soit acquitté… Il n'y aura qu'à lire aux juges la lettre qu'il m'a écrite… ça suffira, n'est-ce pas, monsieur Rodolphe !

— En effet, cette lettre simple et touchante a tout le caractère de la vérité; il faudra même que vous m'en laissiez prendre copie, cela sera nécessaire à la défense de Germain.

— Certainement, monsieur Rodolphe. Si je n'écrivais pas comme un vrai chat, malgré les leçons qu'il m'a données, ce bon Germain, je vous proposerais de vous la copier… mais mon écriture est si grosse, si de travers; et puis il y a tant, tant… de fautes !…

— Je vous demanderai de me confier seulement la lettre jusqu'à demain.

— La voilà, mon voisin; mais vous y ferez bien attention, n'est-ce pas !… J'ai brûlé tous les billets doux que M. Cabrion et M. Giraudeau m'écrivaient dans les commencements de notre connaissance, avec des cœurs enflammés et des colombes sur le haut du papier, quand ils croyaient que je me laisserais prendre à leurs cajoleries; mais cette pauvre lettre de Germain, je la garderai soigneusement, et les autres aussi, s'il m'en écrit… Car enfin, n'est-ce pas, monsieur Rodolphe, ça prouve en ma faveur qu'il me demande ces petits services !

— Sans doute, cela prouve que vous êtes la meilleure petite amie qu'on puisse désirer. Mais, j'y songe… au lieu d'aller tout à l'heure seule chez M. Germain, voulez-vous que je vous accompagne ?

— Avec plaisir, mon voisin. La nuit vient, et le soir j'aime autant ne pas être toute seule dans les rues, sans compter qu'il faut que je porte de l'ouvrage près du Palais-Royal. Mais, d'aller si loin, ça va vous fatiguer et vous ennuyer peut-être ?

— Pas du tout… nous prendrons un fiacre…

— Vraiment ! Oh ! comme ça m'amuserait d'aller en voiture si je n'avais pas de chagrin ! Et il faut que j'en aie, du chagrin, car voilà la première fois de-

puis que je suis ici que je n'ai pas chanté de la journée... Mes oiseaux en sont
tout interdits... Pauvres petites bêtes ! ils ne savent pas ce que cela signifie :
deux ou trois fois *papa Crétu* a chanté un peu pour m'agacer ; j'ai voulu lui
répondre, ah ! bien oui ! au bout d'une minute je me suis mise à pleurer....
Ramonette a recommencé, mais je n'ai pas pu lui répondre davantage.

— Quels singuliers noms vous avez donnés à vos oiseaux : *Papa Crétu* et
Ramonette !

— Dame ! monsieur Rodolphe, mes oiseaux font la joie de ma solitude, ce
sont mes meilleurs amis : je leur ai donné le nom des braves gens qui ont fait
la joie de mon enfance et qui ont été aussi mes meilleurs amis ; sans compter,
pour achever la ressemblance, que *Papa Crétu* et *Ramonette* étaient gais et
chantaient comme les oiseaux du bon Dieu.

— Ah ! maintenant... en effet... je me souviens... vos parents adoptifs s'appelaient ainsi...

— Oui, mon voisin : ces noms sont ridicules pour des oiseaux, je le sais,
mais ça ne regarde que moi... Tenez, c'est encore à ce sujet-là que j'ai vu que
Germain avait bien bon cœur.

— Comment donc ?

— Certainement : M. Giraudeau et M. Cabrion... M. Cabrion surtout,
étaient toujours à faire des plaisanteries sur les noms de mes oiseaux ; appeler
un serin *Papa Crétu*, voyez donc ! M. Cabrion n'en revenait pas, et il partait
de là pour faire des gorges chaudes à n'en plus finir... — Si c'était un coq —
disait-il — à la bonne heure, vous pourriez l'appeler *Crétu*. C'est comme le
nom de la serine : *Ramonette*, ça ressemble à *Ramona*. — Enfin, il m'a si fort
impatientée, que j'ai été deux dimanches sans vouloir sortir avec lui, pour lui
apprendre... et je lui ai dit très-sérieusement que s'il recommençait ses mo-
queries, qui me faisaient de la peine, nous n'irions plus jamais ensemble.

— Quelle courageuse résolution !

— Ça m'a coûté... allez, monsieur Rodolphe, moi qui attendais mes sorties
du dimanche comme le Messie ; j'avais le cœur bien gros de rester toute seule
par un temps superbe ; mais c'est égal, j'aimais encore mieux sacrifier mon
dimanche que de continuer à entendre M. Cabrion se moquer de ce que je res-
pectais. Après ça, bien certainement que, sans l'idée que j'y attachais, j'aurais préféré donner d'autres noms à mes oiseaux... Tenez, il y a surtout un
nom que j'aurais aimé à l'adoration... *Colibri*... Eh bien ! je m'en suis privée,
parce que jamais je n'appellerai les oiseaux que j'aurai autrement que *Crétu*
et *Ramonette ;* sinon il me semblerait que je sacrifie, que j'oublie mes bons
parents adoptifs, n'est-ce pas, monsieur Rodolphe ?

— Vous avez raison, mille fois raison... Et Germain ne se moquait pas de
ces noms, lui ?

— Au contraire... seulement, la première fois, ils lui ont semblé drôles,
ainsi qu'à tout le monde : c'était tout simple ; mais quand je lui ai expliqué
mes raisons... comme je les avais pourtant expliquées à M. Cabrion, les larmes

lui sont venues aux yeux. De ce jour-là je me suis dit : M. Germain est un bien bon cœur; il n'a contre lui que sa tristesse. Et. voyez-vous, monsieur Rodolphe, ça m'a porté malheur de lui reprocher sa tristesse... Alors je ne comprenais pas qu'on pût être triste... maintenant je ne le comprends que trop... Mais voilà mon paquet fini, mon ouvrage prêt à emporter : voulez-vous me donner mon châle, mon voisin? il ne fait pas assez froid pour prendre un manteau, n'est-ce pas?

— Nous allons en voiture et je vous ramènerai.

— C'est vrai; nous irons et nous reviendrons plus vite; ce sera toujours ça de temps gagné.

— Mais, j'y songe, comment allez-vous faire? Votre travail va souffrir de vos visites aux prisons.

— Oh! que non, que non... j'ai fait mon compte. D'abord j'ai mes dimanches à moi; j'irai voir Louise et Germain ces jours-là, ça me servira de promenade et de distraction; ensuite, dans la semaine, je retournerai à la prison une ou deux autres fois; chacune me prendra trois bonnes heures, n'est-ce pas? Eh bien, pour me trouver à mon aise, je travaillerai une heure de plus par jour, je me coucherai à minuit au lieu de me coucher à onze heures, ça me fera un gain tout clair de sept ou huit heures par semaine que je pourrai dépenser pour aller voir Louise et Germain... Vous voyez, je suis plus riche que je n'en ai l'air — ajouta Rigolette en souriant.

— Et vous ne craignez pas que cela vous fatigue?

— Bah! je m'y ferai; on se fait à tout... et puis, ça ne durera pas toujours...

— Voilà votre châle, ma voisine...

— Attachez-le, et prenez garde de me piquer!

— Allons!... l'épingle est tordue.

— Eh bien, prenez-en une autre... là, sur la pelote... Ah! j'oubliais; voulez-vous être bien gentil, mon voisin?

— Ordonnez, ma voisine.

— Taillez-moi une bonne plume... bien grosse... pour que je puisse, en rentrant, écrire à ce pauvre Germain que ses commissions sont faites... Il aura ma lettre demain de bonne heure à sa prison, ça lui fera un bon réveil...

— Et où sont vos plumes?...

— Là, sur la table... Le canif est dans le tiroir... Attendez, je vais vous allumer ma bougie, car il commence à n'y plus faire clair.

— Ça ne sera pas de refus pour tailler la plume...

— Et puis il faut que je puisse attacher mon bonnet.

Rigolette fit pétiller une allumette chimique, et alluma un bout de bougie dans un petit bougeoir bien luisant.

— Diable!... de la bougie... ma voisine... quel luxe!

— Pour ce que j'en brûle, ça me coûte une idée plus cher que la chandelle. et c'est bien plus propre...

— Pas plus cher!

— Mon Dieu, non ! J'achète ces bouts de bougie à la livre, et une demi-livre me fait presque mon année.

— Mais — dit Rodolphe en taillant soigneusement la plume, pendant que la grisette nouait son bonnet devant son miroir — je ne vois pas de préparatifs pour votre dîner.

— Je n'ai pas l'ombre de faim... J'ai pris une tasse de lait ce matin... j'en prendrai une ce soir... avec un peu de pain... j'en aurai bien assez.

— Vous ne voulez pas venir sans façon dîner avec moi, en sortant de chez Germain ?

— Je vous remercie, mon voisin, j'ai le cœur trop gros ; une autre fois... avec plaisir... Tenez, la veille du jour où ce pauvre Germain sortira de prison... je m'invite, et après vous me mènerez au spectacle. Est-ce dit ?

— C'est dit, ma voisine ; je vous assure que je n'oublierai pas cet engagement... Mais, aujourd'hui, vous me refusez ?

— Oui, monsieur Rodolphe, je vous serais une compagnie trop maussade, sans compter que ça me prendrait beaucoup de temps. Pensez donc... c'est surtout maintenant qu'il ne faut pas que je fasse la paresseuse... et que je dépense un quart d'heure mal à propos.

— Allons, je renonce à ce plaisir... pour aujourd'hui...

— Tenez, voilà mon paquet, mon voisin ; passez devant, je fermerai la porte.

— Voici une plume excellente... maintenant, ce paquet...

— Prenez garde de le chiffonner... c'est du pout-de-soie... ça garde le pli... tenez-le à votre main... comme ça... légèrement... Bien... Passez... je vous éclairerai.

Et Rodolphe descendit, précédé de Rigolette.

Au moment où le voisin et la voisine passèrent devant la loge du portier, ils virent M. Pipelet qui, les bras pendants, s'avançait vers eux du fond de l'allée ; d'une main il tenait l'enseigne qui annonçait au public qu'il faisait *commerce d'amitié* avec Cabrion, de l'autre main il tenait le portrait du damné peintre. Le désespoir d'Alfred était si écrasant, que son menton touchait à sa poitrine, et qu'on n'apercevait que le fond immense de son chapeau tromblon. En le voyant venir ainsi, la tête baissée, vers Rodolphe et Rigolette, on eût dit un bélier ou un brave champion breton se préparant au combat...

Anastasie parut bientôt sur le seuil de sa loge, et s'écria à l'aspect de son mari :

— Eh bien ! vieux chéri... te voilà donc !... qu'est-ce qu'il t'a dit, le commissaire ?... Alfred !... Alfred !... mais fais donc attention, tu vas *poquer* dans mon roi des locataires... qui te crève les yeux... Pardon, monsieur Rodolphe... c'est ce gueux de Cabrion qui l'abrutit de plus en plus... Il le fera, bien sûr, tourner en bourrique... ce vieux chéri !!... Alfred ! mais réponds donc.

A cette voix chère à son cœur, M. Pipelet releva la tête ; ses traits étaient empreints d'une sombre amertume.

— Qu'est-ce qu'il t'a dit, le commissaire ? — reprit Anastasie.

— Anastasie, il faudra rassembler le peu que nous possédons, serrer nos amis dans nos bras, faire nos malles .. et nous expatrier... de Paris... de la France... de ma belle France ! car, sûr maintenant de l'impunité, le monstre est capable de me poursuivre partout... dans toute l'étendue des départements du royaume...

— Comment ! le commissaire ?

— Le commissaire ! — s'écria M. Pipelet avec une indignation courroucée — le commissaire !... il m'a ri au nez...

— A toi... un homme d'âge, qui a l'air si respectable que tu en paraîtrais bête comme une oie si on ne connaissait pas tes vertus !...

— Eh bien ! malgré cela, lorsque j'eus respectueusement déposé par-devant lui mon amas de plaintes et de griefs contre cet infernal Cabrion... ce magistrat, après avoir regardé en riant, oui, en riant... et, j'ose le dire, en riant indécemment... l'enseigne et le portrait que j'apportais comme pièces justificatives, ce magistrat m'a répondu : — « Mon brave homme, ce Cabrion est un très-drôle de corps, c'est un mauvais farceur ; ne faites pas attention à ses plaisanteries. Je vous conseille, moi, tout bonnement d'en rire, car il y a vraiment de quoi ! — D'en rire, môssieurr ! — me suis-je écrié — d'en rire !... mais le chagrin me dévore... mais ce gueux-là empoisonne mon existence...

il m'affiche, il me fera perdre la raison... Je demande qu'on l'enferme, qu'on l'exile... au moins de ma rue. » — A ces mots, le commissaire a souri et m'a obligeamment montré la porte... J'ai compris ce geste du magistrat... et me voici...

— Magistrat de rien du tout !... — s'écria madame Pipelet.

— Tout est fini, Anastasie... tout est fini... plus d'espoir ! Il n'y a plus de justice en France... je suis atrocement sacrifié !...

Et pour péroraison, M. Pipelet lança de toutes ses forces l'enseigne et le portrait au fond de l'allée... Rodolphe et Rigolette avaient, dans l'ombre, un peu souri du désespoir de M. Pipelet. Après avoir adressé quelques mots de consolation à Alfred, qu'Anastasie calmait de son mieux, le *roi des locataires* quitta la maison de la rue du Temple avec Rigolette, et tous deux montèrent en fiacre pour se rendre chez François Germain.

CHAPITRE III.

LE TESTAMENT.

François Germain demeurait boulevard Saint-Denis, n° 11. Nous rappellerons au lecteur, qui l'a sans doute oublié, que madame Mathieu, la courtière
en diamants dont nous avons parlé à propos de Morel le lapidaire, logeait
dans la même maison que Germain. Pendant le long trajet de la rue du Temple
à la rue Saint-Honoré, où demeurait la maîtresse couturière à qui Rigolette
avait d'abord voulu rapporter son ouvrage, Rodolphe put apprécier davantage
encore l'excellent naturel de la jeune fille. Ainsi que les caractères instincti-
vement bons et dévoués, elle n'avait pas la conscience de la délicatesse, de la
générosité de sa conduite, qui lui semblait fort simple.

Rien n'eût été plus facile à Rodolphe que de libéralement assurer le présent
et l'avenir de Rigolette, et de la mettre ainsi à même d'aller charitablement
consoler Louise et Germain, sans qu'elle se préoccupât du *temps* que ses visites dérobaient à son travail, son unique ressource; mais le prince craignait
d'affaiblir le mérite du dévouement de la grisette en le rendant trop facile;
bien décidé à récompenser les qualités rares et charmantes qu'il avait découvertes en elle, il voulait la suivre jusqu'au terme de cette nouvelle et intéressante épreuve.

Est-il besoin de dire que, dans le cas où la santé de la jeune fille se fût le
moins du monde altérée par le surcroît de travail qu'elle s'imposait vaillamment pour consacrer quelques heures chaque semaine à la fille du lapidaire et
au fils du Maître d'école, Rodolphe fût à l'instant venu au secours de sa protégée?

Il étudiait avec autant de bonheur que d'émotion ce caractère si naturellement heureux et si peu habitué au chagrin, que çà et là un éclair de gaieté
venait l'illuminer encore.

Au bout d'une heure environ, le fiacre, de retour de la rue Saint-Honoré,
s'arrêta boulevard Saint-Denis, n° 11, devant une maison de modeste apparence. Rodolphe aida Rigolette à descendre; celle-ci entra chez le portier, et
lui communiqua les intentions de Germain, sans oublier la gratification pro-
mise. Grâce à l'aménité de son caractère, le fils du Maître d'école était partout aimé. Le *confrère* de M. Pipelet fut consterné d'apprendre que la

maison perdait un locataire si honnête et si tranquille.. Telles furent ses expressions. La grisette, munie d'une lumière, rejoignit son compagnon, le portier ne devant monter que quelque temps après pour recevoir ses dernières instructions. La chambre de Germain était située au quatrième étage. En arrivant devant la porte, Rigolette dit à Rodolphe, en lui donnant la clef :

— Tenez, mon voisin... ouvrez ; la main me tremble trop... Vous allez vous moquer de moi ; mais, en pensant que ce pauvre Germain ne reviendra plus jamais ici... il me semble que je vais entrer dans la chambre d'un mort...

— Soyez donc raisonnable, ma voisine ; n'ayez pas de ces idées-là !

— J'ai tort, mais c'est plus fort que moi...

Et elle essuya une larme.

Sans être aussi ému que sa compagne, Rodolphe éprouvait néanmoins une impression pénible en pénétrant dans ce modeste réduit. Sachant de quelles détestables obsessions les complices du Maître d'école avaient poursuivi et poursuivaient peut-être encore Germain, il pressentait que cet infortuné avait dû passer de bien tristes heures dans cette solitude. Rigolette posa la lumière sur une table. Rien de plus simple que l'ameublement de cette chambre de garçon, composée d'une couchette, d'une commode, d'un secrétaire de noyer, de quatre chaises de paille et d'une table ; des rideaux de coton blanc drapaient les fenêtres et l'alcôve ; pour tout ornement on voyait sur la cheminée une carafe et un verre. A l'affaissement du lit qui n'était pas défait, on s'apercevait que Germain avait dû s'y jeter quelques instants tout habillé pendant la nuit qui avait précédé son arrestation.

— Pauvre garçon ! — dit tristement Rigolette en examinant avec intérêt l'intérieur de la chambre — on voit bien qu'il ne m'a plus pour sa voisine...C'est rangé, mais ça n'est pas soigné ; il y a de la poussière partout, les rideaux sont enfumés, les vitres sont ternes, le carreau n'est pas ciré... Ah ! quelle différence !... rue du Temple, ça n'était pas plus beau, mais c'était plus gai, parce que tout brillait de propreté, comme chez moi...

— C'est qu'aussi vous étiez là... pour donner vos avis.

— Mais voyez donc ! —s'écria Rigolette en montrant le lit — il ne s'est pas couché l'autre nuit, tant il était inquiet ! Tenez, ce mouchoir qu'il a laissé là, il a été tout trempé de larmes. Ça se voit bien... — Et elle le prit en ajoutant : — Germain a gardé une petite cravate de soie orange que je lui ai donnée quand nous étions heureux ; moi, je garderai ce mouchoir en souvenir de ses malheurs ; je suis sûre qu'il ne s'en fâchera pas...

— Au contraire, il sera très-heureux de ce témoignage de votre affection.

— Maintenant songeons aux choses sérieuses : je ferai tout à l'heure un paquet du linge que je trouverai dans la commode, afin de le lui porter en prison, la mère Bouvard, que j'enverrai ici demain, s'arrangera du reste... Je vais d'abord ouvrir le secrétaire pour y prendre les papiers et l'argent que Germain me prie de lui garder

— Mais j'y songe — dit Rodolphe — Louise Morel m'a remis hier les

1,300 francs en or que Germain lui avait donnés pour acquitter la dette du lapidaire, que j'avais déjà payée; j'ai cet argent : il appartient à Germain, puisqu'il a remboursé le notaire; je vais vous le remettre, vous le joindrez à celui dont vous allez être dépositaire.

— Comme vous voudrez, monsieur Rodolphe : pourtant, j'aimerais presque autant ne pas avoir chez moi une si grosse somme, il y a tant de voleurs maintenant!... Des papiers, à la bonne heure... on n'a rien à craindre, mais de l'argent... c'est dangereux...

— Vous avez peut-être raison, ma voisine; voulez-vous que je me charge de cette somme? Si Germain a besoin de quelque chose, vous me le ferez savoir tout de suite; je vous laisserai mon adresse et je vous enverrai ce qu'il vous demandera.

— Tenez, mon voisin, je n'aurais pas osé vous prier de nous rendre ce service; cela vaut bien mieux; je vous remettrai aussi ce qui proviendra de la vente des effets... Voyons donc ces papiers — dit la jeune fille en ouvrant le secrétaire et plusieurs tiroirs. — Ah! c'est probablement cela... Voici une grosse enveloppe. Ah! mon Dieu! voyez donc, monsieur Rodolphe, comme c'est triste ce qu'il y a d'écrit dessus.

Et elle lut d'une voix émue .

« Dans le cas où je mourrais de mort violente ou naturelle, je prie la personne qui ouvrira ce secrétaire de porter ces papiers chez mademoiselle Rigolette, couturière, rue du Temple, n° 17. »

— Est-ce que je puis décacheter cette enveloppe, monsieur Rodolphe?

— Sans doute. Germain ne vous annonce-t-il pas qu'il y a parmi les papiers qu'elle contient une lettre qui vous est particulièrement adressée?

La jeune fille rompit le cachet : plusieurs écrits s'y trouvaient renfermés; l'un d'eux portant cette suscription : *A mademoiselle Rigolette*, contenait ces mots :

« Mademoiselle , lorsque vous lirez cette lettre je n'existerai plus... Si, comme je le crains, je meurs de mort violente en tombant dans un guet-apens semblable à celui auquel j'ai dernièrement échappé , quelques renseignements joints ici sous le titre de : *Notes sur ma vie*, pourront mettre sur la trace de mes assassins... »

— Ah! monsieur Rodolphe — dit Rigolette en s'interrompant — je ne m'étonne plus maintenant de ce qu'il était si triste!... Pauvre Germain! toujours poursuivi de pareilles idées!...

— Oui, il a dû être bien affligé; mais ses plus mauvais jours sont passés... croyez-moi...

— Hélas! je le désire, monsieur Rodolphe; mais pourtant être en prison... accusé de vol...

— Soyez tranquille : une fois son innocence reconnue , au lieu de retomber dans l'isolement... il retrouvera des amis... vous d'abord , puis une mère bien-aimée, dont il a été séparé depuis son enfance.

—Sa mère !... il a encore sa mère ?

—Oui... Elle le croyait perdu pour elle. Jugez de sa joie lorsqu'elle le re-
verra, mais absous de l'indigne accusation portée contre lui ! J'avais donc raison de vous dire que ses plus mauvais jours étaient passés. Ne lui parlez pas
de sa mère. Je vous confie ce secret, parce que vous vous intéressez si généreusement à Germain qu'il faut au moins qu'à votre dévouement ne se joi-
gnent pas de trop cruelles inquiétudes sur son sort à venir.

—Je vous remercie, monsieur Rodolphe ; vous pouvez être tranquille, je
garderai votre secret...

Et Rigolette continua de lire la lettre de Germain.

« Si vous voulez, mademoiselle, jeter un coup d'œil sur ces notes, vous
verrez que j'ai été toute ma vie bien malheureux... excepté pendant le temps
que j'ai passé auprès de vous... Ce que je n'aurais jamais osé vous dire, vous
le trouverez écrit dans une espèce de *memento* intitulé : *Mes seuls jours de
bonheur.*

« Presque chaque soir, en vous quittant, j'épanchais ainsi les consolantes
pensées que votre affection m'inspirait, et qui seules adoucissaient l'amertume
de ma vie.. Ce qui était amitié chez vous était de l'amour chez moi. Je vous
ai caché que je vous aimais ainsi jusqu'à ce moment où je ne suis plus pour
vous qu'un triste souvenir... Ma destinée était si malheureuse que je ne vous
aurais jamais parlé de ce sentiment ; quoique sincère et profond, il vous eût
porté malheur.

« Il me reste un dernier vœu à former, et j'espère que vous voudrez bien
l'accomplir.

« J'ai vu avec quel courage admirable vous travaillez, et combien il vous
fallait d'ordre, de sagesse, pour vivre du modique salaire que vous gagnez si
péniblement. Souvent, sans vous le dire, j'ai tremblé en pensant qu'une maladie, causée peut-être par l'excès du labeur, pouvait vous réduire à une position si affreuse que je ne pouvais l'envisager sans frémir... Il m'est bien
doux de penser que je pourrai du moins vous épargner en grande partie les
tourments et peut-être... les misères que votre insouciante jeunesse ne prévoit
pas, heureusement. »

—Que veut-il dire, monsieur Rodolphe ? — dit Rigolette étonnée.

—Continuez... nous allons voir...

Rigolette reprit :

« Je sais de combien peu vous vivez et de quelle ressource vous serait, en
des temps difficiles, la plus modique somme ; je suis bien pauvre; mais, à
force d'économie, j'ai mis de côté 1,500 francs, placés chez un banquier; c'est
tout ce que je possède. Par mon testament que vous trouverez ici, je me per-
mets de vous les léguer; acceptez cela d'un ami, d'un bon frère.... qui n'est
plus. »

—Ah! monsieur Rodolphe! — dit Rigolette en fondant en larmes et donnant la lettre au prince — cela me fait trop de mal... Bon Germain, s'occuper

ainsi de mon avenir !... Ah ! quel cœur, mon Dieu ! quel cœur excellent !

—Digne et brave jeune homme ! — reprit Rodolphe avec émotion. — Mais calmez-vous, mon enfant; Dieu merci, Germain n'est pas mort, ce testament anticipé aura du moins servi à vous apprendre combien il vous aimait... combien il vous aime...

—Et dire, monsieur Rodolphe — reprit Rigolette en essuyant ses larmes — que je ne m'en étais jamais doutée ! Dans les commencements de notre voisinage, M. Giraudeau et M. Cabrion me parlaient toujours de leur *passion enflammée*, comme ils disaient; mais, voyant que ça ne les menait à rien, ils s'étaient déshabitués de me dire de ces choses-là; Germain, au contraire, ne m'avait jamais parlé d'amour. Quand je lui ai proposé d'être bons amis, il a franchement accepté, et depuis nous avons vécu en vrais camarades. Mais... tenez... je peux bien vous avouer cela maintenant, monsieur Rodolphe, certainement je n'étais pas fâchée que Germain ne m'eût pas dit, comme les autres, qu'il m'aimait d'amour...

—Mais, enfin, vous en étiez... étonnée ?

—Oui, monsieur Rodolphe, je pensais que c'était sa tristesse... qui le rendait ainsi...

—Et vous lui en vouliez un peu... de cette tristesse ?

—C'était son seul défaut — dit naïvement la grisette; — mais maintenant je l'excuse... je m'en veux même de la lui avoir reprochée...

—D'abord parce que vous savez qu'il avait malheureusement beaucoup de sujets de chagrin, et puis... peut-être parce que vous voilà certaine que, malgré cette tristesse... il vous aimait d'amour ? — ajouta Rodolphe en souriant.

—C'est vrai... être aimée d'un si brave jeune homme, ça flatte le cœur... n'est-ce pas, monsieur Rodolphe ?

—Et un jour peut-être vous partagerez cet amour.

—Dame ! monsieur Rodolphe, c'est bien tentant; ce pauvre Germain est si à plaindre ! Je me mets à sa place... si, au moment où je me croyais abandonnée, méprisée de tout le monde, une personne bien amie, venait à moi encore plus tendre que je ne l'espérais, je serais si heureuse !—Après un moment de silence, Rigolette reprit avec un soupir : — D'un autre côté... nous sommes si pauvres tous les deux que ça ne serait peut-être pas raisonnable... Tenez, monsieur Rodolphe, je ne veux pas penser à cela, je me trompe peut-être. Ce qu'il y a de sûr, c'est que je ferai pour Germain tout ce que je pourrai tant qu'il restera en prison. Une fois libre, il sera toujours temps de voir si c'est de l'amour ou de l'amitié que j'aurai pour lui; alors, si c'est de l'amour... que voulez-vous, mon voisin, ça sera de l'amour... Jusque-là ça me gênerait de savoir à quoi m'en tenir. Mais il se fait tard, monsieur Rodolphe. Voulez-vous rassembler ces papiers pendant que je vais faire un paquet du linge !... Ah ! j'oubliais le sachet renfermant la petite cravate orange que je lui ai donnée. Il est dans ce tiroir, sans doute. Oui, le voilà... Oh ! voyez donc comme il est joli, ce sachet... et tout brodé !... Pauvre Germain, il l'a gardée comme une relique, cette petite cravate!... Je me rappelle bien la dernière fois où je l'ai mise, et quand je la lui ai donnée. Il a été si content... si content!...

A ce moment on frappa à la porte de la chambre.

— Qui est là? — demanda Rodolphe.

— On voudrait parler à m'ame Matthieu — répondit une voix grêle et enrouée, avec l'accent qui distingue la plus basse populace. (Madame Matthieu était la courtière en diamants dont nous avons parlé.)

Cette voix, singulièrement accentuée, éveilla quelques vagues souvenirs dans la pensée de Rodolphe. Voulant les éclaircir, il prit la lumière et alla lui-même ouvrir la porte. Il se trouva face à face avec un des habitués du tapis-franc de l'ogresse, qu'il reconnut sur-le-champ, tant l'empreinte du vice était fatalement, profondément marquée sur cette physionomie imberbe et juvénile : c'était *Barbillon*.

Barbillon, le faux cocher de fiacre qui avait conduit le Maître d'école et la Chouette au chemin creux de Bouqueval; Barbillon, l'assassin du mari de cette malheureuse laitière qui avait ameuté contre la Goualeuse les laboureurs de la ferme d'Arnouville. Soit que ce misérable eût oublié les traits de Rodolphe, qu'il n'avait vu qu'une fois au tapis-franc de l'ogresse, soit que le changement de costume l'empêchât de reconnaître le *vainqueur du Chourineur*, il ne manifesta aucun étonnement à son aspect.

— Que voulez-vous? — lui dit Rodolphe.

— C'est une lettre pour m'ame Matthieu... Faut que je la lui remette à elle-même — répondit Barbillon.

— Ce n'est pas ici qu'elle demeure; voyez en face — dit Rodolphe.

— Merci, bourgeois; on m'avait dit la porte à gauche, je me suis trompé.

Rodolphe ne se souvenait pas du nom de la courtière en diamants, que Morel le lapidaire n'avait prononcé qu'une ou deux fois. Il n'avait donc aucun motif de s'intéresser à la femme auprès de laquelle Barbillon venait comme messager. Néanmoins, quoiqu'il ignorât les crimes de ce bandit, sa figure avait un tel caractère de perversité, qu'il resta sur le seuil de la porte, curieux de voir la personne à qui Barbillon apportait cette lettre.

A peine Barbillon eut-il frappé à la porte opposée à celle de Germain, qu'elle s'ouvrit, et que la courtière, grosse femme de cinquante ans environ, y parut tenant une chandelle à la main.

— M'ame Matthieu? — dit Barbillon.

— C'est moi, mon garçon.

— Voilà une lettre, il y a réponse...

Et Barbillon fit un pas pour entrer chez la courtière; mais celle-ci lui fit signe de ne pas avancer, décacheta la lettre tout en tenant son flambeau, lut et répondit d'un air satisfait :

— Vous direz que c'est bon, mon garçon; j'apporterai ce qu'on demande. J'irai à la même heure que l'autre fois. Bien des compliments... à cette dame...

— Oui, ma bourgeoise... n'oubliez pas le commissionnaire...

— Va demander à ceux qui t'envoient, ils sont plus riches que moi...
Et la courtière ferma sa porte.

Rodolphe rentra chez Germain, voyant Barbillon descendre rapidement
l'escalier. Le brigand trouva sur le boulevard un homme d'une mine basse et
féroce, qui l'attendait devant une boutique. Quoique plusieurs personnes pus-
sent l'entendre, mais non le comprendre, il est vrai, Barbillon semblait si
satisfait qu'il ne put s'empêcher de dire à son compagnon :

— Viens *pitancher l'eau d'aff*, Nicolas ; *la birbasse fauche dans le pont* à
mort... elle *aboulera* chez la Chouette ; la mère Martial nous aidera à lui *pes-
quiller d'esbrouffe ses durailles d'orphelin*, et après nous *trimballerons le
refroidi* dans ton *passe-lance* [1].

— *Esbignons-nous* [2] alors ; faut que je sois à Asnières de bonne heure ; je
crains que mon frère MARTIAL se doute de quelque chose.

Et les deux bandits, après avoir tenu cette conversation inintelligible pour
ceux qui auraient pu les écouter, se dirigèrent vers la rue Saint-Denis.

· · · · · · · · · · · · · · · ·

[1] Viens *boire de l'eau-de-vie*, Nicolas ; *la vieille donne dans le piège* à mort ; elle *viendra* chez la Chouette ;
a mère Martial nous aidera à *lui prendre de force ses pierreries*, et après nous *emporterons le cadavre dans
ton bateau*. — [2] Dépêchons-nous.

Quelques moments après, Rigolette et Rodolphe sortirent de chez Germain, remontèrent en fiacre et arrivèrent rue du Temple.

Le fiacre s'arrêta.

Au moment où la portière s'ouvrit, Rodolphe reconnut, à la lueur des quinquets du rogomiste, son fidèle Murph qui l'attendait à la porte de l'allée.

La présence du squire annonçait toujours quelque événement grave ou inattendu, car lui seul savait où trouver le prince.

— Qu'y a-t-il ? — lui demanda vivement Rodolphe pendant que Rigolette rassemblait plusieurs paquets dans la voiture.

— Un grand malheur, monseigneur !

— Parle, au nom du ciel !

— M. le marquis d'Harville...

— Tu m'effraies !

— Il avait donné ce matin à déjeuner à plusieurs de ses amis... Tout s'était passé à merveille... lui surtout n'avait jamais été plus gai, lorsqu'une fatale imprudence...

— Achève... achève donc !

— En jouant avec un pistolet qu'il ne croyait pas chargé...

Il s'est blessé grièvement ?

— Monseigneur !...

— Eh bien ?...

— Quelque chose de terrible !

— Que dis-tu ?

— Il est mort !...

— D'Harville !! ah ! c'est affreux ! — s'écria Rodolphe avec un accent si déchirant que Rigolette, qui descendait alors du fiacre avec ses paquets, s'écria :

— Mon Dieu ! qu'avez-vous, monsieur Rodolphe ?

— Une bien triste nouvelle que je viens d'apprendre à mon ami, mademoiselle — dit Murph à la jeune fille ; car le prince, accablé, ne pouvait répondre.

— C'est donc un bien grand malheur ? — dit Rigolette toute tremblante.

— Un bien grand malheur — répondit le squire.

— Ah ! c'est épouvantable ! — dit Rodolphe après quelques minutes de silence ; — puis, se ressouvenant de Rigolette, il lui dit :

— Pardon, mon enfant... si je ne vous accompagne pas chez vous... Demain... je vous enverrai mon adresse et un permis pour entrer à la prison de Germain... bientôt je vous reverrai.

— Ah ! monsieur Rodolphe, je vous assure que je prends bien part au chagrin qui vous arrive... Je vous remercie de m'avoir accompagnée... A bientôt, n'est-ce pas ?

— Oui, mon enfant, à bientôt.

— Bonsoir, monsieur Rodolphe — ajouta tristement Rigolette, qui disparut dans l'allée, avec les différents objets qu'elle rapportait de chez Germain.

CHAPITRE IV.

Les scènes suivantes vont se passer pendant la soirée du jour où madame Séraphin, suivant les ordres du notaire Jacques Ferrand, s'est rendue chez les Martial, *pirates d'eau douce*, établis à la pointe d'une petite île de la Seine, non loin du pont d'Asnières.

Le père Martial, mort sur l'échafaud comme son père, avait laissé une veuve, quatre fils et deux filles...

Le second de ces fils était déjà condamné aux galères à perpétuité... De cette nombreuse famille il restait donc à l'île du *Ravageur* (nom que dans le pays on donnait à ce repaire, nous dirons pourquoi), il restait, disons-nous :

La mère Martial,

Trois fils : l'aîné (l'amant de la Louve) avait vingt-cinq ans, l'autre vingt ans, le plus jeune douze.

Deux filles : l'une de dix-huit ans, la seconde de neuf ans.

Les exemples de ces familles, où se perpétue une sorte d'épouvantable hérédité dans le crime, ne sont que trop fréquents.

Cela doit être.

Répétons-le sans cesse : la société songe à *punir*, jamais à *prévenir* le mal.

Duboulez del.   Nargeot sc.

La Veuve du Supplicié

Contradict...

L'autopsie prou...
à force de soins...
de l'affection dont...

Que les nom...
Qu'il soit dé...
d'une pensée...

Font-ils pour le...
corps lorsqu'il s'agit de...

Non....

Au lieu d...
...

De...
à fait... que...
sur lui la flétriss...
trouveront-ils de...

Il est...
qu...
qu...

...

Un criminel sera jeté au bagne pour sa vie...

Un autre sera décapité...

Ces condamnés laisseront de jeunes enfants...

La société prendra-t-elle souci de ces orphelins ?...

De ces orphelins, *qu'elle a faits...* en frappant leur père de mort civile, ou en lui coupant la tête ?

Viendra-t-elle substituer une tutelle salutaire, *préservatrice*, à la déchéance de celui que la loi a déclaré indigne, infâme... à la déchéance de celui que la loi a tué ?

Non... — *Morte la bête... mort le venin...* — dit la société...

Elle se trompe.

Le venin de la corruption est si subtil, si corrosif, si contagieux, qu'il devient presque toujours héréditaire ; mais combattu à temps, il ne serait jamais incurable.

Contradiction bizarre !...

L'autopsie prouve-t-elle qu'un homme est mort d'une maladie transmissible : à force de soins *préservatifs*, on mettra les descendants de cet homme à l'abri de l'affection dont il a été victime...

Que les mêmes faits se reproduisent dans l'ordre moral...

Qu'il soit démontré qu'un criminel lègue presque toujours à son fils le germe d'une perversité précoce...

Fera-t-on pour le salut de cette jeune âme ce que le médecin fait pour le corps lorsqu'il s'agit de lutter contre un vice héréditaire ?

Non...

Au lieu de guérir ce malheureux, on le laissera se gangrener jusqu'à la mort...

Et alors, de même que le peuple croit le fils du bourreau forcément bourreau... on croira le fils d'un criminel forcément criminel...

Et alors on regardera comme le fait d'une hérédité inexorablement *fatale*, une corruption causée par l'égoïste incurie de la société...

De sorte que, si, malgré de funestes enseignements, *l'orphelin que la loi a fait...* reste par hasard laborieux et honnête, un préjugé barbare fera rejaillir sur lui la flétrissure paternelle. En butte à une réprobation imméritée, à peine trouvera-t-il du travail...

Et au lieu de lui venir en aide, de le sauver du découragement, du désespoir, et surtout des dangereux ressentiments de l'injustice, qui poussent quelquefois les caractères les plus généreux à la révolte, au mal... la société dira :

« Qu'il tourne à mal... nous verrons bien... N'ai-je pas là geôliers, gardechiourmes et bourreaux ? »

Ainsi, pour celui qui (chose aussi rare que belle) se conserve pur malgré de détestables exemples, aucun appui, aucun encouragement ?

Ainsi, pour celui qui, plongé en naissant dans un foyer de dépravation domestique, est vicié tout jeune encore, aucun espoir de guérison ?

« — Si ! si !! moi, je le guérirai, cet orphelin que j'ai fait — répond la société — mais en temps et lieu... mais à ma mode... mais plus tard...

» Pour extirper la verrue, pour inciser l'apostème... il faut qu'ils soient à point... »

Un criminel demande à être attendu...

« Prisons et galères, voilà mes hôpitaux... Dans les cas incurables, j'ai le couperet...

» Quant à la cure de mon orphelin, j'y songerai, vous dis-je ; mais patience, laissons mûrir le germe de corruption héréditaire qui couve en lui, laissons-le grandir, laissons-le étendre profondément ses ravages...

» Patience, donc... patience... Lorsque notre homme sera pourri jusqu'au cœur, lorsqu'il suintera le crime par tous les pores, lorsqu'un bon vol ou un bon meurtre l'auront jeté sur le banc d'infamie où s'est assis son père, oh ! alors nous guérirons l'héritier du mal... comme nous avons guéri le donateur...

» Au bagne ou sur l'échafaud, le fils trouvera la place paternelle encore toute chaude... »

Oui, dans ce cas, la société raisonne ainsi...

Et elle s'étonne, et elle s'indigne, et elle s'épouvante de voir des traditions de vol et de meurtre fatalement perpétuées de génération en génération...

Le sombre tableau qui va suivre : *les Pirates d'eau douce*, a pour but de montrer ce que peut être, dans une famille, *l'hérédité du mal*, lorsque la société ne vient pas, soit légalement, soit officieusement, préserver *les malheureux orphelins de la loi* des terribles conséquences de l'arrêt fulminé contre leur père [1]...

---

[1] A mesure que nous avançons dans cette publication, son but moral est attaqué avec tant d'acharnement, et selon nous avec tant d'injustice, qu'on nous permettra d'insister sur la pensée sérieuse, honnête, qui, jusqu'à présent, nous a soutenu, guidé.

Plusieurs esprits graves, délicats, élevés, ayant bien voulu nous encourager dans nos tentatives, et nous faire parvenir des témoignages flatteurs de leur adhésion, nous devons peut-être à ces amis connus et inconnus de répondre une dernière fois à des récriminations aveugles, obstinées, qui ont retenti, nous dit-on... jusqu'au sein de l'assemblée législative.

Proclamer l'ODIEUSE IMMORALITÉ de notre œuvre, c'est proclamer implicitement, ce nous semble, les tendances *odieusement immorales* des personnes qui nous honorent de leurs vives sympathies.

C'est donc au nom de ces sympathies autant qu'au nôtre que nous tenterons de prouver, par un exemple choisi parmi plusieurs, que cet ouvrage n'est pas complétement dépourvu d'idées généreuses et pratiques.

L'an passé, dans l'une des premières parties de ce livre, nous avons donné l'aperçu d'une *ferme-modèle*, fondée par Rodolphe pour *encourager, enseigner et rémunérer les cultivateurs pauvres, probes et laborieux.*

A ce propos nous ajoutions :

— Les honnêtes gens malheureux méritent au moins autant d'intérêt que les criminels ; pourtant il y a de nombreuses sociétés destinées au patronage des jeunes détenus ou libérés ; mais aucune société n'est fondée dans le but de secourir les jeunes gens pauvres dont la conduite aurait toujours été exemplaire... De sorte qu'il faut nécessairement avoir commis un délit... pour être apte à jouir du bénéfice de ces institutions, d'ailleurs si méritantes et si salutaires.

Et nous faisions dire à un paysan de la ferme de Bouqueval :

« Il est humain et charitable de ne jamais désespérer des méchants ; mais il faudrait aussi faire espérer les bons. Un honnête garçon robuste et laborieux ayant envie de bien faire, de bien apprendre, se présenterait à cette ferme de jeunes *ex-voleurs*, qu'on lui dirait : — Mon gars, as-tu un brin volé et vagabondé ! — Non. — Eh bien ! il n'y a point de place ici pour toi. »

Cette discordance avait aussi frappé des esprits meilleurs que le nôtre. Grâce à eux, ce que nous regardions comme une utopie vient d'être réalisé.

Sous la présidence d'un des hommes les plus éminents, les plus honorables de ce temps-ci, M. le comte Por-

Le chef de la famille Martial, qui le premier s'établit dans cette petite île moyennant un loyer modique, était *ravageur*. *Les ravageurs*, ainsi que *les débardeurs* et *les déchireurs* de bateaux, restent pendant toute la journée plongés dans l'eau jusqu'à la ceinture pour exercer leur métier. *Les débardeurs* débarquent le bois flotté. *Les déchireurs* démolissent les trains qui ont amené le bois. Tout aussi aquatique que les industries précédentes, l'industrie des *ravageurs* a un but différent. S'avançant dans l'eau aussi loin qu'il peut aller, le ravageur puise, à l'aide d'une longue drague, le sable de rivière sous la vase ; puis, le recueillant dans de grandes sébiles de bois, il le lave comme un minerai ou comme un gravier aurifère, et en retire ainsi une grande quantité de parcelles métalliques de toutes sortes, fer, cuivre, fonte, plomb, étain,

talis, et sous l'intelligente direction d'un véritable philanthrope au cœur généreux, à l'esprit pratique et éclairé, M. Allier, une société vient d'être fondée dans le but de *venir au secours des jeunes gens pauvres et honnêtes du département de la Seine, et de les employer dans des colonies agricoles.*

Ce seul et simple rapprochement suffit pour constater la pensée morale de notre œuvre.

Nous sommes très-fier, très-heureux de nous être rencontré dans un même milieu d'idées, de vœux et d'espérance avec les fondateurs de cette nouvelle œuvre de patronage : car nous sommes un des propagateurs les plus obscurs, mais les plus convaincus, de ces deux grandes vérités : — Qu'il est du devoir de la société de PRÉVENIR LE MAL et *d'encourager*, de RÉCOMPENSER LE BIEN autant qu'il est en elle.

Puisque nous avons parlé de cette nouvelle œuvre de charité, dont la pensée juste et morale doit avoir une action salutaire et féconde, espérons que ses fondateurs songeront peut-être à combler une autre lacune, en étendant plus tard leur tutélaire patronage ou du moins leur sollicitude officieuse sur *les jeunes enfants dont le père aurait été supplicié ou condamné à une peine infamante entraînant la mort civile*, et qui, nous le répétons, SONT RENDUS ORPHELINS PAR LE FAIT DE L'APPLICATION DE LA LOI.

Ceux de ces malheureux enfants qui seraient déjà dignes d'intérêt par leurs saines tendances et par leur misère, mériteraient encore une attention particulière en raison même de leur position exceptionnelle, pénible, difficile, dangereuse.

Oui, pénible, difficile, dangereuse.

Disons-le encore : presque toujours victime de cruelles répulsions, souvent la famille d'un condamné, demandant en vain du travail, se voit, pour échapper à la réprobation générale, contrainte d'abandonner les lieux où elle trouvait des moyens d'existence.

Alors, aigris, irrités par l'injustice, déjà flétris à l'égal des criminels pour des fautes dont ils sont innocents... quelquefois à bout de ressources honorables, ces infortunés ne seront-ils pas bien près de faillir, s'ils sont restés probes !

Ont-ils, au contraire, déjà subi une influence presque inévitablement corruptrice, ne doit-on pas tenter de les sauver, lorsqu'il en est temps encore !

La présence de ces *orphelins de la loi* au milieu des autres enfants recueillis par la société dont nous parlons, serait d'ailleurs pour tous d'un utile enseignement... Elle montrerait que, si le coupable est inexorablement puni, les siens ne perdent rien, gagnent même dans l'estime du monde, si à force de courage, de vertus, ils parviennent à réhabiliter un nom déshonoré.

Dira-t-on que le législateur a voulu rendre le châtiment plus terrible encore, en frappant virtuellement le père criminel dans l'avenir de son fils innocent !

Cela serait barbare, immoral, insensé.

N'est-il pas, au contraire, d'une haute moralité de prouver au peuple,

Qu'il n'y a dans le mal aucune solidarité héréditaire ;

Que la tache originelle n'est pas ineffaçable !

Osons espérer que ces réflexions paraîtront dignes de quelque intérêt à la nouvelle Société de patronage.

Sans doute il est douloureux de songer que l'État ne prend jamais l'initiative dans toutes ces questions palpitantes qui touchent au vif de l'organisation sociale.

En peut-il être autrement !

A l'une des dernières séances législatives, un pétitionnaire, frappé, dit-il, de la misère et des souffrances des classes pauvres, a proposé, entre autres moyens d'y remédier, *la fondation de maisons d'invalides destinées aux travailleurs.*

Ce projet, sans doute défectueux dans sa forme, mais qui renfermait du moins une haute idée philanthropique, digne du plus sérieux examen, en cela qu'elle se rattache à l'immense question de l'organisation du travail ; ce projet, disons-nous, *a été accueilli par une hilarité générale et prolongée.*

provenant des débris d'une foule d'ustensiles. Souvent même les ravageurs trouvent dans le sable des fragments de bijoux d'or ou d'argent apportés dans la Seine, soit par les égouts où se dégorgent les ruisseaux, soit par les masses de neige ou de glaces ramassées dans les rues, et que l'hiver on jette à la rivière.

Nous ne savons en vertu de quelle tradition ou de quel usage ces industriels, généralement honnêtes, paisibles et laborieux, sont si formidablement baptisés.

Le père Martial, premier habitant de l'île jusqu'alors inoccupée, étant *ravageur* (fâcheuse exception), les riverains du fleuve la nommèrent l'*île du Ravageur*.

L'habitation des pirates d'eau douce est donc située à la partie méridionale de cette *terre*.

Dans le jour on peut lire sur un écriteau qui se balance au-dessus de la porte :

AU RENDEZ-VOUS DES RAVAGEURS.

BON VIN, BONNE MATELOTE ET FRITURE.

On loue des bachots (bateaux) *pour la promenade.*

On le voit, à ses métiers patents ou occultes, le chef de cette famille maudite avait joint ceux de cabaretier, de pêcheur et de loueur de bateaux. La veuve de ce supplicié continuait de tenir la maison : des gens sans aveu, des vagabonds en rupture de ban, des montreurs d'animaux, des charlatans nomades, venaient y passer le dimanche et d'autres jours *non fériés*, en partie de plaisir. Martial (l'amant de la Louve), fils aîné de la famille, le moins coupable de tous, pêchait en fraude, et au besoin prenait en véritable *bravo*, et moyennant salaire, le parti des faibles contre les forts. Un de ses autres frères, Nicolas, le futur complice de Barbillon pour le meurtre de la courtière en diamants, était en apparence *ravageur*, mais de fait il se livrait à la piraterie d'eau douce sur la Seine et sur ses rives. Enfin François, le plus jeune des fils du supplicié, conduisait les curieux qui voulaient se promener en bateau. Nous parlerons pour mémoire d'Ambroise Martial, condamné aux galères pour vol de nuit avec effraction et tentative de meurtre. La fille aînée, surnommée *Calebasse*, aidait sa mère à faire la cuisine et à servir les hôtes ; sa sœur Amandine, âgée de neuf ans, s'occupait aussi des soins du ménage selon ses forces.

Ce soir-là, au dehors la nuit est sombre ; de lourds nuages gris et opaques, chassés par le vent, laissent voir çà et là, à travers leurs déchirures bizarres, quelque peu de sombre azur scintillant d'étoiles. La silhouette de l'île, bordée de hauts peupliers dépouillés, se dessine vigoureusement en noir sur l'obscurité diaphane du ciel et sur la transparence blanchâtre de la rivière.

La maison à pignons irréguliers est complétement ensevelie dans l'ombre ; deux fenêtres du rez-de-chaussée sont seulement éclairées, leurs vitres flamboient ; ces lueurs rouges se reflètent comme de longues traînées de feu dans les petites vagues qui baignent le débarcadère, situé proche de l'habitation.

Les chaînes des bateaux qui y sont amarrés font entendre un cliquetis sinistre ; il se mêle tristement aux rafales de la bise dans les branches des peupliers, et au sourd mugissement des grandes eaux...

Une partie de la famille est rassemblée dans la cuisine de la maison.

Cette pièce est vaste et basse ; en face de la porte sont deux fenêtres, au-dessous desquelles s'étend un long fourneau : à gauche, une haute cheminée ; à droite, un escalier qui monte à l'étage supérieur ; à côté de cet escalier, l'entrée d'une grande salle, garnie de plusieurs tables destinées aux habitués du cabaret. La lumière d'une lampe, jointe aux flammes du foyer, fait reluire un grand nombre de casseroles et autres ustensiles de cuivre pendus le long des murailles ou rangés sur des tablettes avec différentes poteries ; une grande table occupe le milieu de cette cuisine

La veuve du supplicié, entourée de trois de ses enfants, est assise au coin du foyer.

Cette femme, grande et maigre, paraît avoir quarante-cinq ans. Elle est vêtue de noir ; un mouchoir de deuil noué *en marmotte*, cachant ses cheveux, entoure son front plat, blême, déjà sillonné de rides ; son nez est long et droit ; ses pommettes saillantes, ses joux creuses ; son teint bilieux, blafard ; les coins de sa bouche, toujours abaissés, rendent plus dure encore l'expression de ce visage froid, sinistre, impassible comme un masque de marbre. Ses sourcils gris surmontent ses yeux d'un bleu terne.

La veuve du supplicié s'occupe d'un travail de couture, ainsi que ses deux filles.

L'aînée, sèche et grande, ressemble beaucoup à sa mère... C'est sa physionomie calme, dure et méchante, son nez mince, sa bouche sévère, *son regard pâle*. Seulement son teint terreux, jaune comme un coing, lui a valu le surnom de *Calebasse*. Elle ne porte pas le deuil : sa robe est brune, son bonnet de tulle noir laisse apercevoir deux bandeaux de cheveux rares, d'un blond fade et sans reflet.

François, le plus jeune des fils Martial, accroupi sur un escabeau, remmaille un *aldret*, filet de pêche destructeur, sévèrement interdit sur la Seine.

Malgré le hâle qui le brunit, le teint de cet enfant est florissant ; une forêt de cheveux roux couvre sa tête ; ses traits sont arrondis, ses lèvres grosses, son front saillant, ses yeux vifs, perçants : il ne ressemble ni à sa mère, ni à sa sœur aînée ; il a l'air sournois, craintif ; de temps à autre, à travers l'espèce de crinière qui retombe sur son front, il jette obliquement sur sa mère un coup d'œil défiant, ou échange avec sa petite sœur Amandine un regard d'intelligence et d'affection...

Celle-ci, assise à côté de son frère, s'occupe, non pas à marquer, mais à *démarquer* du linge volé la veille. Elle a neuf ans ; elle ressemble autant à son frère que sa sœur ressemble à sa mère ; ses traits, sans être plus réguliers, sont moins grossiers que ceux de François. Quoique couvert de taches de rousseur, son teint est d'une fraîcheur éclatante ; ses lèvres sont épaisses, mais vermeilles ; ses cheveux, roux, mais fins, soyeux, brillants ; ses yeux, petits, mais d'un bleu pur et doux.

Lorsque le regard d'Amandine rencontre celui de son frère, elle lui montre la porte ; à ce signe, François répond par un soupir ; puis, appelant l'attention de sa sœur par un geste rapide, il compte distinctement du bout de son filoir dix mailles de filet...

Cela veut dire, dans le langage symbolique des enfants, que leur frère Martial ne doit rentrer qu'à dix heures.

En voyant ces deux femmes silencieuses à l'air méchant, et ces deux pauvres petits inquiets, muets, craintifs, on devine là deux bourreaux et deux victimes.

Calebasse, s'apercevant qu'Amandine cessait un moment de travailler, lui dit d'une voix dure :

— Auras-tu bientôt fini de démarquer cette chemise ?...

L'enfant baissa la tête sans répondre ; à l'aide de ses doigts et de ses ciseaux, elle acheva d'enlever à la hâte les fils de coton *rouge* qui dessinaient des lettres sur la toile.

Au bout de quelques instants, Amandine, s'adressant timidement à la veuve, lui présenta son ouvrage :

— Ma mère, j'ai fini — lui dit-elle.

Sans lui répondre, la veuve lui jeta une autre pièce de linge.

L'enfant ne put la recevoir à temps et la laissa tomber. Sa grande sœur lui donna de sa main dure comme du bois un coup vigoureux sur le bras en s'écriant :

— Petite bête !!!

Amandine regagna sa place et se mit activement à l'œuvre, après avoir échangé avec son frère un regard où roulait une larme.

Le même silence continua de régner dans la cuisine.

Au dehors le vent gémissait toujours et agitait l'enseigne du cabaret.

Ce triste grincement et le sourd bouillonnement d'une marmite placée devant le feu étaient les seuls bruits qu'on entendît.

Les deux enfants observaient avec une secrète frayeur que leur mère ne parlait pas.

Quoiqu'elle fût habituellement silencieuse, ce mutisme complet et certain pincement de ses lèvres leur annonçaient que la veuve était dans ce qu'ils appelaient ses *colères blanches*, c'est-à-dire en proie à une irritation concentrée.

Le feu menaçait de s'éteindre, faute de bois.

— François, une bûche ! dit Calebasse.

Le jeune raccommodeur de filets défendus regarda derrière le pilier de la cheminée et répondit :

— Il n'y en a plus là...

— Va au bûcher — reprit Calebasse.

François murmura quelques paroles inintelligibles et ne bougea pas.

— Ah çà! François, m'entends-tu? — dit aigrement Calebasse.

La veuve du supplicié posa sur ses genoux une serviette qu'elle démarquait aussi, et jeta les yeux sur son fils.

Celui-ci avait la tête baissée, mais il devina, mais il sentit pour ainsi dire le terrible regard de sa mère peser sur lui... Craignant de rencontrer ce visage redoutable, l'enfant restait immobile.

— Ah çà! es-tu sourd, François? — reprit Calebasse irritée. — Ma mère... tu vois...

La grande sœur semblait avoir pour fonction d'accuser les deux enfants et de requérir les peines que la veuve appliquait impitoyablement.

Amandine, sans qu'on pût remarquer son mouvement, poussa doucement le coude de son frère pour l'engager tacitement à obéir à Calebasse.

François ne bougea pas.

La sœur aînée regarda sa mère pour lui demander la punition du coupable : la veuve l'entendit.

De son long doigt décharné elle lui montra une baguette de saule forte et souple placée dans l'encoignure de la cheminée.

Calebasse se pencha en arrière, prit cet instrument de correction et le remit à sa mère.

François avait parfaitement suivi le geste de sa mère; il se leva brusquement, et d'un saut se mit hors de l'atteinte de la menaçante baguette.

— Tu veux donc que ma mère te roue de coups! — s'écria Calebasse.

La veuve, tenant toujours le bâton à la main, pinçant de plus en plus ses lèvres pâles, regardait François d'un œil fixe, sans prononcer un mot.

Au léger tremblement des mains d'Amandine, dont la tête était baissée, à la rougeur qui couvrit subitement son cou, on voyait que l'enfant, quoique habituée à de pareilles scènes, s'effrayait du sort qui attendait son frère.

Celui-ci, réfugié dans un coin de la cuisine, semblait craintif et irrité.

— Prends garde à toi, ma mère va se lever, et il ne sera plus temps! — dit la grande sœur.

— Ça m'est égal — reprit François en pâlissant. J'aime mieux être battu comme avant-hier... que d'aller dans le bûcher... et la nuit... encore...

— Et pourquoi ça? — reprit Calebasse avec impatience.

— J'ai peur dans le bûcher... moi... — répondit l'enfant en frissonnant malgré lui.

— Tu as peur... imbécile... et de quoi?

François hocha la tête sans répondre.

— Parleras-tu!... De quoi as-tu peur!

— Je ne sais pas… mais j'ai peur…

— Tu es allé là cent fois, et encore hier soir!

— Je ne veux plus y aller maintenant…

— Voilà ma mère qui se lève!…

— Tant pis! — s'écria l'enfant — qu'elle me batte, qu'elle me tue, elle ne me fera pas aller dans le bûcher… la nuit… surtout…

— Mais encore une fois, pourquoi? — reprit Calebasse.

— Eh bien, parce que…

— Parce que?

— Parce qu'il y a quelqu'un…

— Il y a quelqu'un?

— D'enterré là… — murmura François en frissonnant.

La veuve du supplicié, malgré son impassibilité, ne put réprimer un brusque tressaillement; sa fille l'imita : on eût dit ces deux femmes frappées d'une même secousse électrique.

— Il y a quelqu'un d'enterré dans le bûcher? — reprit Calebasse en haussant les épaules.

— Oui — dit François d'une voix si basse qu'on l'entendit à peine.

— Menteur!. . — s'écria Calebasse.

— Je te dis, moi, que tantôt, en rangeant du bois, j'ai vu dans le coin noir du bûcher un os de mort… il sortait un peu de la terre qui était humide… à l'entour… — répliqua François.

— L'entends-tu, ma mère? Est-il bête! — dit Calebasse en faisant un signe d'intelligence à la veuve — ce sont des os de mouton que je mets là pour la lessive…

— Ça n'était pas un os de mouton — reprit l'enfant avec épouvante — c'étaient des os enterrés… des os de mort… un pied qui sortait de terre… je l'ai bien vu

— Et tu as tout de suite raconté cette belle trouvaille-là… à ton frère… à ton bon ami Martial, n'est-ce pas? — dit Calebasse avec une ironie sauvage.

François ne répondit pas.

— Méchant petit *raille* [1] — s'écria Calebasse furieuse — parce qu'il est poltron comme une vache, il serait capable de nous faire *faucher* comme on a *fauché* [2] notre père.

— Puisque tu m'appelles *raille* — s'écria François exaspéré — je dirai tout à mon frère Martial. Je ne le lui avais pas dit encore, car je ne l'ai pas vu depuis tantôt… Mais quand il reviendra ce soir… je…

L'enfant n'osa pas achever. Sa mère s'avançait vers lui, calme, mais inexorable.

Quoiqu'elle se tînt habituellement un peu courbée, sa taille était très-haute pour une femme; tenant sa baguette d'une main, de l'autre la veuve prit son fils par le bras, et, malgré la terreur, la résistance, les prières, les pleurs de

[1] Mouchard. — [2] Guillotiné.

l'enfant, l'entraînant après elle, elle le força de monter l'escalier du fond de la cuisine.

Au bout d'un instant on entendit au-dessus du plafond des trépignements sourds, mêlés de cris et de sanglots.

Quelques minutes après ce bruit cessa.

Une porte se referma violemment.

Et la veuve du supplicié redescendit.

Puis, toujours impassible, elle remit la baguette de bouleau à sa place, se rassit auprès du foyer, et reprit son travail de couture sans prononcer une parole.

CHAPITRE V.

LE PIRATE D'EAU DOUCE.

Après quelques moments de silence la veuve du supplicié dit à sa fille :

— Va chercher du bois ; cette nuit nous *rangerons le bûcher*... au retour de Nicolas et de Martial.

— De Martial ? Vous voulez donc lui dire aussi que...

— Du bois... — reprit la veuve en interrompant brusquement sa fille.

Celle-ci, habituée à subir cette volonté de fer, alluma une lanterne et sortit.

Au moment où elle ouvrit la porte, on vit au dehors la nuit noire, on entendit le craquement des hauts peupliers agités par le vent, le cliquetis des chaînes de bateaux, les sifflements de la bise, le mugissement de la rivière.

Ces bruits étaient profondément tristes.

Pendant la scène précédente, Amandine, péniblement émue du sort de François, qu'elle aimait tendrement, n'avait osé ni lever les yeux, ni essuyer ses pleurs, qui tombaient goutte à goutte sur ses genoux. Ses sanglots contenus la suffoquaient, elle tâchait de réprimer jusqu'aux battements de son cœur palpitant de crainte. Les larmes obscurcissaient sa vue. En se hâtant de démarquer la chemise qu'on lui avait donnée, elle s'était blessée à la main avec ses ciseaux ; la piqûre saignait beaucoup, mais la pauvre enfant songeait moins à sa douleur qu'à la punition qui l'attendait pour avoir taché de son sang cette pièce de linge. Heureusement, la veuve, absorbée dans une réflexion profonde, ne s'aperçut de rien.

Calebasse rentra portant un panier rempli de bois. Au regard de sa mère, elle répondit par un signe de tête affirmatif.

Cela voulait dire qu'en effet le pied du mort sortait de terre...

La veuve pinça ses lèvres et continua de travailler, seulement elle parut manier plus précipitamment son aiguille.

Calebasse ranima le feu, surveilla l'ébullition de la marmite qui cuisait au coin du foyer, puis se rassit auprès de sa mère.

— Nicolas n'arrive pas ! — lui dit-elle — Pourvu que la vieille femme de ce matin, en lui donnant un rendez-vous avec un bourgeois de la part de Bradamanti, ne l'ait pas mis dans une mauvaise affaire. Elle avait l'air si en dessous ! elle n'a voulu ni s'expliquer, ni dire son nom, ni d'où elle venait.

La veuve haussa les épaules.

— Vous croyez qu'il n'y a pas de danger pour Nicolas, ma mère ?... Après

tout, vous avez peut-être raison... La vieille lui demandait de se trouver à
sept heures du soir quai de Billy, en face la gare, et là d'attendre un homme
qui voulait lui parler et qui lui dirait *Bradamanti* pour mot de passe .. Au
fait, ça n'est pas bien périlleux... Si Nicolas s'attarde, c'est qu'il aura peut-
être trouvé quelque chose en route.. comme avant-hier... ce linge-là... qu'il
a *grinchi* ¹ sur un bateau de blanchisseuse. — Et elle montra une des pièces
que démarquait Amandine; puis, s'adressant à l'enfant : — Qu'est-ce que ça
veut dire, *grinchir!*

— Ça veut dire... prendre... — répondit l'enfant sans lever les yeux.

— Ça veut dire voler, petite sotte; entends-tu!... voler...

— Oui, ma sœur...

— Et quand on sait bien grinchir comme Nicolas, il y a toujours quelque
chose à gagner... le linge qu'il a volé hier nous a remontés et ne nous coûtera
que la façon du démarquage... n'est-ce pas, ma mère! — ajouta Calebasse
avec un éclat de rire qui laissa voir des dents déchaussées et jaunes comme
son teint.

La veuve resta froide à cette plaisanterie.

— A propos de remonter notre ménage gratis — reprit Calebasse — nous
pourrons peut-être nous fournir à une autre boutique. Vous savez bien qu'un
vieux homme est venu habiter, depuis quelques jours, la maison de campagne
de M. Griffon, le médecin de l'hospice de Paris... cette maison isolée, à cent
pas du bord de l'eau, en face le four à plâtre?

La veuve baissa la tête.

— Nicolas disait hier que maintenant il y aurait peut-être là un bon coup à
faire — reprit Calebasse. — Et moi je sais depuis ce matin qu'il y a là du butin
pour sûr; il faudra envoyer Amandine flâner autour de la maison, on n'y fera
pas attention; elle aura l'air de jouer, regardera bien partout, et viendra nous
rapporter ce qu'elle aura vu. Entends-tu ce que je te dis! — ajouta durement
Calebasse en s'adressant à Amandine.

— Oui, ma sœur, j'irai — répondit l'enfant en tremblant.

— Tu dis toujours . Je ferai, et tu ne fais pas, sournoise! La fois où je
t'avais commandé de prendre cent sous dans le comptoir de l'épicier d'Asnières
pendant que je l'occupais d'un autre côté de sa boutique, c'était facile; on ne
se défie pas d'un enfant. Pourquoi ne m'as-tu pas obéi!

— Ma sœur... le cœur m'a manqué... je n'ai pas osé.

— L'autre jour tu as bien osé voler un mouchoir dans la balle du colporteur,
pendant qu'il vendait dans le cabaret... S'est-il aperçu de quelque chose, imbécile!

— Ma sœur, vous m'y avez forcée... le mouchoir était pour vous; et puis
ce n'était pas de l'argent...

— Qu'est-ce que ça fait!

¹ Volé.

III.   7

— Dame!... prendre un mouchoir, ça n'est pas si mal que de prendre de l'argent.

— Ta parole d'honneur? c'est Martial qui t'apprend ces *vertucheries*-là, n'est-ce pas? — reprit Calebasse avec ironie — tu vas tout lui rapporter, petite moucharde!... crois-tu que nous ayons peur qu'il nous mange, ton Martial?...

— Puis, s'adressant à la veuve, Calebasse ajouta : — Vois-tu, ma mère, ça finira mal pour lui... Il veut faire la loi ici. Nicolas est furieux contre lui, moi aussi... Il excite Amandine et François contre nous, contre toi... Est-ce que ça peut durer?...

— Non... — dit la mère d'un ton bref et dur.

— C'est surtout depuis que sa Louve est à Saint-Lazare qu'il est comme un déchaîné après tout le monde... Est-ce que c'est notre faute, à nous, si elle est en prison... sa maîtresse?... Une fois sortie, elle n'a qu'à venir ici... et je la servirai... bonne mesure... quoiqu'elle fasse la méchante...

La veuve, après un moment de réflexion, dit à sa fille :

— Tu crois qu'il y a un coup à faire sur ce vieux qui habite la maison du médecin?

— Oui... ma mère...

— Il a l'air d'un mendiant!

— Ça n'empêche pas que c'est un noble

— Un noble?

— Oui, et qu'il ait de l'or dans sa bourse... quoiqu'il aille à Paris à pied tous les jours, et qu'il revienne de même, avec son gros bâton pour toute voiture.

— Qu'en sais-tu, s'il a de l'or?

— Tantôt j'ai été au bureau de poste d'Asnières pour voir s'il n'y avait pas de lettre de Toulon...

A ces mots, qui lui rappelaient le séjour de son fils au bagne, la veuve du supplicié fronça ses sourcils et étouffa un soupir.

Calebasse continua :

— J'attendais mon tour, quand le vieux qui loge chez le médecin est entré; je l'ai tout de suite reconnu à sa barbe blanche comme ses cheveux... à sa face couleur de buis... et à ses sourcils noirs. Il n'a pas l'air facile.. Malgré son âge, ça doit être un vieux déterminé... Il a dit à la buraliste : « Avez-vous des lettres d'Angers pour M. le comte de Saint-Remy? — Oui, a-t-elle répondu, en voilà une. — C'est pour moi, a-t-il dit; voilà mon passe-port. » Pendant que la buraliste l'examinait, le vieux, pour payer le port, a tiré sa bourse de soie verte. A un bout j'ai vu de l'or reluire à travers les mailles; il y en avait gros comme un œuf... au moins quarante ou cinquante louis! — s'écria Calebasse les yeux brillants de convoitise... — et pourtant il est mis comme un gueux... C'est un de ces vieux avares farcis de trésors... Allez, ma mère! nous savons son nom.. ça pourra peut-être servir... pour s'introduire chez lui... quand Amandine nous aura dit s'il a des domestiques.

Des aboiements violents interrompirent Calebasse.

— Ah!… les chiens crient — dit-elle; — ils entendent un bateau… C'est Martial ou Nicolas…

Au nom de Martial, les traits d'Amandine exprimèrent une joie contrainte.

Après quelques minutes d'attente, pendant lesquelles elle fixait un œil impatient et inquiet sur la porte, l'enfant vit, à son grand regret, entrer Nicolas. le futur complice de Barbillon. La physionomie de cet homme était à la fois ignoble et féroce : petit, grêle, chétif, on ne concevait pas qu'il pût exercer son dangereux et criminel métier. Malheureusement une sauvage énergie morale suppléait chez ce misérable à la force physique qui lui manquait. Pardessus son bourgeron bleu, Nicolas portait une sorte de casaque sans manches. faite d'une peau de bouc à longs poils bruns; en entrant il jeta par terre un saumon de cuivre qu'il avait péniblement apporté sur son épaule.

— Bonne nuit et bon butin, la mère! — s'écria-t-il d'une voix creuse et enrouée, après s'être débarrassé de son fardeau; — il y a encore trois saumons pareils dans mon bachot, un paquet de hardes et une caisse remplie de je ne sais pas quoi; car je ne me suis pas amusé à l'ouvrir. Peut-être que je suis volé… on verra!

— Et l'homme du quai de Billy? — demanda Calebasse pendant que la veuve regardait silencieusement son fils.

Celui-ci, pour toute réponse, plongea sa main dans la poche de son pantalon. et, la secouant, y fit bruire un grand nombre de pièces d'argent.

— Tu lui as pris tout ça?… — s'écria Calebasse.

— Non, il a aboulé de lui-même 200 francs; et il en aboulera encore 800 quand j'aurai… mais suffit!… D'abord déchargeons mon bachot. nous jaserons après… Martial n'est pas ici!

— Non — dit la sœur.

— Tant mieux!. . nous serrerons le butin sans lui… Autant qu'il ne sache pas…

— Tu as peur de lui. poltron! — dit aigrement Calebasse.

— Peur de lui? moi!… — il haussa les épaules — j'ai peur qu'il ne nous vende… voilà tout. Quant à le craindre… *Coupe-sifflet* [1] a la langue trop bien affilée !…

— Oh' quand il n'est pas là… tu fanfaronnes… mais qu'il arrive. ça te clôt le bec.

Nicolas parut insensible à ce reproche. et dit :

— Allons. vite! vite!… au bateau… Où est donc François, la mère!… Il nous aiderait.

— Ma mère l'a enfermé là-haut après l'avoir rincé; il se couchera sans souper — dit Calebasse.

— Bon: mais qu'il vienne tout de même aider à décharger le bachot. n'est-

[1] Mon couteau.

ce pas, la mère? Moi, lui et Calebasse, en une tournée nous rentrerons tous
ici…

La veuve leva le doigt au plafond. Calebasse comprit, et monta chercher
François

Le sombre visage de la mère Martial s'était quelque peu déridé depuis l'arrivée de Nicolas; elle l'aimait plus que Calebasse, moins encore cependant
que *son fils de Toulon*, comme elle disait… car l'amour maternel de cette
farouche créature s'élevait en proportion de la criminalité des siens.

Cette préférence perverse explique suffisamment l'éloignement de la veuve
pour ses deux jeunes enfants qui n'annonçaient pas de dispositions mauvaises,
et sa haine profonde pour Martial, son fils aîné, qui, sans mener une vie irréprochable, pouvait passer pour un très-honnête homme si on le comparait à
Nicolas, à Calebasse et à son frère le forçat de Toulon.

— Où as-tu picoré cette nuit? — dit la veuve à Nicolas.

— En m'en retournant du quai de Billy, où j'ai rencontré le bourgeois avec
qui j'avais rendez-vous pour ce soir, j'ai reluqué, près du pont des Invalides,
une galiote amarrée au quai. Il faisait noir; j'ai dit : Pas de lumière dans la
cabine… les mariniers sont à terre. J'aborde… Si je trouve un curieux, je
demande un bout de corde, censé pour reficeler ma rame… J'entre dans la
cabine… personne… Alors j'y rafle ce que je peux, des hardes, une grande
caisse, et, sur le pont, quatre saumons de cuivre; car j'ai fait deux tournées,
la galiote était chargée de cuivre et de fer. Mais voilà François et Calebasse :
vite au bachot!… Allons, file aussi, toi, eh!… Amandine, tu porteras les
hardes… Avant de chasser… faut rapporter…

Restée seule, la veuve s'occupa des préparatifs du souper de la famille,
plaça sur la table des verres, des bouteilles, des assiettes de faïence et des
couverts d'argent.

Au moment où elle terminait ses apprêts, ses enfants rentrèrent pesamment
chargés.

Le poids de deux saumons de cuivre qu'il portait sur ses épaules semblait
écraser le petit François; Amandine disparaissait à moitié sous le monceau
de hardes volées qu'elle tenait sur sa tête; enfin Nicolas, aidé de Calebasse,
apportait une caisse de bois blanc, sur laquelle il avait placé le quatrième saumon de cuivre.

— La caisse, la caisse!… éventrons-la, la caisse ! — s'écria Calebasse avec
une sauvage impatience.

Les saumons de cuivre furent jetés sur le sol.

Nicolas s'arma du fer épais de la hachette qu'il portait à sa ceinture, et
l'introduisit sous le couvercle de la caisse placée au milieu de la cuisine, afin
de le soulever

La lueur rougeâtre et vacillante du foyer éclairait cette scène de pillage; au
dehors, les sifflements du vent redoublaient de violence.

Nicolas, vêtu de sa peau de bouc, accroupi devant le coffre, tâchait de le

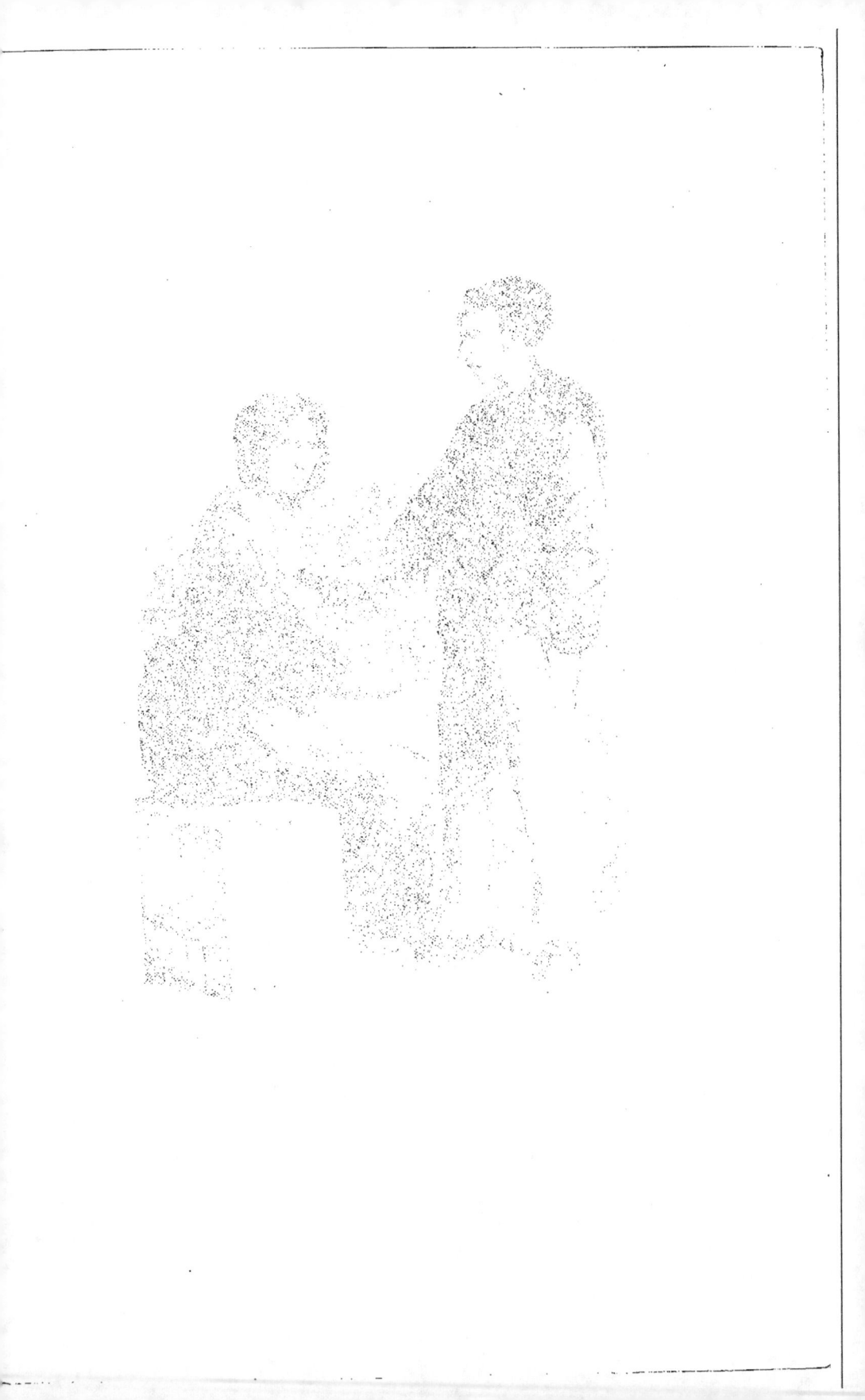

EUSTACHE MORIN   H. LAVOIGNAT

NICOLAS MARTIAL ET SA SŒUR CALEBASSE.

briser, et proférait d'horribles blasphèmes en voyant l'épais couvercle résister
à de vigoureuses pesées. Les yeux enflammés de cupidité, les joues colorées
par l'emportement de la rapine, Calebasse, agenouillée sur la caisse, y faisait porter tout le poids de son corps afin de donner un point d'appui plus fixe
à l'action du levier de Nicolas. La veuve, séparée de ce groupe par la largeur
de la table où elle allongeait sa grande taille, se penchait aussi vers l'objet
volé, le regard étincelant d'une fiévreuse convoitise.

Enfin, chose cruelle et malheureusement trop *humaine!* les deux enfants
dont les bons instincts naturels avaient souvent triomphé de l'influence maudite de cette abominable corruption domestique; les deux enfants, oubliant
leurs scrupules et leurs craintes, cédaient à l'attrait d'une curiosité fatale...

Serrés l'un contre l'autre, l'œil brillant, la respiration oppressée, François
et Amandine n'étaient pas les moins empressés de connaître le contenu du
coffre, ni les moins irrités des lenteurs de l'effraction de Nicolas.

Enfin le couvercle sauta en éclats.

STAAL.

— Ah!... — s'écria la famille d'une seule voix, haletante et joyeuse.

Et tous, depuis la mère jusqu'à la petite fille, s'abattirent et se précipitè-
rent avec une ardeur sauvage sur la caisse effondrée... Sans doute expédiée

de Paris à un marchand de nouveautés d'un bourg riverain, elle contenait une grande quantité de pièces d'étoffes à l'usage des femmes.

— Nicolas n'est pas volé! — s'écria Calebasse en déroulant une pièce de mousseline de laine.

— Non — répondit le brigand en déployant à son tour un paquet de foulards — j'ai fait mes frais...

— De la levantine... ça se vendra comme du pain... — dit la veuve en puisant à son tour dans la caisse.

— La recéleuse de Bras-Rouge, qui demeure rue du Temple, achètera les étoffes — ajouta Nicolas; — et le père Micou, le logeur en garni du quartier Saint-Honoré, s'arrangera du *rouget* [1].

— Amandine — dit tout bas François à sa petite sœur — comme ça ferait une jolie cravate, un de ces beaux mouchoirs de soie... que Nicolas tient à la main!...

— Ça ferait aussi une bien jolie marmotte — répondit l'enfant avec admiration.

— Faut avouer que tu as eu de la chance de monter sur cette galiote, Nicolas — dit Calebasse. — Tiens, fameux!... maintenant, voilà des châles... il y en a trois... vraie bourre de soie... Vois donc, ma mère!...

— La mère Burette donnera au moins 500 francs du tout — dit la veuve après un mûr examen.

— Alors ça doit valoir au moins 1,500 francs — dit Nicolas; — mais, comme on dit, tout recéleur... tout voleur. Bah! tant pis... je ne sais pas chicaner... je serai encore assez colas cette fois-ci pour en passer par où la mère Burette voudra et le père Micou aussi; mais lui, c'est un ami.

— C'est égal, il est voleur comme les autres, le vieux revendeur de ferraille; mais ces canailles de recéleurs savent qu'on a besoin d'eux — reprit Calebasse en se drapant dans un des châles — et ils en abusent!

— Il n'y a plus rien — dit Nicolas en arrivant au fond de la caisse.

— Maintenant il faut tout resserrer — dit la veuve.

— Moi, je garde ce châle-là — reprit Calebasse.

— Tu gardes... tu gardes.. — s'écria brusquement Nicolas — tu le garderas.. si je te le donne... Tu prends toujours... toi... madame *Pas-Gênée*.

— Tiens!... et toi donc, tu t'en prives... de prendre!

— Moi... je *grinchis* en risquant ma peau; c'est pas toi qui aurais été *enflaquée* si on m'avait pincé sur la galiote...

— Eh bien! le voilà, ton châle, je m'en moque pas mal! dit aigrement Calebasse en le rejetant dans la caisse.

— C'est pas à cause du châle... que je parle; je ne suis pas assez chiche pour lésiner sur un châle : un de plus ou de moins, la mère Burette ne changera pas son prix; elle achète en bloc — reprit Nicolas. — Mais, au lieu de dire que tu prends ce châle, tu peux me demander que je te le donne... Allons,

[1] Cuivre.

voyons, garde-le .. Garde-le, je te dis... ou sinon je l'envoie au feu pour faire bouillir la marmite!

Ces paroles calmèrent la mauvaise humeur de Calebasse; elle prit le châle sans rancune.

Nicolas était sans doute en veine de générosité; car, déchirant avec ses dents le chef d'une des pièces de soierie, il en détacha deux foulards et les jeta à Armandine et à François, qui n'avaient pas cessé de contempler cette étoffe avec envie.

— Voilà pour vous, gamins! cette bouchée-là vous mettra en goût de grinchir... L'appétit vient en mangeant... Maintenant allez vous coucher... j'ai à jaser avec la mère: on vous portera à souper là-haut.

Les deux enfants battirent joyeusement des mains, et agitèrent triomphalement les foulards volés qu'on venait de leur donner.

— Eh bien! petits bêtas — dit Calebasse — écouterez-vous encore Martial? est-ce qu'il vous a jamais donné des beaux foulards comme ça, lui!

François et Amandine se regardèrent, puis ils baissèrent la tête sans répondre.

— Parlez donc! — reprit durement Calebasse; — est-ce qu'il vous a jamais fait des cadeaux, Martial?

— Dame!... non... il ne nous en a jamais fait — dit François en regardant son mouchoir de soie rouge avec bonheur.

Amandine ajouta bien bas:

— Notre frère Martial ne nous fait pas de cadeaux... parce qu'il n'a pas de quoi...

— S'il volait, il aurait de quoi — dit durement Nicolas; — n'est-ce pas, François?

— Oui, mon frère — répondit François; puis il ajouta: — Oh! le beau foulard!... quelle jolie cravate pour le dimanche!

— Et moi, quelle belle marmotte! — reprit Amandine.

— Sans compter que les enfants du chaufournier du four à plâtre rageront joliment en vous voyant passer — dit Calebasse; et elle examina les traits des enfants pour voir s'ils comprendraient la méchante portée de ces paroles. L'abominable créature appelait la vanité à son aide pour étouffer les derniers scrupules de ces malheureux. — Les enfants du chaufournier — reprit-elle — auront l'air de mendiants, ils en crèveront de jalousie; car vous autres... avec vos beaux mouchoirs de soie, vous aurez l'air de petits bourgeois!

— Tiens! c'est vrai — reprit François; — alors je suis bien plus content de ma belle cravate, puisque les petits chaufourniers rageront de ne pas en avoir une pareille... n'est-ce pas, Amandine?

— Moi, je suis contente d'avoir ma belle marmotte... voilà tout...

— Aussi, toi, tu ne seras jamais qu'une colasse! — dit dédaigneusement Calebasse; puis, prenant sur la table du pain et un morceau de fromage, elle le donna aux enfants, et leur dit:

— Montez vous coucher... Voilà une lanterne, prenez garde au feu, et éteignez-la avant de vous endormir.

— Ah çà — ajouta Nicolas — rappelez-vous bien que si vous avez le malheur de parler à Martial de la caisse, des saumons de cuivre et des hardes, vous aurez une danse que le feu y prendra; sans compter que je vous retirerai les foulards.

Après le départ des enfants, Nicolas et sa sœur enfouirent les hardes, la caisse d'étoffes et les saumons de cuivre au fond d'un petit caveau, surbaissé de quelques marches, qui s'ouvrait dans la cuisine, non loin de la cheminée.

— Ah çà, la mère! à boire, et du chenu!... — s'écria le bandit; — du cacheté, de l'eau-de-vie!... J'ai bien gagné ma journée... Sers le souper, Calebasse; Martial rongera nos os, c'est bon pour lui... Jasons maintenant du bourgeois du quai de Billy, car demain ou après-demain il faut que ça chauffe si je veux empocher l'argent qu'il a promis... Je vas te conter ça, la mère... Mais à boire, tonnerre!.. à boire... c'est moi qui régale!

Et Nicolas fit de nouveau bruire les pièces de cent sous qu'il avait dans sa poche; puis, jetant au loin sa peau de bouc, son bonnet de laine noire, il s'assit à table devant un énorme plat de ragoût de mouton, un morceau de veau froid et une salade. Lorsque Calebasse eut apporté du vin et de l'eau-de-vie, la veuve, toujours impassible et sombre, s'assit d'un côté de la table, ayant Nicolas à sa droite, sa fille à gauche; en face d'elle étaient les places inoccupées de Martial et des deux enfants. Le bandit tira de sa poche un large et long couteau catalan à manche de corne, à lame aiguë. Contemplant cette arme meurtrière avec une sorte de satisfaction féroce, il dit à la veuve :

— *Coupe-sifflet* tranche toujours bien!... Passez-moi le pain, la mère!

— A propos de couteau — dit Calebasse — François s'est aperçu de la chose... dans le bûcher.

— De quoi! — dit Nicolas sans la comprendre.

— Il a vu un des pieds...

— De l'homme! — s'écria Nicolas.

— Oui — dit la veuve en mettant une tranche de viande dans l'assiette de son fils.

— C'est drôle!... la fosse était pourtant bien profonde — dit le brigand; — mais depuis le temps... la terre aura tassé...

— Il faudra cette nuit jeter tout à la rivière — dit la veuve.

— C'est plus sûr — répondit Nicolas.

— On y attachera un pavé avec un brin de vieille chaîne de bateau — dit Calebasse.

— Pas si bête!... — répondit Nicolas en se versant à boire; — puis, s'adressant à la veuve, tenant la bouteille haute : — Voyons, trinquez avec nous, ça vous égaiera, la mère!

La veuve secoua la tête, recula son verre, et dit à son fils :

— Et l'homme du quai de Billy!

— Voilà la chose... — dit Nicolas, sans s'interrompre de manger et de boire... — En arrivant à la gare, j'ai attaché mon bachot et j'ai monté au quai; sept heures sonnaient à la boulangerie militaire de Chaillot; on ne s'y voyait pas à quatre pas. Je me promenais le long du parapet depuis un quart d'heure, lorsque j'entends marcher doucement derrière moi; je ralentis; un homme embaluchonné dans un manteau s'approche de moi en toussotant; je m'arrête, il s'arrête... Tout ce que je sais de sa figure, c'est que son manteau lui cachait le nez, et son chapeau les yeux.

(Nous rappellerons au lecteur que ce personnage mystérieux était Jacques Ferrand le notaire, qui, voulant se défaire de Fleur-de-Marie, avait, le matin même, dépêché madame Séraphin chez les Martial, dont il espérait faire les instruments de ce nouveau crime.)

« Bradamanti, me dit le bourgeois — reprit Nicolas — c'était le mot de passe convenu avec la vieille, pour me reconnaître avec le particulier. — Ravageur, que je lui réponds, comme c'était encore convenu.

» — Vous vous appelez Martial ! — me dit-il.

» — Oui, bourgeois.

» — Il est venu ce matin une femme à votre île; que vous a-t-elle dit !

» — Que vous aviez à me parler de la part de M. Bradamanti.

» — Voulez-vous gagner de l'argent ?

» — Oui, bourgeois... beaucoup.

» — Vous avez un bateau ?

» — Nous en avons quatre, bourgeois, c'est notre partie : bachoteurs et ravageurs de père en fils, à votre service.

» — Voilà ce qu'il faudrait faire... si vous n'avez pas peur...

» — Peur... de quoi, bourgeois ?

» — De voir quelqu'un *se noyer par accident*... seulement il s'agirait d'aider à l'accident... comprenez-vous ?

» — Ah çà ! bourgeois, faut donc faire boire un particulier à même la Seine, comme par hasard ?... ça me va... mais comme c'est un fricot délicat, ça coûte cher d'assaisonnement...

» — Combien... pour deux ?...

» — Pour deux... il y aura deux personnes à mettre au court bouillon dans la rivière ?

» — Oui...

» — Cinq cents francs par tête... bourgeois... c'est pas cher !

» — Va pour mille francs...

» — Payés d'avance, bourgeois ?

» — Deux cents francs d'avance, le reste après...

» — Vous vous défiez de moi, bourgeois ?

» — Non ; vous pouvez empocher mes deux cents francs sans remplir nos conventions.

» — Et vous, bourgeois, une fois le coup fait, quand je vous demanderai les huit cents francs, vous pouvez me répondre : Merci, je sors d'en prendre !

» — C'est une chance ; ça vous convient-il, oui ou non ?_deux cents francs comptant, et après-demain soir, ici à neuf heures, je vous remettrai huit cents francs.

» — Et qui vous dira que j'aurai fait boire les deux personnes ?

» — Je le saurai... ça me regarde... Est ce dit !

» — C'est dit, bourgeois.

» — Voilà deux cents francs... Maintenant, écoutez-moi : Vous reconnaîtrez bien la vieille femme qui est allée vous trouver ce matin ?

» — Oui, bourgeois.

» — Demain, ou après-demain au plus tard, vous la verrez venir, vers les quatre heures du soir, sur la rive en face de votre île, avec une jeune fille blonde ; la vieille vous fera un signal en agitant un mouchoir.

» — Oui, bourgeois.

» — Combien faut-il de temps pour aller de la rive à votre île ?

» — Vingt bonnes minutes.

» — Vos bateaux sont à fond plat ?

» — Plat comme la main, bourgeois.

» — Vous pratiquerez adroitement une sorte de large soupape dans le fond de l'un de ces bateaux, afin de pouvoir, en ouvrant cette soupape, le faire couler à volonté en un clin d'œil... Comprenez-vous ?

» — Très-bien, bourgeois ; vous êtes malin ! J'ai justement un vieux bateau à moitié pourri ; je voulais le déchirer... il sera bon pour ce dernier voyage.

» — Vous partez donc de votre île avec ce bateau à soupape ; un bon bateau vous suit, conduit par quelqu'un de votre famille. Vous abordez, vous prenez la vieille femme et la jeune fille blonde à bord du bateau troué, et vous regagnez votre île; mais, à une distance raisonnable du rivage, vous feignez de vous baisser pour raccommoder quelque chose, vous ouvrez la soupape et vous sautez lestement dans l'autre bateau, pendant que la vieille femme et la jeune fille blonde...

» — Boivent à la même tasse... ça y est... bourgeois!

» — Mais, êtes-vous sûr de n'être pas dérangé!... S'il venait des pratiques dans votre cabaret!...

» — Il n'y a pas de crainte, bourgeois. A cette heure-là, et en hiver surtout, il n'en vient jamais... c'est notre morte saison; et il en viendrait, qu'ils ne seraient pas gênants... au contraire... c'est tous des amis connus...

» — Très-bien! D'ailleurs vous ne vous compromettez en rien: le bateau sera censé couler par vétusté, et la vieille femme qui vous aura amené la jeune fille disparaîtra avec elle. Enfin, pour bien vous assurer que toutes deux seront noyées (toujours par accident), vous pourrez, si elles revenaient sur l'eau, ou si elles s'accrochaient au bateau, avoir l'air de faire tous vos efforts pour les secourir, et...

» — Et les aider... à replonger. Bien, bourgeois !

» — Il faudra même que la promenade se fasse après le soleil couché, afin que la nuit soit noire lorsqu'elles tomberont à l'eau.

» — Non, bourgeois; car si on n'y voit pas clair, comment saura-t-on si les deux femmes ont bu leur soûl ou si elles en veulent encore ?

» — C'est juste; alors l'accident aura lieu avant le coucher du soleil.

» — A la bonne heure, bourgeois; mais la vieille ne se doutera de rien ?

» — Non... En arrivant, elle vous dira à l'oreille : — *Il faut noyer la petite; un peu avant de faire enfoncer le bateau, faites-moi signe pour que je sois prête à me sauver avec vous.* Vous répondrez à la vieille de manière à éloigner ses soupçons.

» — De façon qu'elle croira mener la petite blonde boire ?...

» — Et qu'elle boira avec la petite blonde.

» — C'est crânement arrangé, bourgeois.

» — Et surtout que la vieille ne se doute de rien !...

» — Calmez-vous, bourgeois, elle avalera ça doux comme miel.

» — Allons, bonne chance, mon garçon ! Si je suis content, peut-être je vous emploierai encore !

» — A votre service, bourgeois ! »

— Là-dessus — dit le brigand en terminant sa narration — j'ai quitté l'homme au manteau, j'ai regagné mon bateau, et, en passant devant la galiote, j'ai raflé le butin de tout à l'heure.

On voit, par le récit de Nicolas, que le notaire voulait, au moyen d'un double crime, se débarrasser à la fois de Fleur-de-Marie et de madame Séraphin, en faisant tomber celle-ci dans le piège qu'elle croyait seulement tendu à la Goualeuse. Avons-nous besoin de répéter que, craignant à juste titre que la Chouette n'apprît d'un moment à l'autre à Fleur-de-Marie qu'elle avait été abandonnée par madame Séraphin, Jacques Ferrand se croyait un puissant intérêt à faire disparaître cette jeune fille, dont les réclamations auraient pu le frapper mortellement et dans sa fortune et dans sa réputation ? Quant à madame Séraphin, le notaire, en la sacrifiant, se défaisait de l'un des deux complices (Bradamanti était l'autre) qui pouvaient le perdre en se perdant eux-mêmes, il est vrai; mais Jacques Ferrand croyait ses secrets mieux gardés par la tombe que par l'intérêt personnel.

La veuve du supplicié et Calebasse avaient attentivement écouté Nicolas, qui ne s'était interrompu que pour boire avec excès. Aussi commençait-il à parler avec une exaltation singulière :

— Ça n'est pas tout — reprit-il; — j'ai emmanché une autre affaire avec la Chouette et Barbillon, de la rue aux Fèves. C'est un fameux coup, crânement monté; et si nous ne le manquons pas, il y aura de quoi frire, je m'en vante. Il s'agit de dépouiller une courtière en diamants, qui a quelquefois pour des cinquante mille francs de pierreries dans son cabas.

— Cinquante mille francs ! — s'écrièrent la mère et la fille, dont les yeux étincelèrent de cupidité.

— Oui... rien que ça... Bras-Rouge en sera. Hier il a déjà empaumé la courtière par une lettre que nous lui avons portée, nous deux Barbillon, boulevard Saint-Denis. C'est un fameux homme que Bras-Rouge ! Comme il a de quoi, on ne se méfie pas de lui. Pour amorcer la courtière, il lui a déjà vendu un diamant de quatre cents francs. Elle ne se défiera pas de venir, à la tombée du jour, dans son cabaret des Champs-Élysées. Nous serons là cachés. Calebasse viendra aussi, elle gardera mon bateau le long de la Seine. S'il faut emballer la courtière morte ou vive, ça sera une voiture commode et qui ne laisse pas de traces. En voilà un plan !... Gueux de Bras-Rouge, quelle sorbonne !

— Je me défie toujours de Bras-Rouge — dit la veuve. — Après l'affaire de la rue Montmartre, ton frère Ambroise a été à Toulon et Bras-Rouge a été relâché

— Parce qu'il n'y avait pas de preuves contre lui ; il est si malin ! .. Mais trahir les autres... jamais !

La veuve secoua la tête, comme si elle n'eût été qu'à demi convaincue de la *probité* de Bras-Rouge.

Après quelques moments de *réflexion*, elle dit :

— J'aime mieux l'affaire du quai de Billy pour demain ou après-demain soir..... la noyade des deux femmes..... Mais Martial nous gênera... comme toujours...

— Le tonnerre du diable ne nous débarrassera donc pas de lui !...— s'écria Nicolas à moitié ivre, en plantant avec fureur son long couteau dans la table.

— J'ai dit à ma mère que nous en avions assez, que ça ne pouvait pas durer — reprit Calebasse. — Tant qu'il sera ici, on ne pourra rien faire des enfants.....

— Je vous dis qu'il est capable de nous dénoncer un jour ou l'autre, le brigand ! — dit Nicolas. — Vois-tu, la mère .... si tu m'en avais cru..... — ajouta-t-il d'un air farouche et significatif, en regardant sa mère — tout serait dit...

— Il y a d'autres moyens.

— C'est le meilleur ! — dit le brigand.

— Maintenant... non — répondit la veuve d'un ton si absolu que Nicolas se tut, dominé par l'influence de sa mère, qu'il savait aussi criminelle, aussi méchante, mais encore plus déterminée que lui.

La veuve ajouta :

— Demain matin il quittera l'île pour toujours.

— Comment ? — dirent à la fois Calebasse et Nicolas.

— Il va rentrer... cherchez-lui querelle... mais hardiment, en face, comme vous n'avez jamais osé le faire... Venez-en aux coups, s'il le faut... Il est fort, mais vous serez deux, et je vous aiderai... Surtout pas de couteaux... pas de sang... Qu'il soit battu, pas blessé.

— Et puis après, la mère ? — demanda Nicolas.

— Après... on s'expliquera... Nous lui dirons de quitter l'île demain... sinon que tous les jours la scène de ce soir recommencera... Je le connais, ces batteries continuelles le dégoûteront. Jusqu'à présent on l'a laissé trop tranquille...

— Mais il est entêté comme un mulet, il est capable de vouloir rester tout de même à cause des enfants... — dit Calebasse.

— C'est un gueux fini... mais une batterie ne lui fait pas peur... — dit Nicolas.

— Une... oui — dit la veuve — mais tous les jours, tous les jours... c'est l'enfer... il cédera...

— Et s'il ne cédait pas ?

— Alors j'ai un autre moyen sûr de le forcer à partir cette nuit, ou demain matin au plus tard — reprit la veuve avec un sourire étrange.

— Vraiment, la mère ?

— Oui, mais j'aimerais mieux l'effrayer par les batteries, si je n'y réussissais pas, alors... à l'autre moyen.

— Et si l'autre moyen ne réussissait pas non plus, la mère ?... — dit Nicolas...

— Il y en a un dernier qui réussit toujours — répondit la veuve.

Tout à coup la porte s'ouvrit... Martial entra.

Il ventait si fort au dehors qu'on n'avait pas entendu les aboiements des chiens annonçant le retour du fils aîné de la veuve du supplicié.

MARTIAL.

Ignorant de ... ... cuisine.

Quelques mots de la ... ... déjà fait connaître la ... ... naturels, incapable d'... ... ...

...

...

...

fol ... ...
barbe à poison ... ...
accusé, ses ... ...
singulière ... ...
il ne pouvait ... ...
de peu ... ...

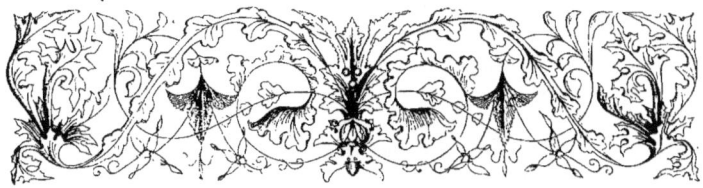

CHAPITRE VI.

Ignorant les mauvais desseins de sa famille, Martial entra lentement dans la cuisine.

Quelques mots de la Louve, dans son entretien avec Fleur-de-Marie, ont déjà fait connaître la singulière existence de cet homme. Doué de bons instincts naturels, incapable d'une action positivement basse ou méchante, Martial n'en menait pas moins une conduite peu régulière. Il pêchait en fraude, et sa force, son audace inspiraient assez de crainte aux garde-pêches pour qu'ils fermassent les yeux sur son braconnage de rivière.

A cette industrie déjà très-peu légale, Martial en joignait une autre fort illicite. *Bravo* redouté, il se chargeait volontiers, plus encore par excès de courage, par *crânerie*, que par cupidité, de venger dans des rencontres de pugilat ou de bâton les victimes d'adversaires d'une force trop inégale ; il faut dire que Martial choisissait d'ailleurs avec assez de droiture les *causes* qu'il plaidait à coups de poing ; généralement il prenait le parti du faible contre le fort.

L'amant de la Louve ressemblait beaucoup à François et à Amandine ; il était de taille moyenne, mais robuste, large d'épaules ; ses épais cheveux roux, coupés en brosse, formaient cinq pointes sur son front bien ouvert ; sa barbe épaisse, drue et courte, ses joues larges, son nez saillant carrément accusé, ses yeux bleus et hardis, donnaient à ce mâle visage une expression singulièrement résolue. Il était coiffé d'un vieux chapeau ciré ; malgré le froid, il ne portait qu'une mauvaise blouse bleue par-dessus sa veste et son pantalon de gros velours de coton tout usé. Il tenait à la main un énorme bâton noueux, qu'il déposa près de lui sur le buffet. Un gros chien basset, à jambes torses, au pelage noir marqué de feux très-vifs, était entré avec Martial ; mais il restait auprès de la porte, n'osant approcher ni du feu, ni des convives déjà attablés, l'expérience ayant prouvé au vieux Miraut (c'était le nom du basset, ancien compagnon de braconnage de Martial) qu'il était, ainsi que son maître, très-peu sympathique à la famille.

— Où sont donc les enfants ?

Tels furent les premiers mots de Martial lorsqu'il s'assit à table.

— Ils sont où ils sont — répondit aigrement Calebasse.

— Où sont les enfants, ma mère! — reprit Martial sans s'inquiéter de la réponse de sa sœur.

— Ils sont couchés — reprit sèchement la veuve.

— Est-ce qu'ils n'ont pas soupé, ma mère!

— Qu'est-ce que ça te fait, à toi! — s'écria brutalement Nicolas, après avoir bu un grand verre de vin pour augmenter son audace; car le caractère et la force de son frère lui imposaient beaucoup.

Martial, aussi indifférent aux attaques de Nicolas qu'à celles de Calebasse, dit de nouveau à sa mère :

— Je suis fâché que les enfants soient déjà couchés.

— Tant pis... — répondit la veuve.

— Oui, tant pis!... car j'aime à les avoir à côté de moi quand je soupe.

— Et nous, comme ils nous embêtent, nous les avons renvoyés — s'écria Nicolas. — Si ça ne te plaît pas, va-t'en les retrouver!

Martial, surpris, regarda fixement son frère.

Puis, comme s'il eût réfléchi à la vanité d'une querelle, il haussa les épaules, coupa un morceau de pain, et se servit une tranche de viande.

Le basset s'était approché de Nicolas, quoiqu'à distance *très respectueuse*; le bandit, irrité de la dédaigneuse insouciance de son frère, et espérant lui faire perdre patience en frappant son chien, donna un furieux coup de pied à Miraut, qui poussa des cris lamentables... Martial devint pourpre, serra dans ses mains contractées le couteau qu'il tenait, et du manche frappa violemment sur la table; mais, se contenant encore, il appela son chien et lui dit doucement :

— Ici, Miraut.

Le basset vint se coucher aux pieds de son maître.

Cette modération contrariait les projets de Nicolas; il voulait pousser son frère à bout pour amener un éclat.

Il ajouta donc :

— Je n'aime pas les chiens... moi... je ne veux pas que ton chien reste ici!...

Pour toute réponse, Martial se versa un verre de vin, et but lentement.

Échangeant un coup d'œil rapide avec Nicolas, la veuve l'encouragea d'un signe à continuer ses hostilités contre Martial, espérant, nous l'avons dit, qu'une violente querelle amènerait une rupture et une séparation complète.

Nicolas alla prendre la baguette de saule dont s'était servie la veuve pour battre François, et, s'avançant vers le basset, il le frappa rudement en disant :

— Hors d'ici, hé, Miraut !

Jusqu'alors Nicolas s'était souvent montré sournoisement agressif envers Martial; mais jamais il n'avait osé le provoquer avec tant d'audace et de persistance.

L'amant de la Louve, pensant qu'on voulait le pousser à bout dans quelque but caché, redoubla de modération.

Au cri de son chien battu par Nicolas, Martial se leva, ouvrit la porte de
la cuisine, mit le basset dehors, et revint continuer son souper.

Cette incroyable patience, si peu en harmonie avec le caractère ordinairement emporté de Martial, confondit ses agresseurs... Ils se regardèrent profondément surpris.

Lui, paraissant complétement étranger à ce qui se passait, mangeait glo-
rieusement et gardait un profond silence.

— Calebasse, ôte le vin — dit la veuve à sa fille.

Celle-ci se hâtait d'obéir, lorsque Martial dit :

— Attends... je n'ai pas fini de souper.

— Tant pis ! — dit la veuve en enlevant elle-même la bouteille.

— Ah ! c'est différent !... — reprit l'amant de la Louve.

Et se versant un grand verre d'eau, il le but, fit claquer sa langue contre
son palais, et dit :

— Voilà de fameuse eau !

Cet imperturbable sang-froid irritait la colère haineuse de Nicolas, déjà
très-exalté par de nombreuses libations ; néanmoins il reculait encore devant
une attaque directe, connaissant la force peu commune de son frère. Tout à
coup il s'écria, ravi de son inspiration :

— Tu as bien fait de céder pour ton basset, Martial ; c'est une bonne habitude à prendre ; car il faut t'attendre à nous voir chasser ta maîtresse à coups
de pied, comme nous avons chassé ton chien.

— Oh ! oui... car si sa Louve avait le malheur de venir dans l'île en sortant de prison — dit Calebasse qui comprit l'intention de Nicolas — c'est moi
qui la souffletterais drôlement !

— Et moi je lui ferais faire un plongeon dans la vase, près la baraque du
bout de l'île — ajouta Nicolas. — Et si elle en ressortait, je la renfoncerais dedans à coups de soulier... la carne...

Cette insulte adressée à la Louve, qu'il aimait avec une passion sauvage,
triompha des pacifiques résolutions de Martial ; il fronça ses sourcils, le sang
lui monta au visage, les veines de son front se gonflèrent et se tendirent comme
des cordes ; néanmoins il eut assez d'empire pour dire à Nicolas d'une voix
légèrement altérée par une colère contenue .

— Prends garde à toi... tu cherches une querelle et tu trouveras une tournée que tu ne cherches pas.

— Une tournée... à moi ?

— Oui... meilleure que la dernière.

— Comment ! Nicolas — dit Calebasse avec un étonnement sardonique —
Martial t'a battu... Dites donc, ma mère, entendez-vous ?... Ça ne m'étonne
plus que Nicolas ait si peur de lui.

— Il m'a battu... parce qu'il m'a pris en traître — s'écria Nicolas devenant blême de fureur.

— Tu mens; tu m'avais attaqué en sournois, je t'ai crossé et j'ai eu pitié de toi ; mais si tu t'avises encore de parler de ma maîtresse... entends-tu bien, de ma maîtresse... cette fois-ci pas de grâce... tu porteras long-temps mes marques.

— Et si j'en veux parler, moi, de la Louve ! — dit Calebasse...

— Je te donnerai une paire de calottes pour t'avertir, et si tu recommences je recommencerai à t'avertir.

— Et si j'en parle, moi ? — dit lentement la veuve.

— Vous ?

— Oui... moi.

— Vous ? — dit Martial en faisant un violent effort sur lui-même — vous ?

— Tu me battras aussi, n'est-ce pas ?

— Non, mais si vous me parlez de la Louve, je rosserai Nicolas ; maintenant, allez... ça vous regarde... et lui aussi...

— Toi — s'écria le bandit furieux en levant son dangereux couteau catalan — tu me rosseras !

— Nicolas... pas de couteau ! — s'écria la veuve en se levant promptement pour saisir le bras de son fils ; mais celui-ci, ivre de vin et de colère, se leva, repoussa rudement sa mère et se précipita sur son frère.

GSTAAL.

Martial se recula vivement, saisit le gros bâton noueux qu'il avait en entrant déposé sur le buffet, et se mit sur la défensive.

— Nicolas, pas de couteau! — répéta la veuve.

— Laissez-le donc faire! — cria Calebasse en s'armant de la hachette du ravageur.

Nicolas, brandissant toujours son formidable couteau, épiait le moment de se jeter sur son frère.

— Je te dis — s'écria-t-il — que toi et ta canaille de Louve je vous crèverai tous les deux, et je commence... A moi, ma mère!... à moi, Calebasse!... refroidissons-le, il y a trop long-temps qu'il dure!

Et, croyant le moment favorable à son attaque, le brigand s'élança sur son frère le couteau levé.

Martial, bâtonniste expert, fit une brusque retraite de corps, leva son bâton qui, rapide comme la foudre, décrivit en sifflant un huit de chiffre et retomba si pesamment sur l'avant-bras droit de Nicolas, que celui-ci, frappé d'un engourdissement subit, douloureux, laissa échapper son couteau.

— Brigand... tu m'as cassé le bras! — s'écria-t-il en saisissant de sa main gauche son bras droit qui pendait inerte à son côté.

— Non, j'ai senti mon bâton rebondir... — répondit Martial en envoyant d'un coup de pied le couteau sous le buffet.

Puis, profitant de la souffrance qu'éprouvait Nicolas, il le prit au collet, le poussa rudement en arrière jusqu'à la porte du petit caveau dont nous avons parlé, l'ouvrit d'une main, de l'autre y jeta et y enferma son frère, encore tout étourdi de cette brusque attaque.

Revenant ensuite aux deux femmes, il saisit Calebasse par les épaules et, malgré sa résistance, ses cris et un coup de hachette qui le blessa légèrement à la main, il l'enferma dans la salle basse du cabaret qui communiquait à la cuisine.

Alors, s'adressant à la veuve encore stupéfaite de cette manœuvre aussi habile qu'inattendue, Martial lui dit froidement :

— Maintenant, ma mère... à nous deux...

— Eh bien! oui... à nous deux... — s'écria la veuve — et sa figure impassible s'anima, son teint blafard se colora, un feu sombre illumina sa prunelle jusqu'alors éteinte; la colère, la haine donnèrent à ses traits un caractère terrible; — oui... à nous deux!... — reprit-elle d'une voix menaçante — j'attendais ce moment, tu vas savoir à la fin ce que j'ai sur le cœur.

— Et moi aussi, je vais vous dire ce que j'ai sur le cœur.

— Tu vivrais cent ans, vois-tu, que tu te souviendrais de cette nuit.

— Je m'en souviendrai!... Mon frère et ma sœur ont voulu m'assassiner, vous n'avez rien fait pour les en empêcher. Mais voyons... parlez... qu'avez-vous contre moi!

— Ce que j'ai!

— Oui...

— Depuis la mort de ton père... tu n'as fait que des lâchetés !

— Moi ?

— Oui, lâche !... Au lieu de rester avec nous pour nous soutenir, tu t'es sauvé à Rambouillet, braconner dans les bois avec ce colporteur de gibier que tu avais connu à Bercy.

— Si j'étais resté ici, maintenant je serais aux galères comme Ambroise, ou près d'y aller comme Nicolas ; je n'ai pas voulu être voleur comme vous autres... de là votre haine.

— Et quel métier fais-tu ! Tu volais du gibier, tu voles du poisson ; vol sans danger, vol de lâche !...

— Le poisson comme le gibier n'appartient à personne : aujourd'hui chez l'un, demain chez l'autre ; il est à qui sait le prendre... Je ne vole pas... Quant à être lâche...

— Tu bats pour de l'argent des hommes plus faibles que toi !

— Parce qu'ils avaient battu plus faibles qu'eux.

— Métier de lâche !... métier de lâche !...

— Il y en a de plus honnêtes, c'est vrai ; ce n'est pas à vous à me le dire !

— Pourquoi ne les as-tu pas pris alors, ces métiers honnêtes, au lieu de venir ici fainéantiser et vivre à mes crochets ?

— Je vous donne le poisson que je prends et l'argent que j'ai !... ça n'est pas beaucoup, mais c'est assez... je ne vous coûte rien... J'ai essayé d'être serrurier pour gagner plus... mais quand depuis son enfance on a vagabondé sur la rivière et dans les bois, on ne peut pas s'attacher ailleurs ; c'est fini... on en a pour sa vie... Et puis... — ajouta Martial d'un air sombre — j'ai toujours mieux aimé vivre seul sur l'eau ou dans une forêt... là personne ne me questionne. Au lieu qu'ailleurs, qu'on me parle de mon père, faut-il pas que je réponde... guillotiné ! de mon frère... galérien ! de ma sœur... voleuse !

— Et de ta mère, qu'en dis-tu ?

— Je dis...

— Quoi ?

— Je dis qu'elle est morte...

— Et tu fais bien ; c'est tout comme... Je te renie, lâche ! Ton frère est au bagne ! Ton grand-père et ton père ont bravement fini sur l'échafaud en narguant le prêtre et le bourreau ! Au lieu de les venger, tu trembles !...

— Les venger ?...

— Oui, te montrer *vrai Martial*, cracher sur le couteau de Charlot et sur la casaque rouge, et finir comme père et mère, frère et sœur...

Si habitué qu'il fût aux exaltations féroces de sa mère, Martial ne put s'empêcher de frissonner.

La physionomie de la veuve du supplicié, en prononçant ces derniers mots, était épouvantable.

Elle reprit avec une fureur croissante :

— Oh ! lâche, encore plus crétin que lâche ! Tu veux être honnête !!! Hon-

nête? est-ce que tu ne seras pas toujours méprisé, rebuté, comme fils d'assassin, frère de galérien? Mais toi, au lieu de te mettre la vengeance et la rage au
ventre, ça t'y met la peur! au lieu de mordre, tu te sauves; quand ils ont eu
guillotiné ton père... tu nous as quittés... lâche! et tu savais que nous ne pou-
vions pas sortir de l'île pour aller au bourg sans qu'on hurle après nous, en
nous poursuivant à coups de pierre comme des chiens enragés... Oh! on nous
paiera ça, vois-tu! on nous paiera ça!!!

— Un homme, dix hommes ne me font pas peur! mais être hué par tout le
monde comme fils et frère de condamnés... eh bien, non! je n'ai pas pu... j'ai
mieux aimé m'en aller dans les bois et braconner avec Pierre, le vendeur de
gibier.

— Fallait y rester... dans tes bois.

— Je suis revenu à cause de mon affaire avec un garde, et surtout à cause
des enfants... parce qu'ils étaient en âge de tourner à mal, par l'exemple!

— Qu'est-ce que ça te fait?

— Ça me fait... que je ne veux pas qu'ils deviennent des gueux comme
Ambroise, Nicolas et Calebasse...

— Pas possible!

— Et seuls, avec vous tous, ils n'y auraient pas manqué. Je m'étais mis
en apprentissage pour tâcher de gagner de quoi les prendre avec moi... ces
enfants, et quitter l'île... mais à Paris tout se sait, c'était toujours fils de
guillotiné... frère de forçat... j'avais des batteries tous les jours... ça m'a
lassé...

— Et ça ne t'a pas lassé d'être honnête... ça te réussissait si bien!... au
lieu d'avoir le cœur de revenir avec nous, pour faire comme nous... comme
feront les enfants... malgré toi... Oui, malgré toi... Tu crois les enjôler avec
ton prêche... mais nous sommes là... François est déjà à nous... à peu près...
une occasion, et il sera de la bande...

— Je vous dis que non...

— Tu verras que si... je m'y connais... Au fond *il a du vice;* mais tu le
gênes... Quant à Amandine, une fois qu'elle aura quinze ans, elle ira toute
seule... Ah! on nous a jeté des pierres! ah! on nous a poursuivis comme des
chiens enragés!... on verra ce que c'est que notre famille... excepté toi...
lâche... car ici il n'y a que toi qui nous fasses honte[1]!

[1] Ces effroyables enseignements ne sont malheureusement pas exagérés. Voilà ce que nous lisons dans l'excellent rapport de M. de Bretignères sur la colonie pénitentiaire de Mettray (séance du 12 mars 1843) :

« L'état civil de nos colons est important à constater; parmi eux nous comptons : 32 enfants naturels, 34 dont
les pères et mères sont remariés, 51 *dont les parents sont en prison,* 121 dont les parents n'ont pas été l'objet
de poursuites de la justice, mais sont plongés dans la plus profonde misère.

» Ces chiffres sont éloquents et gros d'enseignements; ils permettent de remonter des effets aux causes, et
donnent l'espoir d'arrêter les progrès d'un mal dont l'origine est ainsi constatée.

» Le nombre *des parents criminels fait apprécier l'éducation qu'ont dû recevoir les enfants sous la tutelle de
semblables guides. Instruits au mal par leurs pères, les fils ont failli sous leurs ordres,* et ont cru bien faire en
suivant leur exemple. Atteints par la justice, ils se résignent à partager dans la prison le destin de leur famille; ils n'y apportent que l'émulation du vice, et il faut vraiment qu'une lueur de la grâce divine existe encore au fond de ces rudes et grossières natures pour que tous germes honnêtes ne soient pas éteints. »

— C'est dommage...

— Et comme tu te gâterais avec nous... demain tu sortiras d'ici pour n'y jamais rentrer...

Martial regarda sa mère avec surprise; après un moment de silence, il lui dit :

— Vous m'avez cherché querelle à souper pour en arriver là?

— Oui, pour te montrer ce qui t'attend, si tu voulais rester ici malgré nous : un enfer... entends-tu?... un enfer!... chaque jour une querelle, des coups, des rixes; et nous ne serons pas seuls comme ce soir : nous aurons des amis qui nous aideront... tu n'y tiendras pas huit jours...

— Vous croyez me faire peur?

— Je ne te dis que ce qui t'arrivera...

— Ça m'est égal... je reste...

— Tu resteras ici?

— Oui.

— Malgré nous?

— Malgré vous, malgré Calebasse, malgré Nicolas, malgré tous les gueux de sa trempe!

— Tiens... tu me fais rire.

Dans la bouche de cette femme à figure sinistre et féroce ces mots étaient horribles.

— Je vous dis que je resterai ici jusqu'à ce que je trouve le moyen de gagner ma vie ailleurs avec les enfants : seul, je ne serais pas embarrassé, je retournerais dans les bois; mais, à cause d'eux, il me faudra plus de temps... pour rencontrer ce que je cherche... En attendant, je reste.

— Ah! tu restes... jusqu'au moment où tu emmèneras les enfants?

— Comme vous dites!

— Emmener les enfants?

— Quand je leur dirai : Venez, ils viendront... et en courant, je vous en réponds.

La veuve haussa les épaules, et reprit :

— Écoute : je t'ai dit tout à l'heure que, quand bien même tu vivrais cent ans, tu te rappellerais cette nuit; je vais t'expliquer pourquoi; mais avant es-tu bien décidé à ne pas t'en aller d'ici?

— Oui! oui! mille fois, oui!

— Tout à l'heure tu diras non! mille fois, non! Écoute-moi bien... Sais-tu quel métier fait ton frère?

— Je m'en doute, mais je ne veux pas le savoir ..

— Tu le sauras... il vole...

— Tant pis pour lui.

— Et pour toi...

— Pour moi?

— Il vole la nuit avec effraction, cas de galères; nous recélons ses vols;

qu'on le découvre, nous sommes condamnés à la même peine que lui comme receleurs, et toi aussi ; on rafle la famille, et les *enfants* seront sur le pavé, où ils apprendront l'état de ton père et de ton grand-père aussi bien qu'ici.

— Moi, arrêté comme receleur, comme votre complice ! sur quelle preuve ?

— On ne sait pas comment tu vis : tu vagabondes sur l'eau, tu as la réputation d'un mauvais homme, tu habites avec nous ; à qui feras-tu croire que tu ignores nos vols et nos recels ?

— Je prouverai que non.

— Nous te chargerons comme notre complice.

— Me charger ! pourquoi ?

— Pour te récompenser d'avoir voulu rester ici malgré nous.

— Tout à l'heure vous vouliez me faire peur d'une façon, maintenant c'est d'une autre ; ça ne prend pas : je prouverai que je n'ai jamais volé... Je reste.

— Ah ! tu restes ! Écoute donc encore : te rappelles-tu, l'an dernier... ce qui s'est passé ici pendant la nuit de Noël ?

— La nuit de Noël ! — dit Martial en cherchant à rassembler ses souvenirs.

— Cherche bien... cherche bien...

— Je ne me rappelle pas...

— Tu ne te rappelles pas que Bras-Rouge a amené ici, le soir, un homme bien mis, qui avait besoin de se cacher ?...

— Oui, maintenant je me souviens ; je suis monté me coucher, et je l'ai laissé souper avec vous... Il a passé la nuit dans la maison ; avant le jour, Nicolas l'a conduit à Saint-Ouen...

— Tu es sûr que Nicolas l'a conduit à Saint-Ouen ?

— Vous me l'avez dit le lendemain matin.

— La nuit de Noël, tu étais donc ici !

— Oui... eh bien !

— Cette nuit-là... cet homme, qui avait beaucoup d'argent sur lui... a été assassiné dans cette maison.

— Lui !.. ici !...

— Et volé... et enterré dans le petit bûcher.

— Cela n'est pas vrai — s'écria Martial devenant pâle de terreur, et ne voulant pas croire à ce nouveau crime des siens. — Vous voulez m'effrayer. . Encore une fois, ça n'est pas vrai !

— Demande à ton protégé François ce qu'il a vu ce matin dans le bûcher ?

— François ! et qu'a-t-il vu !

— Un des pieds de l'homme qui sortait de terre... Prends la lanterne, vas-y, tu t'en assureras.

— Non — dit Martial en essuyant son front baigné d'une sueur froide — non, je ne vous crois pas... Vous dites cela pour...

— Pour te prouver que, si tu demeures ici malgré nous, tu risques à chaque instant d'être arrêté comme complice de vol et de meurtre ; tu étais ici la nuit de Noël; nous dirons que tu nous as aidés à faire le coup. Comment prouve-ras-tu le contraire?

— Mon Dieu! mon Dieu! — dit Martial en cachant sa figure dans ses mains.

— Maintenant t'en iras-tu? — dit la veuve avec un sourire sardonique.

Martial était atterré : il ne doutait malheureusement pas de ce que venait de lui dire sa mère; la vie vagabonde qu'il menait, sa cohabitation avec une famille si criminelle, devaient en effet faire peser sur lui de terribles soupçons, et ces soupçons pouvaient se changer en certitude aux yeux de la justice, si sa mère, son frère, sa sœur le désignaient comme leur complice.

La veuve jouissait de l'abattement de son fils.

— Tu as un moyen de sortir d'embarras : dénonce-nous !

— Je le devrais... Mais je ne le ferai pas... vous le savez bien.

— C'est pour cela que je t'ai tout dit... Maintenant t'en iras-tu?

Martial voulut tenter d'attendrir cette mégère; d'une voix moins rude, il lui dit :

— Ma mère, je ne vous crois pas capable de ce meurtre...

— Comme tu voudras, mais va-t'en...

— Je m'en irai à une condition.

— Pas de condition!

— Vous mettrez les enfants en apprentissage... loin d'ici... en province...

— Ils resteront ici...

— Voyons... ma mère... quand vous les aurez rendus semblables à Ni-colas, à Calebasse, à Ambroise, à mon père... à quoi ça vous servira-t-il?...

— A faire de bons coups avec leur aide. Nous ne sommes pas déjà de trop... Calebasse reste ici avec moi pour tenir le cabaret... Nicolas est seul. Une fois dressés, François et Amandine l'aideront. On leur a aussi jeté des pierres à eux, tout petits... faut qu'ils se vengent!...

— Ma mère, vous aimez Calebasse et Nicolas, n'est-ce pas?

— Après?

— Que les enfants les imitent... que vos crimes et les leurs se découvrent...

— Après?

— Ils vont à l'échafaud comme mon père...

— Après, après?

— Et leur sort ne vous fait pas trembler?

— Leur sort sera le mien, ni meilleur ni pire... Je vole, ils volent.. je tue, ils tuent... Qui prendra la mère prendra les petits... Nous ne nous quitterons pas... Si nos têtes tombent elles tomberont dans le même panier... où elles se diront adieu! Nous ne reculerons pas; il n'y a que toi de lâche dans la famille, nous te chassons... Va-t'en!...

— Mais les enfants ! les enfants!...

— Les enfants deviendront grands; je te dis que sans toi ils seraient déjà formés. François est presque prêt; quand tu seras parti, Amandine rattrapera le temps perdu...

— Ma mère, je vous en supplie, consentez à envoyer les enfants en apprentissage loin d'ici.

— Combien de fois faut-il te dire qu'ils y sont en APPRENTISSAGE ICI ?...

La veuve du supplicié articula ces derniers mots d'une façon si inexorable, que Martial perdit tout espoir d'amollir cette âme de bronze.

— Puisque c'est ainsi... — reprit-il d'un ton bref et résolu — écoutez-moi bien à votre tour, ma mère .. Je reste.

— Ah ! ah !...

— Pas dans cette maison... je serais assassiné par Nicolas ou empoisonné par Calebasse ; mais, comme je n'ai pas de quoi me loger ailleurs, moi et les enfants, nous habiterons la baraque au bout de l'île : la porte est solide, je la renforcerai encore... Une fois là, bien barricadé, avec mon fusil, mon bâton et mon chien, je ne crains personne. Demain matin j'emmènerai les enfants... Le jour ils viendront avec moi, soit dans mon bateau, soit dehors ; la nuit ils coucheront près de moi dans la cabane ; nous vivrons de ma pêche ; ça durera jusqu'à ce que j'aie trouvé à les placer, et je trouverai...

— Ah ! c'est ainsi ?

— Ni vous, ni mon frère, ni Calebasse ne pouvez empêcher que ça soit, n'est-ce pas ?... Si on découvre vos vols ou votre assassinat durant mon séjour dans l'île... tant pis, j'en cours la chance ! j'expliquerai que je suis revenu, que je suis resté à cause des enfants, pour les empêcher de devenir des gueux... on jugera... Mais que le tonnerre m'écrase si je quitte l'île, et si les enfants restent un jour de plus dans cette maison !... Oui, et je vous défie, vous et les vôtres, de me chasser de l'île!

La veuve connaissait la résolution de Martial ; les enfants aimaient leur frère aîné autant qu'ils la redoutaient ; ils le suivraient donc sans hésiter lorsqu'il le voudrait. Quant à lui, bien armé, bien résolu, toujours sur ses gardes, dans son bateau pendant le jour, retranché et barricadé dans la cabane de l'île pendant la nuit, il n'avait rien à redouter des mauvais desseins de sa famille.

Le projet de Martial pouvait donc de tout point se réaliser... Mais la veuve avait beaucoup de raisons pour en empêcher l'exécution.

D'abord, ainsi que les honnêtes artisans considèrent quelquefois le nombre de leurs enfants comme une richesse, en raison des services qu'ils en retirent, la veuve comptait sur Amandine et sur François pour l'assister dans ses crimes.

Puis, ce qu'elle avait dit de son désir de venger son mari et son fils était vrai. Certains êtres, nourris, vieillis, durcis dans le crime, entrent en révolte ouverte, en guerre acharnée contre la société, et croient par de nouveaux crimes se venger de la juste punition qui a frappé eux ou les leurs.

Puis enfin les sinistres desseins de Nicolas contre Fleur-de-Marie, et plus tard contre la courtière, pouvaient être contrariés par la présence de Martial. La veuve avait espéré amener une séparation immédiate entre elle et Martial, soit en lui suscitant la querelle de Nicolas, soit en lui révélant que, s'il s'obstinait à rester dans l'île, il risquait de passer pour complice de plusieurs crimes.

Aussi rusée que pénétrante, la veuve, s'apercevant qu'elle s'était trompée, sentit qu'il lui fallait recourir à la perfidie pour faire tomber son fils dans un piége sanglant.. Elle reprit donc, après un assez long silence, avec une amertume affectée :

— Je vois ton plan, tu ne veux pas nous dénoncer toi-même ; tu veux nous faire dénoncer par les enfants.

— Moi !

— Ils savent maintenant qu'il y a un homme enterré ici ; ils savent que Nicolas a volé... Une fois en apprentissage, ils parleraient, on nous prendrait, et nous y passerions tous... toi comme nous ; voilà ce qui arriverait si je t'écoutais, si je te laissais chercher à placer les enfants ailleurs... Et pourtant tu dis que tu ne nous veux pas de mal !... Je ne te demande pas de m'aimer ; mais ne hâte pas le moment où nous serons pris.

Le ton radouci de la veuve fit croire à Martial que ses menaces avaient produit sur elle un effet salutaire, il donna dans un piége affreux.

— Je connais les enfants — reprit-il — je suis sûr qu'en leur recommandant de ne rien dire ils ne diraient rien... D'ailleurs, d'une façon ou d'une autre, je serais toujours avec eux et je répondrais de leur silence.

— Est-ce qu'on peut répondre des paroles d'un enfant... à Paris surtout, où l'on est si curieux et si bavard !... C'est autant pour qu'ils puissent nous aider à faire nos coups que pour qu'ils ne puissent pas nous vendre, que je veux les garder ici.

— Est-ce qu'ils ne vont pas quelquefois au bourg et à Paris ? qui les empêcherait de parler... s'ils ont à parler ?... S'ils étaient loin d'ici, à la bonne heure ! ce qu'ils pourraient dire n'aurait aucun danger...

— Loin d'ici ? et où ça ? — dit la veuve en regardant fixement son fils.

— Laissez-moi les emmener... peu vous importe...

— Comment vivras-tu, et eux aussi ?

— Mon ancien bourgeois serrurier est brave homme ; je lui dirai ce qu'il faudra lui dire, et peut-être qu'il me prêtera quelque chose à cause des enfants ; avec ça j'irai les mettre en apprentissage loin d'ici. Nous partons dans deux jours, et vous n'entendrez plus parler de nous...

— Non, au fait... je veux qu'ils restent avec moi, je serai plus sûre d'eux.

— Alors je m'établis demain à la baraque de l'île, en attendant mieux..... J'ai une tête aussi, vous le savez ?...

— Oui, je le sais... oh ! que je te voudrais voir loin d'ici !... Pourquoi n'es-tu pas resté dans tes bois ?

— Je vous offre de vous débarrasser de moi et des enfants...

— Tu laisseras donc ici la Louve, que tu aimes tant ?... — dit tout à coup la veuve.

— Ça me regarde : je sais ce que j'ai à faire ; j'ai mon idée...

— Si je te les laissais emmener, toi, Amandine et François vous ne remettriez jamais les pieds à Paris !

— Avant trois jours nous serions partis et comme morts pour vous.

— J'aime encore mieux cela que de t'avoir ici et d'être toujours à me défier d'eux... Allons, puisqu'il faut s'y résigner, emmène-les... et allez-vous-en tous le plus tôt possible... que je ne vous revoie jamais !...

— C'est dit ?...

— C'est dit. Rends-moi la clef du caveau, que j'ouvre à Nicolas.

— Non, il y cuvera son vin ; je vous rendrai la clef demain matin.

— Et Calebasse ?

— C'est différent ; ouvrez-lui quand je serai monté, elle me répugne à voir.

— Va... que l'enfer te confonde !

— C'est votre bonsoir, ma mère ?

— Oui...

— Ça sera le dernier, heureusement — dit Martial.

— Le dernier — reprit la veuve.

Son fils alluma une chandelle, puis il ouvrit la porte de la cuisine, siffla son chien, qui accourut tout joyeux du dehors, et suivit son maître à l'étage supérieur de la maison.

— Va... ton compte est bon ! — murmura la mère en montrant le poing à son fils, qui venait de monter l'escalier ; — c'est toi qui l'auras voulu.

Puis, aidée de Calebasse, qui alla chercher un paquet de fausses clefs, la veuve crocheta le caveau où se trouvait Nicolas, et remit celui-ci en liberté.

CHAPITRE VII.

FRANÇOIS ET AMANDINE.

François et Amandine couchaient dans une pièce située immédiatement au-dessus de la cuisine, à l'extrémité d'un corridor sur lequel s'ouvraient plusieurs autres chambres servant de *cabinets de société* aux habitués du cabaret.

Après avoir partagé leur souper frugal, au lieu d'éteindre leur lanterne, selon les ordres de la veuve, les deux enfants avaient veillé, laissant leur porte entr'ouverte pour guetter leur frère Martial au passage, lorsqu'il rentrerait dans sa chambre.

Posée sur un escabeau boiteux, la lanterne jetait de pâles clartés à travers sa corne transparente.

Des murs de plâtre rayés de voliges brunes, un grabat pour François, un vieux petit lit d'enfant beaucoup trop court pour Amandine, une pile de débris de chaises et de bancs brisés par les hôtes turbulents de la taverne de l'*île du Ravageur*, tel était l'intérieur de ce réduit.

Amandine, assise sur le bord du grabat, s'étudiait à se coiffer en *marmotte* avec le foulard volé, don de son frère Nicolas.

François agenouillé présentait un fragment de miroir à sa sœur, qui, la tête à demi tournée, s'occupait alors d'épanouir la grosse rosette qu'elle avait faite en nouant les deux pointes du mouchoir.

Fort attentif et fort émerveillé de cette coiffure, François négligea un moment de présenter le morceau de glace de façon à ce que l'image de sa sœur pût s'y réfléchir.

— Lève donc le miroir plus haut — dit Amandine; — maintenant je ne me vois plus... Là... bien... attends encore un peu... voilà que j'ai fini .. Tiens, regarde! Comment me trouves-tu coiffée?

— Oh! très-bien! très-bien!... Dieu! Oh! la belle rosette!... Tu m'en feras une pareille à ma cravate, n'est-ce pas?

— Oui, tout à l'heure... mais laisse-moi me promener un peu. Tu iras devant moi... à reculons, en tenant toujours le miroir haut... pour que je puisse me voir en marchant...

François exécuta de son mieux cette manœuvre difficile, à la grande satisfaction d'Amandine, qui se prélassait, triomphante et glorieuse, sous les cornes et l'énorme bouffette de son foulard.

Très-innocente et très-naïve dans toute autre circonstance, cette coquetterie devenait coupable en s'exerçant à propos du produit d'un vol que François et Amandine n'ignoraient pas. Autre preuve de l'effrayante facilité avec laquelle des enfants, même bien doués, se corrompent presque à leur insu, lorsqu'ils sont continuellement plongés dans une atmosphère criminelle.

Et d'ailleurs le seul mentor de ces petits malheureux, leur frère Martial, n'était pas lui-même irréprochable, nous l'avons dit; incapable de commettre un vol ou un meurtre, il n'en menait pas moins une vie vagabonde et peu régulière. Sans doute les crimes de sa famille le révoltaient; il aimait tendrement les deux enfants, il les défendait contre les mauvais traitements, il tâchait de les soustraire à la pernicieuse influence de sa famille; mais, n'étant pas appuyés sur des enseignements d'une moralité rigoureuse, absolue, ses conseils sauvegardaient faiblement ses protégés. Ils se refusaient à commettre certaines mauvaises actions, non par honnêteté, mais pour obéir à Martial, qu'ils aimaient, et pour désobéir à leur mère, qu'ils redoutaient et haïssaient.

Quant aux notions du juste et de l'injuste, ils n'en avaient aucune, familiarisés qu'ils étaient avec les détestables exemples qu'ils avaient chaque jour sous les yeux, car, nous l'avons dit, *ce cabaret champêtre*, hanté par le rebut de la plus basse populace, servait de théâtre à d'ignobles orgies, à de crapuleuses débauches; et Martial, si ennemi du vol et du meurtre, se montrait assez indifférent à ces immondes saturnales.

C'est dire combien les instincts de moralité des enfants étaient douteux, vacillants, précaires, chez François surtout, arrivé à ce terme dangereux où l'âme hésitant, indécise, entre le bien et le mal, peut être en un moment à jamais perdue ou sauvée...

. . . .

— Comme ce mouchoir rouge te va bien, ma sœur! — reprit François; — est-il joli! Quand nous irons jouer sur la grève devant le four à plâtre du chaufournier, faudra te coiffer comme ça, pour faire enrager ses enfants, qui

sont toujours à nous jeter des pierres et à nous appeler *petits guillotinés*.....
Moi, je mettrai aussi ma belle cravate rouge, et nous leur dirons : C'est égal,
vous n'avez pas de beaux mouchoirs de soie comme nous deux !

— Mais, dis donc, François... — reprit Amandine après un moment de
réflexion — s'ils savaient que les mouchoirs que nous portons sont volés... ils
nous appelleraient petits voleurs...

— Avec ça qu'ils s'en gênent de nous appeler voleurs ?

— Quand c'est pas vrai... c'est égal... Mais maintenant...

— Puisque Nicolas nous les a donnés ces mouchoirs, nous ne les avons pas
volés.

— Oui, mais lui, il les a pris sur un bateau, et notre frère Martial dit qu'il
ne faut pas voler...

— Mais puisque c'est Nicolas qui a volé, ça ne nous regarde pas.

— Tu crois, François ?

— Bien sûr...

— Pourtant, il me semble que j'aimerais mieux que la personne à qui ils
étaient nous les ait donnés... Et toi, François ?

— Moi, ça m'est égal... On nous en a fait cadeau ; c'est à nous.

— Tu en es bien sûr ?

— Mais, oui, oui, sois donc tranquille !

— Alors... tant mieux, nous ne faisons pas ce que mon frère Martial nous
défend, et nous avons de beaux mouchoirs.

— Dis donc, Amandine, s'il savait que, l'autre jour, Calebasse t'a fait
prendre ce fichu à carreaux dans la balle du colporteur pendant qu'il avait le
dos tourné ?

— Oh ! François, ne dis pas cela ! — dit la pauvre enfant dont les yeux se
mouillèrent de larmes. — Mon frère Martial serait capable de ne plus nous
aimer... vois-tu... de nous laisser tout seuls ici...

— N'aie donc pas peur... est-ce que je lui en parlerai jamais ? Je riais.....

— Oh ! ne ris pas de cela, François ; j'ai eu assez de chagrin, va : mais il
a bien fallu ; ma sœur m'a pincée jusqu'au sang, et puis elle me faisait des
yeux... des yeux... et pourtant par deux fois le cœur m'a manqué ; je croyais
que je ne pourrais jamais... Enfin, le colporteur ne s'est aperçu de rien, et
ma sœur a gardé le fichu. Si on m'avait prise pourtant, François, on m'aurait
mise en prison...

— On ne t'a pas prise, c'est comme si tu n'avais pas volé.

— Tu crois ?

— Pardi !

— Et en prison, comme on doit être malheureux !

— Ah ! bien oui...... au contraire...

— Comment, François, au contraire !

— Tiens ! tu sais bien le gros boiteux qui loge à Paris chez le père Micou,
le revendeur de Nicolas... qui tient un garni à Paris, passage de la Brasserie ?

— Un gros boiteux ?

— Mais oui, qui est venu ici, à la fin de l'automne, de la part du père Micou, avec un montreur de singes et deux femmes.

— Ah! oui, oui; un gros boiteux qui a dépensé tant, tant d'argent.

— Je le crois bien, il payait pour tout le monde... Te souviens-tu, les promenades sur l'eau... c'est moi qui les menais... même que le montreur de singes avait emporté son orgue pour faire de la musique dans le bateau ?...

— Et puis, le soir, le beau feu d'artifice qu'ils ont tiré, François ?

— Et le gros boiteux n'était pas chiche ! il m'a donné dix sous pour moi !! Il ne prenait jamais que du vin cacheté ; ils avaient du poulet à tous leurs repas ; il en a eu au moins pour 80 francs.

— Tant que ça, François ?

— Oh ! oui...

— Il était donc bien riche ?

— Du tout... ce qu'il dépensait, c'était de l'argent qu'il avait gagné en prison, d'où il sortait.

— Il avait gagné tout cet argent-là en prison ?

— Oui... il disait qu'il lui restait encore sept cents francs ; que quand il ne lui resterait plus rien... il ferait un bon coup... et que si on le prenait... ça lui était bien égal, parce qu'il retournerait rejoindre les *bons enfants de la geôle*, comme il dit.

— Il n'avait donc pas peur de la prison, François ?

— Mais au contraire... il disait à Calebasse qu'ils sont là un tas d'amis et de noceurs ensemble... qu'il n'avait jamais eu un meilleur lit et une meilleure nourriture qu'en prison... de la bonne viande quatre fois la semaine, du feu tout l'hiver, et une bonne somme en sortant... tandis qu'il y a des bêtes d'ouvriers honnêtes qui crèvent de faim et de froid, faute d'ouvrage...

— Pour sûr, François, il disait ça, le gros boiteux !

— Je l'ai bien entendu... puisque c'est moi qui ramais dans le bachot, pendant qu'il racontait son histoire à Calebasse et aux deux femmes, qui disaient que c'était la même chose dans les prisons de femmes d'où elles sortaient.

— Mais alors, François, faut donc pas que ça soit si mal de voler, puisqu'on est si bien en prison ?

— Dame ! je ne sais pas, moi... ici, il n'y a que notre frère Martial qui dise que c'est mal de voler... peut-être qu'il se trompe ..

— C'est égal, il faut le croire, François, il nous aime tant !

— Il nous aime, c'est vrai... quand il est là, il n'y a pas de risque qu'on nous batte... S'il avait été ici ce soir, notre mère ne m'aurait pas rouée de coups... Vieille bête ! est-elle mauvaise !... oh ! je la hais... je la hais... que je voudrais être grand pour lui rendre tous les coups qu'elle nous a donnés... à toi, surtout, qui es bien moins dure que moi...

— Oh ! François, tais-toi... ça me fait peur de t'entendre dire que tu voudrais battre notre mère ! — s'écria la pauvre petite en pleurant et en jetant ses bras autour du cou de son frère , qu'elle embrassa tendrement.

— Non , c'est que c'est vrai aussi — reprit François en repoussant Amandine avec douceur — pourquoi ma mère et Calebasse sont-elles toujours si acharnées sur nous?

— Je ne sais pas — reprit Amandine en essuyant ses yeux du revers de sa main ; — c'est peut-être parce qu'on a mis notre frère Ambroise aux galères et qu'on a guillotiné notre père, qu'elles sont injustes pour nous...

— Est-ce que c'est notre faute?

— Mon Dieu . non ; mais , que veux-tu?

— Ma foi , si je devais recevoir ainsi toujours, toujours des coups , à la fin j'aimerais mieux voler comme ils veulent , moi... A quoi ça m'avance-t-il de ne pas voler?...

— Et Martial, qu'est-ce qu'il dirait?

— Oh! sans lui... il y a long-temps que j'aurais dit oui, car ça lasse aussi d'être battu ; tiens , ce soir. jamais ma mère n'avait été aussi méchante... c'était comme une furie... il faisait noir, noir... elle ne disait pas un mot... je ne sentais que sa main froide qui me tenait par le cou pendant que de l'autre elle me battait... et puis il me semblait voir ses yeux reluire...

— Pauvre François... pour avoir dit que tu avais vu un os de mort dans le bûcher.

— Oui , un pied qui sortait de dessous terre — dit François en tressaillant d'effroi ; — j'en suis bien sûr.

— Peut-être qu'il y aura eu autrefois un cimetière ici , n'est-ce pas!

— Faut croire... mais alors pourquoi notre mère m'a-t-elle dit qu'elle m'abîmerait encore si je parlais de l'os de mort à mon frère Martial?... Vois-tu? c'est plutôt quelqu'un qu'on aura tué dans une dispute et qu'on aura enterré là pour que ça ne se sache pas.

— Tu as raison... car te souviens-tu? un pareil malheur a déjà manqué d'arriver.

— Quand cela?

— Tu sais, la fois où M. Barbillon a donné un coup de couteau à ce grand qui est si décharné , si décharné , si décharné , qu'il se fait voir pour de l'argent.

— Ah! oui , le *squelette ambulant*... comme ils l'appellent ; ma mère est venue , les a séparés... sans ça , Barbillon aurait peut-être tué le grand décharné ! As-tu vu comme il écumait et comme les yeux lui sortaient de la tête , à Barbillon?...

— Oh! il n'a pas peur de vous allonger un coup de couteau pour rien... C'est lui qui est un crâne !

— Si jeune et si méchant... François !

— Tortillard est bien plus jeune, et il serait au moins aussi méchant que lui , s'il était assez fort...

— Oh! oui, il est bien méchant... L'autre jour il m'a battue, parce que je n'ai pas voulu jouer avec lui...

— Il t'a battue?... bon... la première fois qu'il viendra...

— Non, non, vois-tu, François... c'était pour rire...

— Bien sûr?

— Oui, bien vrai.

— A la bonne heure... sans ça... Mais je ne sais pas comment il fait, ce gamin-là, pour avoir toujours autant d'argent; est-il heureux! La fois qu'il est venu ici avec la Chouette, il nous a montré des pièces d'or de vingt francs. Avait-il l'air moqueur, quand il nous a dit : — « Vous en auriez comme ça, si vous n'étiez pas des petits *sinves*. »

— Des sinves?

— Oui, en argot ça veut dire des bêtes, des imbéciles.

— Ah oui! c'est vrai.

— Quarante francs... en or.. comme j'achèterais des belles choses avec ça... Et toi, Amandine?

— Oh! moi aussi.

— Qu'est-ce que tu achèterais?

— Voyons — dit l'enfant en baissant la tête d'un air méditatif — j'achèterais d'abord pour mon frère Martial une bonne casaque bien chaude pour qu'il n'ait pas froid dans son bateau.

— Mais pour toi?... pour toi?...

— J'aimerais bien un petit Jésus en cire avec son mouton et sa croix, comme ce marchand de figures de plâtre en avait dimanche... tu sais, sous le porche de l'église d'Asnières!

— A propos, pourvu qu'on ne dise pas à ma mère ou à Calebasse qu'on nous a vus dans l'église?

— C'est vrai, elle qui nous a toujours tant défendu d'y entrer... C'est dommage, car c'est bien gentil en dedans, une église... n'est-ce pas, François!

— Oui... quels beaux chandeliers d'argent!

— Et le portrait de la Sainte-Vierge... comme elle a l'air bonne...

— Et les belles lampes... as-tu vu?... Et la belle nappe sur le grand buffet du fond, où le prêtre disait la messe avec ses deux amis, habillés comme lui... et qui lui donnaient de l'eau et du vin?

— Dis donc, François, te souviens-tu, l'autre année, à la Fête-Dieu, quand nous avons d'ici vu passer sur le pont toutes ces petites communiantes avec leurs voiles blancs?

— Avaient-elles de beaux bouquets!

— Comme elles chantaient d'une voix douce en tenant les rubans de leur bannière!

— Et comme les broderies d'argent de leur bannière reluisaient au soleil!... C'est ça qui doit coûter cher!...

— Mon Dieu... que c'était donc joli, hein, François!

— Je crois bien, et les communiants avec leurs bouffettes de satin blanc au bras... et leurs cierges à poignée de velours rouge avec de l'or après!

— Ils avaient aussi leur bannière, les petits garçons, n'est-ce pas, François?... Ah! mon Dieu! ai-je été battue encore ce jour-là, pour avoir demandé à notre mère pourquoi nous n'allions pas à la procession comme les autres enfants!

— C'est alors qu'elle nous a défendu d'entrer jamais dans l'église, quand nous irions au bourg ou à Paris, à moins que ça ne soit pour y voler le tronc des pauvres, ou dans les poches des paroissiens, pendant qu'ils écouteraient la messe... a ajouté Calebasse en riant et, en montrant ses vieilles dents jaunes... Mauvaise bête, va!

— Oh! pour ça... voler dans une église, on me tuerait plutôt... n'est-ce pas, François?

— Là ou ailleurs, qu'est-ce que ça fait, une fois qu'on est décidé!

— Dame! je ne sais pas... j'aurais bien plus peur... je ne pourrais jamais...

— A cause des prêtres?

— Non... peut-être à cause de ce portrait de la Sainte-Vierge, qui a l'air si douce, si bonne.

— Qu'est-ce que ça fait, ce portrait? il ne te mangerait pas... grosse bête!...

— C'est vrai... mais enfin, je ne pourrais pas... Ça n'est pas ma faute...

— A propos de prêtres, Amandine, te souviens-tu ce jour... où Nicolas m'a donné deux si grands soufflets, parce qu'il m'avait vu saluer le curé qui passait sur la grève; je l'avais vu saluer, je le saluai; je ne croyais pas faire mal.. moi.

— Oui, mais cette fois-là, par exemple, notre frère Martial a dit, comme Nicolas, que nous n'avions pas besoin de saluer les prêtres.

A ce moment, François et Amandine entendirent marcher dans le corridor.

Martial regagnait sa chambre sans défiance, après son entretien avec sa mère, croyant Nicolas enfermé jusqu'au lendemain matin.

Voyant un rayon de lumière s'échapper du cabinet des enfants par la porte entr'ouverte, Martial entra chez eux.

Tous deux coururent à lui, il les embrassa tendrement.

— Comment, vous n'êtes pas encore couchés, petits bavards?

— Non, mon frère... nous attendions pour vous voir rentrer chez vous et vous dire bonsoir — dit Amandine.

— Et puis nous avions entendu parler bien fort en bas... comme si on s'était disputé — ajouta François.

— Oui — dit Martial — j'ai eu des raisons avec Nicolas... Mais ce n'est rien... Du reste, je suis content de vous trouver encore debout, j'ai une bonne nouvelle à vous apprendre.

— A nous, mon frère!

— Seriez-vous contents de vous en aller d'ici et de venir avec moi ailleurs, bien loin?

— Oh! oui, mon frère!...

— Oui, mon frère.

— Eh bien! dans deux ou trois jours nous quitterons l'île tous les trois.

— Quel bonheur! — s'écria Amandine en frappant joyeusement dans ses mains.

— Et où irons-nous? — demanda François.

— Tu le verras, curieux... mais n'importe, où nous irons tu apprendras un bon état... qui te mettra à même de gagner ta vie... voilà ce qu'il y a de sûr.

— Je n'irai plus à la pêche avec toi, mon frère?

— Non, mon garçon, tu iras en apprentissage chez un menuisier ou chez un serrurier; tu es fort, tu es adroit; avec du cœur et en travaillant ferme, au bout d'un an tu pourras déjà gagner quelque chose. Ah çà... qu'est-ce que tu as... tu n'as pas l'air content?

— C'est que... mon frère... je...

— Voyons, parle.

— C'est que j'aimerais mieux ne pas te quitter, rester avec toi à pêcher...
à raccommoder tes filets, que d'apprendre un état.

— Vraiment?

— Dame! être enfermé dans un atelier toute la journée... c'est triste... et
puis être apprenti, c'est ennuyeux...

Martial haussa les épaules.

— Vaut mieux être paresseux, vagabond, flâneur, n'est-ce pas? — lui dit-
il sévèrement — en attendant qu'on devienne voleur...

— Non, mon frère, mais je voudrais vivre avec toi ailleurs comme nous
vivons ici, voilà tout...

— Oui, c'est ça, boire, manger, dormir et t'amuser à pêcher comme un
bourgeois, n'est-ce pas?

— J'aimerais mieux ça...

— C'est possible, mais tu aimeras autre chose... Tiens, vois-tu, mon pauvre
François, il est crânement temps que je t'emmène d'ici; sans t'en douter, tu
deviendrais aussi gueux que les autres... Ma mère avait raison... je crains
que tu n'aies du *vice*... Et toi, Amandine, est-ce que cela ne te plairait pas
d'apprendre un état?

— Oh! si, mon frère... j'aimerais bien à apprendre, j'aime mieux tout que
de rester ici. Je serais si contente de m'en aller avec vous et avec François!

— Mais qu'est-ce que tu as là sur la tête, ma fille? — dit Martial en remarquant la triomphante coiffure d'Amandine.

— Un foulard que Nicolas m'a donné...

— Il m'en a donné un aussi, à moi — dit orgueilleusement François.

— Et d'où viennent-ils, ces foulards! Ça m'étonnerait que Nicolas les ait
achetés pour vous en faire cadeau.

Les deux enfants baissèrent la tête sans répondre.

Au bout d'une seconde, François dit résolument :

— Nicolas nous les a donnés; nous ne savons pas d'où ils viennent, n'est-ce
pas, Amandine!

— Non... non... mon frère... — ajouta Amandine en balbutiant et en devenant pourpre, sans oser lever les yeux sur Martial.

— Ne mentez pas... — dit sévèrement Martial.

— Nous ne mentons pas — ajouta hardiment François.

— Amandine, mon enfant... dis la vérité — reprit Martial avec douceur.

— Eh bien! pour dire toute la vérité — reprit timidement Amandine — ces
beaux mouchoirs viennent d'une caisse d'étoffes que Nicolas a rapportée ce
soir dans son bateau...

— Et qu'il a volée?

— Je crois que oui, mon frère... sur une galiote.

— Vois-tu, François! tu mentais — dit Martial.

L'enfant baissa la tête sans répondre.

— Donne-moi ce foulard, Amandine; donne-moi aussi le tien, François.

La petite se décoiffa, regarda une dernière fois l'énorme rosette qui ne s'était pas défaite, et remit le foulard à Martial en étouffant un soupir de regret.

François tira lentement le mouchoir de sa poche, et, comme sa sœur, le rendit à Martial.

— Demain matin — dit celui-ci — je rendrai les foulards à Nicolas. Vous n'auriez pas dû les prendre, mes enfants ; profiter d'un vol, c'est comme si on volait soi-même.

— C'est dommage, ils étaient bien jolis, ces mouchoirs ! — dit François.

— Quand tu auras un état et que tu gagneras de l'argent en travaillant, tu en achèteras d'aussi beaux. Allons, couchez-vous, il est tard… mes enfants.

— Vous n'êtes pas fâché, mon frère ! — dit timidement Amandine.

— Non, non, ma fille, ce n'est pas votre faute .. Vous vivez avec des gueux, vous faites comme eux sans savoir… Quand vous serez avec de braves gens, vous ferez comme les braves gens ; et vous y serez bientôt… ou le diable m'emportera… Allons, bonsoir !

— Bonsoir, mon frère !

Martial embrassa les enfants.

Ils restèrent seuls.

— Qu'est-ce que tu as donc, François ! Tu as l'air tout triste ! — dit Amandine.

— Tiens ! mon frère m'a pris mon beau foulard ; et puis, tu n'as donc pas entendu !

— Quoi ?

— Il veut nous emmener pour nous mettre en apprentissage…

— Ça ne te fait pas plaisir ?

— Ma foi, non…

— Tu aimes mieux rester ici à être battu tous les jours ?

— Je suis battu ; mais au moins je ne travaille pas, je suis toute la journée en bateau, ou à pêcher, ou à jouer, ou à servir les pratiques, qui quelquefois me donnent pour boire, comme le Gros-Boiteux ; c'est bien plus amusant que d'être du matin au soir enfermé dans un atelier à travailler comme un chien.

— Mais tu n'as donc pas entendu !… Mon frère nous a dit que si nous restions ici plus long-temps nous deviendrions des gueux !

— Ah bah ! ça m'est bien égal… puisque les autres enfants nous appellent déjà petits voleurs… petits guillotinés… Et puis, travailler… c'est trop ennuyeux…

— Mais ici on nous bat toujours, mon frère !

— On nous bat parce que nous écoutons plutôt Martial que les autres…

— Il est si bon pour nous !

— Il est bon, il est bon, je ne dis pas… aussi je l'aime bien… On n'ose pas nous faire du mal devant lui… il nous emmène promener… c'est vrai… mais c'est tout… il ne nous donne jamais rien…

— Dame ! il n'a rien … ce qu'il gagne, il le donne à notre mère pour sa nourriture.

— Nicolas a quelque chose, lui... Bien sûr que si nous l'écoutions, et ma mère aussi, ils ne nous rendraient pas la vie si dure ... ils nous donneraient des belles nippes comme aujourd'hui... ils ne se défieraient plus de nous... nous aurions de l'argent comme Tortillard.

— Mais, mon Dieu, pour ça il faudrait voler! et ça ferait tant de peine à notre frère Martial!

— Eh bien! tant pis!

— Oh! François... et puis si on nous prenait, nous irions en prison...

— Être en prison ou être enfermé dans un atelier toute la journée... c'est la même chose... D'ailleurs le Gros-Boiteux dit qu'on s'amuse .. en prison.

— Mais le chagrin que nous ferions à Martial... tu n'y penses donc pas!... Enfin c'est pour nous qu'il est revenu ici et qu'il y reste; pour lui tout seul, il ne serait pas gêné, il retournerait être braconnier dans les bois qu'il aime tant.

— Eh bien! qu'il nous emmène avec lui dans les bois — dit François — ça vaudrait mieux que tout. Je serais avec lui que j'aime bien, et je ne travaillerais pas à des métiers qui m'ennuient.

La conversation de François et d'Amandine fut interrompue.

Du dehors on ferma leur porte à double tour.

— On nous enferme! — s'écria François.

— Ah! mon Dieu... et pourquoi donc, mon frère? Qu'est-ce qu'on va nous faire!

— C'est peut-être Martial...

— Écoute... écoute... comme son chien aboie!... — dit Amandine en prêtant l'oreille.

Au bout de quelques instants François ajouta :

— On dirait qu'on frappe à sa porte avec un marteau... on veut l'enfoncer peut-être!

— Oui, oui, son chien aboie toujours...

— Écoute, François!... maintenant c'est comme si on clouait quelque chose .. Mon Dieu! mon Dieu! j'ai peur... Qu'est-ce donc qu'on fait à notre frère! voilà son chien qui hurle maintenant.

— Amandine... on n'entend plus rien... — reprit François en s'approchant de la porte.

Les deux enfants, suspendant leur respiration, écoutaient avec anxiété.

— Voilà qu'ils reviennent de chez mon frère — dit François à voix basse ; — j'entends marcher dans le corridor.

— Jetons-nous sur nos lits; ma mère nous tuerait si elle nous trouvait levés — dit Amandine avec terreur.

— Non... — reprit François en écoutant toujours — ils viennent de passer devant notre porte... ils descendent l'escalier en courant...

— Mon Dieu! mon Dieu! qu'est-ce que c'est donc!...

— Ah! on ouvre la porte de la cuisine... maintenant...

— Tu crois!...

— Oui, oui… j'ai reconnu son bruit…

— Le chien de Martial hurle toujours… — dit Amandine en écoutant.

Tout à coup elle s'écria :

— François! mon frère nous appelle…

— Martial?

— Oui .. entends-tu? entends tu?…

En effet, malgré l'épaisseur des deux portes fermées, la voix retentissante de Martial, qui de sa chambre appelait les deux enfants, arriva jusqu'à eux.

— Mon Dieu, nous ne pouvons aller à lui… nous sommes enfermés — dit Amandine — on veut lui faire du mal, puisqu'il nous appelle…

— Oh! pour ça .. si je pouvais les en empêcher — s'écria résolument François — je les empêcherais, quand on devrait me couper en morceaux!…

— Mais notre frère ne sait pas qu'on a donné un tour de clef à notre porte, il va croire que nous ne voulons pas aller à son secours; crie-lui donc que nous sommes enfermés, François!

Ce dernier allait suivre le conseil de sa sœur, lorsqu'un coup violent ébranla au dehors la persienne de la petite fenêtre du cabinet des deux enfants.

— Ils viennent par la croisée pour nous tuer ! — s'écria Amandine, et dans son épouvante elle se précipita sur son lit, et cacha sa tête dans ses mains.

François resta immobile, quoiqu'il partageât la terreur de sa sœur.

Pourtant, après le choc violent dont on a parlé, la persienne ne s'ouvrit pas, le plus profond silence régna dans la maison.

Martial avait cessé d'appeler les enfants.

Un peu rassuré, et excité par une vive curiosité, François se hasarda d'entre-bâiller doucement sa croisée, et tâcha de regarder au dehors à travers les feuilles de la persienne.

— Prends bien garde, mon frère ! — dit tout bas Amandine, qui, entendant François ouvrir la fenêtre, s'était mise sur son séant. — Est-ce que tu vois quelque chose ! — ajouta-t-elle.

— Non... la nuit est trop noire.

— Tu n'entends rien ?

— Non, il fait trop grand vent.

— Reviens... reviens alors !

— Ah ! maintenant je vois quelque chose.

— Quoi donc ?

— La lueur d'une lanterne... elle va et elle vient.

— Qui est-ce qui la porte ?

— Je ne vois que la lueur... Ah ! elle se rapproche. . on parle.

— Qui ça ?

— Écoute... écoute... c'est Calebasse.

— Que dit-elle ?

— Elle dit de bien tenir le pied de l'échelle.

— Ah ! vois-tu, c'est en prenant la grande échelle qui était appuyée contre notre persienne, qu'ils auront fait le bruit de tout à l'heure.

— Je n'entends plus rien.

— Et qu'est-ce qu'ils en font de l'échelle, maintenant ?

— Je ne peux plus voir...

— Tu n'entends plus rien ?

— Non...

— Mon Dieu, François, c'est peut-être pour monter chez notre frère Martial par la fenêtre... qu'ils ont pris l'échelle !

— Ça se peut bien.

— Si tu ouvrais un tout petit peu la jalousie ; pour voir...

— Je n'ose pas...

— Rien qu'un peu...

— Oh ! non, non. Si ma mère s'en apercevait !

— Il fait si noir, il n'y a pas de danger...

FRANÇOIS ET ARMAND F
(Famille Martini).

BEST LELOIR
BECKER POTIER sc

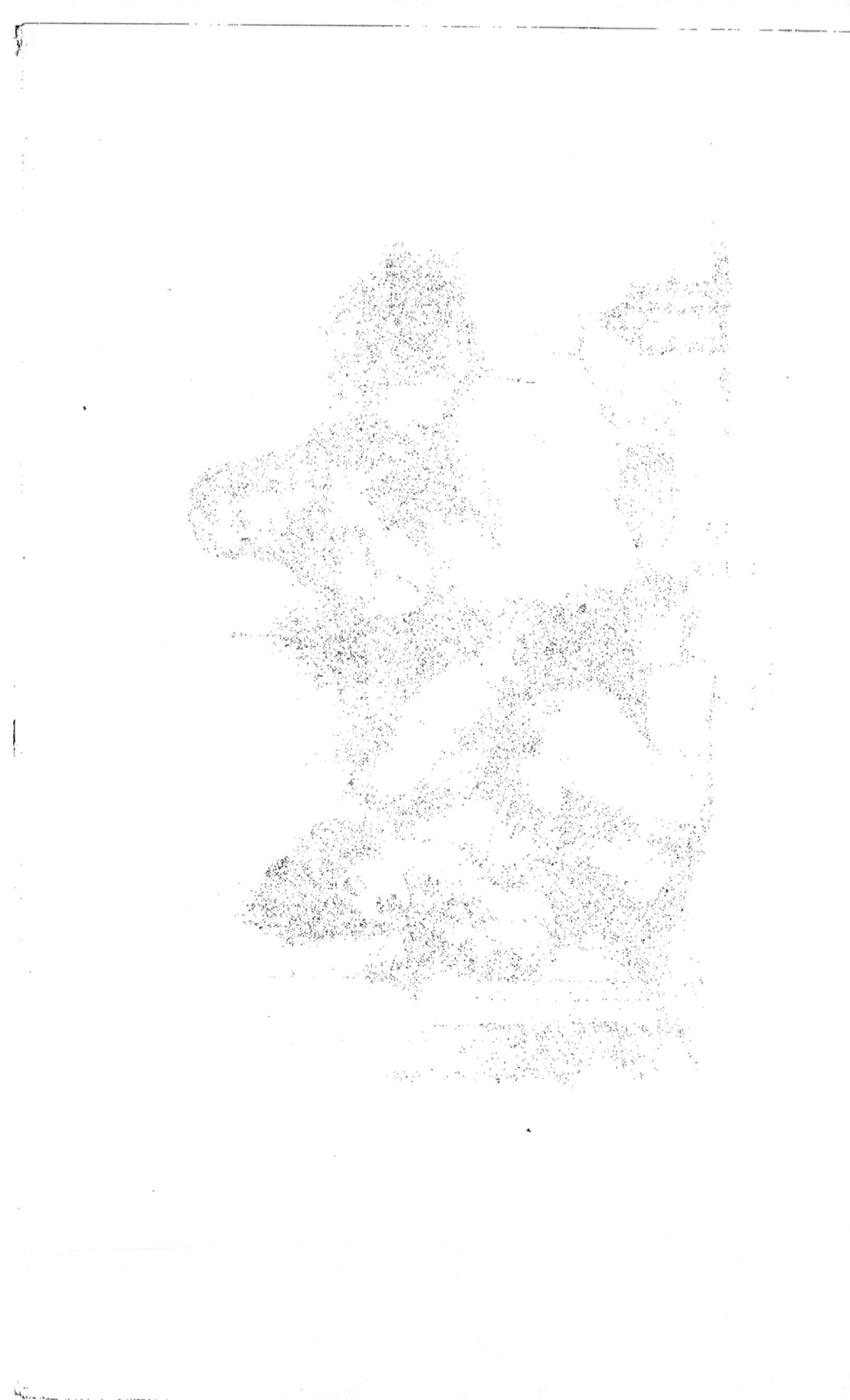

François se rendit, quoiqu'à regret, au désir de sa sœur, entre-bâilla la persienne et regarda.

— Eh bien! mon frère? — dit Amandine en surmontant ses craintes et s'approchant de François sur la pointe du pied.

— A la clarté de la lanterne — dit celui-ci — je vois Calebasse qui tient le pied de l'échelle... ils l'ont appuyée à la fenêtre de Martial.

— Et puis?

— Nicolas monte à l'échelle, il a sa hachette à la main, je la vois reluire...

— Ah! vous n'êtes pas couchés et vous nous espionnez! — s'écria tout à coup la veuve, en s'adressant du dehors à François et à sa sœur. Au moment de rentrer dans la cuisine, elle venait d'apercevoir la lueur qui s'échappait de la persienne entr'ouverte.

Les malheureux enfants avaient négligé d'éteindre leur lumière.

— Je monte — ajouta la veuve d'une voix terrible — je monte vous trouver, petits mouchards!

Tels étaient les événements qui se passèrent à l'île du Ravageur la veille du jour où madame Séraphin devait y amener Fleur-de-Marie.

CHAPITRE VIII.

UN GARNI.

Le *passage de la Brasserie*, passage ténébreux et assez peu connu, quoique situé au centre de Paris, aboutit d'un côté à la rue Traversière-Saint-Honoré, de l'autre à la cour Saint-Guillaume. Vers le milieu de cette ruelle humide, boueuse, sombre, triste, où presque jamais le soleil ne pénètre, s'élevait une maison garnie (vulgairement un *garni*, en raison du bas prix de ses loyers). Sur un méchant écriteau on lisait : *Chambres et cabinets meublés;* à droite d'une allée obscure s'ouvrait la porte d'un magasin non moins obscur, où se tenait habituellement le principal locataire de ce *garni*.

Cet homme, dont le nom a été plusieurs fois prononcé à l'*Ile du Ravageur*, se nomme Micou : il est ouvertement marchand de vieilles ferrailles, mais secrètement il achète et recèle les métaux volés, tels que fer, plomb, cuivre et étain. Dire que le père Micou était en relation d'*affaires* et d'*amitié* avec les Martial, c'est apprécier suffisamment sa moralité. Il est, du reste, un fait à la fois curieux et effrayant : c'est l'espèce d'affiliation, de communion mystérieuse qui relie presque tous les malfaiteurs de Paris. Les *prisons en commun* sont les grands centres où affluent et d'où refluent incessamment ces flots de corruption qui envahissent peu à peu la *capitale* et y laissent de si sanglantes épaves.

Le père Micou est un gros homme de cinquante ans, à physionomie basse et rusée, au nez bourgeonnant, aux joues avinées ; il porte un bonnet de loutre et s'enveloppe d'un vieux carrick vert. Au-dessus du petit poêle de fonte auprès duquel il se chauffe, on remarque une planche numérotée attachée au mur ; là sont accrochées les clefs des chambres dont les locataires sont absents. Les carreaux de la devanture vitrée qui s'ouvrait sur la rue sont peints de façon à ce que du dehors on ne puisse pas voir (et pour cause) ce qui se passait dans la boutique.

Il règne dans ce vaste magasin une assez grande obscurité ; aux murailles noirâtres et humides pendent des chaînes rouillées de toutes grosseurs et de toutes longueurs ; le sol disparaît presque entièrement sous des monceaux de débris de fer et de fonte.

Trois coups frappés à la porte, d'une façon particulière, attirèrent l'attention du logeur-revendeur-recéleur.

— Entrez ! — cria-t-il.

On entra.

C'était Nicolas, le fils de la veuve du supplicié. Il était très-pâle ; sa figure semblait encore plus sinistre que la veille, et pourtant on le verra feindre une sorte de gaieté bruyante pendant l'entretien suivant. (Cette scène se passait le lendemain de la querelle de ce bandit avec son frère Martial.)

— Ah ! te voilà, bon sujet ! — lui dit cordialement le logeur.

— Oui, père Micou ; je viens faire affaire avec vous.

— Ferme donc la porte, alors… ferme donc la porte…

— C'est que mon chien et ma petite charrette sont là… avec la chose…

— Qu'est-ce que c'est que tu m'apportes ! du *gras-double* [1] ?

— Non, père Micou.

— C'est pas du *ravage* [2] ; t'es trop *feignant* maintenant ; tu ne travailles plus… c'est peut-être du *dur* [3] ?

— Non, père Micou ; c'est du *rouget* [4]… quatre saumons… Il doit y en avoir au moins cent cinquante livres ; mon chien en a tout son tirage.

— Va me chercher le *rouget* ; nous allons peser.

— Faut que vous m'aidiez, père Micou ; j'ai mal au bras.

Et au souvenir de sa lutte avec son frère Martial, les traits du bandit exprimèrent à la fois un ressentiment de haine et de joie féroce, comme si déjà sa vengeance eût été satisfaite.

— Qu'est-ce que tu as donc au bras, mon garçon ?

[1] Lames de plomb généralement volées sur les toits. — [2] Débris métalliques recueillis par les ravageurs.
[3] Fer. — [4] Cuivre.

— Rien... une foulure.

— Il faut faire rougir un fer au feu, le tremper dans l'eau, et mettre ton bras dans cette eau presque bouillante; c'est un remède de ferrailleur, mais excellent.

— Merci, père Micou.

— Allons, viens chercher le *rouget;* je vais t'aider, paresseux !

En deux voyages, les saumons furent retirés d'une petite charrette tirée par un énorme dogue, et apportés dans la boutique.

— C'est une bonne idée, ta charrette ! — dit le père Micou en ajustant les plateaux de bois d'énormes balances pendues à une des solives du plafond.

— Oui, quand j'ai quelque chose à apporter, je mets mon dogue et la charrette dans mon bachot, et j'attelle en abordant. Un fiacre jaserait peut-être, mon chien ne jase pas.

— Et on va toujours bien chez toi ? — demanda le recéleur en pesant le cuivre; — ta mère et ta sœur sont en bonne santé ?

— Oui, père Micou.

— Les enfants aussi ?

— Les enfants aussi. Et votre neveu André, où donc est-il ?

— Ne m'en parle pas ! il était en ribotte hier; Barbillon et le Gros-Boiteux me l'ont emmené, il n'est rentré que ce matin; il est déjà en course... au grand bureau de la poste, rue Jean-Jacques-Rousseau. — Et ton frère Martial, toujours sauvage ?

— Ma foi, je n'en sais rien.

— Comment ! tu n'en sais rien ?

— Non — dit Nicolas en affectant un air indifférent : — depuis deux jours nous ne l'avons pas vu... il sera peut-être retourné braconner dans les bois, à moins que son bateau, qui était vieux, vieux... n'ait coulé bas au milieu de la rivière, et lui avec...

— Ça ne te ferait pas de peine, garnement, car tu ne pouvais pas le sentir, ton frère !

— C'est vrai... on a comme ça des idées sur les uns et sur les autres... Combien y a-t-il de livres de cuivre ?

— T'as le coup d'œil juste... cent quarante-huit livres, mon garçon.

— Et vous me devez ?

— Trente francs tout au juste.

— Trente francs, quand le cuivre est à vingt sous la livre ? trente francs !!!

— Mettons trente-cinq francs et ne souffle pas, ou je t'envoie au diable, toi, ton cuivre, ton chien et ta charrette.

— Mais, père Micou, vous me filoutez par trop ! il n'y a pas de bon sens.

— Veux-tu me prouver comme quoi il t'appartient, ce cuivre ? et je t'en donne quinze sous la livre.

— Toujours la même chanson... Vous vous ressemblez tous, allez, tas de brigands ! Peut-on écorcher les amis comme ça ! Mais c'est pas tout : si je vous prends de la marchandise en troc, vous me ferez bonne mesure au moins!

— Comme de juste. Qu'est-ce qui te faut! des chaînes ou des crampons pour tes bachots?

— Non, il me faudrait quatre ou cinq plaques de tôle très-forte, comme qui dirait pour doubler des volets.

— J'ai ton affaire... quatre lignes d'épaisseur... une balle de pistolet ne traverserait pas ça.

— C'est ce que je veux... justement!...

— Et de quelle grandeur?

— Mais... en tout, sept à huit pieds carrés.

— Bon! qu'est-ce qu'il te faudrait encore?

— Trois barres de fer de trois à quatre pieds de long et de deux pouces carrés.

— J'ai démoli l'autre jour une grille de croisée, ça t'ira comme un gant... Et puis?

— Deux fortes charnières et un loquet, pour ajuster et fermer à volonté une soupape de deux pieds carrés.

— Une trappe, tu veux dire?

— Non, une soupape...

— Je ne comprends pas à quoi ça peut te servir, une soupape

— C'est possible, moi je le comprends.

— A la bonne heure, tu n'auras qu'à choisir, j'ai là un tas de charnières... Et qu'est-ce qu'il te faudra encore?

— C'est tout.

— Ça n'est guère.

— Préparez-moi tout de suite ma marchandise, père Micou, je la prendrai en repassant; j'ai encore des courses à faire.

— Avec ta charrette! Dis donc, farceur, j'ai vu un ballot au fond; c'est encore quelque *friandise* que tu as prise dans le buffet à *tout le monde*, petit gourmand?...

— Comme vous dites, père Micou; mais vous ne mangez pas de ça. Ne me faites pas attendre mes ferrailles, car faut que je sois à l'île avant midi...

— Sois tranquille, il est huit heures; si tu ne vas pas loin... dans une heure tu peux revenir, tout sera prêt, argent et fournitures... Veux-tu boire la goutte?

— Toujours... vous me la devez bien!...

Le père Micou prit dans une vieille armoire une bouteille d'eau-de-vie, un verre fêlé, une tasse sans anse, et versa.

— A la vôtre, père Micou!

— A la tienne, mon garçon, et à ces dames de chez toi!

— Merci... Et ça va bien toujours, votre garni?

— Comme ci, comme ça... J'ai toujours quelques locataires pour qui je crains les descentes du commissaire... mais ils payent en conséquence.

— Pourquoi donc ?

— Es-tu bête !... Quelquefois je loge comme j'achète... à ceux-là je ne demande pas plus de passe-port que je ne te demande de facture de vente, à toi.

— Connu !... Mais à ceux-là vous louez aussi cher que vous m'achetez bon marché.

— Faut bien se rattraper... J'ai un de mes cousins qui tient une belle maison garnie de la rue Saint-Honoré, même que sa femme est une forte couturière qui emploie jusqu'à des vingt ouvrières, soit chez elle, soit dans leur chambre.

— Dites donc, vieux obstiné, il doit y en avoir de *girondes* [1] là-dedans !

— Je crois bien ! il y en a deux ou trois que j'ai vues quelquefois apporter leur ouvrage... Mille z'yeux ! sont-elles gentilles ! Une petite surtout, qui travaille en chambre, qui rit toujours et qui s'appelle Rigolette... Dieu de Dieu, mon fiston, quel dommage de ne plus avoir ses vingt ans !

— Allons, papa, éteignez-vous, ou je crie au feu !

— Mais c'est honnête... mon garçon... c'est honnête...

— *Colasse*.. va !... et vous disiez que votre cousin...

— Tient très-bien sa maison, et, comme il est du même numéro que cette petite Rigolette...

— Honnête ?

— Tout juste.

— *Colas !*

— Il ne veut que des locataires à passe-port ou à papiers... mais s'il s'en présente qui n'en aient pas, comme il sait que j'y regarde moins, il m'envoie ces pratiques-là...

— Et elles payent en conséquence !

— Toujours.

— Mais c'est tous amis de la *pègre* [2], ceux qui n'ont pas de papiers !

— Eh non ! Tiens, justement, à propos de ça, mon cousin m'a envoyé, il y a quelques jours, une pratique... que le diable me brûle si j'y comprends rien... Encore une tournée ?

— Ça va... le liquide est bon... A la vôtre, père Micou !

— A la tienne, garçon ! Je te disais donc que l'autre jour mon cousin m'a envoyé une pratique où je ne comprends rien. Figure-toi une mère et sa fille qui avaient l'air bien panées et bien râpées, c'est vrai ; elles portaient leur butin dans un mouchoir... eh bien ! quoique ça doive être des rien du tout, puisqu'elles n'ont pas de papiers et qu'elles logent à la quinzaine... depuis qu'elles sont ici elles ne bougent pas plus que des marmottes... il n'y vient jamais d'hommes... mon fiston... jamais d'hommes !... Et pourtant, si elles n'étaient pas si maigres et si pâles, ça ferait deux fameux brins de femme, la fille surtout ! ça vous a quinze ou seize ans tout au plus .. c'est blanc comme

---

[1] Jolies. — [2] Voleurs

un lapin blanc, avec des yeux noirs grands comme ça... Nom de nom... quels yeux! quels yeux!

— Vous allez encore vous incendier... Et qu'est-ce qu'elles font, ces deux femmes!

— Je te dis que je n'y comprends rien... il faut qu'elles soient honnêtes, et pourtant pas de papiers... Sans compter qu'elles reçoivent des lettres sans adresse... faut que leur nom soit guère bon à écrire.

— Comment cela!

— Elles ont envoyé, ce matin, mon neveu André au bureau de la poste restante, pour réclamer une lettre adressée à madame X. Z. La lettre doit venir de Normandie... d'un bourg appelé les Aubiers. Elles ont écrit cela sur un papier, afin qu'André puisse réclamer la lettre en donnant ces renseignements-là... Tu vois que ça n'a pas l'air de grand'chose, des femmes qui prennent le nom d'un X et d'un Z... Eh bien! pourtant jamais d'hommes!

— Elles ne vous payeront pas?

— Ce n'est pas à un vieux singe comme moi qu'on apprend des grimaces. Elles ont pris un cabinet sans cheminée que je leur fais payer vingt francs par quinzaine et d'avance. Elles sont peut-être malades, car depuis deux jours elles ne sont pas descendues. C'est toujours pas d'indigestion qu'elles seraient malades; car je ne crois pas qu'elles aient jamais allumé un fourneau pour leur manger depuis qu'elles sont ici. Mais j'en reviens toujours là : jamais d'hommes... et pas de papiers!...

— Si vous n'avez que des pratiques comme ça, père Micou...

— Ça va et ça vient... Si je loge des gens sans passe-port, dis donc, je loge aussi des gens calés; j'ai dans ce moment-ci deux commis-voyageurs, un facteur de la poste, le chef d'orchestre du café des Aveugles, et une rentière, tous gens honnêtes; ce sont eux qui sauveraient la réputation de la maison, si le commissaire voulait y regarder de trop près... c'est pas des locataires de nuit, ceux-là, c'est des locataires de plein soleil.

— Quand il en fait dans votre passage, père Micou.

— Farceur... encore une tournée...

— Mais la dernière, faut que je file... A propos, Robin le Gros-Boiteux loge donc encore ici!

— En haut, la porte à côté de la mère et de la fille. Il finit de manger son argent de prison... et je crois qu'il ne lui en reste guère.

— Dites donc, garde à vous! il est en rupture de ban.

— Je sais bien; mais je ne peux pas m'en dépêtrer. Je crois qu'il monte quelque coup : le petit Tortillard, le fils de Bras-Rouge, est venu ici l'autre soir avec Barbillon pour le chercher... J'ai peur qu'il ne fasse tort à mes bons locataires, ce damné Robin; aussi, une fois sa quinzaine finie... je le mets dehors, en lui disant que son cabinet est retenu par un ambassadeur ou par le mari de madame Saint-Ildefonse, ma rentière.

— Une rentière?

— Je crois bien! trois chambres et un cabinet sur le devant, rien que ça...
remeublés à neuf, sans compter une mansarde pour sa bonne... quatre-vingts
francs par mois... et payés d'avance par son oncle, à qui elle donne une de
ses chambres en pied à terre... quand il vient de la campagne. Après ça, je
crois bien que sa campagne est comme qui dirait rue Vivienne, rue Saint-
Honoré ou dans les environs de ces paysages-là.

— Connu!... Elle est rentière parce que le vieux lui fait des rentes.

— Tais-toi donc!... justement voilà sa bonne!...

Une femme assez âgée, portant un tablier blanc d'une propreté douteuse,
entra dans le magasin du revendeur.

— Qu'est-ce qu'il y a pour votre service, madame Charles?

— Père Micou, votre neveu n'est pas là?

— Il est en course au grand bureau de la poste aux lettres; il va rentrer
tout à l'heure.

— M. Badinot voudrait qu'il portât tout de suite cette lettre à son adresse:
il n'y a pas de réponse... mais c'est très-pressé.

— Dans un quart d'heure il sera en route, madame Charles.

— Et qu'il se dépêche...

— Soyez tranquille.

La bonne sortit.

— C'est donc la bonne d'un de vos locataires, père Micou?

— Eh! non! colas, c'est la bonne de ma rentière, madame Saint-Ildefonse. Mais M. Badinot est son oncle; il est venu hier de la campagne — dit
le logeur, qui examinait la lettre; puis il ajouta en lisant l'adresse: — Vois
donc: que ça de belles connaissances! Quand je te dis que c'est des gens calés,
il écrit à un vicomte.

— Ah bah!

— Tiens, vois plutôt: *A monsieur le vicomte de Saint-Remy, rue de Chaillot... Très-pressée... A lui-même...* J'espère que quand on loge des rentières
qui ont des oncles qui écrivent à des vicomtes, on peut bien ne pas tenir aux
passe-ports de quelques locataires du haut de la maison, hein?

— Je crois bien... Allons, à tout à l'heure, père Micou. Je vas attacher
mon chien à votre porte avec sa charrette; je porterai ce que j'ai à porter à
pied... Préparez ma marchandise et mon argent... que je n'aie qu'à filer.

— Sois tranquille: quatre bonnes plaques de tôle de deux pieds carrés
chaque, trois barres de fer de trois pieds, et deux charnières pour ta soupape.
Cette soupape me paraît drôle; enfin c'est égal... est-ce là tout?

— Oui, et mon argent?

— Et ton argent, tu l'auras... Mais dis donc, avant de t'en aller, faut que
je te dise... depuis que tu es là... je t'examine...

— Eh bien!

— Je ne sais pas...; mais tu as l'air d'avoir quelque chose.

— Moi!

— Oui.

— Vous êtes fou... Si j'ai quelque chose... c'est que... j'ai faim.

— Tu as faim... tu as faim... c'est possible... mais on dirait que tu veux avoir l'air gai, et qu'au fond tu as quelque chose qui te pince et qui te cuit... *une puce à la muette*[1], comme dit l'autre... et pour que ça te démange il faut que ça te gratte fort... car tu n'es pas bégueule.

— Je vous dis que vous êtes fou, père Micou — dit Nicolas en tressaillant malgré lui.

— On dirait que tu viens de trembler, vois-tu.

— C'est mon bras qui me fait mal.

— Alors n'oublie pas ma recette, ça te guérira.

— Merci, père Micou... à tout à l'heure.

Et le bandit sortit.

Le recéleur, après avoir dissimulé les saumons de cuivre derrière son buffet, s'occupait de rassembler les différents objets que lui avait demandés Nicolas, lorsqu'un nouveau personnage entra dans sa boutique.

C'était un homme de cinquante ans environ, à figure fine et sagace, portant un épais collier de favoris gris très-touffus et des besicles d'or ; il était vêtu avec assez de recherche ; les larges manches de son paletot brun, à parements de velours noir, laissaient voir des mains gantées de gants paille ; ses bottes devaient avoir été enduites la veille d'un brillant vernis.

Tel était M. Badinot, l'oncle de la rentière, cette madame Saint-Ildefonse, dont la position sociale faisait l'orgueil et la sécurité du père Micou.

On se souvient peut-être que M. Badinot, ancien avoué, chassé de sa corporation, alors chevalier d'industrie et agent d'affaires équivoques, servait d'espion au baron de Graün, et avait donné à ce diplomate des renseignements assez nombreux et très-précis sur bon nombre des personnages de cette histoire.

— Madame Charles vient de vous donner une lettre à porter ?—dit M. Badinot au logeur.

— Oui, monsieur... mon neveu va rentrer... dans un moment il partira.

— Non, rendez-moi cette lettre... je me suis ravisé, j'irai moi-même chez le vicomte de Saint-Remy — dit M. Badinot en appuyant avec intention et fatuité sur cette adresse aristocratique.

— Voici la lettre, monsieur... vous n'avez pas d'autre commission ?

— Non, père Micou —, dit M. Badinot d'un air protecteur — mais j'ai des reproches à vous faire.

— A moi, monsieur !

— De très-graves reproches.

— Comment, monsieur !

— Certainement... Madame de Saint-Ildefonse paye très-cher votre premier ; ma nièce est une de ces locataires auxquelles on doit les plus grands

[1] À la conscience.

III.   13 égards ; elle est venue de confiance dans cette maison ; redoutant le bruit des voitures , elle espérait être ici comme à la campagne.

— Et elle y est ; c'est ici comme un hameau... Vous devez vous y connaître, vous , monsieur, qui habitez la campagne... c'est ici comme un vrai hameau.

— Un hameau !... Il est joli !.. toujours un tapage infernal.

— Pourtant il est impossible de trouver une maison plus tranquille ; au-dessus de madame il y a le chef d'orchestre du Café des Aveugles et un com-mis-voyageur... au-dessus un autre commis-voyageur. Au-dessus il y a ..

— Il ne s'agit pas de ces personnes-là , elles sont fort tranquilles et fort honnêtes, ma nièce n'en disconvient pas ; mais il y a au quatrième un gros boiteux que madame de Saint-Ildefonse a rencontré hier encore ivre dans l'escalier ; il poussait des cris de sauvage , elle en a eu presque une révolution, tant elle a été effrayée... Si vous croyez qu'avec de tels locataires votre maison ressemble à un hameau...

— Monsieur, je vous jure que je n'attends que l'occasion pour mettre ce gros boiteux à la porte ; il m'a payé sa dernière quinzaine d'avance , sans quoi il serait déjà dehors.

— Il ne fallait pas l'accepter pour locataire.

— Mais , sauf lui , j'espère que madame n'a pas à se plaindre ; il y a un facteur à la petite poste, qui est la crème des honnêtes gens ; et au-dessus , à côté de la chambre du gros boiteux, une femme et sa fille qui ne bougent pas plus que des marmottes.

— Encore une fois, madame de Saint-Ildefonse ne se plaint que du gros boiteux : c'est le cauchemar de la maison que ce drôle-là !... Je vous en pré-viens , si vous le gardez, il fera déserter tous les honnêtes gens.

— Je le renverrai, soyez tranquille... je ne tiens pas à lui.

— Et vous ferez bien... car on ne tiendrait pas à votre maison.

— Ce qui ne ferait pas mon affaire... Aussi , monsieur, regardez le gros boiteux comme déjà parti, car il n'a plus que quatre jours à rester ici.

— C'est beaucoup trop , enfin ça vous regarde..... A la première algarade, ma nièce abandonne cette maison.

— Soyez tranquille , monsieur.

— Tout ceci est dans votre intérêt, mon cher... faites-en votre profit... car je n'ai qu'une parole — dit M. Badinot d'un air protecteur.

Et il sortit.

Avons-nous besoin de dire que cette femme et cette jeune fille , qui vivaient si solitaires , étaient les deux victimes de la cupidité du notaire ?

Nous conduirons le lecteur dans le triste réduit qu'elles habitaient.

CHAPITRE IX.

LES VICTIMES D'UN ABUS DE CONFIANCE [1].

Que le lecteur se figure un cabinet situé au quatrième étage de la triste maison du *passage de la Brasserie*. Un jour pâle et sombre pénètre à peine dans cette pièce étroite par une petite fenêtre à un seul vantail, garnie de trois vitres fêlées, sordides; un papier délabré, d'une couleur jaunâtre, couvre les murailles; aux angles du plafond lézardé pendent d'épaisses toiles d'araignée. Le sol, décarrelé en plusieurs endroits, laisse voir çà et là les poutres et les lattes qui supportent les carreaux.

Une table de bois blanc, une chaise, une vieille malle sans serrure, et un lit de sangle à dossier de bois garni d'un mince matelas, de draps de grosse toile bise et d'une vieille couverture de laine brune, tel est le mobilier de ce *garni*.

Sur la chaise est assise madame la baronne de Fermont.

Dans le lit repose mademoiselle Claire de Fermont (tel était le nom des deux victimes de Jacques Ferrand).

Ne possédant qu'un lit, la mère et la fille s'y couchaient tour à tour, se partageant ainsi les heures de la nuit. Trop d'inquiétudes, trop d'angoisses

[1] Lorsque l'abus de confiance est puni, terme moyen de la punition : deux mois de prison, et 25 francs d'amende. (Art. 406 et 408 du Code pénal.)

torturaient la mère pour qu'elle cédât souvent au sommeil ; mais sa fille y
trouvait du moins quelques instants de repos et d'oubli. Dans ce moment elle
dormait. Rien de plus touchant, de plus douloureux, que le tableau de cette
misère imposée par la cupidité du notaire à deux femmes jusqu'alors habituées
aux modestes douceurs de l'aisance, et entourées dans leur ville natale de la
considération qu'inspire toujours une famille honorable et honorée.

Madame de Fermont a trente-six ans environ ; sa physionomie est à la fois
remplie de douceur et de noblesse ; ses traits, autrefois d'une beauté remar-
quable, sont pâles et altérés ; ses cheveux noirs, séparés sur son front et aplatis
en bandeaux, se tordent derrière sa tête ; le chagrin y a déjà mêlé quelques
mèches argentées. Vêtue d'une robe de deuil rapiécée en plusieurs endroits,
madame de Fermont, le front appuyé sur sa main, s'accoude au misérable
chevet de sa fille, et la regarde avec une affliction inexprimable.

Claire n'a que seize ans ; le candide et doux profil de son visage, amaigri
comme celui de sa mère, se dessine sur la couleur grise des gros draps dont est
recouvert son traversin, rempli de sciure de bois. Le teint de la jeune fille a
perdu de son éclatante pureté ; ses grands yeux fermés projettent jusque sur
ses joues creuses leur double frange de longs cils noirs. Autrefois roses et humides, mais alors sèches, pâles, gercées, ses lèvres entr'ouvertes laissent
entrevoir le blanc émail de ses dents ; le rude contact des draps grossiers et de
la couverture de laine avait rougi, marbré en plusieurs endroits la carnation
délicate du cou, des épaules et des bras de la jeune fille. De temps à autre,
un léger tressaillement rapprochait ses sourcils minces et veloutés, comme si
elle eût été poursuivie par un rêve pénible. L'aspect de ce visage, déjà em-
preint d'une expression morbide, est pénible ; on y découvre les sinistres
symptômes d'une maladie qui couve et menace.

Depuis long-temps madame de Fermont n'avait plus de larmes ; elle attachait sur sa fille un œil sec et enflammé par l'ardeur d'une fièvre lente qui la
minait sourdement. De jour en jour, madame de Fermont se trouvait plus
faible ; ainsi que sa fille, elle ressentait ce malaise, cet accablement, précur-
seurs certains d'un mal grave et latent ; mais, craignant d'effrayer Claire et ne
voulant pas surtout, si cela peut se dire, s'effrayer elle-même, elle luttait de
toutes ses forces contre les premières atteintes de la maladie.

Par des motifs d'une générosité pareille, Claire, afin de ne pas inquiéter sa
mère, tâchait de dissimuler ses souffrances. Ces deux malheureuses créatures,
frappées des mêmes chagrins, devaient être encore frappées des mêmes maux.

Il arrive un moment suprême dans l'infortune où l'avenir se montre sous un
aspect si effrayant, que les caractères les plus énergiques, n'osant l'envisager
en face, ferment les yeux et tâchent de se tromper par de folles illusions.

Telle était la position de madame et de mademoiselle de Fermont.

Exprimer les tortures de cette femme pendant les longues heures où elle
contemplait ainsi son enfant endormi, songeant au passé, au présent, à l'a-
venir, serait peindre ce que les augustes et saintes douleurs d'une mère ont de

plus poignant, de plus désespéré, de plus insensé : souvenirs enchanteurs,
craintes sinistres, prévisions terribles, regrets amers, abattement mortel,
élans de fureur impuissante contre l'auteur de tant de maux, supplications
vaines, prières violentes, et enfin... enfin doutes effrayants sur la toute-puis-
sante justice de celui qui reste inexorable à ce cri arraché des entrailles ma-
ternelles... à ce cri sacré dont le retentissement doit pourtant arriver jusqu'au
ciel : *Pitié pour ma fille !*

« — Comme elle a froid maintenant — disait la pauvre mère en touchant
légèrement de sa main glacée les bras glacés de son enfant — elle a bien froid !
il y a une heure elle était brûlante... c'est la fièvre !... heureusement elle ne
sait pas l'avoir... Mon Dieu, qu'elle a froid !... cette couverture est si mince
aussi... Je mettrais bien mon vieux châle sur le lit... mais si je l'ôte de la porte
où je l'ai suspendu... ces hommes ivres viendront encore comme hier regarder
au travers des trous qui sont à la serrure, ou par les ais disjoints du chambranle. Quelle horrible maison, mon Dieu ! Si j'avais su comment elle était
habitée... avant de payer notre quinzaine d'avance... nous ne serions pas res-
tées ici... mais je ne savais pas, moi... Quand on est sans papiers, on est
repoussé des autres maisons garnies. Pouvais-je deviner que j'aurais jamais
besoin de passe-port !..... Quand je suis partie d'Angers dans ma voiture ....
parce que je ne croyais pas convenable que ma fille voyageât dans une voiture
publique... pouvais-je croire que... »

Puis s'interrompant avec un élan de colère :

« Mais c'est pourtant infâme, cela... parce que ce notaire a voulu me dépouiller, me voici réduite aux plus affreuses extrémités, et contre lui je ne
puis rien !... rien !... Si... dans le cas où j'aurais de l'argent je pourrais plaider;
plaider... pour entendre traîner dans la boue la mémoire de mon bon et noble
frère..... pour entendre dire que dans sa ruine il a mis fin à ses jours, après
avoir dissipé toute ma fortune et celle de ma fille... Plaider... pour entendre
dire qu'il nous a réduites à la dernière misère !... Oh ! jamais ! jamais ! Pourtant... si la mémoire de mon frère est sacrée... la vie... l'avenir de ma fille...
me sont aussi sacrés... mais je n'ai pas de preuves contre ce notaire, moi ! et
c'est soulever un scandale inutile .. Ce qui est affreux... affreux — reprit-elle
après un moment de silence — c'est que quelquefois, aigrie, irritée par ce
sort atroce, j'ose accuser mon frère... donner raison au notaire contre lui....
comme si, en ayant deux noms à maudire, ma peine serait soulagée... et puis
je m'indigne de mes suppositions injustes, odieuses... contre le meilleur, le
plus loyal des frères. Oh ! ce notaire, il ne sait pas toutes les effroyables conséquences de son vol... Il n'a cru que voler de l'argent, ce sont deux âmes
qu'il torture... deux femmes qu'il fait mourir à petit feu. Hélas ! oui, je n'ose
jamais dire à ma pauvre enfant toutes mes craintes pour ne pas la désoler...
mais je souffre... j'ai la fièvre... je ne me soutiens qu'à force d'énergie; je sens
en moi les germes d'une maladie..... dangereuse peut-être..... oui, je la sens
venir... elle s'approche .. ma poitrine brûle, ma tête se fend... Ces symptômes

sont plus graves que je ne veux me l'avouer à moi-même..... Mon Dieu... si j'allais tomber... tout à fait malade... si j'allais mourir. Non ! non ! — s'écria madame de Fermont avec exaltation — je ne veux pas... je ne peux pas mourir... Laisser Claire... à seize ans... sans ressource, seule, abandonnée au milieu de Paris?... est-ce que cela est possible?!... non ! je ne suis pas malade, après tout... qu'est-ce que j'éprouve ? un peu de chaleur à la poitrine, quelque pesanteur à la tête ; c'est la suite du chagrin, des insomnies, du froid, des inquiétudes ; tout le monde à ma place ressentirait cet abattement... mais cela n'a rien de sérieux... Allons, allons, pas de faiblesse... mon Dieu ! c'est en se laissant aller à des idées pareilles, c'est en s'écoutant ainsi... que l'on tombe réellement malade... et j'en ai bien le loisir, vraiment !... Ne faut-il pas que je m'occupe de trouver de l'ouvrage pour moi et pour Claire, puisque ce misérable qui nous donnait des gravures à colorier... a osé... »

Après un moment de silence, madame de Fermont, sans achever sa phrase, ajouta avec indignation :

« Oh ! cela est abominable !... mettre ce travail au prix de la honte de Claire !... nous retirer impitoyablement ce chétif moyen d'existence, parce que je n'ai pas voulu que ma fille allât travailler seule le soir chez lui !... Peut-être trouverons-nous de l'ouvrage ailleurs, en couture ou en broderie... Mais, quand on ne connaît personne, c'est si difficile !... Dernièrement encore, j'ai tenté en vain... Lorsqu'on est si misérablement logé, on n'inspire aucune confiance ; et pourtant, la petite somme qui nous reste une fois épuisée, que faire ?... que devenir ?... Il ne nous restera plus rien... mais plus rien... sur la terre... mais pas une obole... et j'étais riche, pourtant !... Ne songeons pas à cela... ces pensées me donnent le vertige... me rendent folle... Voilà ma faute, c'est de trop m'appesantir sur ces idées, au lieu de tâcher de m'en distraire... C'est cela qui m'aura rendue malade .. non, non, je ne suis pas malade... je crois même que j'ai moins de fièvre — ajouta la malheureuse mère en se tâtant le pouls elle-même. »

Mais, hélas ! les pulsations précipitées, saccadées, irrégulières qu'elle sentit battre sous sa peau à la fois sèche et froide ne lui laissèrent pas d'illusion. Après un moment de morne et sombre désespoir, elle dit avec amertume :

— « Seigneur, mon Dieu, pourquoi nous accabler ainsi ? quel mal avons-nous jamais fait ! Ma fille n'était-elle pas un modèle de candeur et de piété, son père l'honneur même ? N'ai-je pas toujours vaillamment rempli mes devoirs d'épouse et de mère ? Pourquoi permettre qu'un misérable fasse de nous ses victimes ?... cette pauvre enfant surtout !... Quand je pense que sans le vol de ce notaire je n'aurais aucune crainte sur le sort de ma fille... Nous serions à cette heure dans notre maison, sans inquiétude pour l'avenir, seulement tristes et malheureuses de la mort de mon pauvre frère ; dans deux ou trois ans j'aurais songé à marier Claire, et j'aurais trouvé un homme digne d'elle, si bonne, si charmante, si belle !... Qui n'eût pas été heureux d'obtenir sa main ?... Je voulais d'ailleurs, me réservant une petite pension pour vivre auprès d'elle, lui abandonner en mariage tout ce que je possédais, cent mille écus au moins... car j'aurais pu encore faire quelques économies ; et quand une jeune personne aussi jolie, aussi bien élevée que mon enfant chérie, apporte en dot plus de cent mille écus... »

Puis, revenant par un douloureux contraste à la triste réalité de sa position, madame de Fermont s'écria dans une sorte de délire :

« — Mais il est pourtant impossible que, parce que le notaire le veut, je voie patiemment ma fille réduite à la plus affreuse misère... elle qui avait droit à tant de félicité... Si les lois laissent ce crime impuni, je ne le laisserai pas, moi ; car, enfin, si le sort me pousse à bout... si je ne trouve pas moyen de sortir de l'atroce position où ce misérable m'a jetée avec mon enfant, je ne sais pas ce que je ferai... je serai capable de le tuer, cet homme... Après on me fera ce qu'on voudra... j'aurai pour moi toutes les mères... Oui... mais ma fille ?... ma fille ?· La laisser seule, abandonnée, voilà ma terreur, voilà pourquoi je ne veux pas mourir... voilà pourquoi je ne puis pas tuer cet homme Que deviendrait-elle ? elle a seize ans... elle est jeune et sainte comme un ange... mais elle est si belle... Mais l'abandon, mais la misère, mais la faim... quel effrayant vertige tous ces malheurs réunis ne peuvent-ils pas causer à une enfant de cet âge... et alors... et alors dans quel abîme ne peut-elle pas tomber !... Oh ! c'est affreux... à mesure que je creuse ce mot : *misère*, j'y trouve d'épouvantables choses. La misère... la misère atroce pour tous, mais peut-être plus atroce encore pour ceux qui ont toute leur vie vécu dans l'aisance... Ce que je ne me pardonne pas, c'est, en présence de tant de maux menaçants, de ne pouvoir vaincre un malheureux sentiment de fierté. Il me faudrait voir ma fille manquer absolument de pain pour me résigner à mendier... Comme je suis lâche... pourtant... »

Et elle ajouta avec une sombre amertume :

— « Ce notaire m'a réduite à l'aumône, il faut pourtant que je me rompe aux nécessités de ma position ; il ne s'agit plus de scrupules, de délicatesse, cela était bon autrefois ; maintenant il faut que je tende la main pour ma fille et pour moi ; oui, si je ne trouve pas de travail... il faudra bien me résoudre à implorer la charité des autres, puisque le notaire l'aura voulu... Il y a sans doute là-dedans une adresse, un art que l'expérience vous donne ; j'apprendrai... C'est un métier comme un autre — ajouta-t-elle avec une sorte d'exaltation délirante. — Il me semble pourtant que j'ai tout ce qu'il faut pour intéresser... des malheurs horribles, immérités, et une fille de seize ans.. un ange... oui ; mais il faut savoir, il faut oser faire valoir ces avantages, j'y parviendrai. Après tout, de quoi me plaindrais-je ? s'écria-t-elle avec un éclat de rire sinistre. — La fortune est précaire, périssable... Le notaire m'aura au moins appris un état. »

Madame de Fermont resta un moment absorbée dans ses pensées ; puis elle reprit avec plus de calme.

— « J'ai souvent pensé à demander un emploi ; ce que j'envie, c'est le sort de

la domestique de cette femme qui loge au premier; si j'avais cette place,
peut-être, avec mes gages, pourrais-je suffire aux besoins de Claire... peut-
être, par la protection de cette femme, pourrais-je trouver quelque ouvrage
pour ma fille... qui resterait ici... Comme cela je ne la quitterais pas. Quel
bonheur... si cela pouvait s'arranger ainsi!... Oh! non, non, ce serait trop
beau... Ce serait un rêve! Et puis, pour prendre sa place, il faudrait faire
renvoyer cette servante... et peut-être son sort serait-il alors aussi malheureux que le nôtre... Eh bien! tant pis... tant pis... a-t-on mis du scrupule à
me dépouiller, moi? Ma fille avant tout... Voyons, comment m'introduire
chez cette femme du premier? par quel moyen évincer sa domestique? car une
telle place serait pour nous une position inespérée. »

Deux ou trois coups violents frappés à la porte firent tressaillir madame de
Fermont et éveillèrent sa fille en sursaut.

— Mon Dieu! maman, qu'y a-t-il? — s'écria Claire en se levant brusquement sur son séant; puis, par un mouvement machinal, elle jeta ses bras autour du cou de sa mère, qui, aussi effrayée, se serra contre sa fille en regar-
pant la porte avec terreur.

— Maman, qu'est-ce donc? — répéta Claire.

— Je ne sais, mon enfant... Rassure-toi... ce n'est rien... on a seulement
frappé... c'est peut-être la réponse qu'on nous apporte de la poste restante...

A cet instant la porte vermoulue s'ébranla de nouveau sous le choc de plusieurs vigoureux coups de poing.

— Qui est là? — dit madame de Fermont d'une voix tremblante.

Une voix ignoble, rauque, enrouée, répondit :

— Ah! çà, vous êtes donc sourdes, les voisines? Ohé... les voisines! ohé!!

— Que voulez-vous?... monsieur... je ne vous connais pas... — dit madame
de Fermont en tâchant de dissimuler l'altération de sa voix.

— Je suis Robin... votre voisin... donnez-moi du feu pour allumer ma
pipe... allons, houp! et plus vite que ça!

— Mon Dieu!... c'est cet homme boiteux qui est toujours ivre — dit tout
bas la mère à sa fille.

— Ah çà... allez-vous me donner du feu, ou j'enfonce tout... nom d'un
tonnerre!...

— Monsieur... je n'ai pas de feu...

— Vous devez avoir des allumettes chimiques... tout le monde en a... Ou-
vrez-vous... voyons?

— Monsieur... retirez-vous...

— Vous ne voulez pas ouvrir, une fois... deux fois?...

— Je vous prie de vous retirer, ou j'appelle...

— Une fois... deux fois... trois fois... non... vous ne voulez pas? Alors je
démolis tout!!!... hu! donc

Et le misérable donna un si furieux coup dans la porte qu'elle céda, la méchante serrure qui la fermait ayant été brisée.

Les deux femmes poussèrent un grand cri d'effroi.

Madame de Fermont, malgré sa faiblesse, se précipita au-devant du bandit au moment où il mettait un pied dans le cabinet, et lui barra le passage.

— Monsieur, cela est indigne, vous n'entrerez pas — s'écria la malheureuse mère en retenant de toutes ses forces la porte entre-bâillée. — Je vais crier au secours...

Et elle frissonnait à l'aspect de cet homme à figure hideuse et avinée.

— De quoi, de quoi?... — reprit-il — est-ce que l'on ne s'oblige pas entre voisins?... fallait m'ouvrir, j'aurais rien enfoncé.

Puis, avec l'obstination stupide de l'ivresse, il ajouta, en chancelant sur ses jambes inégales :

— Je veux entrer, j'entrerai... et je ne sortirai pas que je n'aie allumé ma pipe.

— Je n'ai ni feu ni allumettes... Au nom du ciel... monsieur, retirez-vous...

— C'est pas vrai, vous dites ça pour que je ne voie pas la petite qui est
couchée... Hier vous avez bouché les trous de la porte. Elle est gentille, je
veux la voir... Prenez garde à vous... je vous casse la figure, si vous ne me
laissez pas entrer... je vous dis que je verrai la petite dans son lit et que j'al-
lumerai ma pipe... ou bien je démolis tout!... et vous avec!!!

— Au secours, mon Dieu!... au secours!... — cria madame de Fermont
qui sentit la porte céder sous un violent coup d'épaule du Gros-Boiteux.

Intimidé par ces cris, l'homme fit un pas en arrière et montra le poing à
madame de Fermont en lui disant :

— Tu me payeras ça, va... Je reviendrai cette nuit, je t'empoignerai la langue et tu ne pourras pas crier...

Et le *Gros-Boiteux*, comme on l'appelait à l'île du Ravageur, descendit
l'escalier en proférant d'horribles menaces.

Madame de Fermont, craignant qu'il ne revînt sur ses pas, et voyant la
serrure brisée, traîna la table contre la porte afin de la barricader. Claire avait
été si émue, si bouleversée de cette horrible scène, qu'elle était retombée sur
son grabat presque sans mouvement, en proie à une crise nerveuse. Sa mère,
oubliant sa propre frayeur, courut à elle, la serra dans ses bras, lui fit boire
un peu d'eau, et à force de soins, de caresses, parvint à la ranimer.

Elle la vit bientôt reprendre peu à peu ses sens et lui dit :

— Calme-toi... rassure-toi, ma pauvre enfant... Ce méchant homme s'en
est allé... — Puis la malheureuse mère s'écria avec un accent d'indignation et
de douleur indicible : — C'est pourtant ce notaire qui est la cause première de
toutes nos tortures...

Claire regardait autour d'elle avec autant d'étonnement que de crainte.

— Rassure-toi, mon enfant — reprit madame de Fermont en embrassant
tendrement sa fille — ce misérable est parti...

— Mon Dieu, maman, s'il allait remonter! Tu vois bien, tu as crié au secours, et personne n'est venu... Oh! je t'en supplie, quittons cette maison...
j'y mourrais de peur...

— Comme tu trembles!... tu as la fièvre.

— Non, non — dit la jeune fille pour rassurer sa mère — ce n'est rien,
c'est la frayeur... cela se passe... Et toi... comment vas-tu? Donne tes mains...
Mon Dieu, comme elles sont brûlantes. Vois-tu, c'est toi qui souffres, tu veux
me le cacher.

— Ne crois pas cela, je me trouvais mieux que jamais; c'est l'émotion que
cet homme m'a causée qui me rend ainsi; je dormais sur la chaise très-pro-
fondément, je ne me suis éveillée qu'en même temps que toi...

— Pourtant, maman, tes pauvres yeux sont bien rouges... bien enflammés!

— Ah! tu conçois, mon enfant, sur une chaise le sommeil repose moins...
Vois-tu!

— Bien vrai! tu ne souffres pas?

— Non, non, je t'assure... Et toi?

— Ni moi non plus ; seulement je tremble encore de peur. Je t'en supplie, maman, quittons cette maison...

— Et où irons-nous ? Tu sais avec combien de peine nous avons trouvé ce malheureux cabinet... car nous sommes malheureusement sans papiers, et puis nous avons payé quinze jours d'avance, on ne nous rendrait pas notre argent... et il nous reste si peu, si peu... que nous devons ménager le plus possible.

— Peut-être M. de Saint-Remy te répondra-t-il un jour ou l'autre.

— Je ne l'espère plus... il y a si long-temps que je lui ai écrit !

— Il n'aura pas reçu ta lettre... Pourquoi ne lui écrirais-tu pas de nouveau ! D'ici à Angers ce n'est pas si loin, nous aurions bien vite sa réponse.

— Ma pauvre enfant, tu sais combien cela m'a coûté... déjà...

— Que risques-tu ? il est si bon malgré sa brusquerie ! N'était-il pas un des plus vieux amis de mon père ?. . Et puis enfin il est notre parent...

— Mais il est pauvre lui-même ; sa fortune est bien modeste... Peut-être ne nous répond-il pas pour s'éviter le chagrin de nous refuser...

— Mais s'il n'avait pas reçu ta lettre, maman ?

— Et s'il l'a reçue, mon enfant... De deux choses l'une : ou il est lui-même dans une position trop gênée pour venir à notre secours... ou il ne ressent aucun intérêt pour nous : alors à quoi bon nous exposer à un refus ou à une humiliation ?

— Allons, courage, maman, il nous reste encore un espoir... Peut-être ce matin nous rapportera-t-on une bonne réponse...

— De M. d'Orbigny ?

— Sans doute... Cette lettre dont vous aviez fait autrefois le brouillon était si simple, si touchante... exposait si naturellement notre malheur, qu'il aura pitié de nous... vraiment, je ne sais qui me dit que vous avez tort de désespérer de lui.

— Il a si peu de raison de s'intéresser à nous ! il avait, il est vrai, autrefois connu ton père, et j'avais souvent entendu mon pauvre frère parler de M. d'Orbigny comme d'un homme avec lequel il avait eu de très-bonnes relations avant que celui-ci ne quittât Paris pour se retirer en Normandie avec sa jeune femme...

— C'est justement cela qui me fait espérer ; il a une jeune femme, elle sera compatissante... Et puis, à la campagne, on peut faire tant de bien ! Il vous prendrait, je suppose, pour femme de charge, moi je travaillerais à la lingerie... Puisque M. d'Orbigny est très-riche, dans une grande maison il y a toujours de l'emploi.

— Oui ; mais nous avons si peu de droits à son intérêt !...

— Nous sommes si malheureuses !...

— C'est un titre aux yeux des gens très-charitables, il est vrai.

— Espérons que M. d'Orbigny et sa femme le sont...

— Enfin, dans le cas où il ne faudrait rien attendre de lui, je surmonterais encore ma fausse honte, et j'écrirais à madame la duchesse de Lucenay.

— Cette dame dont M. de Saint-Remy nous parlait si souvent, dont il vantait sans cesse le bon cœur et la générosité?

— Oui, la fille du prince de Noirmont. Il l'a connue toute petite, et il la traitait presque comme son enfant... car il était intimement lié avec le prince... Madame de Lucenay doit avoir de nombreuses connaissances, elle pourrait peut-être trouver à nous placer.

— Sans doute, maman; mais je comprends ta réserve, tu ne la connais pas du tout, tandis qu'au moins mon père et mon pauvre oncle connaissaient un peu M. d'Orbigny.

— Enfin, dans le cas où madame de Lucenay ne pourrait rien faire pour nous, j'aurais recours à une dernière ressource.

— Laquelle, maman?

— C'est une bien faible... une bien folle espérance, peut-être; mais pourquoi ne pas la tenter?... le fils de M. de Saint-Remy est...

— M. de Saint-Remy a un fils? — s'écria Claire en interrompant sa mère avec étonnement.

— Oui, mon enfant, il a un fils...

— Il n'en parlait jamais... il ne venait jamais à Angers...

— En effet, et pour des raisons que tu ne peux connaître, M. de Saint-Remy, ayant quitté Paris il y a quinze ans, n'a pas revu son fils depuis cette époque.

— Quinze ans sans voir son père... cela est-il possible! mon Dieu...

— Hélas! oui, tu le vois... Le fils de M. de Saint-Remy étant fort répandu dans le monde, et fort riche...

— Fort riche?... et son père est pauvre?

— Toute la fortune de M. de Saint-Remy fils vient de sa mère...

— Mais il n'importe... comment laisse-t-il son père?...

— Son père n'aurait rien accepté de lui.

— Pourquoi cela?

— C'est encore une question à laquelle je ne puis répondre, ma chère enfant. Mais j'ai entendu dire par mon pauvre frère qu'on vantait beaucoup la générosité de ce jeune homme... Jeune et généreux, il doit être bon... Aussi apprenant par moi que mon mari était l'ami intime de son père, peut-être voudra-t-il bien s'intéresser à nous pour tâcher de nous trouver de l'ouvrage ou de l'emploi... il a des relations si brillantes, si nombreuses, que cela lui sera facile...

— Et puis l'on saurait par lui peut-être si M. de Saint-Remy, son père, n'aurait pas quitté Angers avant que vous ne lui ayez écrit; cela expliquerait alors son silence.

— Je crois que M. de Saint-Remy, mon enfant, n'a conservé aucune relation... Enfin, c'est toujours à tenter....

— A moins que M. d'Orbigny ne vous réponde d'une manière favorable... et, je vous le répète, je ne sais pourquoi, malgré moi, j'ai de l'espoir.

— Mais voilà plusieurs jours que je lui ai écrit, mon enfant, lui exposant les causes de notre malheur, et rien... rien encore... Une lettre mise à la poste avant quatre heures du soir arrive le lendemain matin à la terre des Aubiers... depuis cinq jours, nous pourrions avoir reçu sa réponse...

— Peut-être cherche-t-il avant de t'écrire de quelle manière il pourra nous être utile avant de nous répondre.

— Dieu t'entende, mon enfant !

— Cela me paraît tout simple, maman... s'il ne pouvait rien pour nous, il t'en aurait instruite tout de suite.

— A moins qu'il ne veuille rien faire...

— Ah ! maman... est-ce possible ?... dédaigner de nous répondre et nous laisser espérer quatre jours, huit jours peut-être... car lorsqu'on est malheureux on espère toujours...

— Hélas ! mon enfant, il y a quelquefois tant d'indifférence pour les maux que l'on ne connaît pas !

— Mais votre lettre...

— Ma lettre ne peut lui donner une idée de nos inquiétudes, de nos souffrances de chaque minute ; ma lettre lui peindra-t-elle notre vie si malheureuse, nos humiliations de toutes sortes, notre existence dans cette affreuse maison, la frayeur que nous avons eue tout à l'heure encore !... ma lettre lui peindra-t-elle enfin l'horrible avenir qui nous attend, si... Mais, tiens.... mon enfant, ne parlons pas de cela... Mon Dieu... tu trembles... tu as froid...

— Non, maman... ne fais pas attention ; mais, dis-moi, supposons que tout nous manque, que le peu d'argent qui nous reste là, dans cette malle, soit dépensé... il serait donc possible que dans une ville riche comme Paris... nous mourrions toutes les deux de faim et de misère... faute d'ouvrage, et parce qu'un méchant homme t'a pris tout ce que tu avais ?...

— Tais-toi, malheureuse enfant...

— Mais enfin, maman, cela est donc possible !

— Hélas !...

— Mais Dieu, qui sait tout, qui peut tout, comment nous abandonne-t-il ainsi, lui que nous n'avons jamais offensé !

— Je t'en supplie, mon enfant, n'aie pas de ces idées désolantes... j'aime mieux encore te voir espérer, sans grande raison peut-être... Allons, rassure-moi au contraire par tes chères illusions ; je ne suis que trop sujette au découragement... tu sais bien...

— Oui ! oui ! espérons..... cela vaut mieux. Le neveu du portier va sans doute revenir aujourd'hui de la poste restante avec une lettre... Encore une course à payer... sur votre petit trésor... et par ma faute... Si je n'avais pas été si faible hier et aujourd'hui, nous serions allées à la poste nous-mêmes, comme avant-hier... mais vous n'avez pas voulu me laisser seule ici en y allant vous-même.

— Le pouvais-je... mon enfant !... Juge donc... tout à l'heure... ce misérable qui a enfoncé cette porte, si tu t'étais trouvée seule ici, pourtant !

—Oh ! maman , tais-toi... rien qu'à y songer, cela épouvante...

A ce moment on frappa assez brusquement à la porte.

—Ciel... c'est lui ! — s'écria madame de Fermont encore sous sa première impression de terreur... et elle poussa de toutes ses forces la table contre la porte.

Ses craintes cessèrent lorsqu'elle entendit la voix du père Micou.

—Madame , mon neveu André arrive de la poste restante... C'est une lettre avec un X et un Z pour adresse... ça vient de loin... il y a huit sous de port et la commission... c'est vingt sous...

—Maman... une lettre de province, nous sommes sauvées... c'est de M. de Saint-Remy ou de M. d'Orbigny ! Pauvre mère, tu ne souffriras plus, tu ne t'inquiéteras plus de moi, tu seras heureuse... Dieu est juste... Dieu est bon !... — s'écria la jeune fille , et un rayon d'espoir éclaira sa douce et charmante figure.

—Oh ! monsieur, merci... donnez... donnez vite ! — dit madame de Fermont en dérangeant la table à la hâte et en entre-bâillant la porte.

G. STAAL.

—C'est vingt sous , madame — dit le recéleur en montrant la lettre si impatiemment désirée.

—Je vais vous payer, monsieur.

— Ah! madame, par exemple... il n'y a pas de presse... Je monte aux combles; dans dix minutes je redescends, je prendrai l'argent en passant.

— Le revendeur remit la lettre à madame de Fermont et disparut.

— La lettre est de Normandie... Sur le timbre il y a *les Aubiers*... c'est de M. d'Orbigny! — s'écria madame de Fermont en examinant l'adresse : *A Madame X. Z., poste restante, à Paris* [1].

— Eh bien! maman, avais-je raison!... Mon Dieu, comme le cœur me bat!....

— Notre bon ou mauvais sort est là pourtant... — dit madame de Fermont d'une voix altérée, en montrant la lettre.

Deux fois sa main tremblante s'approcha du cachet pour le rompre.

Elle n'en eut pas le courage.

Peut-on espérer de peindre la terrible angoisse à laquelle sont en proie ceux qui, comme madame de Fermont, attendent d'une lettre l'espoir ou le désespoir?

La brûlante et fiévreuse émotion du joueur dont les dernières pièces d'or sont aventurées sur une carte, et qui, haletant, l'œil enflammé, attend d'un coup décisif sa ruine ou son salut, cette émotion si violente donnerait pourtant à peine une idée de la terrible angoisse dont nous parlons. En une seconde l'âme s'élève jusqu'à la plus radieuse espérance, ou retombe dans un découragement mortel. Selon qu'il croit être secouru ou repoussé, le malheureux passe tour à tour par les émotions les plus violemment contraires : ineffables élans de bonheur et de reconnaissance envers le cœur généreux qui s'est apitoyé sur un sort misérable, amers et douloureux ressentiments contre l'égoïste indifférence! Lorsqu'il s'agit d'infortunes méritantes, ceux qui donnent souvent donneraient peut-être toujours..... et ceux qui refusent toujours donneraient peut-être souvent, s'ils savaient ou s'ils voyaient ce que l'espoir d'un appui bienveillant ou ce que la crainte d'un refus dédaigneux... ce que *leur volonté* enfin... peut soulever d'ineffable ou d'affreux dans le cœur de ceux qui les implorent.

— Quelle faiblesse! — dit madame de Fermont avec un triste sourire en s'asseyant sur le lit de sa fille — encore une fois, ma pauvre Claire, notre sort est là... — Elle montrait la lettre. — Je brûle de le connaître et je n'ose... Si c'est un refus, hélas! il sera toujours assez tôt...

— Et si c'est une promesse de secours — dis, maman... Si cette pauvre petite lettre contient de bonnes et consolantes paroles qui nous rassureront sur l'avenir en nous promettant un modeste emploi dans la maison de M. d'Orbigny, chaque minute de perdue n'est-elle pas un moment de bonheur perdu?

— Oui, mon enfant, mais si au contraire...

— Non, maman, vous vous trompez, j'en suis sûre. Quand je vous disais

---

[1] Madame de Fermont ayant écrit cette lettre dans son dernier domicile, et ignorant alors où elle irait se loger, avait prié M. d'Orbigny de lui répondre poste restante; mais, faute de passe-port pour retirer sa lettre au bureau, elle avait indiqué une de ces adresses d'initiales qu'il suffit de désigner pour qu'on vous remette la lettre qui porte cette suscription.

que M. d'Orbigny n'avait autant tardé à vous répondre que pour pouvoir vous donner quelque certitude favorable... Permettez-moi de voir la lettre, maman : je suis sûre de deviner, seulement à l'écriture, si la nouvelle est bonne ou mauvaise. Tenez, j'en suis sûre maintenant, dit Claire en prenant la lettre : — rien qu'à voir cette bonne écriture simple, droite et ferme, on devine une main loyale et généreuse, habituée à s'offrir à ceux qui souffrent...

— Je t'en supplie, Claire, pas de folles espérances, sinon j'oserais encore moins ouvrir cette lettre...

— Mon Dieu, bonne petite maman, sans l'ouvrir, moi je puis te dire à peu près ce qu'elle contient; écoute-moi : Madame, votre sort et celui de votre fille sont si dignes d'intérêt, que je vous prie de vouloir bien vous rendre auprès de moi dans le cas où vous voudriez vous charger de la surveillance de ma maison...

— De grâce, mon enfant, je t'en supplie encore... pas d'espoir insensé... le réveil serait affreux... Voyons, du courage — dit madame de Fermont en prenant la lettre des mains de sa fille et s'apprêtant à briser le cachet.

— Du courage? Pour vous, à la bonne heure! — dit Claire souriant, et entraînée par un de ces accès de confiance si naturels à son âge : — moi, je n'en ai pas besoin; je suis sûre de ce que j'avance. Tenez, voulez-vous que j'ouvre la lettre? que je la lise?... Donnez, peureuse...

— Oui .. j'aime mieux cela, tiens... Mais non, non, il vaut mieux que ce soit moi.

Et madame de Fermont rompit le cachet avec un terrible serrement de cœur.

Sa fille, aussi profondément émue, malgré son apparente confiance, respirait à peine.

— Lis tout haut, maman — dit-elle.

— La lettre n'est pas longue; elle est de la comtesse d'Orbigny — dit madame de Fermont en regardant la signature.

— Tant mieux, c'est bon signe... Vois-tu, maman, cette excellente jeune dame aura voulu te répondre elle-même.

— Nous allons voir.

Et madame de Fermont lut ce qui suit d'une voix tremblante :

« Madame,

» M. le comte d'Orbigny, fort souffrant depuis quelque temps, n'a pu vous répondre pendant mon absence... »

— Vois-tu, maman, il n'y a pas de sa faute.

— Écoute, écoute...

« Arrivée ce matin de Paris, je m'empresse de vous écrire, madame, après avoir conféré de votre lettre avec M. d'Orbigny. Il se rappelle fort confusément les relations que vous dites avoir existé entre lui et monsieur votre frère. Quant au nom de monsieur votre mari, madame, il n'est pas inconnu à

M. d'Orbigny; mais il ne peut se rappeler en quelle circonstance il l'a entendu prononcer. La prétendue spoliation dont vous accusez si légèrement M. Jacques Ferrand, que nous avons le bonheur d'avoir pour notaire, est, aux yeux de M. d'Orbigny, une cruelle calomnie dont vous n'avez sans doute pas calculé la portée. Ainsi que moi, madame, mon mari connaît et admire l'éclatante probité de l'homme respectable et pieux que vous attaquez si aveuglément. C'est vous dire, madame, que M. d'Orbigny, prenant sans doute part à la fâcheuse position dans laquelle vous vous trouvez, et dont il ne lui appartient pas de rechercher la véritable cause, se voit dans l'impossibilité de vous secourir.

« Veuillez recevoir, madame, avec l'expression de tous les regrets de M. d'Orbigny, l'assurance de mes sentiments les plus distingués.

« Comtesse d'Orbigny. »

La mère et la fille se regardèrent avec une stupeur douloureuse, incapables de prononcer une parole.

Le père Micou frappa à la porte et dit :

— Madame, est-ce que je peux entrer pour le port et pour la commission? C'est vingt sous.

— Ah ! c'est juste, une si bonne nouvelle... vaut bien ce que nous dépensons en deux jours pour notre existence... — dit madame de Fermont avec un sourire amer; et laissant la lettre sur le lit de sa fille, elle alla vers une vieille malle sans serrure, se baissa et l'ouvrit.

— Nous sommes volées !... — s'écria la malheureuse femme avec épouvante — rien... plus rien — ajouta-t-elle d'une voix morne.

Et, anéantie, elle s'appuya sur la malle.

— Que dis-tu, maman?... le sac d'argent?...

Mais madame de Fermont, se relevant vivement, sortit de la chambre, et s'adressant au revendeur qui se trouvait ainsi avec elle sur le palier :

— Monsieur — lui dit-elle, l'œil étincelant, les joues colorées par l'indignation et par l'épouvante — j'avais un sac d'argent dans cette malle... on me l'a volé avant-hier sans doute, car je suis sortie pendant une heure avec ma fille... Il faut que cet argent se retrouve... entendez-vous? vous en êtes responsable.

— On vous a volée! ça n'est pas vrai; ma maison est honnête — dit insolemment et brutalement le recéleur — vous dites cela pour ne pas me payer mon port de lettre et ma commission.

— Je vous dis, monsieur, que cet argent était tout ce que je possédais au monde, on me l'a volé; il faut qu'il se retrouve, ou je porte ma plainte. Oh ! je ne ménagerai rien, je ne respecterai rien... voyez-vous... je vous en avertis !...

— Ça serait joli... vous qui n'avez pas seulement de papiers... allez-y donc porter votre plainte !... allez-y donc tout de suite... je vous en défie... moi !...

La malheureuse femme était atterrée. Elle ne pouvait sortir et laisser sa fille seule, alitée depuis la frayeur que le Gros-Boiteux lui avait faite le matin, et surtout après les menaces que lui adressait le revendeur.

Celui-ci reprit :

— C'est une frime, vous n'avez pas plus de sac d'argent que de sac d'or ; vous voulez ne pas me payer mon port de lettre, n'est-ce pas ? Bon ! ça m'est égal !... Quand vous passerez devant ma porte, je vous arracherai votre vieux châle noir... des épaules ; il est bien pané, mais il vaut toujours au moins vingt sous.

— Ah ! monsieur — s'écria madame de Fermont en fondant en larmes — de grâce, ayez pitié de nous... cette faible somme est tout ce que nous possédons, ma fille et moi ; cela volé, mon Dieu, il ne nous reste plus rien... rien, entendez-vous ?... rien... qu'à mourir de faim !...

— Que voulez-vous que j'y fasse... moi ? S'il est vrai qu'on vous a volée... et de l'argent encore (ce qui me paraît louche), il y a long-temps qu'il est frit... l'argent !

— Mon Dieu ! mon Dieu !...

— Le gaillard qui a fait le coup n'aura pas été assez bon enfant pour marquer les pièces et les garder ici pour se faire pincer, si c'est quelqu'un de la maison : et je ne le crois pas ; car, ainsi que je le disais encore ce matin à l'oncle de la dame du premier, ici c'est un vrai hameau ; si l'on vous a volée, c'est un malheur. Vous déposeriez cent mille plaintes que vous n'en retireriez pas un centime... Vous n'en serez pas plus avancée... je vous le dis... croyez-moi... Eh bien ! — s'écria le recéleur en s'interrompant et en voyant madame de Fermont chanceler — qu'est-ce que vous avez ?... vous pâlissez !... Prenez donc garde !... Mademoiselle, votre mère se trouve mal !... — ajouta le revendeur en s'avançant assez à temps pour retenir la malheureuse mère, qui, frappée par ce dernier coup, se sentait défaillir ; l'énergie factice qui la soutenait depuis si long-temps cédait à cette nouvelle atteinte

— Ma mère... mon Dieu ! qu'avez-vous ? — s'écria Claire toujours couchée.

Le recéleur, encore vigoureux malgré ses cinquante ans, saisi d'un mouvement de pitié passagère, prit madame de Fermont entre ses bras, poussa du genou la porte pour entrer dans le cabinet et dit :

— Mademoiselle, pardon, d'entrer pendant que vous êtes couchée, mais faut pourtant que je vous ramène votre mère... elle est évanouie... ça ne peut pas durer.

En voyant cet homme entrer, Claire poussa un cri d'effroi, et la malheureuse enfant se cacha du mieux qu'elle put sous sa couverture. Le revendeur assit madame de Fermont sur la chaise à côté du lit de sangle, et se retira, laissant la porte entr'ouverte, le Gros-Boiteux en ayant brisé la serrure.

. . . .

Une heure après cette dernière secousse, la violente maladie qui depuis long-temps couvait et menaçait madame de Fermont avait éclaté.

En proie à une fièvre ardente , à un délire affreux , la malheureuse femme était couchée dans le lit de sa fille , et celle-ci , éperdue , épouvantée , seule , presque aussi malade que sa mère ; n'avait ni argent ni ressources , et craignait à chaque instant de voir entrer le bandit qui logeait sur le même palier.

.   .   .   .

CHAPITRE X.

LA RUE DE CHAILLOT.

Nous précéderons de quelques heures M. Badinot, qui, du passage de la Brasserie, se rendait en hâte chez le vicomte de Saint-Remy. Ce dernier, nous l'avons dit, demeurait rue de Chaillot, et occupait seul une charmante petite maison, bâtie entre cour et jardin, dans ce quartier solitaire, quoique très-voisin des Champs-Élysées, la promenade la plus à la mode de Paris.

Il est inutile de nombrer les avantages que M. de Saint-Remy, spécialement homme à bonnes fortunes, retirait de la position d'une demeure si savamment choisie. Disons seulement qu'une femme pouvait entrer très-secrètement chez lui, par une petite porte de son vaste jardin qui s'ouvrait sur une ruelle absolument déserte, communiquant de la rue Marbeuf à la rue de Chaillot. Enfin, par un miraculeux hasard, l'un des plus beaux établissements d'horticulture de Paris ayant aussi, dans ce passage écarté, une sortie peu fréquentée, les mystérieuses visiteuses de M. de Saint-Remy, en cas de surprise ou de rencontre imprévue, étaient armées d'un prétexte parfaitement plausible et *bucolique* pour s'aventurer dans la ruelle fatale : elles allaient (pouvaient-elles dire) choisir des fleurs rares chez un célèbre jardinier-fleuriste renommé par la beauté de ses serres chaudes.

Ces belles visiteuses n'auraient d'ailleurs menti qu'à demi : le vicomte, largement doué de tous les goûts d'un luxe distingué, avait une charmante serre chaude qui s'étendait en partie le long de la ruelle dont nous avons parlé; la petite porte dérobée donnait dans ce délicieux jardin d'hiver, qui aboutissait à un boudoir (qu'on nous pardonne cette expression surannée) situé au rez-de-chaussée de la maison.

Il serait donc permis de dire sans métaphore qu'une femme qui passait ce seuil dangereux pour entrer chez M. de Saint-Remy courait à sa perte *par un sentier fleuri;* car l'hiver surtout, cette élégante allée était bordée de véritables buissons de fleurs éclatantes et parfumées. Madame de Lucenay, jalouse comme une femme passionnée, avait exigé une clef de cette petite porte.

Si nous insistons quelque peu sur *le caractère* général de cette habitation, c'est qu'elle reflétait, pour ainsi dire, une de ces existences dégradantes qui, de jour en jour, deviennent heureusement plus rares, mais qu'il est bon de signaler comme une des bizarreries de l'époque; nous voulons parler de l'existence de ces hommes qui sont aux femmes ce que les courtisanes sont aux hommes; faute d'une expression plus particulière, nous appellerions ces gens-là des *hommes-courtisanes*, si cela se pouvait dire.

L'intérieur de la maison de M. de Saint-Remy offrait, sous ce rapport, un aspect curieux, ou plutôt cette maison était séparée en deux zones très-distinctes :

Le rez-de-chaussée, où il recevait les femmes;

Le premier étage, où il recevait ses compagnons de jeu, de table, de chasse, ce qu'on appelle enfin *des amis...*

Ainsi, au rez-de-chaussée se trouvait une chambre à coucher qui n'était qu'or, glaces, fleurs, satin et dentelles; puis un petit salon de musique où l'on voyait une harpe et un piano (M. de Saint-Remy était excellent musicien); enfin un cabinet de tableaux, et ensuite le boudoir communiquant à la serre-chaude. Une salle à manger pour *deux personnes*, servie et desservie par un tour; une salle de bain, modèle achevé du luxe et du raffinement oriental, et tout auprès une petite bibliothèque en partie formée d'après le catalogue scandaleux de celle que La Mettrie avait colligée pour le grand Frédéric, tel était le complément de cet appartement.

Il est inutile de dire que toutes ces pièces, meublées avec un goût exquis, avec une recherche véritablement *sardanapalesque*, avaient pour ornements des Watteau *peu connus*, des Boucher *inédits*, peintures lascives, autrefois payées des prix fous; plus loin étaient des groupes libertins, modelés en terre cuite par Clodion, et çà et là, sur des socles de jaspe ou de brèche antique, quelques précieuses copies, en marbre blanc, des plus jolies bacchanales du Musée secret de Naples. Joignez à cela, l'été, pour perspective, les vertes profondeurs d'un jardin touffu, solitaire, encombré de fleurs, peuplé d'oiseaux, arrosé d'un petit ruisseau d'eau vive, qui, avant de se répandre sur la fraîche pelouse, tombe du haut d'une roche noire et agreste, y brille comme un pli de gaze d'argent, et se fond en lame nacrée dans un bassin limpide où de beaux cygnes blancs se jouent avec grâce. Aussi, quand venait la nuit tiède et sereine, que d'ombre, que de parfum, que de silence dans ces bosquets odorants dont l'épais feuillage servait de dais aux sofas rustiques faits de joncs et de nattes indiennes!

Pendant l'hiver, au contraire, excepté la porte de glace qui s'ouvrait sur la serre chaude, tout était bien clos : la soie transparente des stores, le réseau de dentelle des rideaux rendaient le jour plus mystérieux encore; sur tous les meubles, des masses de végétaux exotiques semblaient jaillir de grandes coupes étincelantes d'or et d'émail.

Dans cette retraite silencieuse, remplie de fleurs odorantes, de tableaux plus que voluptueux, on aspirait une sorte d'atmosphère amoureuse, enivrante, lascive, qui plongeait l'âme et les sens dans de brûlantes langueurs.

Enfin, pour *faire les honneurs* de ce temple qui paressait élevé à l'Amour antique ou aux divinités nues de la Grèce, un homme, jeune et beau, élégant et distingué, tour à tour spirituel ou tendre, romanesque ou libertin, tantôt moqueur et gai jusqu'à la folie, tantôt plein de charme et de grâce, excellent musicien, doué d'une de ces voix vibrantes, passionnées, que les femmes ne peuvent entendre chanter sans ressentir une impression profonde... presque physique; enfin un homme amoureux surtout... amoureux toujours... tel était le vicomte.

A Athènes il eût été sans doute admiré, exalté, déifié à l'égal d'Alcibiade; de nos jours, et à l'époque dont nous parlons, le vicomte n'était plus qu'un ignoble faussaire, qu'un misérable escroc.

Le premier étage de la maison de M. de Saint-Remy avait au contraire un aspect tout viril. C'est là qu'il recevait ses nombreux amis, tous d'ailleurs de la meilleure compagnie.

Là, rien de coquet, rien d'efféminé : un ameublement simple et sévère, pour ornements de belles armes, des portraits de chevaux de course qui avaient gagné au vicomte bon nombre de magnifiques vases d'or et d'argent posés sur les meubles; la tabagie et le salon de jeu avoisinaient une joyeuse salle à manger, où huit personnes (nombre de convives strictement limité lorsqu'il s'agit d'un dîner *savant*) avaient bien des fois apprécié l'excellence du cuisinier et le non moins excellent mérite de la cave du vicomte, avant de tenir contre lui quelque *nerveuse* partie de whist de cinq à six cents louis, ou d'agiter bruyamment les cornets d'un creps infernal.

Ces deux nuances assez tranchées de l'habitation de M. de Saint-Remy exposées, le lecteur voudra bien nous suivre dans des régions plus infimes, entrer dans la cour des remises et monter le petit escalier qui conduisait au très-confortable appartement d'Edwards Patterson, chef d'écurie de M. de Saint-Remy.

Cet illustre coachman avait invité à déjeuner M. Boyer, valet de chambre de confiance du vicomte. Une très-jolie servante anglaise s'étant retirée après

HL AVOIGNAT   EUSTACHE LORSAY

BOYER, VALET DE CHAMBRE; EDWARDS, COCHER.

avoir apporté la théière d'argent, nos deux personnages restèrent seuls.

Edwards était âgé de quarante ans environ ; jamais plus habile et plus gros cocher ne fit gémir son siége sous une rotondité plus imposante, n'encadra dans sa perruque blanche une figure plus rubiconde, et ne réunit plus élégamment dans sa main gauche les quadruples guides d'un *four-in-hand*. Aussi fin connaisseur en chevaux que Tatersell de Londres, ayant été dans sa jeunesse aussi bon *entraîneur* que le vieux et célèbre Chiffney, Edwards avait été pour le vicomte un excellent cocher et un homme très-capable de diriger l'entraînement de quelques chevaux de course qu'il avait eus pour tenir des paris. Lorsqu'il n'étalait pas sa somptueuse livrée brune et argent sur la housse blasonnée de son siége, Edwards ressemblait fort à un honnête fermier anglais ; c'est sous cette dernière apparence que nous le présenterons au lecteur, en ajoutant toutefois que, sous cette face large et colorée, on devinait l'impitoyable et diabolique astuce d'un maquignon.

M. Boyer, son convive, valet de chambre de confiance du vicomte, était un grand homme mince, à cheveux gris et plats, au front chauve, au regard fin, à la physionomie froide, discrète et réservée ; il s'exprimait en termes choisis, avait des manières polies, aisées, quelque peu de lettres, des opinions politiques légitimistes, et pouvait honorablement tenir sa partie de premier violon dans un quatuor d'amateurs ; de temps en temps, il prenait du meilleur air du monde une prise de tabac dans une tabatière d'or rehaussée de perles fines... après quoi il secouait négligemment du revers de sa main, aussi soignée que celle de son maître, les plis de sa chemise de fine toile de Hollande.

— Savez-vous, mon cher Edwards — dit Boyer — que votre servante Betty fait une petite cuisine bourgeoise fort supportable! Ma foi, de temps en temps, ça délasse de la grande chère.

— Le fait est que Betty est une bonne fille — dit Edwards qui parlait parfaitement français — je l'emmènerai avec moi dans mon établissement, si toutefois je me décide à le prendre ; et à ce propos, puisque nous voici seuls, mon cher Boyer, parlons affaires, vous les entendez très-bien.

— Mais oui, un peu — dit modestement Boyer en prenant une prise de tabac. — Cela s'apprend si naturellement... quand on s'occupe de celles des autres.

— J'ai donc un conseil très-important à vous demander ; c'est pour cela que je vous avais prié de venir prendre une tasse de thé avec moi.

— Tout à votre service, mon cher Edwards.

Vous savez qu'en dehors des chevaux de course, j'avais un forfait avec M. le vicomte pour l'entretien complet de son écurie, bêtes et gens, c'est-à-dire huit chevaux et cinq ou six grooms et boys, à raison de 24,000 fr. par an, mes gages compris.

— C'était raisonnable.

— Pendant quatre ans, M. le vicomte m'a exactement payé ; mais vers le milieu de l'an passé il m'a dit : « — Edwards, je vous dois environ 24,000

francs. Combien estimez-vous, au plus bas prix, mes chevaux et mes voitures ? — Monsieur le vicomte, les huit chevaux ne peuvent pas être vendus
moins de 3,000 francs chaque, l'un dans l'autre, et encore c'est donné (et
c'est vrai, Boyer; car la paire de chevaux de phaéton a été payée 500 gui-
nées), ça fera donc 24,000 francs pour les chevaux. Quant aux voitures,
il y en a quatre, mettons 12,000 francs, ce qui, joint aux 24,000 francs
des chevaux, fait 36,000 francs. — Eh bien ! — a repris M. le vicomte —
achetez-moi le tout à ce prix-là, à condition que pour les 12,000 francs que
vous me redevrez, vos avances remboursées, vous entretiendrez et laisserez à
ma disposition chevaux, gens et voitures pendant six mois.

— Et vous avez sagement accepté le marché, Edwards? C'était une affaire
d'or.

— Sans doute; dans quinze jours les six mois seront écoulés, je rentre dans
la propriété des chevaux et des voitures.

— Rien de plus simple. L'acte a été rédigé par M. Badinot, l'homme d'affaires de M. le vicomte. En quoi avez-vous besoin de mes conseils?

— Que dois-je faire? Vendre les chevaux et les voitures par cause de
départ de M. le vicomte; et tout se vendra très-bien, car il est connu pour
le premier amateur de Paris; ou bien dois-je m'établir marchand de chevaux, avec mon écurie, qui ferait un joli commencement? Que me conseillez-
vous?

— Je vous conseille de faire ce que je ferai moi-même.

— Comment?

— Je me trouve dans la même position que vous.

— Vous?

— M. le vicomte déteste les détails; quand je suis entré ici j'avais d'économies et de patrimoine une soixantaine de mille francs, j'ai fait les dépenses
de la maison comme vous celles de l'écurie, et tous les ans M. le vicomte m'a
payé sans examen; à peu près à la même époque que vous, je me suis trouvé
à découvert, pour moi, d'une vingtaine de mille francs, et, pour les fournisseurs, d'une soixantaine; alors M. le vicomte m'a proposé comme à vous, pour
me rembourser, de me vendre le mobilier de cette maison, y compris l'argenterie qui est très-belle, de très-bons tableaux, etc.; le tout a été estimé au
plus bas prix 140,000 francs. Il y avait 80,000 francs à payer, restait 60,000
francs que je devais affecter, jusqu'à leur entier épuisement, aux dépenses de
la table, aux gages des gens, etc., et non à autre chose : c'était une condition
du marché.

— Parce que sur ces dépenses vous gagniez encore.

— Nécessairement, car j'ai pris des arrangements avec les fournisseurs, que
je ne payerai qu'après la vente — dit Boyer en aspirant une forte prise de tabac — de sorte qu'à la fin de ce mois-ci...

— Le mobilier est à vous comme les chevaux et les voitures sont à moi.

— Évidemment. M. le vicomte a gagné à cela de vivre pendant les derniers temps comme il aime à vivre… en grand seigneur, et ceci à la barbe de ses créanciers; car mobilier, argenterie, chevaux, voitures, tout avait été payé comptant à sa majorité, et était devenu notre propriété à vous et à moi.

Ainsi, M. le vicomte se sera ruiné?…

— En cinq ans…

— Et M. le vicomte avait hérité?…

— D'un pauvre petit million comptant — dit assez dédaigneusement M. Boyer en prenant une prise de tabac — ajoutez à ce million 200.000 francs de dettes environ, c'est passable… C'était donc pour vous dire, mon cher Edwards, que j'avais eu l'intention de louer cette maison admirablement meublée, comme elle l'est, à des Anglais, linge, cristaux, porcelaine, argenterie, serre chaude; quelques-uns de vos compatriotes auraient payé cela fort cher.

— Sans doute. Pourquoi ne le faites-vous pas?

— Oui, mais les non-valeurs! c'est chanceux : je me décide donc à vendre le mobilier. M. le vicomte est aussi tellement cité comme connaisseur en meubles précieux, en objets d'art, que ce qui sortira de chez lui aura toujours une double valeur; de la sorte, je réaliserai une somme ronde. Faites comme moi, Edwards, réalisez, réalisez, et n'aventurez pas vos gains dans des spéculations; vous, premier cocher de M. le vicomte de Saint-Remy, c'est à qui voudra vous avoir : on m'a justement parlé hier d'un mineur émancipé, un cousin de madame la duchesse de Lucenay, le jeune duc de Montbrison, qui arrive d'Italie avec son précepteur, et qui monte sa maison. Deux cent cinquante bonnes mille livres de rentes en terre… mon cher Edwards, deux cent cinquante mille livres de rentes… Et avec cela entrant dans la vie… Vingt ans, toutes les illusions de la confiance, tous les enivrements de la dépense… prodigue comme un prince… Je connais l'intendant, je puis vous dire cela en confidence : il m'a déjà presque agréé comme premier valet de chambre… il me protège… le niais.

Et M. Boyer leva les épaules en aspirant violemment sa prise de tabac.

— Vous espérez le débusquer?

— Parbleu! c'est un imbécile… ou un impertinent. Il me met là… comme si je n'étais pas à craindre pour lui! Avant deux mois je serai à sa place.

— Deux cent cinquante mille livres de rentes en terres!… — reprit Edwards en réfléchissant — et jeune homme… c'est une bonne maison ..

— Je vous dis qu'il y a de quoi faire… Je parlerai pour vous à mon protecteur — dit M. Boyer avec ironie. — Entrez là.. c'est une fortune qui a des racines et à laquelle on peut s'attacher pour long-temps. Ce n'est pas comme ce malheureux million de M. le vicomte, une vraie boule de neige : un rayon du soleil parisien, et tout est dit. J'ai bien vu tout de suite que je ne serais ici qu'un oiseau de passage; c'est dommage, car cette maison nous faisait honneur, et jusqu'au dernier moment je servirai M. le vicomte avec le respect et l'estime qui lui est due.

— Ma foi, mon cher Boyer, je vous remercie et j'accepte votre proposition;

mais j'y songe, si je proposais à ce jeune duc l'écurie de M. le vicomte? Elle est toute prête, elle est connue et admirée de tout Paris.

— C'est juste, vous pouvez faire là une affaire d'or.

— Mais vous-même, pourquoi ne pas lui proposer cette maison si admirablement montée en tout? que trouverait-il de mieux?

— Pardieu! Edwards, vous êtes un homme d'esprit, ça ne m'étonne pas; mais vous me donnez là une excellente idée; il faut nous adresser à M. le vicomte, il est si bon maître qu'il ne nous refusera pas de parler pour nous au jeune duc; il lui dira que, partant pour la légation de Gerolstein, où il est attaché, il veut se défaire de tout son établissement. Voyons : 160,000 francs pour la maison toute meublée; 20,000 francs pour l'argenterie et les tableaux; 50,000 francs pour l'écurie et les voitures, ça fait 230,000 francs; c'est une affaire excellente pour un jeune homme qui veut se monter de tout; il dépenserait trois fois cette somme avant de réunir quelque chose d'aussi complétement élégant et choisi que l'ensemble de cet établissement..... Car il faut l'avouer, Edwards, il n'y en a pas un second comme M. le vicomte pour entendre la vie...

— Et les chevaux!

— Et la bonne chère! Godefroi, son cuisinier, sort d'ici cent fois meilleur qu'il n'y est entré; M. le vicomte lui a donné d'excellents conseils, l'avait énormément raffiné.

— Par là-dessus on dit que M. le vicomte est si beau joueur!

— Admirable... gagnant de grosses sommes avec encore plus d'indifférence qu'il ne perd... Et pourtant je n'ai jamais vu perdre plus galamment.

— Et les femmes! Boyer, les femmes!! Ah! vous pourriez en dire long là-dessus, vous qui entrez seul dans les appartements du rez-de-chaussée...

— J'ai mes secrets comme vous avez les vôtres, mon cher.

— Les miens?

— Quand M. le vicomte faisait courir, n'aviez-vous pas aussi vos confidences! Je ne veux pas attaquer la probité des jockeys de vos adversaires .. Mais enfin certains bruits...

— Silence, mon cher Boyer; un gentleman ne compromet pas plus la réputation d'un jockey adverse qui a eu la faiblesse de l'écouter...

— Qu'un galant homme ne compromet la réputation d'une femme qui a eu des bontés pour lui; aussi, vous dis-je, gardons nos secrets, ou plutôt les secrets de M. le vicomte, mon cher Edwards.

— Ah! çà... qu'est-ce qu'il va faire maintenant!

— Partir pour l'Allemagne avec une bonne voiture de voyage et sept ou huit mille francs qu'il saura bien trouver. Oh! je ne suis pas embarrassé de M. le vicomte; il est de ces personnages qui retombent toujours sur leurs jambes, comme on dit...

— Et il n'a plus aucun héritage à attendre?

— Aucun, car son père a tout juste une petite aisance.

— Son père !

— Certainement...

— Le père de M. le vicomte n'est pas mort !...

— Il ne l'était pas, du moins, il y a cinq ou six mois ; M. le vicomte lui a écrit pour certains papiers de famille...

— Mais on ne le voit jamais ici ?...

— Par une bonne raison : depuis une quinzaine d'années il habite en province, à Angers.

— Mais M. le vicomte ne va pas le visiter ?

— Son père ?

— Oui.

— Jamais... jamais.. ah bien oui !

— Ils sont donc brouillés ?

— Ce que je vais vous dire n'est pas un secret, car je le tiens de l'ancien homme de confiance de M. le prince de Noirmont.

— Le père de madame de Lucenay ?

Dit Edwards avec un regard malin et significatif dont M. Boyer, fidèle à ses habitudes de réserve et de discrétion, n'eut pas l'air de comprendre la signification ; il reprit donc froidement :

— Madame la duchesse de Lucenay est en effet fille de M. le prince de Noirmont ; le père de M. le vicomte était intimement lié avec le prince, madame la duchesse était alors toute jeune personne, et M. de Saint-Remy père. qui l'aimait beaucoup, la traitait aussi familièrement que si elle eût été sa fille. Je tiens ces détails de Simon, l'homme de confiance du prince ; je puis parler sans scrupules, car l'aventure que je vais vous raconter a été dans le temps la fable de tout Paris. Malgré ses soixante ans. le père de M. le vicomte est un homme d'un caractère de fer, d'un courage de lion, d'une probité que je me permettrai d'appeler fabuleuse ; il ne possédait presque rien, et avait épousé par amour la mère de M. le vicomte, jeune personne assez riche. qui possédait le million à la fonte duquel nous venons d'avoir l'honneur d'assister.

Et M. Boyer s'inclina

Edwards l'imita.

— Le mariage fut très-heureux jusqu'au moment où le père de M. le vicomte trouva, dit-on, par hasard, de diables de lettres qui prouvaient évidemment que, pendant une de ses absences, trois ou quatre ans après son mariage. sa femme avait eu une tendre faiblesse pour un certain comte polonais.

— Cela arrive souvent aux Polonais. Quand j'étais chez M. le marquis de Senneval, madame la marquise... une enragée...

M. Boyer interrompit son compagnon.

— Vous devriez, mon cher Edwards, savoir les alliances de nos grandes familles avant de parler ; sans cela, vous vous réservez de cruels mécomptes.

— Comment ?

— Madame la marquise de Senneval est la sœur de M. le duc de Mont-brison, où vous désirez entrer...

— Ah! diable!

— Jugez de l'effet, si vous aviez été parler d'elle en des termes pareils devant des envieux ou des délateurs! vous ne seriez pas resté vingt-quatre heures dans la maison.

— C'est juste, Boyer... je tâcherai de connaître les alliances.

— Je reprends... le père de M. le vicomte découvrit donc, après douze ou quinze ans d'un mariage jusque-là fort heureux, qu'il avait à se plaindre d'un comte polonais. Malheureusement ou heureusement M. le vicomte était né neuf mois après que son père... ou plutôt que M. le comte de Saint-Remy était revenu de ce fatal voyage, de sorte qu'il ne pouvait pas être certain, malgré de grandes probabilités, que M. le vicomte fût le fruit de l'adultère. Néan-moins M. le comte se sépara à l'instant de sa femme, ne voulut pas toucher à un sou de la fortune qu'elle lui avait apportée, et se retira en province avec environ 80,000 francs qu'il possédait. Mais vous allez voir la rancune de ce caractère diabolique. Quoique l'outrage datât de quinze ans lorsqu'il le dé-couvrit, et qu'il dût y avoir prescription, le père de M. le vicomte, accom-pagné de M. de Fermont, un de ses parents, se mit aux trousses du Polonais séducteur, et l'atteignit à Venise ,. après l'avoir cherché pendant dix-huit mois dans presque toutes les villes de l'Europe. ·

— Quel obstiné!...

— Une rancune de démon, vous dis-je, mon cher Edwards!... A Venise eut lieu un duel terrible, dans lequel le Polonais fut tué. Tout s'était passé loyalement; mais le père de M. le vicomte montra, dit-on, une joie si féroce de voir le Polonais blessé mortellement, que son parent, M. de Fermont, fut obligé de l'arracher du lieu du combat... le comte voulant voir, disait-il, ex-pirer son ennemi sous ses yeux.

— Quel homme! quel homme!

— Le comte, lui, revint à Paris, alla chez sa femme, lui annonça qu'il venait de tuer le Polonais, et repartit. Depuis, il n'a jamais revu ni elle ni son fils, et il s'est retiré à Angers; c'est là qu'il vit, dit-on, comme un vrai loup-garou, avec ce qui lui reste de ses 80,000 francs, bien écornés par ses courses après le Polonais, comme vous pensez. A Angers il ne voit personne, si ce n'est la femme et la fille de son parent, M. de Fermont, qui est mort depuis quelques années. Du reste, cette famille a du malheur, car le frère de madame de Fermont s'est brûlé, dit-on, la cervelle il y a plusieurs mois.

— Et la mère de M. le vicomte?

— Il l'a perdue il y a long-temps. C'est pour cela que M. le vicomte, à sa majorité, a joui de la fortune de sa mère... Vous voyez donc bien, mon cher Edwards, qu'en fait d'héritage M. le vicomte n'a rien ou presque rien à at-tendre de son père...

— Qui du reste doit le détester?

— Il n'a jamais voulu le voir depuis la découverte en question, persuadé sans doute qu'il est fils du Polonais.

L'entretien des deux personnages fut interrompu par un valet de pied géant, soigneusement poudré, quoiqu'il fût à peine onze heures.

— Monsieur Boyer, M. le vicomte a sonné deux fois — dit le géant.

Boyer parut désolé d'avoir manqué à son service, se leva précipitamment et suivit le domestique avec autant d'empressement et de respect que s'il n'eût pas été le propriétaire de la maison de son maître.

EUSTACHE. LORSA

CHAPITRE XI.

LE COMTE DE SAINT-REMY.

Il y avait environ deux heures que Boyer, quittant Edwards, s'était rendu auprès de M. de Saint-Remy, lorsque le père de ce dernier vint frapper à la porte cochère de la maison de la rue de Chaillot.

Le comte de Saint-Remy était un homme de haute taille, encore alerte et vigoureux malgré son âge; la couleur presque cuivrée de son teint contrastait étrangement avec la blancheur éclatante de sa barbe et de ses cheveux; ses épais sourcils restés noirs recouvraient à demi ses yeux perçants, profondément enfoncés dans leur orbite. Quoiqu'il portât par une sorte de manie misanthropique des vêtements presque sordides, il y avait dans toute sa personne quelque chose de calme, de fier, qui commandait le respect.

La porte de la maison de son fils s'ouvrit, il entra.

Un portier en grande livrée brune et argent, parfaitement poudré et chaussé de bas de soie, parut sur le seuil d'une loge élégante, qui avait autant de rap-

LE COMTE DE SAINT-REMY.

port avec l'antre enfumé des Pipelet que le tonneau d'une ravaudeuse peut en avoir avec la somptueuse boutique d'une lingère à la mode.

— M. de Saint-Remy? — demanda le comte d'un ton bref.

Le portier, au lieu de répondre, examinait avec une dédaigneuse surprise la barbe blanche, la redingote râpée et le vieux chapeau de l'inconnu, qui tenait à la main une grosse canne.

— M. de Saint-Remy? — reprit impatiemment le comte, choqué de l'impertinent examen du portier.

— M. le vicomte n'y est pas.

Ce disant, le confrère de M. Pipelet tira le cordon, et, d'un geste significatif, invita l'inconnu à se retirer.

— J'attendrai — dit le comte.

Et il passa outre.

— Eh! l'ami! l'ami! on n'entre pas ainsi dans les maisons! — s'écria le portier en courant après le comte, et en le prenant par le bras.

— Comment, drôle!... — répondit le vieillard d'un air menaçant, en levant sa canne — tu oses me toucher!...

— J'oserai bien autre chose, si vous ne sortez pas tout de suite. Je vous ai dit que M. le vicomte n'y était pas, ainsi allez-vous-en.

— A ce moment, Boyer, attiré par ces éclats de voix, parut sur le perron de la maison.

— Quel est ce bruit? — demanda-t-il.

— Monsieur Boyer, c'est cet homme qui veut absolument entrer, quoique — je lui aie dit que M. le vicomte n'y était pas.

— Finissons — reprit le comte en s'adressant à Boyer, qui s'était approché; je veux voir mon fils... s'il est sorti, je l'attendrai...

· Nous l'avons dit, Boyer n'ignorait ni l'existence ni la misanthropie du père de son maître; assez physionomiste d'ailleurs, il ne douta pas un moment de l'identité du comte, le salua respectueusement, et répondit :

— Si monsieur le comte veut bien me suivre, je suis à ses ordres...

— Allez... — dit M. de Saint-Remy, qui accompagna Boyer, au profond ébahissement du portier.

Toujours précédé du valet de chambre, le comte arriva au premier étage, et suivit son guide, qui, lui faisant traverser le cabinet de travail de Florestan de Saint-Remy (nous désignerons désormais le vicomte par ce nom de baptême pour le distinguer de son père), l'introduisit dans un petit salon communiquant à cette pièce, et situé immédiatement au-dessus du boudoir du rez-de-chaussée.

— M. le vicomte a été obligé de sortir ce matin — dit Boyer; — si monsieur le comte veut prendre la peine de l'attendre, il ne tardera pas à rentrer.

Et le valet de chambre disparut.

Resté seul, le comte regarda autour de lui avec assez d'indifférence; mais tout à coup il fit un brusque mouvement, sa figure s'anima, ses joues s'empourprèrent, la colère contracta ses traits. Il venait d'apercevoir le portrait de sa femme... de la mère de Florestan de Saint-Remy. Il croisa ses bras sur sa poitrine, baissa la tête comme pour échapper à cette vision, et marcha à grands pas.

— Cela est étrange ! — disait-il — cette femme est morte : j'ai tué son amant, et ma blessure est aussi vive, aussi douloureuse qu'au premier jour... ma soif de vengeance n'est pas encore éteinte; ma farouche misanthropie, en m'isolant presque absolument du monde, m'a laissé face à face avec la pensée de mon outrage... oui, car la mort du complice de cette infâme a vengé mon outrage, mais ne l'a pas effacé de mon souvenir ! Oh ! je le sens, ce qui rend ma haine incurable, c'est de songer que pendant quinze ans j'ai été dupe; c'est que pendant quinze ans j'ai entouré d'estime, de respects, une misérable qui m'avait indignement trompé... c'est que j'ai aimé son fils... le fils de son crime .. comme s'il eût été mon enfant... car l'aversion que m'inspire maintenant ce Florestan ne me prouve que trop qu'il est le fruit de l'adultère ! Et pourtant je n'ai pas la certitude absolue de son illégitimité ; il est possible enfin qu'il soit mon fils... quelquefois ce doute m'est affreux ! S'il était mon fils pourtant ! Alors l'abandon où je l'ai laissé, l'éloignement que je lui ai toujours témoigné, mon refus de le jamais voir, seraient impardonnables. Mais, après tout, il est riche, jeune, heureux... à quoi lui aurais-je été utile ?... Oui, mais sa tendresse eût peut-être adouci les chagrins que m'a causés sa mère !...

Après un moment de réflexion profonde, le comte reprit en haussant les épaules :

— Encore ces suppositions insensées... sans issue... qui ravivent toutes mes peines !... soyons homme, et surmontons la stupide et pénible émotion que je ressens en songeant que je vais revoir celui que, pendant dix années, j'ai aimé avec la plus folle idolâtrie, que j'ai aimé... comme mon fils... lui !... lui !... l'enfant de cet homme que j'ai vu tomber sous mon épée avec tant de bonheur, de cet homme dont j'ai vu couler le sang avec tant de joie !... et ils m'ont empêché d'assister à son agonie, à sa mort !... Oh ! ils ne savaient pas ce que c'est que d'avoir été frappé aussi cruellement que je l'ai été!... Et puis penser que mon nom, toujours respecté, honoré, a dû être si souvent prononcé avec insolence et dérision... comme on prononce celui d'un mari trompé !... Penser que mon nom... mon nom dont j'ai toujours été si fier, appartient à cette heure au fils de l'homme dont j'aurais voulu arracher le cœur !... Oh ! je ne sais pas comment je ne deviens pas fou quand je songe à cela !... »

Et M. de Saint-Remy, continuant de marcher avec agitation, souleva machinalement la portière qui séparait le salon du cabinet de travail de Florestan, et fit quelques pas dans cette dernière pièce.

Il avait disparu depuis un instant lorsqu'une petite porte masquée dans la tenture s'ouvrit doucement, et madame de Lucenay, enveloppée d'un grand châle de cachemire vert, coiffée d'un chapeau de velours noir très-simple, entra dans le salon que le comte venait de quitter pour un moment.

Expliquons la cause de cette apparition inattendue.

Florestan de Saint-Remy avait donné la veille rendez-vous à la duchesse pour le lendemain matin. Celle-ci ayant, nous l'avons dit, une clef de la petite porte de la ruelle, était, comme d'habitude, entrée par la serre chaude, comptant trouver Florestan dans l'appartement du rez-de-chaussée; ne l'y trouvant pas, elle crut (ainsi que cela était arrivé quelquefois) le vicomte occupé à écrire dans son cabinet... Un escalier dérobé conduisait du boudoir au premier. Madame de Lucenay monta sans crainte, supposant que M. de Saint-Remy avait, comme toujours, défendu sa porte. Malheureusement, une visite assez menaçante de M. Badinot ayant obligé Florestan de sortir précipitamment, il avait oublié le rendez-vous de madame de Lucenay. Celle-ci, ne voyant personne, allait entrer dans le cabinet, lorsque les rideaux de la portière du salon s'écartèrent, et la duchesse se trouva face à face avec le père de Florestan.

Elle ne put retenir un cri d'effroi.

— Clotilde — s'écria le comte stupéfait.

Intimement lié avec le prince de Noirmont, père de madame de Lucenay, M. de Saint-Remy, ayant connu celle-ci enfant et toute jeune fille, l'avait autrefois ainsi familièrement appelée par son nom de baptême. La duchesse restait immobile, contemplant avec surprise ce vieillard à barbe blanche et mal vêtu, dont elle se rappelait pourtant confusément les traits.

— Vous, Clotilde !.. — répéta le comte avec un accent de reproche douloureux — vous... ici... chez mon fils !

Ces derniers mots fixèrent les souvenirs indécis de madame de Lucenay; elle reconnut enfin le père de Florestan et s'écria :

— M. de Saint Remy !

La position était tellement nette et significative, que la duchesse, dont on sait d'ailleurs le caractère excentrique et résolu, dédaigna de recourir à un mensonge pour expliquer le motif de sa présence chez Florestan; comptant sur l'affection toute paternelle que le comte lui avait jadis témoignée, elle lui tendit la main, et lui dit de cet air à la fois gracieux, cordial et hardi qui n'appartenait qu'à elle :

— Voyons... ne me grondez pas... vous êtes mon plus vieil ami... Souvenez-vous qu'il y a vingt ans vous m'appeliez votre chère Clotilde...

— Oui... je vous appelais ainsi... mais...

— Je sais d'avance tout ce que vous allez me dire; vous connaissez ma devise : *Ce qui est, est... ce qui sera, sera...*

— Ah! Clotilde !...

— Épargnez-moi vos reproches, laissez moi plutôt vous parler de ma joie de vous revoir; votre présence me rappelle tant de choses : mon pauvre père, d'abord, et puis mes quinze ans... Ah! quinze ans, que c'est beau !

— C'est parce que votre père était mon ami, que..

— Oh! oui — reprit la duchesse en interrompant M. de Saint-Remy — il vous aimait tant! Vous souvenez-vous, il vous appelait en riant *l'homme aux rubans verts...* vous lui disiez toujours : — Vous gâtez Clotilde... prenez garde ; — et il vous répondait en m'embrassant : — Je le crois bien que je la gâte ; et il faut que je me dépêche et que je redouble, car bientôt le monde me l'enlèvera pour la gâter à son tour. — Excellent père! quel ami j'ai perdu! — Une larme brilla dans les beaux yeux de madame de Lucenay ; puis, tendant la main à M. de Saint-Remy, elle lui dit d'une voix émue : — Vrai, je suis heureuse, bien heureuse de vous revoir ; vous éveillez des souvenirs si précieux, si chers à mon cœur!...

Le comte, quoiqu'il connût dès long-temps ce caractère original et délibéré, restait confondu de l'aisance avec laquelle Clotilde acceptait cette position si délicate : rencontrer chez son amant le père de son amant!

— Si vous êtes à Paris depuis long-temps — reprit madame de Lucenay — il est mal à vous de n'être pas venu me voir plus tôt ; nous aurions tant causé du passé .. car savez-vous que je commence à atteindre l'âge où il y a un charme extrême à dire à de vieux amis : Vous souvenez-vous ?

Certes la duchesse n'eût pas parlé avec un plus tranquille nonchaloir, si elle eût reçu une visite du matin à l'hôtel de Lucenay.

M. de Saint Remy ne put s'empêcher de lui dire sévèrement :

— Au lieu de parler du passé, il serait plus à propos de parler du présent .. mon fils peut rentrer d'un moment à l'autre, et...

— Non — dit Clotilde en l'interrompant — j'ai la clef de la petite porte de la serre, et on annonce toujours son arrivée par un coup de timbre lorsqu'il rentre par la porte cochère ; à ce bruit je disparaîtrai aussi mystérieusement que je suis venue, et je vous laisserai tout à votre joie de revoir Florestan. Quelle douce surprise vous allez lui causer... depuis si long-temps vous l'abandonnez!... Tenez, c'est moi qui aurais des reproches à vous faire.

— A moi ?... à moi ?...

— Certainement... Quel guide, quel appui a-t-il eu en entrant dans le monde ? et pour mille choses positives les conseils d'un père sont indispensables... Aussi, aussi, franchement, il est très-mal à vous de...

Ici madame de Lucenay, cédant à la bizarrerie de son caractère, ne put s'empêcher de s'interrompre en riant comme une folle, et de dire au comte :

— Avouez que la position est au moins singulière, et qu'il est très-piquant que ce soit moi qui vous sermonne.

— Cela est étrange, en effet ; mais je ne mérite ni vos sermons ni vos louanges, je viens chez mon fils... mais ce n'est pas pour mon fils... A son âge, il n'a pas, ou il n'a plus besoin de mes conseils...

— Que voulez-vous dire ?

— Vous devez savoir pour quelles raisons j'ai le monde et surtout Paris en horreur — dit le comte avec une expression pénible et contrainte. — Il a donc fallu des circonstances de la dernière importance pour m'obliger à quitter Angers, et surtout à venir ici... dans cette maison .. Mais j'ai dû braver mes répugnances et recourir à toutes les personnes qui pouvaient m'aider ou me renseigner à propos de recherches d'un grand intérêt pour moi.

— Oh! alors — dit madame de Lucenay avec l'empressement le plus affectueux — je vous en prie, disposez de moi, si je puis vous être utile à quelque chose. Est-il besoin de sollicitations? M. de Lucenay doit avoir un certain crédit, car les jours où je vais dîner chez ma grand'tante de Montbrison, il donne à manger chez moi à des députés; on ne fait pas ça sans motifs; cet inconvénient doit être racheté par quelque avantage probablement... comme qui dirait une certaine influence sur des gens qui en ont beaucoup dans ce temps-ci, dit-on. Encore une fois, si nous pouvons vous servir, regardez-nous comme à vous. Il y a encore mon jeune cousin, le petit duc de Montbrison, qui, pair lui-même, est lié avec toute la jeune pairie... Pourrait-il aussi quelque chose? En ce cas, je vous l'offre. En un mot, disposez de moi et des miens, vous savez si je puis me dire amie vaillante et dévouée!

— Je le sais... et je ne refuse pas votre appui... quoique pourtant...

— Voyons, mon cher Alceste, nous sommes gens du monde, agissons donc en gens du monde. Que nous soyons ici ou ailleurs, cela importe peu, je suppose, à l'affaire qui vous intéresse, et qui maintenant m'intéresse extrêmement, puisqu'elle est vôtre. Causons donc de cela, et très à fond... je l'exige.

Ce disant, la duchesse s'approcha de la cheminée, s'y appuya et avança vers le foyer le plus joli petit pied du monde, qui, pour le moment était glacé. Avec un tact parfait, madame de Lucenay saisissait l'occasion de ne plus parler du vicomte, et d'entretenir M. de Saint-Rémy d'un sujet auquel ce dernier attachait beaucoup d'importance. La conduite de Clotilde eût été différente en présence de la mère de Florestan; c'est avec bonheur, avec fierté, qu'elle lui eût longuement avoué combien il lui était cher.

. . . .

Malgré son rigorisme et son âpreté, M. de Saint-Remy subit l'influence de la grâce cavalière et cordiale de cette femme qu'il avait vue et aimée tout enfant, et il oublia presque qu'il parlait à la maîtresse de son fils.

Comment d'ailleurs résister à la contagion de l'exemple, lorsque le héros d'une position souverainement embarrassante ne semble pas même se douter ou vouloir se douter de la difficulté de la circonstance où il se trouve!

— Vous ignorez peut-être, Clotilde — dit le comte — que depuis très-longtemps j'habite Angers?

— Non, je le savais.

— Malgré l'espèce d'isolement que je recherchais, j'avais choisi cette ville, parce que là habitait un de mes parents, M. de Fermont, qui, lors de l'affreux malheur qui m'a frappé, s'est conduit pour moi comme un frère... Après m'avoir accompagné dans toutes les villes de l'Europe où j'espérais rencontrer... un homme que je voulais tuer, il m'avait servi de témoin lors d'un duel...

— Oui, un duel terrible, mon père m'a tout dit autrefois — reprit triste-

ment madame de Lucenay ; — mais heureusement Florestan ignore ce duel...
et aussi la cause qui l'a amené...

— J'ai voulu lui laisser respecter sa mère — répondit le comte en étouffant
un soupir... il continua :

— Au bout de quelques années, M. de Fermont mourut à Angers, dans
mes bras, laissant une fille et une femme que, malgré ma misanthropie, j'a-
vais été obligé d'aimer, parce qu'il n'y avait rien au monde de plus pur, de
plus noble que ces deux excellentes créatures. Je vivais seul dans un faubourg
éloigné de la ville ; mais quand mes accès de noire tristesse me laissaient quelque relâche, j'allais chez madame de Fermont parler avec elle et avec sa fille
de celui que nous avions perdu. . Comme de son vivant, je venais me retrem-
per, me calmer dans cette douce intimité où j'avais désormais concentré toutes
mes affections. Le frère de madame de Fermont habitait Paris ; il se chargea
de toutes les affaires de sa sœur lors de la mort de son mari, et plaça chez un
notaire cent mille écus environ, qui composaient toute la fortune de la veuve.
Au bout de quelque temps, un nouveau et affreux malheur frappa madame de
Fermont : son frère, M. de Renneville, se suicida il y a de cela environ huit
mois. Je la consolai du mieux que je pus. Sa première douleur calmée. elle
partit pour Paris afin de mettre ordre à ses affaires. Au bout de quelque temps
j'appris que l'on vendait par son ordre le modeste mobilier de la maison qu'elle
louait à Angers, et que cette somme avait été employée à payer quelques dettes
laissées par elle. Inquiet de cette circonstance, je m'informai et j'appris vaguement que cette malheureuse femme et sa fille se trouvaient dans la détresse, victimes sans doute d'une banqueroute. Si madame de Fermont pouvait, dans une extrémité pareille, compter sur quelqu'un, c'était sur moi...
pourtant je ne reçus d'elle aucune nouvelle... Ce fut surtout en perdant cette
intimité si douce que j'en reconnus toute la valeur. Vous ne pouvez vous figu-
rer mes souffrances, mes inquiétudes depuis le départ de madame de Fermont
et de sa fille... Leur père, leur mari était pour moi un frère... il me fallait donc
absolument les retrouver, savoir pourquoi dans leur ruine elles ne s'adressaient
pas à moi, tout pauvre que j'étais ; je partis pour venir ici, laissant à Angers
une personne qui, si par hasard on apprenait quelque chose de nouveau, devait m'en instruire.

— Eh bien !

— Hier encore j'ai reçu une lettre d'Anjou .. on ne sait rien... En arrivant
à Paris j'ai commencé mes recherches... je suis allé d'abord à l'ancien domicile du frère de madame de Fermont... Là on m'a dit qu'elle demeurait sur le
quai du canal Saint-Martin.

— Et cette adresse !...

— Avait été la sienne, mais on ignorait son nouveau logement... Malheureusement, jusqu'à présent, mes recherches ont été inutiles. Après mille
vaines tentatives, avant de désespérer tout à fait, je me suis décidé à venir
ici. Peut-être madame de Fermont, qui, par un motif inexplicable, ne m'a

demandé ni aide ni appui, aura eu recours à mon fils comme au fils du meilleur ami de son mari... Sans doute ce dernier espoir est bien peu fondé... mais je ne veux rien avoir négligé pour retrouver cette pauvre femme et sa fille.

Depuis quelques minutes madame de Lucenay écoutait le comte avec un redoublement d'attention ; tout à coup elle dit :

— En vérité, il serait bien singulier qu'il s'agît des mêmes personnes auxquelles s'intéresse madame d'Harville...

— Quelles personnes ? — demanda le comte.

— La veuve dont vous parlez est jeune encore, n'est-ce pas ? sa figure est très-noble ? .

— Sans doute... mais comment savez-vous.. ?

— Sa fille, belle comme un ange, a seize ans au plus ?

— Oui... oui...

— Et elle s'appelle Claire ?

— Oh ! de grâce ! dites, où sont-elles ?

— Hélas ! je l'ignore...

— Vous l'ignorez ?

— Voici ce qui est arrivé : une femme de ma société, madame d'Harville, est venue chez moi me demander si je ne connaissais pas une femme veuve, dont la fille se nommait Claire, et dont le frère se serait suicidé ; madame d'Harville s'adressait à moi, parce qu'elle avait vu ces mots : *Écrire à madame de Lucenay*, tracés au bas d'un brouillon de lettre que cette malheureuse femme écrivait à une personne inconnue, dont elle réclamait l'appui.

— Elle voulait vous écrire... à vous... et pourquoi ?

— Je l'ignore... je ne la connais pas...

— Mais elle vous connaissait, elle ! — s'écria M. de Saint-Remy, frappé d'une idée subite.

— Que dites-vous ?

— Cent fois elle m'avait entendu parler de votre père, de vous, de votre généreux et excellent cœur... Dans son infortune, elle aura songé à recourir à vous...

— En effet, cela peut s'expliquer ainsi...

— Et madame d'Harville... comment avait-elle eu ce brouillon de lettre en sa possession ?

— Je l'ignore ; tout ce que je sais, c'est que, sans savoir encore où étaient réfugiées cette pauvre mère et sa fille, elle était, je crois, sur leurs traces...

— Alors je compte sur vous, Clotilde, pour m'introduire auprès de madame d'Harville ; il faut que je la voie aujourd'hui.

— Impossible !... Son mari vient d'être victime d'un effroyable accident ; une arme qu'il ne croyait pas chargée est partie entre ses mains, il a été tué sur le coup.

— Ah ! c'est horrible !...

— La marquise est aussitôt partie pour aller passer les premiers temps de son deuil chez son père, en Normandie...

— Clotilde, je vous en conjure, écrivez-lui aujourd'hui, demandez-lui les renseignements qu'elle possède déjà : puisqu'elle s'intéresse à ces pauvres femmes, dites-lui qu'elle n'aura pas de plus chaleureux auxiliaire que moi ; mon seul désir est de retrouver la veuve de mon ami et de partager avec elle et avec sa fille le peu que je possède. Maintenant c'est ma seule famille.

— Toujours le même, toujours généreux et dévoué ! Comptez sur moi, j'écrirai aujourd'hui même à madame d'Harville. Où adresserai-je ma réponse ?

— A Asnières, poste restante.

— Quelle bizarrerie ! pourquoi vous loger là, et pas à Paris !

— J'exècre Paris, à cause des souvenirs qu'il me rappelle — dit M. de Saint-Remy d'un air sombre ; — mon ancien médecin, le docteur Griffon, avec qui je suis resté en correspondance, possède une petite maison de campagne sur le bord de la Seine, près d'Asnières ; il ne l'habite pas l'hiver, il me l'a proposée ; c'était presque un faubourg de Paris : je pouvais, après m'être livré à mes recherches, trouver là l'isolement qui me plaît..... J'ai accepté.

— Je vous écrirai donc à Asnières ; je puis d'ailleurs vous donner déjà un renseignement qui pourra vous servir peut-être..... et que je dois à madame d'Harville... La ruine de madame de Fermont a été causée par la friponnerie du notaire chez qui était placée toute la fortune de votre parente. Ce notaire a nié le dépôt.

— Le misérable !... Et il se nomme !

— M. Jacques Ferrand — dit la duchesse, sans pouvoir dissimuler son envie de rire.

— Que vous êtes étrange, Clotilde ! Il n'y a rien que de sérieux, que de triste dans tout ceci, et vous riez ! — dit le comte surpris et mécontent.

En effet, madame de Lucenay, au souvenir de l'amoureuse déclaration du notaire, n'avait pu réprimer un mouvement d'hilarité.

— Pardon, mon ami — reprit-elle ; — c'est que ce notaire est un homme fort singulier... et l'on raconte de lui des choses fort ridicules... Mais sérieusement, si sa réputation d'honnête homme n'est pas plus méritée que sa réputation de saint homme..... (et je déclare celle-ci usurpée), c'est un grand misérable !

— Et il demeure !

— Rue du Sentier.

— Il aura ma visite... Ce que vous me dites de lui coïnciderait alors assez avec certains soupçons...

— Quels soupçons !

— D'après quelques renseignements pris sur la mort du frère de ma pauvre amie, je serais presque tenté de croire que ce malheureux, au lieu de se suicider... a été victime d'un assassinat.

— Grand Dieu ! Et qui vous ferait supposer !...

— Plusieurs raisons qui seraient trop longues à vous dire ; je vous laisse... N'oubliez pas les offres de services que vous m'avez faites en votre nom et en celui de M. de Lucenay.

— Comment ! vous partez... sans voir Florestan ?

— Cette entrevue me serait trop pénible, vous devez le comprendre... Je la bravais dans le seul espoir de trouver ici quelques renseignements sur madame de Fermont, voulant n'avoir au moins rien négligé pour la retrouver ; maintenant adieu...

— Ah ! vous êtes impitoyable !

— Ne savez-vous pas ?...

— Je sais que votre fils n'a jamais eu plus besoin de vos conseils...

— Comment ? N'est-il pas riche, heureux ?...

— Oui, mais il ne connaît pas les hommes. Aveuglément prodigue, parce qu'il est confiant et généreux, en tout, partout et toujours très-grand seigneur, je crains qu'on n'abuse de sa bonté. Si vous saviez ce qu'il y a de noblesse dans ce cœur ! Je n'ai jamais osé le sermonner au sujet de ses dépenses et de son désordre, d'abord parce que je suis au moins aussi folle que lui, et puis... pour d'autres raisons ; mais vous, au contraire, vous pourriez...

Madame de Lucenay n'acheva pas.

Tout à coup on entendit la voix de Florestan de Saint-Remy.

Il entra précipitamment dans le cabinet voisin du salon ; après en avoir brusquement fermé la porte, il dit d'une voix altérée à quelqu'un qui l'accompagnait :

— Mais c'est impossible !...

— Je vous répète — répondit la voix claire et perçante de M. Badinot — je vous répète que, sans cela, avant quatre heures vous serez arrêté... Car s'il n'a pas l'argent tantôt, notre homme va déposer sa plainte au parquet du procureur du roi, et vous savez ce que vaut un FAUX comme celui-là : les galères, mon pauvre vicomte !...

CHAPITRE XII.

L'ENTRETIEN.

Il est impossible de peindre le regard qu'échangèrent madame de Lucenay et le père de Florestan en entendant ces terribles paroles : *Il y va pour vous… des galères !* — Le comte devint livide; il s'appuya au dossier d'un fauteuil, ses genoux se dérobaient sous lui. Son nom vénérable et respecté… son nom déshonoré par un homme qu'il accusait d'être le fruit de l'adultère ! Ce premier abattement passé, les traits courroucés du vieillard, un geste menaçant qu'il fit en s'avançant vers le cabinet, révélèrent une résolution si effrayante, que madame de Lucenay lui saisit la main, l'arrêta, et lui dit à voix basse, avec l'accent de la plus profonde conviction :

— Il est innocent… je vous le jure !… Écoutez en silence…

Le comte s'arrêta. Il voulait croire à ce que lui disait la duchesse. Celle-ci était en effet persuadée de la loyauté de Florestan. Pour obtenir de nouveaux sacrifices de cette femme si aveuglément généreuse, sacrifices qui avaient pu seuls le mettre à l'abri d'une prise de corps et des poursuites de Jacques Ferrand, le vicomte avait affirmé à madame de Lucenay que, dupe d'un misérable dont il avait reçu en payement une traite fausse, il risquait d'être regardé comme complice du faussaire, ayant lui-même mis cette traite en circulation. Madame de Lucenay savait le vicomte imprudent, prodigue, désordonné;

mais jamais elle ne l'aurait un moment supposé capable, non pas d'une bassesse ou d'une infamie, mais seulement de la plus légère indélicatesse. En lui
prêtant par deux fois des sommes considérables dans des circonstances très-
difficiles, elle avait voulu lui rendre un service d'*ami*, le vicomte n'acceptant
jamais ces avances qu'à la condition expresse de les rembourser; car on lui
devait, disait-il, plus du double de ces sommes. Son luxe apparent permettait
de le croire. D'ailleurs, madame de Lucenay, cédant à l'impulsion de sa bonté
naturelle, n'avait songé qu'à être utile à Florestan, et nullement à s'assurer
s'il pouvait s'acquitter envers elle. Il l'affirmait; elle n'en doutait pas; eût-il
accepté sans cela des prêts aussi importants! En répondant de l'honneur de
Florestan, en suppliant le vieux comte d'écouter la conversation de son fils,
la duchesse pensait qu'il allait être question de l'abus de confiance dont le vicomte se prétendait victime, et qu'il serait ainsi complétement innocenté aux
yeux de son père.

— Encore une fois — reprit Florestan d'une voix altérée — ce Petit-Jean
est un infâme; il m'avait assuré n'avoir pas d'autres traites que celles que j'ai
retirées de ses mains hier et il y a trois jours... Je croyais celle-ci en circulation, elle n'était payable que dans trois mois, à Londres, chez Adams et Compagnie.

— Oui, oui — dit la voix mordante de Badinot — je sais, mon cher vicomte,
que vous aviez adroitement combiné votre affaire; vos faux ne devaient être
découverts que lorsque vous seriez déjà loin... Mais vous avez voulu attraper
plus fin que vous.

— Eh! il est bien temps maintenant de me dire cela, malheureux que vous
êtes... — s'écria Florestan furieux — n'est-ce pas vous qui m'avez mis en
rapport avec celui qui m'a négocié ces traites!

— Voyons, mon cher aristocrate — répondit froidement Badinot — du
calme.... Vous contrefaites habilement les signatures de commerce; c'est à
merveille, mais ce n'est pas une raison pour traiter vos amis avec une familiarité désagréable. Si vous vous emportez encore... je vous laisse, arrangez-vous
comme vous voudrez...

— Eh! croyez-vous qu'on puisse conserver son sang-froid dans une position
pareille!... Si ce que vous me dites est vrai, si cette plainte doit être déposée
aujourd'hui au parquet du procureur du roi, je suis perdu...

— C'est justement ce que je vous dis, à moins que..... vous n'ayez encore
recours à votre charmante Providence aux yeux bleus...

— C'est impossible.

— Alors, résignez-vous. C'est dommage, c'était la dernière traite... et pour
vingt-cinq mauvais mille francs... aller prendre l'air du midi à Toulon... c'est
maladroit, c'est absurde, c'est bête! Comment un habile homme comme vous
peut-il se laisser acculer ainsi!

— Mon Dieu, que faire! que faire!.. rien de ce qui est ici ne m'appartient
plus, je n'ai pas vingt louis à moi...

— Vos amis?

— Eh! je dois à tous ceux qui pourraient me prêter; me croyez-vous assez sot pour avoir attendu jusqu'à aujourd'hui pour m'adresser à eux?

— C'est vrai; pardon... tenez, causons tranquillement, c'est le meilleur moyen d'arriver à une solution raisonnable. Tout à l'heure je voulais vous expliquer comment vous vous étiez attaqué à plus fin que vous..... Vous ne m'avez pas écouté.

— Allons, parlez si cela peut être bon à quelque chose.

— Récapitulons : vous m'avez dit il y a deux mois : « J'ai pour 113,000 francs de traites sur différentes maisons de banque à longues échéances; mon cher Badinot, trouvez moyen de me les négocier... »

— Eh bien!... ensuite?...

— Attendez... je vous ai demandé à voir ces valeurs... Un certain je ne sais quoi m'a dit que ces traites étaient fausses, quoique parfaitement imitées. Je ne vous soupçonnais pas, il est vrai, un talent calligraphique aussi avancé; mais m'occupant du soin de votre fortune depuis que vous n'aviez plus de fortune, je vous savais complétement ruiné. J'avais fait passer l'acte par lequel vos chevaux, vos voitures, le mobilier de cet hôtel appartenaient à Boyer et à Edwards... Il n'était donc pas indiscret à moi de m'étonner de vous voir possesseur de valeurs de commerce si considérables, hein?

— Faites-moi grâce de vos étonnements, arrivons au fait.

— M'y voici... J'ai assez d'expérience ou de timidité... pour ne pas me soucier de me mêler directement d'affaires de cette sorte; je vous adressai donc à un tiers qui, non moins clairvoyant que moi, soupçonna le mauvais tour que vous vouliez lui jouer.

— C'est impossible, il n'aurait pas escompté ces valeurs s'il les avait crues fausses.

— Combien vous a-t-il donné d'argent comptant pour ces 113,000 francs?

— 25,000 francs comptants, et le reste en créances à recouvrer...

— Et qu'avez-vous retiré de ces créances?...

— Rien, vous le savez bien; elles étaient illusoires... mais il aventurait toujours 25,000 francs.

— Que vous êtes jeune, mon cher vicomte! Ayant à recevoir de vous ma commission de cent louis si l'affaire se faisait, je m'étais bien gardé de dire au tiers l'état réel de vos affaires... Il vous croyait encore à votre aise, et il vous savait surtout très-adoré d'une grande dame puissamment riche qui ne vous laisserait jamais dans l'embarras : il était donc à peu près sûr de rentrer au moins dans ses fonds, par transaction; il risquait sans doute de perdre, mais il risquait aussi de gagner beaucoup, et son calcul était bon; car, l'autre jour, vous lui avez déjà compté bel et bien 100,000 francs pour retirer la fausse traite de 58,000 francs, et hier 30,000 pour la seconde... Pour celle-ci, il s'est contenté, il est vrai, du remboursement intégral. Comment vous êtes-vous procuré ces 30,000 francs d'hier? que le diable m'emporte si je le sais!

car vous êtes un homme unique... Vous voyez donc qu'en fin de compte, si Petit-Jean vous force à payer la dernière traite de 25,000 francs, il aura reçu de vous 155,000 pour 25,000 qu'il vous aura comptés; or j'avais raison de dire que vous vous étiez joué à plus fin que vous.

— Mais pourquoi m'a-t-il dit que cette dernière traite, qu'il présente aujourd'hui, était négociée?

— Pour ne pas vous effrayer; il vous avait dit aussi qu'excepté celle de 58,000 francs, les autres étaient en circulation : une fois la première payée, hier est venue la seconde, et aujourd'hui la troisième.

— Le misérable!...

— Ecoutez donc, chacun pour soi. Mais causons de sang-froid : ceci vous prouve que le Petit-Jean (et entre nous je ne serais pas étonné que, malgré sa sainte renommée, le Jacques Ferrand ne fût de moitié dans ses spéculations), ceci vous prouve, dis-je, que le Petit-Jean, alléché par vos premiers payements, spécule sur cette dernière traite, comme il a spéculé sur les autres, bien certain que *vos amis* ne vous laisseront pas traduire en cour d'assises. C'est à vous de voir si ces amitiés ne sont pas exploitées, pressurées jusqu'à l'écorce, et s'il ne reste pas encore quelques gouttes d'or à en exprimer; car si dans trois heures vous n'avez pas les 25,000 francs, mon noble vicomte, vous êtes coffré.

— Quand vous me répéterez cela sans cesse...

— A force de m'entendre vous consentirez peut-être à essayer de tirer une dernière plume de l'aile de cette généreuse duchesse...

— Je vous répète qu'il n'y faut pas songer... En trois heures trouver encore 25,000 francs, après les sacrifices qu'elle a déjà faits, ce serait folie que de l'espérer.

— Pour vous plaire, heureux mortel, on tente l'impossible...

— Eh! elle l'a déjà tenté, l'impossible... c'était d'emprunter 100,000 francs à son mari et de réussir; mais ce point de ces phénomènes qui ne se reproduisent pas deux fois. Voyons, mon cher Badinot, jusqu'ici vous n'avez pas eu à vous plaindre de moi... j'ai toujours été généreux... tâchez d'obtenir quelque sursis de ce misérable Petit-Jean... Vous le savez, je trouve toujours moyen de récompenser qui me sert; une fois cette dernière affaire assoupie, je prends un nouvel essor... vous serez content de moi.

— Petit-Jean est aussi inflexible que vous êtes peu raisonnable.

— Moi!...

— Tâchez seulement d'intéresser encore votre généreuse amie à votre *funeste sort*... Que diable! dites-lui nettement ce qu'il en est : non plus, comme déjà, que vous avez été dupe de faussaires, mais que vous êtes faussaire vous-même.

— Jamais je ne lui ferai un tel aveu, ce serait une honte sans avantage.

— Aimez-vous mieux qu'elle apprenne demain la chose par la *Gazette des Tribunaux?*

— J'ai trois heures devant moi, je puis fuir.

— Et où irez-vous sans argent! Jugez donc, au contraire ; ce dernier faux retiré, vous vous trouverez dans une position superbe, vous n'aurez plus que des dettes... Voyons, promettez-moi de parler encore à la duchesse. Vous êtes si roué! vous saurez vous rendre intéressant malgré vos erreurs; au pis-aller on vous estimera peut-être un peu moins ou plus du tout, mais on vous tirera d'affaire. Voyons, promettez-moi de voir votre belle amie; je cours chez Petit-Jean; je me fais fort d'obtenir une heure ou deux de sursis...

— Enfer! il faut boire la honte jusqu'à la lie!...

— Allons! bonne chance; soyez tendre, passionné, charmant; je cours chez Petit-Jean, vous m'y trouverez jusqu'à trois heures... plus tard il ne serait plus temps... le parquet du procureur du roi n'est ouvert que jusqu'à quatre heures...

Et M. Badinot sortit.

Lorsque la porte fut fermée, on entendit Florestan s'écrier avec un profond désespoir :

— Mon Dieu!... mon Dieu!... mon Dieu!

Pendant cet entretien, qui dévoilait au comte l'infamie de son fils, et à madame de Lucenay l'infamie de l'homme qu'elle avait aveuglément aimé, tous deux étaient restés immobiles, respirant à peine, sous cette épouvantable révélation. Il serait impossible de rendre l'éloquence muette de la scène douloureuse qui se passa entre cette jeune femme et le comte lorsqu'il n'y eut plus de doute possible sur le crime de Florestan. Étendant le bras vers la pièce où se trouvait son fils, le vieillard sourit avec une ironie amère, jetant un regard écrasant sur madame de Lucenay, et sembla lui dire :

— Voilà celui pour lequel vous avez bravé toutes les hontes, consommé tous les sacrifices! voilà celui que vous me reprochiez d'avoir abandonné!...

La duchesse comprit le reproche : un moment elle baissa la tête sous le poids de sa honte.

La leçon était terrible...

Puis, peu à peu, à l'anxiété cruelle qui avait contracté les traits de madame de Lucenay, succéda une sorte d'indignation hautaine. Les fautes inexcusables de cette femme étaient au moins palliées par la loyauté de son amour, par la hardiesse de son dévouement, par la grandeur de sa générosité, par la franchise de son caractère et par son inexorable aversion pour tout ce qui était bas ou lâche. Encore trop jeune, trop belle, trop recherchée, pour éprouver l'humiliation d'avoir été exploitée; une fois le prestige de l'amour subitement évanoui chez elle, cette femme altière et décidée ne ressentit ni haine ni colère; instantanément, sans transition aucune, un dégoût mortel, un dédain glacial, tua son affection jusqu'alors si vivace; ce ne fut plus une maîtresse indignement trompée par son amant, ce fut une femme de bonne compagnie découvrant qu'un homme de sa société était un escroc et un faussaire, et le chassant de chez elle.

En supposant même que quelques circonstances eussent pu atténuer l'ignominie de Florestan, madame de Lucenay ne les aurait pas admises; selon elle,
l'homme qui franchissait certaines limites d'honneur, soit par vice, entraînement ou faiblesse, *n'existait plus à ses yeux*, l'honorabilité étant pour elle une
question d'*être* ou de *non-être*. Le seul ressentiment douloureux qu'éprouva
la duchesse fut excité par l'effet terrible que cette révélation inattendue pro-
duisait sur le comte, son vieil ami.

Depuis quelques moments il semblait ne pas voir, ne pas entendre; ses
yeux étaient fixes, sa tête baissée, ses bras pendants, sa pâleur livide; de
temps à autre un soupir convulsif soulevait sa poitrine. Chez un homme aussi
résolu qu'énergique un tel abattement était plus effrayant que les transports
de la colère. Madame de Lucenay le regardait avec inquiétude.

— Courage, mon ami — lui dit-elle à voix basse. — Pour vous... pour
moi.. pour cet homme... je sais ce qu'il me reste à faire...

Le vieillard la regarda fixement; puis, comme s'il eût été arraché à sa stupeur par une commotion violente, il redressa la tête, ses traits devinrent menaçants, et, oubliant que son fils pouvait l'entendre, il s'écria :

— Et moi aussi, pour vous, pour moi, pour cet homme, je sais ce qu'il me
reste à faire...

— Qui est donc là? — demanda Florestan surpris.

Madame de Lucenay, craignant de se trouver avec le vicomte, disparut par
la petite porte et descendit par l'escalier dérobé.

Florestan ayant encore demandé qui était là, et ne recevant pas de réponse, entra dans le salon. Il s'y trouva seul avec le comte.

La longue barbe du vieillard le changeait tellement, il était si pauvrement vêtu, que son fils, qui ne l'avait pas vu depuis plusieurs années, ne le reconnaissant pas d'abord, s'avança vers lui d'un air menaçant.

— Que faites-vous là?... Qui êtes-vous?

— Le mari de cette femme! — répondit le comte en montrant le portrait de madame de Saint-Remy.

— Mon père!!! — s'écria Florestan en reculant avec frayeur, et il se rappela les traits du comte, depuis long-temps oubliés.

Debout, formidable, le regard irrité, le front empourpré par la colère, ses cheveux blancs rejetés en arrière, ses bras croisés sur sa poitrine, le comte dominait, écrasait son fils, qui, la tête baissée, n'osait lever les yeux sur lui. Pourtant M. de Saint-Remi, par un secret motif, fit un violent effort pour rester calme et pour dissimuler ses terribles ressentiments.

— Mon père! — reprit Florestan d'une voix altérée — vous étiez là?...

— J'étais là...

— Vous avez entendu?

— Tout...

— Ah!!! — s'écria douloureusement le vicomte en cachant son visage dans ses mains.

Il y eut un moment de silence.

Florestan, d'abord aussi étonné que chagrin de l'apparition inattendue de son père, songea bientôt, en homme de ressources, au parti qu'il pourrait tirer de cet incident.

— Tout n'est pas perdu — se dit-il. — La présence de mon père est un coup du sort. Il sait tout, il ne voudra pas laisser flétrir son nom; il n'est pas riche, mais il doit toujours posséder plus de vingt-cinq mille francs. Jouons serré... De l'adresse, de l'entrain, de l'émotion... je laisse reposer la duchesse, et je suis sauvé!

Puis, donnant à ses traits charmants une expression de douloureux abattement, mouillant son regard des larmes du repentir, prenant sa voix la plus vibrante, son accent le plus pathétique, il s'écria en joignant les mains avec un geste désespéré:

— Ah! mon père... je suis bien malheureux!... après tant d'années... vous revoir... et dans un tel moment!... Je dois vous paraître si coupable! Mais daignez m'écouter, je vous en supplie; permettez-moi, non de me justifier, mais de vous expliquer ma conduite... Le voulez-vous, mon père?...

M. de Saint-Remy ne répondit pas un mot; ses traits restèrent impassibles; il s'assit dans un fauteuil, où il s'accouda, et là, le menton appuyé sur la paume de sa main, il contempla le vicomte en silence.

Si Florestan eût connu les motifs qui remplissaient l'âme de son père de haine, de fureur et de vengeance, épouvanté du calme apparent du comte, il n'eût pas sans doute essayé de le duper, ni plus ni moins qu'un bonhomme Géronte. Mais ignorant les funestes soupçons qui pesaient sur la légitimité de sa naissance, mais ignorant la faute de sa mère, Florestan ne douta pas du succès de sa piperie, croyant n'avoir à attendrir qu'un père qui, à la fois très-misanthrope et très-fier de son nom, serait capable, plutôt que de le laisser déshonorer, de se décider aux derniers sacrifices.

— Mon père — reprit timidement Florestan — me permettez-vous de tâcher, non de me disculper, mais de vous dire par suite de quels entraînements involontaires... je suis arrivé presque malgré moi jusqu'à des actions... infâmes... je l'avoue...

Le vicomte prit le silence de son père pour un consentement tacite, et continua :

— Lorsque j'eus le malheur de perdre ma mère... ma pauvre mère, qui m'avait tant aimé... je n'avais pas vingt ans... Je me trouvai seul... sans conseil... sans appui... Maître d'une fortune considérable... habitué au luxe dès mon enfance... je m'en étais fait une habitude... un besoin... Ignorant combien il était difficile de gagner de l'argent, je le prodiguais sans mesure... Malheureusement... et je dis malheureusement parce que cela m'a perdu, mes dépenses, toutes folles qu'elles étaient, furent remarquables par leur élégance... A force de goût, j'éclipsai des gens dix fois plus riches que moi... Ce premier succès m'enivra, je devins homme de luxe comme on devient homme de guerre, homme d'État ; oui, j'aimai le luxe, non par ostentation vulgaire, mais je l'aimai comme le peintre aime la peinture, comme le poète aime la poésie ; comme tout artiste, j'étais jaloux de mon œuvre... et mon œuvre, à moi, c'était mon luxe... Je sacrifiai tout à sa perfection... Je le voulus beau, grand, complet, splendidement harmonieux en toutes choses... depuis mon écurie jusqu'à ma table, depuis mon habit jusqu'à ma maison... Je voulus que ma vie fût comme un enseignement de goût et d'élégance. Comme un artiste enfin j'étais à la fois avide des applaudissements de la foule et de l'admiration des gens d'élite ; ce succès si rare, je l'obtins...

En parlant ainsi, les traits de Florestan perdaient peu à peu leur expression hypocrite, ses yeux brillaient d'une sorte d'enthousiasme. Il disait vrai ; il avait été d'abord séduit par cette manière assez peu commune de comprendre le luxe.

Le vicomte interrogea du regard la physionomie de son père : elle lui parut s'adoucir un peu.

Il reprit avec une exaltation croissante :

— Oracle et régulateur de la mode, mon blâme ou ma louange faisait loi ; j'étais cité, copié, vanté, admiré, et cela par la meilleure compagnie de Paris, c'est-à-dire de l'Europe, du monde... Les femmes partagèrent l'engouement général, les plus charmantes se disputaient le plaisir de venir à quelques fêtes très-restreintes que je donnais, et partout et toujours on s'extasiait sur l'élégance incomparable, sur le goût exquis de ces fêtes... que les millionnaires ne pouvaient ni égaler ni éclipser; enfin je fus ce que l'on appelle *le Roi de la mode*... Ce mot vous dira tout, mon père, si vous le comprenez.

— Je le comprends... et je suis sûr qu'au bagne vous inventeriez quelque élégance raffinée dans la manière de porter votre chaîne... cela deviendrait à *la mode* dans la chiourme et s'appellerait... *à la Saint-Remy* — dit le vieillard avec une sanglante ironie... puis il ajouta : — Et Saint-Remy... c'est MON NOM !...

Et il se tut, restant toujours accoudé, toujours le menton dans la paume de sa main.

Il fallut à Florestan beaucoup d'empire sur lui-même pour cacher la blessure que lui fit ce sarcasme acéré.

Il reprit d'un ton plus humble :

— Hélas! mon père, ce n'est pas par orgueil que j'évoque le souvenir de ces succès... car, je vous le répète, ce succès m'a perdu... Recherché, envié, flatté, adulé, non par des parasites intéressés, mais par des gens dont la position dépassait de beaucoup la mienne, et sur lesquels j'avais seulement l'avantage que donne l'élégance... qui est au luxe ce que le goût est aux arts... la tête me tourna. Je ne calculai plus : ma fortune devait être dissipée en quelques années, peu m'importait. Pouvais-je renoncer à cette vie fiévreuse, éblouissante, dans laquelle les plaisirs succédaient aux plaisirs, les jouissances aux jouissances, les fêtes aux fêtes, les ivresses de toutes sortes aux enchantements de toutes sortes?... Oh! si vous saviez, mon père, ce que c'est que d'être partout signalé comme le héros du jour... d'entendre le murmure qui accueille votre entrée dans un salon... d'entendre les femmes se dire : C'est lui !... le voilà !... Oh! si vous saviez...

— Je sais..... — dit le vieillard en interrompant son fils et sans changer d'attitude — je sais... Oui, l'autre jour, sur une place publique, il y avait foule; tout à coup on entendit un murmure... pareil à celui qui vous accueille quand vous entrez quelque part; puis les regards des femmes surtout se fixèrent sur un très-beau garçon... toujours comme ils se fixent sur vous... et elles se le montraient les unes aux autres en se disant : C'est lui... le voilà... toujours comme s'il s'était agi de vous...

— Mais cet homme, mon père?...

— Était un faussaire que l'on mettait au carcan.

— Ah! — s'écria Florestan avec une rage concentrée; puis, feignant une affliction profonde, il ajouta : — Mon père, vous êtes sans pitié... que voulez-vous que je vous dise pourtant? je ne cherche pas à nier mes torts... je veux seulement vous expliquer l'entraînement fatal qui les a causés. Eh bien! oui, dussiez-vous encore m'accabler de sanglants sarcasmes, je tâcherai d'aller jusqu'au bout de cette confession, je tâcherai de vous faire comprendre cette exaltation fiévreuse qui m'a perdu, parce qu'alors peut-être vous me plaindrez... Oui, car on plaint un fou... et j'étais fou.. Fermant les yeux, je m'abandonnais à l'étincelant tourbillon dans lequel j'entraînais avec moi les

femmes les plus charmantes, les hommes les plus aimables. M'arrêter, le pouvais-je? Autant dire au poète qui s'épuise, et dont le génie dévore la santé :
Arrêtez-vous au milieu de l'inspiration qui vous emporte!... Non, je ne pouvais pas, moi!... moi!... abdiquer cette royauté que j'exerçais, et rentrer
honteux, ruiné, moqué, dans la plèbe inconnue; donner ce triomphe à mes
envieux que j'avais jusqu'alors défiés, dominés, écrasés!.. Non, non, je ne
le pouvais pas!... volontairement du moins. Vint le jour fatal où pour la première fois l'argent m'a manqué. Je fus surpris comme si ce moment n'avait
jamais dû arriver. Cependant j'avais encore à moi mes chevaux, mes voitures,
le mobilier de cette maison... Mes dettes payées, il me serait resté 60,000 fr.
peut-être... Qu'aurais-je fait de cette misère? Alors, mon père, je fis le premier pas dans une voie infâme... J'étais encore honnête... je n'avais dépensé
que ce qui m'appartenait; mais alors je commençai à faire des dettes que je
ne pouvais pas payer... Je vendis tout ce que je possédais à deux de mes
gens, afin de m'acquitter envers eux, et de pouvoir, pendant six mois encore,
malgré mes créanciers, jouir du luxe qui m'enivrait... Pour subvenir à mes
besoins de jeu et de folles dépenses, j'empruntai d'abord à des juifs; puis, pour
payer les juifs, à mes amis, et, pour payer mes amis, à mes maîtresses. Ces
ressources épuisées, il y eut un nouveau temps d'arrêt dans ma vie... D'honnête homme j'étais devenu chevalier d'industrie... mais je n'étais pas encore
criminel... Cependant j'hésitai... je voulus prendre une résolution violente...
J'avais prouvé dans plusieurs duels que je ne craignais pas la mort... je voulus
me tuer!...

— Ah bah!... vraiment? — dit le comte avec une ironie farouche.

— Vous ne me croyez pas, mon père?

— C'était bien tôt ou bien tard! — ajouta le vieillard toujours impassible et
dans la même attitude.

Florestan, pensant avoir ému son père en lui parlant de son projet de suicide, crut nécessaire de remonter la scène par un coup de théâtre. Il ouvrit un
meuble, y prit un petit flacon de cristal verdâtre, et dit au comte en le posant
sur la table :

— Un charlatan italien m'a vendu ce poison...

— Et... il était pour vous... ce poison? — dit le vieillard toujours accoudé.

Florestan comprit la portée des paroles de son père. Ses traits exprimèrent
cette fois une indignation réelle, car il disait vrai... Un jour il avait eu la
fantaisie de se tuer : fantaisie éphémère! les gens de sa sorte sont trop lâches
pour se résoudre froidement et sans témoins à la mort qu'ils affrontent par
point d'honneur dans un duel. Il s'écria donc avec l'accent de la vérité :

— Je suis tombé bien bas .. mais du moins pas jusque-là, mon père! C'était
pour moi que je réservais ce poison!

— Et vous avez eu peur? — fit le comte sans changer de position.

— Je l'avoue, j'ai reculé devant cette extrémité terrible; rien n'était encore
désespéré; les personnes auxquelles je devais étaient riches et pouvaient at-

tendre... A mon âge, avec mes relations, j'espérais un moment, sinon refaire ma fortune, du moins m'assurer une position honorable, indépendante, qui m'en eût tenu lieu... Plusieurs de mes amis, peut-être moins bien doués que moi, avaient fait un chemin rapide dans la diplomatie. J'eus une velléité d'ambition... Je n'eus qu'à vouloir, et je fus attaché à la légation de Gerolstein... Malheureusement, quelques jours après cette nomination, une dette de jeu contractée envers un homme que je haïssais me mit dans un cruel embarras... J'avais épuisé mes dernières ressources... Une idée fatale me vint. Me croyant certain de l'impunité, je commis une action infâme... Vous le voyez, mon père... je ne vous ai rien caché... j'avoue l'ignominie de ma conduite, je ne cherche à l'atténuer en rien... Deux partis me restent à prendre, et je suis également décidé à tous deux... le premier est de me tuer... et de laisser votre nom déshonoré, car si je ne paye pas aujourd'hui même 25,000 francs, la plainte est déposée, l'éclat a lieu, et, mort ou vivant, je suis flétri. Le second moyen est de me jeter dans vos bras, mon père... de vous dire : Sauvez votre fils, sauvez votre nom de l'infamie... et je vous jure de partir demain pour l'Afrique, de m'y engager soldat et d'y trouver la mort ou de vous revenir un jour vaillamment réhabilité..... Ce que je vous dis là, mon père, voyez-vous, est vrai... En présence de l'extrémité qui m'accable, je n'ai pas d'autre parti... Décidez... ou je mourrai couvert de honte, ou, grâce à vous... je vivrai pour réparer ma faute... Ce ne sont pas là des menaces et des paroles de jeune homme, mon père... J'ai vingt-cinq ans, je porte votre nom, j'ai assez de courage ou pour me tuer... ou pour me faire soldat, car je ne veux pas aller au bagne...

Le comte se leva.

— Je ne veux pas que mon nom soit déshonoré — dit-il froidement à Florestan.

— Ah! mon père!... mon sauveur! — s'écria chaleureusement le vicomte; et il allait se précipiter dans les bras de son père, lorsque celui-ci, d'un geste glacial, calma cet entraînement.

— On vous attend jusqu'à trois heures... chez cet homme qui a le faux?

— Oui, mon père... et il est deux heures ..

— Passons dans votre cabinet... donnez-moi de quoi écrire.

— Voici, mon père.

Le comte s'assit devant le bureau de Florestan et écrivit d'une main ferme :

« Je m'engage à payer, ce soir, à dix heures, les vingt-cinq mille francs que doit mon fils.

« Comte de SAINT-REMY. »

— Votre créancier ne veut que de l'argent; malgré ses menaces, cet engagement de moi le fera consentir à un nouveau délai; il ira chez M. Dupont, banquier, rue de Richelieu, n° 7, qui lui répondra de la valeur de cet acte.

— Oh! mon père!... comment jamais...

— Vous m'attendrez ce soir... à dix heures je vous apporterai l'argent... Que votre créancier se trouve ici...

— Oui, mon père, et après-demain je pars pour l'Afrique... Vous verrez si je suis ingrat!... Alors, peut-être, lorsque je serai réhabilité, vous accepterez mes remercîments.

— Vous ne me devez rien; j'ai dit que mon nom ne serait pas déshonoré davantage, il ne le sera pas — dit simplement M. de Saint-Remy, en prenant sa canne qu'il avait déposée sur le bureau, et il se dirigea vers la porte.

— Mon père, votre main au moins?... — reprit Florestan d'un ton suppliant.

— Ici, ce soir, à dix heures — dit le comte en refusant sa main.

Et il sortit.

— Sauvé!... — s'écria Florestan radieux. — Sauvé! — Puis il reprit, après un moment de réflexion : — Sauvé, à peu près... N'importe, c'est toujours cela... Peut-être ce soir lui avouerai-je l'*autre chose*. Il est en train... il ne voudra pas s'arrêter en si beau chemin, et que son premier sacrifice reste inutile faute d'un second... Et encore pourquoi lui dire?... Qui saura jamais?... Au fait, si rien ne se découvre, je garderai l'argent qu'il me donnera pour éteindre cette dernière *dette*... J'ai eu de la peine à l'émouvoir, ce diable d'homme!!! L'amertume de ses sarcasmes m'avait fait douter de sa bonne résolution; mais ma menace de suicide, la crainte de voir son nom flétri l'ont décidé; c'était bien là qu'il fallait frapper... Il est sans doute beaucoup moins pauvre qu'il n'affecte de l'être... S'il possède une centaine de mille francs, il a dû faire des économies en vivant comme il vit... Encore une fois sa venue est un coup du sort... Il a l'air sauvage, mais au fond je le crois bon homme... Courons chez cet huissier!

Il sonna, M. Boyer parut.

— Comment ne m'avez-vous pas averti que mon père était ici? Vous êtes d'une négligence...

— Par deux fois j'ai voulu adresser la parole à monsieur le vicomte qui rentrait avec M. Badinot par le jardin; mais monsieur le vicomte, probablement préoccupé de son entretien avec M. Badinot, m'a fait signe de la main de ne pas l'interrompre... Je ne me suis pas permis d'insister... Je serais désolé que monsieur le vicomte pût me croire coupable de négligence...

— C'est bien... dites à Edwards de me faire tout de suite atteler *Orion*... non... *Plower* au cabriolet...

M. Boyer s'inclina respectueusement.

Au moment où il allait sortir, on frappa.

M. Boyer regarda le vicomte d'un air interrogatif.

— Entrez! — dit Florestan.

Un second valet de chambre parut, tenant à la main un petit plateau de vermeil.

M. Boyer s'empara du plateau avec une sorte de jalouse prévenance, de respectueux empressement, et vint le présenter au vicomte

Celui-ci y prit une assez volumineuse enveloppe, scellée d'un cachet de cire noire.

Les deux serviteurs se retirèrent discrètement.

Florestan ouvrit l'enveloppe. Elle contenait 25,000 francs en bons du Trésor... sans autre avis.

— Décidément — s'écria-t-il avec joie — la journée est bonne... Sauvé!... cette fois, et pour le coup complétement sauvé... je cours chez le joaillier... et encore... — se dit-il — peut-être... Non, attendons... on ne peut avoir aucun soupçon sur moi... 25,000 francs sont bons à garder... Pardieu... je suis bien sot de jamais douter de mon étoile... au moment où elle semble obscurcie, ne reparaît-elle pas plus brillante encore?... Mais d'où vient cet argent?... l'écriture de l'adresse m'est inconnue...Voyons le cachet... le chiffre... mais... oui, oui... je ne me trompe pas... un N et un L... c'est Clotilde!... Comment a-t-elle su?... et pas un mot... c'est bizarre! Quel à-propos!... ah! mon Dieu! j'y songe... je lui avais donné rendez-vous ce matin... Ces menaces de Badinot m'ont bouleversé... J'ai oublié Clotilde .. après m'avoir attendu au rez-de-chaussée, elle s'en sera allée?... Sans doute cet envoi est un moyen délicat de me faire entendre qu'elle craint de se voir oubliée pour des embarras d'argent... Oui, c'est un reproche indirect... de ne m'être pas adressé à elle, comme toujours... Bonne Clotilde... toujours la même!... généreuse comme une reine!... Quel dommage d'en être venu là avec elle... encore si jolie!... Quelquefois j'en ai regret... mais je ne me suis adressé à elle qu'à la dernière extrémité... j'y ai été forcé.

— Le cabriolet de M. le vicomte est avancé — vint dire M. Boyer.

— Qui a apporté cette lettre? — lui demanda Florestan.

— Je l'ignore, monsieur le vicomte...

— Au fait, je le demanderai en bas.

— Mais, dites-moi, il n'y a *personne* au rez-de-chaussée? — ajouta le vicomte en regardant Boyer d'un air significatif.

— Il n'y a *plus* personne, monsieur le vicomte.

— Je ne m'étais pas trompé — pensa Florestan — Clotilde m'a attendu et s'en est allée.

— Si monsieur le vicomte voulait avoir la bonté de m'accorder deux minutes? — dit Boyer.

— Dites... et dépêchez-vous...

— Edwards et moi nous avons appris que M. le duc de Montbrison désirait monter sa maison... Si monsieur le vicomte voulait être assez bon pour lui proposer la sienne toute meublée... ainsi que son écurie toute montée... ce serait pour moi et pour Edwards une très-bonne occasion de nous défaire de tout, et pour monsieur le vicomte peut-être une bonne occasion de motiver cette vente.

— Mais vous avez, pardieu, raison, Boyer... pour moi-même... je préfère cela... je verrai Montbrison, je lui parlerai. Quelles sont vos conditions?

— Monsieur le vicomte comprend bien... que nous devons tâcher de profiter le plus possible de sa générosité.

— Et gagner sur votre marché, rien de plus simple!... Voyons... le prix.

— Le tout 260,000 francs... monsieur le vicomte.

— Vous gagnez là-dessus, vous et Edwards?...

— Environ 40,000 francs, monsieur le vicomte.

— C'est joli!... Du reste, tant mieux, car après tout je suis content de vous... et si j'avais eu un testament à faire, je vous aurais laissé cette somme à vous et à Edwards.

Et le vicomte sortit pour se rendre d'abord chez son créancier, puis chez madame de Lucenay, qu'il ne soupçonnait pas d'avoir assisté à son entretien avec Badinot.

CHAPITRE XIII.

L'hôtel de Lucenay était une de ces royales habitations du faubourg Saint-Germain que le *terrain perdu* rendait si grandioses; une maison moderne tiendrait à l'aise dans la cage de l'escalier d'un de ces palais, et on bâtirait un quartier tout entier sur l'emplacement qu'ils occupent.

Vers les neuf heures du soir de ce même jour, les deux battants de l'énorme porte de cet hôtel s'ouvrirent devant un étincelant coupé qui, après avoir décrit une courbe savante dans la cour immense, s'arrêta devant un large perron abrité qui conduisait à une première antichambre.

Pendant que le piétinement de deux chevaux ardents et vigoureux retentissait sur le pavé sonore, un gigantesque valet de pied ouvrit la portière armoriée; un jeune homme descendit lestement de cette brillante voiture, et monta non moins lestement les cinq ou six marches du perron.

Ce jeune homme était le vicomte de Saint-Remy.

En sortant de chez son créancier, qui, satisfait de l'engagement du père de Florestan, avait accordé le délai demandé et devait revenir toucher son argent à dix heures du soir, rue de Chaillot, M. de Saint-Remy s'était rendu chez madame de Lucenay pour la remercier du nouveau service qu'elle lui avait rendu; mais, n'ayant pas rencontré la duchesse le matin, il arrivait triomphant, certain de la trouver en *prima sera*, heure qu'elle lui réservait habituellement.

A l'empressement de deux des valets de pied de l'antichambre qui coururent ouvrir la porte vitrée dès qu'ils reconnurent la voiture de Florestan, à l'air profondément respectueux avec lequel le reste de la livrée se leva spontanément sur le passage du vicomte, enfin à quelques nuances presque imperceptibles, on devinait enfin le *second* ou plutôt le véritable maître de la maison.

Lorsque M. le duc de Lucenay rentrait chez lui, son parapluie à la main et les pieds chaussés de socques démesurés (il détestait de sortir dans le jour en voiture), les mêmes évolutions domestiques se répétaient tout aussi respectueuses; cependant, aux yeux d'un observateur, il y avait une grande différence de physionomie entre l'accueil fait au mari et celui qu'on réservait à l'amant.

Le même empressement se manifesta dans le salon des valets de chambre lorsque Florestan y entra; à l'instant l'un d'eux le précéda pour aller l'annoncer à madame de Lucenay.

Jamais le vicomte n'avait été plus glorieux, ne s'était senti plus léger, plus sûr de lui, plus conquérant... La *victoire* qu'il avait remportée le matin sur son père, la nouvelle preuve d'*attachement* de madame de Lucenay, la joie d'être sorti si miraculeusement d'une position terrible, sa renaissante confiance dans son étoile, donnaient à sa jolie figure une expression d'audace et de bonne humeur qui la rendait plus séduisante encore; jamais enfin il ne s'était senti *mieux*... Et il avait raison. Jamais sa taille mince et flexible ne s'était dressée plus cavalière; jamais il n'avait porté le front et le regard plus haut; jamais son orgueil n'avait été plus délicieusement chatouillé par cette pensée : « La très-grande dame, maîtresse de ce palais, est à moi, est à mes pieds... ce matin encore elle m'attendait chez moi... »

Florestan s'était livré à ces réflexions singulièrement vaniteuses en traversant trois ou quatre salons qui conduisaient à une petite pièce où la duchesse se tenait habituellement. Un dernier coup d'œil jeté sur une glace compléta l'excellente opinion que Florestan avait de soi-même. Le valet de chambre ouvrit les deux battants de la porte du salon, et annonça :

—Monsieur le vicomte de Saint-Remy !...

L'étonnement et l'indignation de la duchesse furent inexprimables.

Elle croyait que le comte n'avait pas caché à son fils qu'elle aussi avait tout entendu...

Nous l'avons dit : en apprenant combien Florestan était infâme, l'amour de madame de Lucenay, subitement éteint, s'était changé en un dédain glacial. Nous l'avons dit encore : au milieu de ses légèretés, de ses erreurs, madame de Lucenay avait conservé purs et intacts des sentiments de droiture, d'honneur, de loyauté chevaleresque d'une vigueur et d'une exigence toutes viriles; elle avait les qualités de ses défauts, les vertus de ses vices : traitant l'amour aussi cavalièrement qu'un homme le traite, elle poussait aussi loin, plus loin qu'un homme, le dévouement, la générosité, le courage, et surtout l'horreur de toute bassesse. Madame de Lucenay, devant aller le soir dans le monde, était, quoique *sans diamants*, habillée avec son goût et sa magnificence habituelle; cette toilette splendide, le *rouge* vif qu'elle portait franchement, hardiment, en femme de cour, jusque sous les paupières, sa beauté surtout éclatante aux lumières, sa taille de *déesse marchant sur les nues*, rendaient plus frappant encore ce grand air que personne au monde ne possédait comme elle, et qu'elle poussait, s'il le fallait, jusqu'à une foudroyante insolence... On connaît le caractère altier, déterminé de la duchesse : qu'on se figure donc sa physionomie, son regard, lorsque le vicomte s'avançant, pimpant, souriant et confiant, lui dit avec amour :

— Ma chère Clotilde... combien vous êtes bonne!... combien vous...

Le vicomte ne put achever.

La duchesse était assise et n'avait pas bougé; mais son geste, son coup d'œil révélèrent un mépris à la fois si calme et si écrasant... que Florestan s'arrêta court...

Il ne put dire un mot ou faire un pas de plus.

Jamais madame de Lucenay ne s'était montrée à lui sous cet aspect. Il ne pouvait croire que ce fût la même femme qu'il avait toujours trouvée douce, tendre, passionnément soumise; car rien n'est plus humble, plus timide qu'une femme résolue devant l'homme qu'elle aime et qui la domine.

Sa première surprise passée, Florestan eut honte de sa faiblesse; son audace habituelle reprit le dessus. Faisant un pas vers madame de Lucenay pour lui prendre la main, il lui dit, de sa voix la plus caressante :

— Mon Dieu! Clotilde, qu'est-ce donc?... Je ne t'ai jamais vue si jolie, et pourtant...

— Ah! c'est trop d'impudence! — s'écria la duchesse en se reculant avec tant de dégoût et de hauteur que Florestan demeura de nouveau surpris et atterré.

Reprenant pourtant un peu d'assurance, il lui dit :

— M'apprendrez-vous au moins, Clotilde, la cause de ce changement si soudain? Que vous ai-je fait?... que voulez-vous?

Sans lui répondre, madame de Lucenay le regarda, comme on dit vulgairement, des pieds à la tête, avec une expression si insultante, que Florestan sentit le rouge de la colère lui monter au front, et il s'écria :

— Je sais, madame, que vous brusquez habituellement les ruptures... Est-ce une rupture que vous voulez?

— La prétention est curieuse! — dit madame de Lucenay avec un éclat de rire sardonique; — sachez, monsieur, que lorsqu'un laquais me vole... je ne *romps* pas *avec lui*... je le chasse...

— Madame!...

— Finissons — dit la duchesse d'une voix brève et insolente — votre pré-

LE DUC DE MONTBRISON.

sence me répugne! Que voulez-vous ici ! Est-ce que vous n'avez pas eu votre argent ?

— Il était donc vrai... je vous avais devinée... Ces 25,000 francs...

— Votre dernier FAUX est retiré, n'est-ce pas ? l'honneur du nom de votre famille est sauvé... C'est bien... allez-vous-en...

— Ah ! croyez...

— Je regrette fort cet argent, il aurait pu secourir tant d'honnêtes gens... mais il fallait songer à la honte de votre père et à la mienne.

— Ainsi, Clotilde, vous saviez tout ?.. Oh ! voyez-vous ! maintenant... il ne me reste plus qu'à mourir... — s'écria Florestan du ton le plus pathétique et le plus désespéré.

Un impertinent éclat de rire de la duchesse accueillit cette exclamation tragique, et elle ajouta entre deux accès d'hilarité :

— Mon Dieu ! je n'aurais jamais cru que l'infamie pût être si ridicule !

— Madame !... — s'écria Florestan, les traits contractés par la rage.

Les deux battants de la porte s'ouvrirent avec fracas, et on annonça :

— M. le duc de Montbrison !

Malgré son empire sur lui-même, Florestan contint à peine la violence de ses ressentiments, qu'un homme plus observateur que le duc eût certainement remarqués

M. de Montbrison avait à peine dix-huit ans. Qu'on s'imagine une ravissante figure de jeune fille blonde, blanche et rose, dont les lèvres vermeilles et le menton satiné seraient légèrement ombragés d'une barbe naissante; qu'on ajoute à cela de grands yeux bruns encore un peu timides, qui ne demandent qu'à s'émérillonner, une taille aussi svelte que celle de la duchesse, et l'on aura peut-être l'idée de ce jeune duc, le *chérubin* le plus idéal que jamais *comtesse* et *suivante* aient coiffé d'un bonnet de femme, après avoir remarqué la blancheur de son cou d'ivoire.

Le vicomte eut la faiblesse ou l'audace de rester.

— Que vous êtes aimable, Conrad, d'avoir pensé à moi ce soir ! — dit madame de Lucenay du ton le plus affectueux en tendant sa belle main au jeune duc.

Celui-ci allait donner un *shake-hands* à sa cousine, mais Clotilde haussa légèrement la main et lui dit gaiement :

— Baisez-la, mon cousin, vous avez vos gants.

— Pardon... ma cousine — dit l'adolescent, et il appuya ses lèvres sur la main nue et charmante qu'on lui présentait.

— Que faites-vous ce soir, Conrad ! — lui demanda madame de Lucenay, sans paraître s'occuper le moins du monde de Florestan.

— Rien, ma cousine; en sortant de chez vous j'irai au club.

— Pas du tout, vous nous accompagnerez, M. de Lucenay et moi, chez madame de Senneval, c'est son jour; elle m'a déjà demandé plusieurs fois de vous présenter à elle...

— Ma cousine, je serai trop heureux de me mettre à vos ordres.

— Et puis, franchement, je n'aime pas vous voir déjà ces habitudes et ces goûts de club; vous avez tout ce qu'il faut pour être parfaitement accueilli et même recherché dans le monde... il faut donc y aller beaucoup.

— Oui, ma cousine.

— Et comme je suis avec vous à peu près sur le pied d'une grand'mère... mon cher Conrad, je me dispose à exiger infiniment. Vous êtes émancipé, c'est vrai, mais je crois que vous aurez encore long-temps besoin d'une tutelle... Et il faudra vous résoudre à accepter la mienne.

— Avec joie, avec bonheur, ma cousine! — dit vivement le jeune duc.

Il est impossible de peindre la rage muette de Florestan, toujours debout, appuyé à la cheminée. Ni le duc, ni Clotilde ne faisaient attention à lui. Sachant combien madame de Lucenay *se décidait vite*, il s'imagina qu'elle poussait l'audace et le mépris jusqu'à vouloir se mettre aussitôt et devant lui en coquetterie réglée avec M. de Montbrison.

Il n'en était rien : la duchesse ressentait alors pour son cousin une affection toute maternelle, l'ayant presque vu naître. Mais le jeune duc était si joli, il semblait si heureux du gracieux accueil de sa cousine, que la jalousie, ou plutôt l'orgueil de Florestan, s'exaspéra; son cœur se tordit sous les cruelles morsures de l'envie que lui inspirait Conrad de Montbrison, qui, riche et charmant, entrait si splendidement dans cette vie de plaisirs, d'enivrements et de fêtes, d'où il sortait, lui, ruiné, flétri, méprisé, déshonoré. M. de Saint-Remy était brave de cette bravoure de tête, si cela se peut dire, qui fait par colère ou par vanité affronter un duel; mais, vil et corrompu, il n'avait pas ce courage de cœur qui triomphe des mauvais penchants, ou qui, du moins, vous donne l'énergie d'échapper à l'infamie par une mort volontaire. Furieux de l'infernal mépris de la duchesse, croyant voir un successeur dans le jeune duc, M. de Saint-Remy résolut de lutter d'insolence avec madame de Lucenay, et, s'il le fallait, de chercher querelle à Conrad.

La duchesse, irritée de l'audace de Florestan, ne le regardait pas; et M. de Montbrison, dans son empressement auprès de sa cousine, oubliant un peu les convenances, n'avait pas salué ni dit un mot au vicomte, qu'il connaissait pourtant. Celui-ci, s'avançant vers Conrad, qui lui tournait le dos, lui toucha légèrement le bras, et dit d'un ton sec et ironique :

— Bonsoir, monsieur... mille pardons de ne pas vous avoir encore aperçu.

M. de Montbrison, sentant qu'il venait en effet de manquer de politesse, se retourna vivement, et dit cordialement au vicomte :

— Monsieur, je suis confus, en vérité... Mais j'ose espérer que ma cousine, qui a causé ma distraction, voudra bien l'excuser auprès de vous... et...

— Conrad — dit la duchesse, poussée à bout par l'impudence de Florestan, qui persistait à rester chez elle et à la braver — Conrad, c'est bon, pas d'excuses... ça n'en vaut pas la peine.

M. de Montbrison, croyant que sa cousine lui reprochait en plaisantant d'être trop formaliste, dit gaiement au vicomte blême de colère :

— Je n'insisterai pas, monsieur... puisque ma cousine me le défend... Vous le voyez, sa tutelle commence.

— Et cette tutelle ne s'arrêtera pas là... mon cher monsieur, soyez-en certain. Aussi dans cette prévision (que madame la duchesse s'empressera de réaliser, je n'en doute pas), dans cette prévision, dis-je, il me vient l'idée de vous faire une proposition...

— A moi, monsieur ? — dit Conrad, commençant à se choquer du ton sardonique de Florestan.

— A vous-même... Je pars dans quelques jours pour la légation de Gerolstein, à laquelle je suis attaché... Je voudrais me défaire de ma maison toute meublée, de mon écurie toute montée; vous devriez *vous en arranger aussi*... — Et le vicomte appuya insolemment sur ces derniers mots en regardant madame de Lucenay. — Ce serait fort piquant... n'est-ce pas, madame la duchesse !

— Je ne vous comprends pas, monsieur — dit M. de Montbrison de plus en plus étonné.

— Je vous dirai, Conrad, pourquoi vous ne pouvez accepter l'offre qu'on vous fait — dit Clotilde.

— Et pourquoi monsieur ne peut-il pas accepter mon offre, madame la duchesse ?

— Mon cher Conrad, ce qu'on vous propose de vous vendre est déjà vendu à d'autres... vous comprenez... vous auriez l'inconvénient d'être volé comme dans un bois.

Florestan se mordit les lèvres de rage.

— Prenez garde, madame ! — s'écria-t-il.

— Comment ? des menaces... ici... monsieur ! — s'écria Conrad.

— Allons donc, Conrad, ne faites pas attention — dit madame de Lucenay en prenant une pastille dans une bonbonnière avec un imperturbable sang-froid — un homme d'honneur ne doit ni ne peut plus se commettre avec monsieur. S'il y tient, je vais vous dire pourquoi !

Un terrible éclat allait avoir lieu peut-être, lorsque les deux battants de la porte s'ouvrirent de nouveau, et M. le duc de Lucenay entra bruyamment, violemment, étourdiment, selon sa coutume.

— Comment, ma chère, vous êtes déjà prête ? — dit-il à sa femme ; — mais c'est étonnant !... mais c'est surprenant !... Bonsoir, Saint-Remy, bonsoir, Conrad... Ah ! vous voyez le plus désespéré des hommes... c'est-à-dire que je n'en dors pas, que je n'en mange pas, que j'en suis abruti; je ne peux pas m'y habituer... pauvre d'Harville, quel événement !

Et M. de Lucenay, se jetant à la renverse sur une sorte de causeuse à deux dossiers, lança son chapeau loin de lui avec un geste de désespoir, et, croisant sa jambe gauche sur son genou droit, il prit par manière de contenance son pied dans sa main, continuant de pousser des exclamations désolées.

L'émotion de Conrad et de Florestan put se calmer sans que M. de Lucenay, d'ailleurs l'homme le moins clairvoyant du monde, se fût aperçu de rien.

Madame de Lucenay, non par embarras, elle n'était pas femme à s'embarrasser jamais, on le sait, mais parce que la présence de Florestan lui était aussi répugnante qu'insupportable, dit au duc :

— Quand vous voudrez nous partirons, je présente Conrad à madame de Senneval.

— Non, non, non ! — se mit à crier le duc en abandonnant son pied pour saisir un des coussins sur lequel il frappa violemment de ses deux poings, au grand émoi de Clotilde, qui, aux cris inattendus de son mari, bondit sur son fauteuil.

— Mon Dieu, monsieur, qu'avez-vous? — lui dit-elle — vous m'avez fait une peur horrible.

— Non ! — répéta le duc, et, repoussant le coussin, il se leva brusquement et se mit à gesticuler en marchant — je ne puis me faire à l'idée de la mort de ce pauvre d'Harville; et vous, Saint-Remy ?

— En effet, cet événement est affreux ! — dit le vicomte, qui, la haine et la rage dans le cœur, cherchait le regard de M. de Montbrison; mais celui-ci, d'après les derniers mots de sa cousine, non par manque de cœur, mais par fierté, détournait sa vue d'un homme si cruellement flétri.

— De grâce, monsieur — dit la duchesse à son mari en se levant; — ne regrettez pas M. d'Harville d'une manière si bruyante et surtout si singulière... Sonnez, je vous prie, pour demander ma voiture.

— C'est que c'est vrai aussi — dit M. de Lucenay en saisissant le cordon de la sonnette; — dire qu'il y a trois jours il était plein de vie et de santé... et aujourd'hui de lui, que reste-t-il? Rien... rien... rien !!!

Ces trois dernières exclamations furent accompagnées de trois secousses si violentes, que le cordon de sonnette que le duc tenait à la main, toujours en gesticulant, se sépara du ressort supérieur, tomba sur un candélabre garni de bougies allumées, en renversa deux; l'une, s'arrêtant sur la cheminée, brisa une charmante petite coupe de vieux Sèvres, l'autre roula à terre sur un tapis de foyer en hermine, qui, un moment enflammé, fut presque aussitôt éteint sous le pied de Conrad.

Au même instant deux valets de chambre, appelés par cette sonnerie formidable, accoururent en hâte et trouvèrent M. de Lucenay le cordon de sonnette à la main, la duchesse riant aux éclats de cette ridicule cascatelle de bougies, et M. de Montbrison partageant l'hilarité de sa cousine.

M. de Saint-Remy seul ne riait pas.

M. de Lucenay, fort habitué à ces sortes d'accidents, conservait un sérieux parfait; il jeta le cordon de sonnette à un des gens, et leur dit :

— La voiture de madame.

Clotilde, un peu calmée, reprit :

— En vérité, monsieur, il n'y a que vous au monde capable de donner à rire à propos d'un événement aussi lamentable...

— Lamentable!... mais dites donc effroyable... mais dites donc épouvantable. Tenez, depuis hier, je suis à chercher combien il y a de personnes, même dans ma propre famille, que j'aurais voulu voir mourir à la place de ce pauvre d'Harville. D'abord, mon neveu d'Emberval, qui est si impatientant à cause de son bégaiement; et puis ensuite votre tante Mérinville, qui parle toujours de ses nerfs, de sa migraine, et qui vous avale tous les jours, pour attendre le dîner, une abominable croûte au pot, comme une vraie portière! Est-ce que vous y tenez beaucoup, à votre tante Mérinville?

— Allons donc, monsieur, vous êtes fou! — dit la duchesse en haussant les épaules.

— Mais c'est que c'est vrai — reprit le duc — on donnerait vingt indifférents pour un ami... n'est-ce pas, Saint-Remy?

— Sans doute.

— C'est toujours cette vieille histoire du tailleur. La connais-tu, Conrad, l'histoire du tailleur?

— Non, mon cousin.

— Tu vas comprendre tout de suite l'allégorie. Un tailleur est condamné à

être pendu; il n'y avait que lui de tailleur dans le bourg; que font les habitants?
Ils disent au juge. Monsieur le juge, nous n'avons qu'un tailleur, et nous avons
trois cordonniers; si ça vous était égal de pendre un des trois cordonniers à
la place du tailleur, nous aurions bien assez de deux cordonniers. Comprends-
tu l'allégorie, Conrad?

— Oui, mon cousin.

— Et vous, Saint-Remy?

— Moi aussi.

— La voiture de madame la duchesse! — dit un des gens.

— Ah! çà, mais pourquoi donc que vous n'avez pas mis vos diamants? —
dit tout à coup M. de Lucenay; — avec cette toilette-là ils iraient joliment
bien!

Saint-Remy tressaillit.

— Pour une pauvre fois que nous allons dans le monde ensemble — reprit
le duc — vous auriez bien pu m'en faire honneur, de vos diamants... c'est qu'ils
sont beaux, les diamants de la duchesse... les avez-vous vus, Saint-Remy?

— Oui... Monsieur les connaît... parfaitement — dit Clotilde; puis elle
ajouta — Votre bras, Conrad...

M. de Lucenay suivit la duchesse avec Saint-Remy, qui ne se possédait pas
de colère.

— Est-ce que vous ne venez pas avec nous chez les Senneval, Saint-Remy?
— lui dit M. de Lucenay.

— Non... impossible — répondit-il brusquement.

— Tenez, Saint-Remy, madame de Senneval, voilà encore une personne...
qu'est-ce que je dis, une?... deux... que je sacrifierais volontiers; car son mari
est aussi sur ma liste.

— Quelle liste?

— Celle des gens qu'il m'aurait été bien égal de voir mourir, pourvu que
d'Harville nous fût resté.

Au moment où dans le salon d'attente M. de Montbrison aidait la duchesse
à mettre sa mante, M. de Lucenay, s'adressant à son cousin, lui dit:

— Puisque tu viens avec nous, Conrad... dis à ta voiture de suivre la nôtre...
à moins que vous ne veniez, Saint-Remy; alors vous me donneriez une place...
et je vous raconterais une bonne autre histoire, qui vaut bien celle du tailleur.

— Je vous remercie — dit sèchement Saint-Remy; — je ne puis vous accompagner.

— Alors, au revoir, mon cher... Est-ce que vous êtes en querelle avec ma
femme? la voilà qui monte en voiture sans vous dire un mot.

En effet, la berline de la duchesse étant avancée au bas du perron, elle y
monta légèrement.

— Mon cousin?... — dit Conrad en attendant M. de Lucenay par déférence.

— Monte donc! monte donc!.. — dit le duc, qui, arrêté un moment au
haut du perron, considérait l'élégant attelage de la voiture du vicomte.

— Ce sont vos chevaux alezans... Saint-Remy ?

— Oui...

— Et votre gros Edwards... quelle tournure !... Voilà ce qui s'appelle un cocher de bonne maison !... Voyez comme il a bien ses chevaux en main !... Il faut être juste, il n'y a pourtant que ce diable de Saint-Remy pour avoir ce qu'il y a de mieux en tout.

— Madame de Lucenay et son cousin vous attendent, mon cher — dit M. de Saint-Remy avec amertume.

— C'est pardieu vrai... suis-je grossier !... Au revoir, Saint-Remy... Ah ! j'oubliais — dit le duc en s'arrêtant au milieu du perron — si vous n'avez rien de mieux à faire, venez donc dîner avec nous demain : lord Dudley m'a envoyé d'Écosse des grouses (espèce de coqs de bruyère). Figurez-vous que c'est quelque chose de monstrueux... C'est dit, n'est-ce pas ?

Et le duc rejoignit sa femme et Conrad.

Saint-Remy, resté seul sur le perron, vit la voiture partir.

La sienne avança.

Il y monta en jetant un regard de colère, de haine et de désespoir sur cette maison, où il était entré si souvent en maître, et qu'il quittait ignominieusement chassé.

— Chez moi ! — dit-il brusquement.

— A l'hôtel ! — dit le valet de pied à Edwards en fermant la portière.

On comprend quelles furent les pensées amères et désolantes de Saint-Remy en revenant chez lui.

Au moment où il rentra, Boyer, qui l'attendait sous le péristyle, lui dit :

— M. le comte est en haut... qui attend M. le vicomte.

— C'est bien...

— Il y a aussi là un homme à qui M. le vicomte a donné rendez-vous à dix heures, M. Petit-Jean...

— Bien, bien...

— Oh ! quelle soirée ! — dit Florestan en montant rejoindre son père, qu'il trouva dans le salon du premier étage, où s'était passée leur entrevue du matin.

— Mille pardons ! mon père, de ne pas m'être trouvé ici lors de votre arrivée... mais je...

— L'homme qui a en mains cette traite fausse est-il ici ? — dit le comte en interrompant son fils...

Oui, mon père, il est en bas...

— Faites-le monter...

Florestan sonna, Boyer parut.

— Dites à M. Petit-Jean de monter...

— Oui, monsieur le vicomte. — Et Boyer sortit.

— Combien vous êtes bon, mon père, de vous être souvenu de votre promesse...

— Je me souviens toujours de ce que je promets...

— Que de reconnaissance !... Comment jamais vous prouver...

- Je ne voulais pas que mon nom fût déshonoré... Il ne le sera pas...

— Il ne le sera pas !.. non... et il ne le sera plus, je vous le jure, mon père...

Le comte regarda son fils d'un air singulier, et il répéta .

— Non, il ne le sera plus !

Puis il ajouta d'un air sardonique .

— Vous êtes devin ?

— C'est que je lis ma résolution dans mon cœur...

Le père de Florestan ne répondit rien.

Il se promena de long en large dans la chambre , les deux mains plongées dans les poches de sa longue redingote.

Il était pâle.

— Monsieur Petit-Jean — dit Boyer en introduisant un homme à figure basse, sordide et rusée.

— Où est cette traite ? — dit le comte.

— La voici , monsieur — dit Petit-Jean (l'*homme de paille* de Jacques Ferrand le notaire), en présentant le titre au comte.

— Est-ce bien cela ? — dit celui-ci à son fils en lui montrant la traite d'un coup d'œil.

— Oui , mon père...

Le comte tira de la poche de son gilet vingt-cinq billets de mille francs, les remit à son fils , et lui dit :

— Payez !

Florestan paya et prit la traite avec un profond soupir de satisfaction.

M. Petit-Jean plaça soigneusement les billets dans un vieux portefeuille, et salua.

M. de Saint-Remy sortit avec lui du salon , pendant que Florestan déchirait prudemment la traite.

— Au moins les 25,000 francs de Clotilde me restent. Si rien ne se découvre... c'est une consolation... Mais comme elle m'a traité !... Ah çà, qu'est-ce que mon père peut avoir à dire à M. Petit-Jean ?

Le bruit d'une serrure que l'on fermait à double tour fit tressaillir le vicomte.

Son père rentra...

Sa pâleur avait augmenté.

— Il me semble , mon père , avoir entendu fermer la porte de mon cabinet ?

— Oui , je l'ai fermée...

— Vous, mon père ?... Et pourquoi ? — demanda Florestan stupéfait.

— Je vais vous le dire.

Et le comte se plaça de manière à ce que son fils ne pût passer par l'escalier dérobé qui conduisait au rez-de-chaussée.

Florestan , inquiet , commençait à remarquer la physionomie sinistre de son père , et suivait tous ses mouvements avec défiance.

Sans pouvoir se l'expliquer , il ressentait une vague terreur.

— Mon père... qu'avez-vous?...

— Ce matin, en me voyant, votre seule pensée a été celle-ci : Mon père ne laissera pas déshonorer son nom, il payera... si je parviens à l'étourdir par quelques feintes paroles de repentir.

— Ah! vous pouvez croire que...

— Ne m'interrompez pas... Je n'ai pas été votre dupe : il n'y a chez vous ni honte, ni regrets, ni remords : vous êtes vicié jusqu'au cœur, vous n'avez jamais eu un sentiment honnête; vous n'avez pas volé tant que vous avez possédé de quoi satisfaire vos caprices, c'est ce qu'on appelle la probité des riches de votre espèce; puis sont venues les indélicatesses, puis les bassesses, puis le crime, les faux... Ceci n'est que la première période de votre vie... elle est belle et pure, comparée à celle qui vous attendrait...

— Si je ne changeais pas de conduite, je l'avoue; mais j'en changerai... mon père... je vous l'ai juré.

— Vous n'en changeriez pas...

— Mais...

— Vous n'en changeriez pas... Chassé de la société où vous avez jusqu'ici vécu, vous deviendriez bientôt criminel à la manière des misérables parmi lesquels vous serez rejeté, voleur inévitablement... et si besoin est... assassin... Voilà votre avenir.

— Assassin!... moi?...

— Oui, parce que vous êtes lâche!

— J'ai eu des duels, et j'ai prouvé...

— Je vous dis que vous êtes lâche! Vous avez préféré l'infamie à la mort!... Un jour viendrait où vous préféreriez l'impunité de vos nouveaux crimes à la vie d'autrui. Cela ne peut pas être, je ne veux pas que cela soit... J'arrive à temps pour sauver du moins désormais mon nom d'un déshonneur public... Il faut en finir...

— Comment, mon père... en finir!... Que voulez-vous dire? — s'écria Florestan de plus en plus effrayé de l'expression redoutable de la figure de son père et de sa pâleur croissante.

Tout à coup on heurta violemment à la porte du cabinet; Florestan fit un mouvement pour aller ouvrir, afin de mettre un terme à une scène qui l'effrayait, mais le comte le saisit d'un main de fer et le retint.

— Qui frappe? — demanda le comte.

— Au nom de la loi, ouvrez.. ouvrez!... — dit une voix.

— Ce faux n'était donc pas le dernier! — s'écria le comte à voix basse, en regardant son fils d'un air terrible.

— Si, mon père... je vous le jure — dit Florestan en tâchant en vain de se débarrasser de la vigoureuse étreinte de son père.

— Au nom de la loi... ouvrez!... — répéta la voix.

— Que voulez-vous? — demanda le comte.

— Je suis le commissaire de police; je viens procéder à des perquisitions

pour un vol de diamants dont est accusé M. de Saint-Remy... M. Baudoin,
joaillier, a des preuves. Si vous n'ouvrez pas, monsieur... je serai obligé de
faire enfoncer la porte.

— Déjà voleur!... je ne m'étais pas trompé... — dit le comte à voix basse.
— Je venais vous tuer... j'ai trop tardé...

— Me tuer!

— Assez de déshonneur sur mon nom; finissons : j'ai là deux pistolets...
vous allez vous brûler la cervelle... sinon, moi, je vous la brûle, et je dirai
que vous vous êtes tué de désespoir pour échapper à la honte.

Et le comte, avec un effrayant sang-froid, tira de sa poche un pistolet, et,
de la main qu'il avait de libre, le présenta à son fils en lui disant :

— Allons!... finissons, si vous n'êtes pas un lâche!

Après de nouveaux et inutiles efforts pour échapper aux mains du comte,
son fils se renversa en arrière, frappé d'épouvante, et devint livide.

Au regard terrible, inexorable de son père, il vit qu'il n'y avait aucune pitié
à attendre de lui.

— Mon père!.. — s'écria-t-il.
— Il faut mourir!
— Je me repens!..
— Il est trop tard!... Entendez-vous!... ils ébranlent la porte!..

— J'expierai mes fautes!...

— Ils vont entrer!... Il faut donc que ce soit moi qui te tue!

— Grâce!...

— La porte va céder!... tu l'auras voulu!...

Et le comte appuya le canon de l'arme sur la poitrine de Florestan.

Le bruit extérieur annonçait qu'en effet la porte du cabinet ne pouvait résister plus long-temps.

Le vicomte se vit perdu.

Une résolution soudaine et désespérée éclata sur son front; il ne se débattit plus contre son père, et lui dit avec autant de fermeté que de résignation :

— Vous avez raison, mon père... donnez cette arme. Assez d'infamie sur mon nom; la vie qui m'attend est affreuse, elle ne vaut pas la peine d'être disputée. Donnez cette arme. Vous allez voir si je suis lâche. — Et il étendit sa main vers le pistolet. — Mais, au moins... un mot, un seul mot de consolation, de pitié, d'adieu — dit Florestan.

Et ses lèvres tremblantes, sa pâleur, sa physionomie bouleversée, annonçaient l'émotion terrible de ce moment suprême.

— Si c'était mon fils pourtant!... pensa le comte avec terreur en hésitant à lui remettre le pistolet. — Si c'était mon fils, je dois encore moins hésiter devant ce sacrifice...

Un long craquement de la porte du cabinet annonça qu'elle venait d'être forcée.

— Mon père... ils entrent... Oh! je le sens maintenant, la mort est un bienfait... Merci... merci... mais, au moins, votre main, et pardonnez-moi!

Malgré sa dureté, le comte ne put s'empêcher de tressaillir et de dire d'une voix émue :

— Je vous pardonne...

— Mon père... la porte s'ouvre... allez à eux... qu'on ne vous soupçonne pas au moins... Et puis, s'ils entraient ici, ils m'empêcheraient d'en finir... Adieu...

Les pas de plusieurs personnes s'entendirent dans la pièce voisine.

Florestan se posa le canon du pistolet sur le cœur.

Le coup partit au moment où le comte, pour échapper à cet horrible spectacle, détournait la vue, et se précipitait hors du salon, dont les portières se refermèrent sur lui.

Au bruit de l'explosion, à la vue du comte pâle et égaré, le commissaire s'arrêta subitement près du seuil de la porte, faisant signe à ses agents de ne pas avancer.

Averti par Boyer que le vicomte était enfermé avec son père, le magistrat comprit tout, et respecta cette grande douleur.

— Mort!... — s'écria le comte en cachant sa figure dans ses mains... — mort!!! — répéta-t-il avec accablement. — Cela était juste... mieux vaut la mort que l'infamie... mais c'est affreux!

— Monsieur… — dit tristement le magistrat après quelques minutes de silence — épargnez-vous un douloureux spectacle, quittez cette maison… Maintenant il me reste à remplir un autre devoir plus pénible encore que celui qui m'appelait ici.

— Vous avez raison, monsieur — dit M. de Saint-Remy. — Quant à la victime du vol, vous pouvez lui dire de se présenter chez M. Dupont, banquier.

— Rue de Richelieu… il est bien connu — répondit le magistrat.

— A quelle somme sont estimés les diamants volés?

— A 30,000 francs environ… monsieur; la personne qui les a achetés, et par laquelle le vol s'est découvert, en a donné cette somme… à votre fils.

— Je pourrai encore payer cela, monsieur… Que le joaillier se trouve après-demain chez mon banquier, je m'entendrai avec lui.

Le commissaire s'inclina.

Le comte sortit.

Après le départ de ce dernier, le magistrat, profondément touché de cette scène inattendue, se dirigea lentement vers le salon, dont les portières étaient baissées.

Il les souleva avec émotion.

— Personne !... — s'écria-t-il stupéfait en regardant autour du salon et n'y voyant pas la moindre trace de l'événement tragique qui avait dû s'y passer.

Puis, remarquant la petite porte pratiquée dans la tenture, il y courut.

Elle était fermée du côté de l'escalier dérobé.

— C'était une ruse... C'est par là qu'il aura pris la fuite ! — s'écria-t-il avec dépit.

En effet, le vicomte devant son père s'était posé le pistolet sur le cœur, mais il avait ensuite fort habilement tiré par-dessous son bras, et avait prestement disparu

. . . .

Malgré les plus actives recherches dans toute la maison, on ne put retrouver Florestan.

Pendant l'entretien de son père et du commissaire, il avait rapidement gagné le boudoir, puis la serre chaude, puis la ruelle déserte, et enfin les Champs-Élysées.

. . . .

Le tableau de cette ignoble dégradation dans l'opulence est chose triste...
Nous le savons.

Mais, faute d'enseignements, les classes riches ont aussi *fatalement* leurs misères, leurs vices, leurs crimes.

Rien de plus fréquent et de plus affligeant que ces prodigalités insensées, stériles, que nous venons de peindre, et qui toujours entraînent ruine, déconsidération, bassesse ou infamie C'est un spectacle déplorable... funeste... autant voir un florissant champ de blé inutilement ravagé par une horde de bêtes fauves.

Sans doute l'héritage, la propriété sont et doivent être inviolables, sacrés...

La richesse acquise ou transmise doit pouvoir impunément et magnifiquement resplendir aux yeux des masses pauvres et souffrantes.

Long-temps encore il doit y avoir de ces disproportions effrayantes qui existent entre le millionnaire *Saint-Remy* et l'artisan *Morel*.

Mais, par cela même que ces disproportions inévitables sont consacrées, protégées par la loi, ceux qui possèdent tant de biens en doivent *moralement compte* à ceux qui ne possèdent que probité, résignation, courage et ardeur du travail.

Aux yeux de la raison, du *droit humain* et même de l'intérêt social bien entendu, une grande fortune serait un dépôt héréditaire, confié à des mains prudentes, fermes, habiles, généreuses, qui, chargées à la fois de faire fructifier et de dispenser cette fortune, sauraient fertiliser, vivifier, améliorer tout ce qui aurait le bonheur de se trouver dans son rayonnement splendide et salutaire.

Il en est ainsi quelquefois; mais les cas sont rares.

Que de jeunes gens comme Saint-Remy (à l'infamie près), maîtres à vingt ans d'un patrimoine considérable, le dissipent follement dans l'oisiveté, dans l'ennui, dans le vice, faute de savoir employer mieux ces biens, et pour eux et pour autrui !

D'autres, effrayés de l'instabilité des choses humaines, thésaurisent d'une manière sordide.

Enfin, ceux-là, sachant qu'une fortune stationnaire s'amoindrit, se livrent, forcément dupes ou fripons, à cet agiotage hasardeux, immoral, que le pouvoir encourage et patrone.

Comment en serait-il autrement ?

Cette science, cet enseignement, ces rudiments d'*économie individuelle* et par cela même sociale, qui les donne à la jeunesse inexpérimentée ?

Personne.

Le riche est jeté au milieu de la société avec sa richesse, comme le pauvre avec sa pauvreté.

On ne prend pas plus de souci du superflu de l'un que des besoins de l'autre.

On ne songe pas plus à moraliser la fortune que l'infortune.

N'est-ce pas au pouvoir à remplir cette grande et noble tâche !

Si, prenant enfin en pitié les misères, les douleurs toujours croissantes des travailleurs ENCORE RÉSIGNÉS... réprimant une concurrence mortelle à tous, abordant enfin l'imminente question de l'organisation du travail, il donnait lui-même le salutaire exemple de l'*association des capitaux et du labeur*...

Mais d'une association honnête, intelligente, équitable, qui assurerait le bien-être de l'artisan sans nuire à la fortune du riche... et qui, établissant entre ces deux classes des liens d'affection, de reconnaissance, sauvegarderait à jamais la tranquillité de l'État...

Combien seraient puissantes les conséquences d'un tel enseignement pratique !

Parmi les riches, qui hésiterait alors,

Entre les chances improbes, désastreuses, de l'agiotage,

Les farouches jouissances de l'avarice,

Les folles vanités d'une dissipation ruineuse,

Ou un placement à la fois fructueux, bienfaisant, qui répandrait l'aisance, la moralité, le bonheur, la joie dans vingt familles ?...

CHAPITRE XIV.

Le lendemain de cette soirée où le comte de Saint-Remy avait été si indignement joué par son fils, une scène touchante se passait à Saint-Lazare, à l'heure de la récréation des détenues.

Ce jour-là, pendant la promenade des autres prisonnières, Fleur-de-Marie était assise sur un banc avoisinant le bassin du préau, et déjà surnommé le *banc de la Goualeuse*. Par une sorte de convention tacite, les détenues lui abandonnaient cette place, qu'elle aimait, car la douce influence de la jeune fille avait encore augmenté.

La Goualeuse affectionnait ce banc situé près du bassin, parce qu'au moins le peu de mousse qui veloutait les margelles de ce réservoir lui rappelait la verdure des champs, de même que l'eau limpide dont il était rempli lui rappelait la petite rivière du village de Bouqueval.

Pour le regard attristé du prisonnier, une touffe d'herbe est une prairie .. une fleur est un parterre...

Confiante dans les affectueuses promesses de madame d'Harville, Fleur-de-Marie s'était attendue depuis deux jours à quitter Saint-Lazare. Quoiqu'elle n'eût aucune raison de s'inquiéter du retard que l'on apportait à sa sortie de prison, la jeune fille, dans son habitude du malheur, osait à peine espérer

d'être bientôt libre. Depuis son retour parmi ces créatures dont l'aspect, dont
le langage ravivaient à chaque instant dans son âme le souvenir incurable de sa
première honte, la tristesse de Fleur-de-Marie était devenue plus accablante
encore.

Ce n'est pas tout.

Un nouveau sujet de trouble, de chagrin, presque d'épouvante pour elle,
naissait de l'exaltation passionnée de sa reconnaissance envers Rodolphe.

Chose étrange! elle ne sondait la profondeur de l'abîme où elle avait été
plongée que pour mesurer la distance qui la séparait de cet homme, dont la
grandeur lui semblait surhumaine... de cet homme à la fois d'une bonté si auguste... et d'une puissance si redoutable aux méchants... Malgré le respect
dont était empreinte son adoration pour lui, quelquefois, hélas! Fleur-de-
Marie craignait de reconnaître dans cette adoration les caractères de l'amour,
mais d'un amour aussi caché que profond, aussi chaste que caché, aussi des-
espéré que chaste. La malheureuse enfant n'avait cru lire dans son cœur cette
désolante révélation qu'après son entretien avec madame d'Harville, éprise
elle-même pour Rodolphe d'une passion qu'il ignorait. Après le départ et les
promesses de la marquise, Fleur-de-Marie aurait dû être transportée de joie
en songeant à ses amis de Bouqueval... à Rodolphe qu'elle allait revoir...

Il n'en fut rien.

Son cœur se serra douloureusement... sans cesse revenaient à son souvenir
les paroles acerbes, les regards hautains, scrutateurs de madame d'Harville,
lorsque la pauvre prisonnière s'était élevée jusqu'à l'enthousiasme en parlant
de son bienfaiteur. Par une singulière intuition, la Goualeuse avait ainsi surpris une partie du secret de madame d'Harville. « L'exaltation de ma reconnaissance pour M. Rodolphe a blessé cette jeune dame si belle et d'un rang si
élevé — pensa Fleur-de-Marie. — Maintenant je comprends l'amertume de ses
paroles, elles exprimaient une jalousie dédaigneuse. Elle! jalouse de moi? il
faut donc qu'elle l'aime, et que je l'aime aussi, lui?... il faut donc que mon
amour se soit trahi malgré moi?... L'aimer... moi, moi... créature à jamais
flétrie, ingrate et misérable que je suis... oh! si cela était... mieux vaudrait
cent fois la mort... »

Hâtons-nous de le dire, la malheureuse enfant, qui semblait vouée à tous
les martyres, s'exagérait ce qu'elle appelait *son amour*.

A sa gratitude profonde envers Rodolphe, se joignait une admiration invo-
lontaire pour la grâce, la force, la beauté qui le distinguaient entre tous; rien
de plus immatériel, rien de plus pur que cette admiration, mais elle existait
vive et puissante, parce que la beauté physique est toujours attrayante. Et
puis enfin la voix du sang, si souvent niée, muette, ignorante ou méconnue,
se fait parfois entendre; ces élans de tendresse passionnée qui entraînaient
Fleur-de-Marie vers Rodolphe, et dont elle s'effrayait, parce que dans son
ignorance elle en dénaturait la tendance, ces élans résultaient de mystérieuses
sympathies, aussi évidentes mais aussi inexplicables que la ressemblance des

traits. En un mot, Fleur-de-Marie, apprenant qu'elle était fille de Rodolphe, se fût expliqué la vive attraction qu'elle ressentait pour lui. Alors, complétement éclairée, elle eût admiré, sans scrupule, la beauté de son père.

Ainsi s'explique l'abattement de Fleur-de-Marie, quoiqu'elle dût s'attendre d'un moment à l'autre, d'après la promesse de madame d'Harville, à quitter Saint-Lazare.

Fleur-de-Marie, mélancolique et pensive, était donc assise sur son banc auprès du bassin, regardant avec une sorte d'intérêt machinal les jeux de quelques oiseaux effrontés qui venaient s'ébattre sur les margelles de pierre. Un moment elle avait cessé de travailler à une petite brassière d'enfant qu'elle finissait d'ourler. Est-il besoin de dire que cette brassière appartenait à la nouvelle layette si généreusement offerte à Mont-Saint-Jean par les prisonnières, grâce à la touchante intervention de Fleur-de-Marie. La pauvre et difforme protégée de la Goualeuse était assise à ses pieds ; tout en s'occupant de parfaire un petit bonnet, de temps à autre elle jetait sur sa bienfaitrice un regard à la fois reconnaissant, timide et dévoué... le regard du chien sur son maître.

La beauté, le charme, la douceur adorable de Fleur-de-Marie inspiraient à cette femme avilie autant d'attrait que de respect.

Il y a toujours quelque chose de saint, de grand dans les aspirations d'un cœur même dégradé, qui, pour la première fois, s'ouvre à la reconnaissance ; et jusqu'alors personne n'avait mis Mont-Saint-Jean à même d'éprouver la religieuse ardeur de ce sentiment si nouveau pour elle. Au bout de quelques minutes, Fleur-de-Marie tressaillit légèrement, essuya une larme et se remit à coudre avec activité.

— Vous ne voulez donc pas vous reposer de travailler pendant la récréation, mon bon ange sauveur ? — dit Mont-Saint-Jean à la Goualeuse.

— Je n'ai pas donné d'argent pour acheter la layette... je dois fournir ma part en ouvrage... — reprit la jeune fille.

— Votre part ! mon bon Dieu !... Mais, sans vous, au lieu de cette bonne toile bien blanche, de cette futaine bien chaude pour habiller mon enfant, je n'aurais que ces haillons que l'on traînait dans la boue de la cour... Je suis bien reconnaissante envers mes compagnes, elles ont été très-bonnes pour moi... c'est vrai... mais vous ! Oh ! vous !... Comment donc que je vous dirai cela ! — ajouta la pauvre créature en hésitant et très-embarrassée d'exprimer sa pensée — Tenez... — reprit-elle — voilà le soleil, n'est-ce pas ?... voilà le soleil !...

— Oui, Mont-Saint-Jean... voyons, je vous écoute — répondit Fleur-de-Marie en inclinant son visage enchanteur vers la hideuse figure de sa compagne.

— Mon Dieu... vous allez vous moquer de moi — reprit celle-ci tristement — je veux me mêler de parler... et je ne le sais pas...

— Dites toujours, Mont-Saint-Jean.

— Avez-vous des bons yeux d'ange ! — dit la prisonnière en contemplant

Fleur-de-Marie dans une sorte d'extase — ils m'encouragent... vos bons yeux... Voyons, je vas tâcher de dire ce que je voulais; voilà le soleil, n'est-ce pas! il est bien chaud, il égaie la prison, il est bien agréable à voir et à sentir, pas vrai?

— Sans doute...

— Mais une supposition... ce soleil... ne s'est pas fait tout seul, et si on est reconnaissant pour lui, à plus forte raison pour...

— Pour celui qui l'a créé, n'est-ce pas, Mont-Saint-Jean!... Vous avez raison... aussi, celui-là on doit le prier, l'adorer... c'est Dieu.

— C'est ça... voilà mon idée — s'écria joyeusement la prisonnière; — c'est ça, je dois être reconnaissante pour mes compagnes; mais je dois vous prier, vous adorer, vous, la Goualeuse, car c'est vous qui les avez rendues bonnes pour moi, au lieu de méchantes qu'elles étaient.

— C'est Dieu qu'il faut remercier, Mont-Saint-Jean, et non pas moi.

— Oh! si... vous, vous... je vous vois... vous m'avez fait du bien, et par vous et par les autres.

— Mais si je suis bonne comme vous dites, Mont-Saint-Jean, c'est Dieu qui m'a faite ainsi... c'est donc lui qu'il faut remercier.

— Ah! dame... alors peut-être bien... puisque vous le dites — reprit la prisonnière indécise; — si ça vous fait plaisir... comme ça... à la bonne heure...

— Oui, ma pauvre Mont-Saint-Jean... priez-le souvent... Ce sera la meilleure manière de me prouver que vous m'aimez un peu ..

— Si je vous aime, la Goualeuse! mon Dieu, mon Dieu!* Mais vous ne vous souvenez donc plus de ce que vous disiez aux autres détenues pour les empêcher de me battre! *Ce n'est pas seulement elle que vous battez... c'est aussi son enfant...* Eh bien... c'est tout de même pour vous aimer; ça n'est pas seulement pour moi que je vous aime, c'est aussi pour mon enfant.

— Merci, merci, Mont-Saint-Jean, vous me faites plaisir en me disant cela.

Et Fleur-de-Marie émue tendit sa main à sa compagne.

— Quelle belle petite menotte de fée... est-elle blanche et mignonne! — dit Mont-Saint-Jean en se reculant comme si elle eût craint de toucher, de ses vilaines mains rouges et sordides, cette main charmante.

Pourtant, après un moment d'hésitation, elle effleura respectueusement de ses lèvres le bout des doigts effilés que lui présentait Fleur-de-Marie; puis, s'agenouillant brusquement, elle se mit à la contempler fixement dans un recueillement attentif, profond.

— Mais venez donc vous asseoir là... près de moi — lui dit la Goualeuse.

— Oh! pour ça non, par exemple... jamais... jamais...

— Pourquoi cela!

— Respect à la discipline, comme disait autrefois mon brave Mont-Saint-Jean; soldats ensemble, officiers ensemble, chacun avec ses pareils.

— Vous êtes folle... il n'y a aucune différence entre nous deux...

— Aucune différence... mon bon Dieu! Et vous dites ça quand je vous vois comme je vous vois, aussi belle qu'une reine. Oh! tenez... qu'est-ce que cela vous fait... laissez-moi là, à genoux, vous bien, bien regarder comme tout à l'heure... Dame... qui sait... quoique je sois un vrai monstre, mon enfant vous ressemblera peut-être... On dit que quelquefois par un regard... ça arrive.

Puis par un scrupule d'une incroyable délicatesse chez une créature de cette espèce, craignant d'avoir peut-être humilié ou blessé Fleur-de-Marie par ce vœu singulier, Mont-Saint-Jean ajouta tristement :

— Non, non, je dis cela en plaisantant, allez, la Goualeuse... je ne me permettrais pas de vous regarder dans cette idée-là... sans que vous me le permettiez... Mon enfant sera aussi laid que moi... qu'est-ce que ça me fait... je ne l'en aimerai pas moins ; pauvre petit malheureux, il n'a pas demandé à naître, comme on dit... Et s'il vit... qu'est-ce qu'il deviendra? — dit-elle d'un air sombre et abattu. — Hélas... oui... qu'est-ce qu'il deviendra, mon Dieu?

La Goualeuse tressaillit à ces paroles.

En effet, que pouvait devenir l'enfant de cette misérable, avilie, dégradée, pauvre et méprisée?...

Quel sort!... quel avenir!...

— Ne pensez pas à cela, Mont-Saint-Jean — reprit Fleur-de-Marie; — espérez que votre enfant trouvera des personnes charitables sur son chemin.

— Oh! on n'a pas deux fois la chance, voyez-vous, la Goualeuse — dit amèrement Mont-Saint-Jean en secouant la tête; — je vous ai rencontrée... vous... c'est déjà un grand hasard... Et, tenez, soit dit sans vous offenser, j'aurais mieux aimé que mon enfant ait eu ce bonheur-là que moi. Ce vœu-là... c'est tout ce que je peux lui donner.

— Priez, priez... Dieu vous exaucera.

— Allons, je prierai, si ça vous fait plaisir, la Goualeuse, ça me portera peut-être bonheur; au fait, qui m'aurait dit, quand la Louve me battait et que j'étais le *pâtiras* de tout le monde, qu'il se trouverait là un bon petit ange sauveur qui, avec sa jolie voix douce, serait plus fort que tout le monde et que la Louve, qui est si forte et si méchante...

— Oui, mais la Louve a été bien bonne pour vous... quand elle a réfléchi que vous étiez doublement à plaindre.

— Oh! ça c'est vrai... grâce à vous, et je ne l'oublierai jamais... Mais dites donc, la Goualeuse : pourquoi donc a-t-elle, depuis l'autre jour, demandé à changer de quartier, la Louve... elle qui malgré ses colères avait l'air de ne pouvoir plus se passer de vous?

— Elle est un peu capricieuse...

— C'est drôle... une femme qui est venue ce matin du quartier de la prison où est la Louve, dit qu'elle est toute changée...

— Comment cela?

— Au lieu de quereller ou de menacer le monde, elle est triste... triste, et s'isole dans les coins; si on lui parle, elle vous tourne le dos et ne vous répond pas... A présent la voir muette, elle qui criait toujours, c'est étonnant, n'est-ce pas? Et puis cette femme m'a dit encore une chose, mais pour cela je ne le crois pas.

— Quoi donc?...

— Elle dit avoir vu pleurer la Louve... Pleurer la Louve, c'est impossible...

— Pauvre Louve... c'est à cause de moi qu'elle a voulu changer de quartier... je l'ai chagrinée sans le vouloir — dit la Goualeuse en soupirant.

— Vous, chagriner quelqu'un, mon bon ange sauveur!...

A ce moment l'inspectrice, madame Armand, entra dans le préau. Après avoir cherché des yeux Fleur-de-Marie, elle vint à elle l'air satisfait et souriant.

— Bonne nouvelle, mon enfant...

— Que dites-vous, madame! — s'écria la Goualeuse en se levant.

— Vos amis ne vous ont pas oubliée, ils ont obtenu votre mise en liberté... M. le directeur vient d'en recevoir l'avis.

— Il serait possible, madame! ah! quel bonheur, mon Dieu!...

Et l'émotion de Fleur-de-Marie fut si violente, qu'elle pâlit, mit sa main sur son cœur, qui battait avec violence, et retomba sur son banc.

— Calmez-vous, mon enfant — lui dit madame Armand avec bonté — heureusement ces secousses-là sont sans danger.

— Ah! madame, que de reconnaissance...

— C'est sans doute madame la marquise d'Harville qui a obtenu votre liberté... Il y a là une vieille dame chargée de vous conduire chez des personnes qui s'intéressent à vous... Attendez-moi, je vais revenir vous prendre, j'ai quelques mots à dire à l'atelier.

Il serait difficile de peindre l'expression de morne désolation qui assombrit les traits de Mont-Saint-Jean en apprenant que son bon ange sauveur, comme elle appelait la Goualeuse, allait quitter Saint-Lazare. La douleur de cette femme était moins causée par la crainte de redevenir le souffre-douleur de la prison, que par le chagrin de se voir séparée du seul être qui lui eût jamais témoigné quelque intérêt.

Toujours assise au pied du banc, Mont-Saint-Jean porta ses mains aux deux touffes de cheveux hérissés qui sortaient en désordre de son vieux bonnet noir, comme pour se les arracher; puis, cette violente affliction faisant place à l'abattement, elle laissa retomber sa tête, et resta muette, immobile, le front caché dans ses mains, les coudes appuyés sur ses genoux.

Malgré sa joie de quitter la prison, Fleur-de-Marie ne put s'empêcher de frissonner un moment au souvenir de la Chouette et du Maître d'école, se rappelant que ces deux monstres lui avaient fait jurer de ne pas informer ses bienfaiteurs de son triste sort.

Mais ces funestes pensées s'effacèrent bientôt de l'esprit de Fleur-de-Marie, devant l'espoir de revoir Bouqueval, madame Georges, Rodolphe, à qui elle voulait recommander la Louve et Martial; il lui semblait même que le sentiment exalté qu'elle se reprochait d'éprouver pour son bienfaiteur, n'étant plus nourri par le chagrin et par la solitude, se calmerait dès qu'elle reprendrait ses occupations rustiques, qu'elle aimait tant à partager avec les bons et simples habitants de la ferme.

Étonnée du silence de sa compagne, silence dont elle ne soupçonnait pas la cause, la Goualeuse lui toucha légèrement l'épaule, en lui disant :

— Mont-Saint-Jean, puisque me voilà libre.. ne pourrais-je pas vous être utile à quelque chose ?

En sentant la main de la Goualeuse, la prisonnière tressaillit, laissa retomber ses bras sur ses genoux, et tourna vers la jeune fille son visage ruisselant de larmes.

Une si amère douleur éclatait sur la figure de Mont-Saint-Jean que sa laideur disparaissait.

— Mon Dieu !... qu'avez-vous ! — lui dit la Goualeuse — comme vous pleurez !

— Vous vous en allez ! — murmura la détenue d'une voix entrecoupée de sanglots ; — je n'avais pourtant jamais pensé que d'un moment à l'autre vous partiriez d'ici... et que je ne vous verrais plus... plus... jamais...

— Je vous assure que je me souviendrai toujours de votre amitié... Mont-Saint-Jean.

— Mon Dieu, mon Dieu !... et dire que je vous aimais déjà tant... quand j'étais là assise par terre, à vos pieds... il me semblait que j'étais sauvée... que je n'avais plus rien à craindre. Ce n'est pas pour les coups que les autres vont peut-être recommencer à me donner que je dis cela... j'ai la vie dure.. Mais enfin il me semblait que vous étiez ma bonne chance et que vous porteriez bonheur à mon enfant, rien que parce que vous aviez eu pitié de moi... C'est vrai, allez, ça ; quand on est habitué à être maltraité, on est plus sensible que d'autres à la bonté. — Puis, s'interrompant pour éclater encore en sanglots, elle s'écria : — Allons, c'est fini... c'est fini... au fait... ça devait arriver un jour ou l'autre... mon tort est de n'y avoir jamais pensé... C'est fini... plus rien... plus rien...

— Allons, courage, je me souviendrai de vous, comme vous vous souviendrez de moi.

— Oh ! pour ça... on me couperait en morceaux plutôt que de me faire vous renier ou vous oublier ; je deviendrais vieille, vieille comme les rues, que j'aurais toujours devant les yeux votre belle figure d'ange. Le premier mot que j'apprendrai à mon enfant, ça sera votre nom, la Goualeuse, car il vous aura dû de n'être pas mort de froid...

— Écoutez-moi, Mont-Saint-Jean — dit Fleur-de-Marie, touchée de l'affection de cette misérable — je ne puis rien vous promettre pour vous .. quoique je connaisse des personnes bien charitables ; mais pour votre enfant... c'est différent... il est innocent de tout, lui, et les personnes dont je vous parle voudront peut-être bien se charger de le faire élever quand vous pourrez vous en séparer...

— M'en séparer... jamais, oh ! jamais — s'écria Mont-Saint-Jean avec exaltation ; — qu'est-ce que je deviendrais donc maintenant que j'ai compté sur lui...

— Mais... comment l'élèverez-vous ? fille ou garçon, il faut qu'il soit honnête, et pour cela...

— Il faut qu'il mange un pain honnête, n'est-ce pas, la Goualeuse ? Je le crois bien, c'est mon ambition, je me le dis tous les jours ; aussi en sortant d'ici je ne remettrai pas le pied sous un pont... je me ferai chiffonnière, balayeuse des rues, mais honnête ; on doit ça, sinon à soi, du moins à son enfant, quand on a l'*honneur* d'en avoir un... — dit-elle avec une sorte de fierté.

— Et qui gardera votre enfant pendant que vous travaillerez ? — reprit la Goualeuse — ne vaudrait-il pas mieux, si cela est possible, comme je l'espère, le placer à la campagne chez de braves gens, qui en feraient une brave fille de ferme ou un bon cultivateur ? Vous viendriez de temps en temps le voir, et un jour vous trouveriez peut-être moyen de vous en rapprocher tout à fait ; à la campagne on vit de si peu !

— Mais m'en séparer, m'en séparer ! je mettais toute ma joie en lui, moi qui n'ai rien qui m'aime.

— Il faut songer plus à lui qu'à vous, ma pauvre Mont-Saint-Jean. Dans deux ou trois jours j'écrirai à madame Armand ; et, si la demande que je compte faire en faveur de votre enfant réussit, vous n'aurez plus à dire de lui ce qui tout à l'heure m'a tant navrée : — *Hélas ! mon Dieu, que deviendra-t-il ?*

L'inspectrice, madame Armand, interrompit cet entretien, elle venait chercher Fleur-de-Marie.

Après avoir de nouveau éclaté en sanglots et baigné de larmes désespérées les mains de la jeune fille, Mont-Saint-Jean retomba sur le banc dans un accablement stupide, ne songeant pas même à la promesse que Fleur-de-Marie venait de lui faire à propos de son enfant.

— Pauvre créature ! — dit madame Armand en sortant du préau suivie de Fleur-de-Marie. — Sa reconnaissance envers vous me donne meilleure opinion d'elle.

En apprenant que la Goualeuse était graciée, les autres détenues, loin de se montrer jalouses de cette faveur, en témoignèrent leur joie ; quelques-unes entourèrent Fleur-de-Marie et lui firent des adieux pleins de cordialité, la félicitèrent franchement de sa prompte sortie de prison.

— C'est égal — dit l'une d'elles : — cette petite blondinette nous a fait passer un bon moment... c'est quand nous avons boursillé pour la layette de Mont-Saint-Jean. On se souviendra de cela à Saint-Lazare.

Lorsque Fleur-de-Marie eut quitté le bâtiment des prisons sous la conduite de l'inspectrice, celle-ci lui dit :

— Maintenant, mon enfant, rendez-vous au vestiaire, où vous déposerez vos vêtements de détenue pour reprendre vos habits de paysanne qui, par leur simplicité rustique, vous seyaient si bien. Adieu... vous allez être heu-

reuse, car vous allez vous trouver sous la protection de personnes recomman-
dables, et vous quittez cette maison pour n'y jamais rentrer. Mais... tenez...
je ne suis guère raisonnable — dit madame Armand dont les yeux se mouillèrent
de larmes — il m'est impossible de vous cacher combien je m'étais déjà attachée
à vous, pauvre petite! — Puis, voyant le regard de Fleur-de-Marie devenir
humide aussi, l'inspectrice ajouta : — Vous ne m'en voudrez pas, je l'espère,
d'attrister ainsi votre départ?

— Ah! madame... n'est-ce pas grâce à votre recommandation que cette jeune
dame, à qui je dois ma liberté, s'est intéressée à mon sort?

— Oui, et je suis heureuse de ce que j'ai fait; mes pressentiments ne m'a-
vaient pas trompée....

A ce moment une cloche sonna.

— Voici l'heure du travail des ateliers, il faut que je rentre... adieu, encore
adieu, ma chère enfant!...

Et madame Armand, aussi émue que Fleur-de-Marie, l'embrassa tendrement; puis elle dit à un des employés de la maison :

— Conduisez mademoiselle au vestiaire.

Un quart d'heure après, Fleur-de-Marie, vêtue en paysanne ainsi que nous
l'avons vue à la ferme de Bouqueval, entrait dans le greffe, où l'attendait madame Séraphin.

La femme de charge du notaire Jacques Ferrand venait chercher cette malheureuse enfant pour la conduire à l'île du Ravageur.

CHAPITRE XV

SOUVENIRS.

Jacques Ferrand avait facilement et promptement obtenu la liberté de Fleur-de-Marie, liberté qui dépendait d'une simple décision administrative. Instruit par la Chouette du séjour de la Goualeuse à Saint-Lazare, il s'était aussitôt adressé à l'un de ses clients, homme honorable et influent, lui disant qu'une jeune fille, d'abord égarée mais sincèrement repentante et récemment enfermée à Saint-Lazare, risquait, par le contact des autres prisonnières, de voir s'affaiblir peut-être ses bonnes résolutions. Cette jeune fille lui ayant été vivement recommandée par des personnes respectables qui devaient se charger d'elle à sa sortie de prison — avait ajouté Jacques Ferrand — il priait son tout-puissant client, au nom de la morale, de la religion et de la réhabilitation future de cette infortunée, de solliciter sa libération. Enfin le notaire, pour se mettre à l'abri de toute recherche ultérieure, avait surtout et instamment prié son client de ne pas le nommer dans l'accomplissement de cette bonne œuvre. Ce vœu, attribué à la modestie philanthropique de Jacques Ferrand, homme aussi pieux que respectable, fut scrupuleusement observé : la liberté de Fleur-de-Marie fut demandée et obtenue au seul nom du client qui, pour comble d'obligeance, envoya directement à Jacques Ferrand l'ordre de sortie, afin qu'il pût l'adresser aux protecteurs de la jeune fille. Madame Séraphin, en remettant cet ordre au directeur de la prison, ajouta qu'elle était chargée de conduire la Goualeuse auprès des personnes qui s'intéressaient à elle. D'après les excellents renseignements donnés par l'inspectrice à madame d'Harville sur Fleur-de-Marie, personne ne douta que celle-ci ne dût sa liberté à l'intervention de la marquise. La femme de charge du notaire ne pouvait donc en rien exciter la défiance de sa victime. Madame Séraphin avait, selon l'occasion et ainsi qu'on le dit vulgairement, l'*air bonne femme*; il fallait assez d'observation pour remarquer quelque chose d'insidieux, de faux, de cruel dans son regard patelin, dans son sourire hypocrite. Malgré sa profonde scélératesse, qui l'avait rendue complice ou confidente des crimes de son maître, madame Séraphin ne put s'empêcher d'être frappée de la touchante beauté de cette jeune fille, qu'elle avait livrée tout enfant à la Chouette... et qu'elle conduisait alors à une mort certaine...

— Eh bien ! ma chère demoiselle — lui dit madame Séraphin d'une voix mielleuse — vous devez être bien contente de sortir de prison !

— Oh ! oui, madame, et c'est, sans doute, grâce à la protection de madame d'Harville, qui a été si bonne pour moi...

— Vous ne vous trompez pas... Mais venez... nous sommes déjà un peu en retard... et nous avons une longue route à faire.

— Nous allons à la ferme de Bouqueval chez madame Georges, n'est-ce pas... madame ! — s'écria la Goualeuse.

— Oui... certainement, nous allons à la campagne... chez madame Georges — dit la femme de charge pour éloigner tout soupçon de l'esprit de Fleur-de-Marie; puis elle ajouta, avec un air de malicieuse bonhomie : — Mais ce n'est pas tout, avant de voir madame Georges, une petite surprise vous attend, venez... notre fiacre est en bas... quel *ouf* vous allez pousser en sortant d'ici... chère demoiselle... Allons, partons... Votre servante, messieurs.

Et madame Séraphin, après avoir salué le greffier et son commis, descendit avec la Goualeuse. Un gardien les suivait chargé de faire ouvrir les portes. La dernière venait de se refermer, et les deux femmes se trouvaient sous le vaste porche qui donne sur la rue du Faubourg-Saint-Denis, lorsqu'elles se rencontrèrent avec une jeune fille qui venait sans doute visiter quelque prisonnière.

C'était Rigolette... Rigolette toujours leste et coquette ; un petit bonnet très-simple, mais bien frais et orné de faveurs cerise qui accompagnaient à mer-

veilles ses bandeaux de cheveux noirs, encadrait son joli minois; un col bien
blanc se rabattait sur son long tartan brun. Elle portait au bras un cabas de
paille ; grâce à sa démarche de chatte attentive et proprette, ses brodequins à
semelles épaisses étaient d'une propreté miraculeuse, quoiqu'elle vînt, hélas !
de bien loin, la pauvre enfant.

— Rigolette ! — s'écria Fleur-de-Marie en reconnaissant son ancienne compagne de prison [1] et de promenades champêtres.

— La Goualeuse ! — dit à son tour la grisette.

Et les deux jeunes filles se jetèrent dans les bras l'une de l'autre.

Rien de plus enchanteur que le contraste de ces deux enfants de seize ans,
tendrement embrassées, toutes deux si charmantes, et pourtant si différentes
de physionomie et de beauté.

L'une blonde, aux grands yeux bleus mélancoliques, au profil d'une angélique pureté, idéal, un peu pâli, un peu attristé, un peu spiritualisé, de ces
adorables paysannes de Greuze, d'un coloris si frais et si transparent...
mélange ineffable de rêverie, de candeur et de grâce... L'autre brune piquante,
aux joues rondes et vermeilles, aux jolis yeux noirs, au rire ingénu, à la mine
éveillée, type ravissant de jeunesse, d'insouciance et de gaieté, exemple rare
et touchant de bonheur dans l'indigence, d'honnêteté dans l'abandon et de joie
dans le travail.

Après l'échange de leurs naïves caresses, les deux jeunes filles se regardèrent...

Rigolette était radieuse de cette rencontre... Fleur-de-Marie confuse...

La vue de son amie lui rappelait le peu de jours de bonheur calme qui
avaient précédé sa dégradation première.

— C'est toi... quel bonheur... — disait la grisette.

— Mon Dieu, oui, quelle douce surprise... il y a si long-temps que nous
nous sommes vues... — répondit la Goualeuse.

— Ah ! maintenant, je ne m'étonne plus de ne t'avoir pas rencontrée depuis
six mois... — reprit Rigolette en remarquant les vêtements rustiques de la
Goualeuse — tu habites donc la campagne ?...

— Oui.. depuis quelque temps — dit Fleur-de-Marie en baissant les yeux.

— Et tu viens, comme moi, voir quelqu'un en prison ?

— Oui... je venais... je viens de voir quelqu'un — dit Fleur-de-Marie en
balbutiant et en rougissant de honte.

— Et tu t'en retournes chez toi ? loin de Paris, sans doute ? Chère petite
Goualeuse... toujours bonne ; je te reconnais bien là... Te rappelles-tu cette
pauvre femme en couche à qui tu avais donné ton matelas, du linge, et le peu
d'argent qui te restait, et que nous allions dépenser à la campagne... car alors
tu étais déjà folle de la campagne, toi... mademoiselle la villageoise...

---

[1] Le lecteur se souvient peut-être que dans le récit de ses premières années qu'elle a fait à Rodolphe lors de
son entretien avec lui chez l'ogresse, la Goualeuse lui avait parlé de Rigolette, qui, enfant vagabond comme
elle, avait été enfermée jusqu'à seize ans dans une maison de détention.

— Et toi, tu ne l'aimais pas beaucoup? Rigolette, étais-tu complaisante! c'est pour moi que tu y venais pourtant.

— Et pour moi aussi... car toi qui étais toujours un peu sérieuse, tu devenais si contente, si gaie, si folle, une fois au milieu des champs ou des bois... que rien que de t'y voir... c'était pour moi un plaisir... Mais laisse-moi donc encore te regarder! Comme ce joli bonnet rond te va bien! es-tu gentille ainsi! décidément... c'était ta vocation de porter un bonnet de paysanne, comme la mienne de porter un bonnet de grisette... Te voilà selon ton goût, tu dois être contente... du reste, ça ne m'étonne pas... quand je ne t'ai plus vue, je me suis dit : Cette bonne petite Goualeuse n'est pas faite pour Paris, c'est une vraie fleur des bois, comme dit la chanson, et ces fleurs-là ne vivent pas dans la *capitale*, l'air n'y est pas bon pour elles... Aussi la Goualeuse se sera mise en place chez de braves gens à la campagne : c'est ce que tu as fait, n'est-ce pas?

— Oui... — dit Fleur-de-Marie en rougissant.

— Seulement... j'ai un reproche à te faire.

— A moi...

— Tu aurais dû me prévenir... on ne se quitte pas ainsi du jour au lendemain... ou du moins sans donner de ses nouvelles.

— Je... j'ai quitté Paris... si vite — dit Fleur-de-Marie de plus en plus confuse — que je n'ai pas pu...

— Oh! je ne t'en veux pas, je suis trop contente de te revoir... Au fait, tu as eu bien raison de quitter Paris, va, c'est si difficile d'y vivre tranquille, sans compter qu'une pauvre fille isolée comme nous sommes peut tourner à mal sans le vouloir... Quand on n'a personne pour vous conseiller... on a si peu de défense... les hommes vous font toujours de si belles promesses! et puis, dame, quelquefois la misère est si dure... Tiens, te souviens-tu de la petite Julie qui était si gentille? et de Rosine, la blonde aux yeux noirs?

— Oui... je m'en souviens.

— Eh bien! ma pauvre Goualeuse, elles ont été trompées toutes les deux, puis abandonnées, et enfin de malheurs en malheurs elles en sont tombées à être de ces vilaines femmes que l'on renferme ici...

— Ah! mon Dieu!... — s'écria Fleur-de-Marie qui baissa la tête et devint pourpre.

Rigolette, se trompant sur le sens de l'exclamation de son amie, reprit :

— Elles sont coupables, méprisables... même, si tu veux, je ne dis pas; mais, vois-tu, ma bonne Goualeuse, parce que nous avons eu le bonheur de rester honnêtes : toi, parce que tu as été vivre à la campagne auprès de braves paysans; moi, parce que je n'avais pas de temps à perdre avec les amoureux.. que je leur préférais mes oiseaux, et que je mettais tout mon plaisir à avoir, grâce à mon travail, un petit ménage bien gentil... il ne faut pas être trop sévère pour les autres...; mon Dieu, qui sait... si l'occasion, la tromperie, la misère n'ont pas été pour beaucoup dans la mauvaise conduite de Rosine et de Julie... et si à leur place nous n'aurions pas fait comme elles...

— Oh ! — dit amèrement Fleur-de-Marie — je ne les accuse pas... je les plains...

— Allons , allons , nous sommes pressées, ma chère demoiselle — dit madame Séraphin en offrant son bras à sa victime avec impatience.

— Madame, donnez-nous encore quelques moments; il y a si long-temps que je n'ai vu ma pauvre Goualeuse — dit Rigolette.

— C'est qu'il est tard , mesdemoiselles ; déjà trois heures, et nous avons une longue course à faire... — répondit madame Séraphin fort contrariée de cette rencontre, puis elle ajouta : — Je vous donne encore dix minutes...

— Et toi — reprit Fleur-de-Marie en prenant les mains de son amie dans les siennes — tu as un caractère si heureux , tu es toujours gaie! toujours contente !...

— Je l'étais il y a quelques jours... contente et gaie .. mais maintenant...

— Tu as des chagrins?

— Moi? ah bien oui , tu me connais... un vrai Roger-Bontemps... Je ne suis pas changée... mais malheureusement tout le monde n'est pas comme moi... Et comme les autres ont des chagrins, ça fait que j'en ai...

— Toujours bonne...

— Que veux-tu... figure toi que je viens ici pour une pauvre fille... une voisine... la brebis du bon Dieu, qu'on accuse à tort et qui est bien à plaindre , va.. elle s'appelle Louise Morel : c'est la fille d'un honnête ouvrier , qui est devenu fou tant il était malheureux ..

Au nom de Louise Morel , une des victimes du notaire, madame Séraphin tressaillit et regarda très-attentivement Rigolette. La figure de la grisette lui était absolument inconnue; néanmoins la femme de charge prêta dès lors beaucoup d'attention à l'entretien des deux jeunes filles.

— Pauvre femme ! — reprit la Goualeuse — comme elle doit être contente de ce que tu ne l'oublies pas dans son malheur.

— Ce n'est pas tout, c'est comme un sort; telle que tu me vois, je viens de bien loin... et encore d'une prison... mais d'une prison d'hommes.

— D'une prison d'hommes , toi?

— Ah! mon Dieu oui, j'ai là une autre pauvre pratique bien triste... aussi tu vois mon cabas (et Rigolette le montra), il est partagé en deux, chacun a son côté : aujourd'hui j'apporte à Louise un peu de linge , et tantôt j'ai aussi porté quelque chose à ce pauvre Germain... mon prisonnier s'appelle Germain; tiens, je ne peux pas penser à ce qui vient de m'arriver avec lui sans avoir envie de pleurer... c'est bête , je sais que cela n'en vaut pas la peine, mais enfin je suis comme ça.

— Et pourquoi as-tu envie de pleurer?

— Figure-toi que Germain est si malheureux d'être confondu avec ces mauvais hommes de la prison qu'il est tout accablé, n'ayant de goût à rien, ne mangeant pas et maigrissant à vue d'œil.... Je m'aperçois de ça, et je me dis : Il n'a pas faim, je vais lui faire une petite friandise qu'il aimait bien

quand il était mon voisin, ça le ragoûtera... Quand je dis friandise, enten-
dons-nous, c'étaient tout bonnement de belles pommes de terre jaunes, écra-
sées avec un peu de lait et du sucre; j'en emplis une jolie tasse bien propre,
et tantôt je lui porte ça à sa prison en lui disant que j'avais préparé moi-
même ce pauvre petit régal comme autrefois, dans le bon temps, tu comprends; je croyais ainsi lui donner un peu envie de manger... Ah bien
oui...

— Comment?

— Ça lui a donné envie de pleurer; quand il a reconnu la tasse dans laquelle j'avais si souvent pris mon lait devant lui, il s'est mis à fondre en larmes... et, par-dessus le marché, j'ai fini par faire comme lui, quoique j'aie
voulu m'en empêcher : tu vois comme j'ai de la chance, je croyais bien faire,
le consoler... et je l'ai attristé davantage encore.

— Oui, mais ces larmes-là lui auront été si douces...

— C'est égal, j'aurais autant aimé le consoler autrement. Mais je te parle
de lui sans te dire qui il est ; c'est un ancien voisin à moi... le plus honnête
garçon du monde, aussi doux, aussi timide qu'une jeune fille, et que j'aimais
comme un camarade, comme un frère.

— Oh! alors, je conçois que ses chagrins soient devenus les tiens.

— N'est-ce pas? Mais tu vas voir comme il a bon cœur : quand je me suis
en allée, je lui ai demandé, comme toujours, ses commissions, lui disant en
riant, afin de l'égayer un peu, que j'étais sa petite femme de ménage et que
je serais bien exacte, bien active, pour garder sa pratique. Alors lui, s'effor-
çant de sourire, m'a demandé de lui apporter un des romans de Walter Scott
qu'il m'avait autrefois lu le soir pendant que je travaillais ; ce roman-là s'appelle *Ivan... Ivanhoé* .. Oui, c'est ça... J'aimais tant ce livre-là qu'il me
l'avait lu deux fois .. Pauvre Germain, il était si complaisant...

— C'est un souvenir de cet heureux temps passé qu'il veut avoir...

— Certainement, puisqu'il m'a priée d'aller dans le même cabinet de lecture, non pour louer, mais pour acheter les mêmes volumes que nous lisions
ensemble... Oui, les acheter... et tu juges, pour lui c'est un sacrifice, car il
est aussi pauvre que nous...

— Excellent cœur! — dit la Goualeuse tout émue.

— Te voilà aussi attendrie que moi... quand il m'a chargée de cette commission, ma bonne petite Goualeuse. Mais tu comprends, plus je me sentais
envie de pleurer... plus je tâchais de rire, car pleurer deux fois dans une visite
faite exprès pour l'égayer, c'était trop fort... Aussi, pour chasser ça, je me
suis mise à lui rappeler les drôles d'histoires d'un juif... un personnage de ce
roman qui nous amusait tant autrefois... mais plus je parlais, plus il me regardait avec de grosses, grosses larmes dans les yeux... Dame, moi, ça m'a
fendu le cœur; j'avais beau renfoncer mes larmes depuis un quart d'heure...
j'ai fini par faire comme lui; quand je l'ai quitté, il sanglotait et je me disais,
furieuse de ma sottise : — Si c'est comme ça que je le console et que je l'égaie,

c'est bien la peine de l'aller voir. Moi qui me promets toujours de le faire rire...
c'est étonnant comme j'y réussis!

Au nom de Germain, autre victime du notaire, madame Séraphin avait re-
doublé d'attention.

— Et qu'a-t-il donc fait, ce jeune homme, pour être en prison? — demanda
Fleur-de-Marie.

— Lui! — s'écria Rigolette, dont l'attendrissement cédait à l'indignation —
il a fait qu'il est poursuivi par un vieux monstre de notaire qui est aussi le dé-
nonciateur de Louise.

— De Louise, que tu viens voir ici?

— Sans doute, elle était la servante du notaire, et Germain était son caissier... Il serait trop long de te dire de quoi il accuse bien injustement ce
pauvre garçon... Mais, ce qu'il y a de sûr, c'est que ce méchant homme est
comme un enragé après ces deux malheureux, qui ne lui ont jamais fait de
mal... Mais patience, patience, chacun aura son tour...

Rigolette prononça ces derniers mots avec une expression qui inquiéta madame Séraphin. Se mêlant à la conversation, au lieu d'y demeurer étrangère,
elle dit à Fleur-de-Marie d'un air patelin :

— Ma chère demoiselle, il est tard, il faut partir... on nous attend; je
comprends bien que ce que vous dit mademoiselle vous intéresse, car moi qui
ne connais pas la jeune fille et le jeune homme dont elle parle, ça me désole;
mon Dieu! est-il possible qu'il y ait des gens si méchants... Et comment donc
s'appelle-t-il, ce vilain notaire dont vous parlez, mademoiselle?

Rigolette n'avait aucune raison de se défier de madame Séraphin; néanmoins, se souvenant des recommandations de Rodolphe, qui lui avait enjoint
la plus grande réserve au sujet de la protection cachée qu'il accordait à Germain et à Louise, elle regretta de s'être laissé entraîner à dire : Patience,
chacun aura son tour.

— Ce méchant homme s'appelle M. Ferrand, madame — reprit donc Rigolette, ajoutant très-adroitement pour réparer sa légère indiscrétion : — Et
c'est d'autant plus mal à lui de tourmenter Louise et Germain, que personne
ne s'intéresse à eux... excepté moi... ce qui ne leur sert pas à grand'-
chose.

— Quel malheur! — reprit madame Séraphin — j'avais espéré le contraire
quand vous avez dit : *Mais patience...* je croyais que vous comptiez sur quelque protecteur pour soutenir ces deux infortunés contre ce méchant notaire.

— Hélas! non, madame — ajouta Rigolette, afin de détourner complète-
ment les soupçons de madame Séraphin — qui serait assez généreux pour
prendre le parti de ces deux pauvres jeunes gens contre un homme riche et
puissant, comme l'est ce M. Ferrand?

— Oh! il y a des cœurs assez généreux pour cela! — reprit Fleur-de-Marie,
après un moment de réflexion et avec une exaltation contrainte — oui, je connais quelqu'un qui se fait un devoir de protéger ceux qui souffrent et de les

défendre, car celui dont je te parle est aussi secourable aux honnêtes gens que redoutable aux méchants.

Rigolette regarda la Goualeuse avec étonnement, et fut sur le point de lui dire, en songeant à Rodolphe, qu'elle aussi connaissait quelqu'un qui prenait courageusement le parti du faible contre le fort; mais, toujours fidèle aux recommandations de son *voisin* (ainsi qu'elle appelait le prince), la grisette répondit à *Fleur-de-Marie* :

— Vraiment, tu connais quelqu'un d'assez généreux pour venir ainsi en aide aux pauvres gens?...

— Oui!... et quoique j'aie déjà à implorer sa pitié, sa bienfaisance pour d'autres personnes, je suis sûre que s'il connaissait le malheur immérité de Louise et de M. Germain... il les sauverait et punirait leur persécuteur... car sa justice et sa bonté sont inépuisables comme celles de Dieu...

Madame Séraphin regarda sa victime avec surprise.

— Cette petite fille serait-elle donc encore plus dangereuse que nous ne le pensions? — se dit-elle — si j'avais pu en avoir pitié, ce qu'elle vient de dire rendrait inévitable l'*accident* qui va nous en débarrasser.

— Ma bonne petite Goualeuse, puisque tu as une si bonne connaissance, je t'en supplie, recommande-lui ma Louise et mon Germain, car ils ne méritent pas leur mauvais sort — dit Rigolette en songeant que ses amis ne pouvaient que gagner à avoir deux défenseurs au lieu d'un.

— Sois tranquille, je te promets de faire ce que je pourrai pour tes protégés auprès de M. Rodolphe — dit Fleur-de-Marie.

— M. Rodolphe!... — s'écria Rigolette étrangement surprise.

— Sans doute... — dit la Goualeuse.

— M. Rodolphe!... un commis-voyageur?

— Je ne sais pas ce qu'il est... mais pourquoi cet étonnement?

— Parce que je connais aussi un M. Rodolphe.

— Ce n'est peut-être pas le même.

— Voyons, voyons le tien... comment est-il?

— Jeune!...

— C'est ça...

— Une figure pleine de noblesse et de bonté...

— C'est bien ça... mais, mon Dieu! c'est tout comme le mien — dit Rigolette de plus en plus étonnée, et elle ajouta : — Est-il brun? a-t-il de petites moustaches?...

— Oui.

— Enfin, il est grand et mince... il a une taille charmante... et l'air si comme il faut... pour un commis-voyageur... Est-ce toujours bien ça, le tien?

— Sans doute c'est lui — répondit Fleur-de-Marie — seulement, ce qui m'étonne, c'est que tu crois qu'il est commis-voyageur.

— Quant à cela... j'en suis sûre... il me l'a dit...

— Tu le connais?...

— Si je le connais? c'est mon voisin.

— M. Rodolphe?

— Il a une chambre au quatrième, à côté de la mienne.

— Lui?... lui?...

— Qu'est-ce qu'il y a d'étonnant à cela? c'est tout simple, il ne gagne guère que quinze ou dix-huit cents francs par an; il ne peut prendre qu'un logement modeste, quoiqu'il ait l'air de ne pas avoir beaucoup d'ordre... car il ne sait pas seulement ce que ses habits lui coûtent... mon cher voisin...

— Non... non... ce n'est pas le même... — dit Fleur-de-Marie en réfléchissant.

— Ah çà! le tien est donc un phénix pour l'ordre?

— Celui dont je te parle, vois-tu, Rigolette — dit Fleur-de-Marie avec enthousiasme — est tout-puissant... on ne prononce son nom qu'avec amour et vénération... son aspect trouble... impose, et l'on est tenté de s'agenouiller devant sa grandeur et sa bonté...

— Alors je m'y perds, ma pauvre Goualeuse; je dis comme toi, ça n'est plus le même, car le mien n'est ni tout-puissant ni imposant; il est très-bon enfant, très-gai, et on ne s'agenouille pas devant lui; au contraire, car il m'avait promis de m'aider à cirer ma chambre, sans compter qu'il devait me mener promener le dimanche... Tu vois bien que ça n'est pas un gros seigneur. Mais à quoi est-ce que je pense, j'ai joliment le cœur à la promenade... Et Louise, et mon pauvre Germain! tant qu'ils seront en prison, il n'y aura pas de plaisir pour moi...

Depuis quelques moments Fleur-de-Marie réfléchissait profondément; elle s'était tout à coup rappelé que, lors de sa première entrevue avec Rodolphe chez l'ogresse, il avait l'extérieur et le langage des hôtes du *tapis-franc*. Ne pouvait-il pas jouer le rôle de commis-voyageur auprès de Rigolette?

Mais quel était le but de cette nouvelle transformation?

La grisette reprit, voyant l'air pensif de Fleur-de-Marie:

— Il n'est pas besoin de te creuser la tête pour cela, ma bonne Goualeuse: nous saurons bien si nous connaissons le même M. Rodolphe; quand tu verras le tien, parle-lui de moi; quand je verrai le mien, je lui parlerai de toi... de cette manière-là nous saurons tout de suite à quoi nous en tenir.

— Et où demeures-tu, Rigolette?

— Rue du Temple, n° 17.

— Voilà qui est étrange et bon à savoir — se dit madame Séraphin, qui avait attentivement écouté cette conversation — Ce M. Rodolphe, mystérieux et tout-puissant personnage, qui se fait sans doute passer pour commis-voyageur, occupe un logement voisin de celui de cette petite ouvrière, qui a l'air d'en savoir plus qu'elle n'en veut dire, et ce défenseur des opprimés loge ainsi qu'elle dans la maison de Morel et de Bradamanti... Bon, bon, si la grisette et le prétendu commis-voyageur continuent à se mêler de ce qui ne les regarde pas, on saura où les trouver.

— Lorsque j'aurai parlé à M. Rodolphe, je t'écrirai — dit la Goualeuse —

et je te donnerai mon adresse pour que tu puisses me répondre; mais répète-moi la tienne... je crains de l'oublier.

— Tiens, j'ai justement sur moi une des cartes que je laisse à mes pratiques — et elle donna à Fleur-de-Marie une petite carte sur laquelle était écrit en magnifique bâtarde — *Mademoiselle Rigolette, couturière, rue du Temple, n° 17.* C'est comme imprimé, n'est-ce pas! — ajouta la grisette — c'est encore ce pauvre Germain qui me les a écrites dans le temps, ces cartes-là; il était si bon, si prévenant... tiens, vois-tu, c'est comme un fait exprès, on dirait que je ne m'aperçois de toutes ses excellentes qualités que depuis qu'il est malheureux... et maintenant je suis toujours à me reprocher d'avoir attendu si tard pour l'aimer...

— Tu l'aimes donc!

— Ah! mon Dieu, oui!... il faut bien que j'aie un prétexte pour aller le voir en prison... Avoue que je suis une drôle de fille — dit Rigolette en étouffant un soupir et en *riant dans ses larmes,* comme dit le poète.

— Tu es bonne et généreuse comme toujours — dit Fleur-de-Marie en pressant tendrement les mains de son amie.

Madame Séraphin en avait sans doute assez appris par l'entretien des deux jeunes filles, car elle dit presque brusquement à Fleur-de-Marie :

— Allons, allons, ma chère demoiselle, partons; il est tard, voilà un quart d'heure de perdu.

— A-t-elle l'air bougon, cette vieille... je n'aime pas sa figure — dit tout bas Rigolette à Fleur-de-Marie. Puis elle reprit tout haut : — Quand tu viendras à Paris, ma bonne Goualeuse, ne m'oublie pas; ta visite me ferait tant de plaisir! je serais si contente de passer une journée avec toi, de te montrer mon petit ménage, ma chambre, mes oiseaux!... j'ai des oiseaux... c'est mon luxe.

— Je tâcherai de t'aller voir, mais certainement je t'écrirai; allons, adieu, Rigolette... adieu... Si tu savais comme je suis heureuse de t'avoir rencontrée !

— Et moi donc... mais ce ne sera pas la dernière fois, je l'espère; et puis je suis si impatiente de savoir si ton M. Rodolphe est le même que le mien... Écris-moi bien vite à ce sujet, je t'en prie...

— Oui, oui... adieu, Rigolette...

— Adieu, ma bonne petite Goualeuse...

Et les deux jeunes filles s'embrassèrent tendrement en dissimulant leur émotion.

Rigolette entra dans la prison pour voir Louise, grâce au permis que lui avait fait obtenir Rodolphe.

Fleur-de-Marie monta en fiacre avec madame Séraphin, qui ordonna au cocher d'aller aux Batignolles et de s'arrêter à la barrière.

Un chemin de traverse très-court conduisait de cet endroit presque directement au bord de la Seine, non loin de l'île du Ravageur. Fleur-de-Marie, ne connaissant pas Paris, n'avait pu s'apercevoir que la voiture suivait une autre route que celle de la barrière Saint-Denis. Ce fut seulement lorsque le fiacre s'arrêta aux Batignolles qu'elle dit à madame Séraphin, qui l'invitait à descendre :

— Mais il me semble, madame, que ce n'est pas là le chemin de Bouqueval... et puis comment irons-nous à pied d'ici jusqu'à la ferme ?

— Tout ce que je puis vous dire, ma chère demoiselle — reprit cordialement la femme de charge — c'est que j'exécute les ordres de vos bienfaiteurs... et que vous leur feriez grand'peine si vous hésitiez à me suivre...

— Oh ! madame, ne le pensez pas — s'écria Fleur-de-Marie — vous êtes envoyée par eux, je n'ai aucune question à vous adresser... je vous suis aveuglément ; dites-moi seulement si madame Georges se porte toujours bien ?

— Elle se porte à ravir.

— Et... M. Rodolphe ?

— Parfaitement bien aussi.

— Vous le connaissez donc, madame ? mais tout à l'heure, quand je parlais de lui avec Rigolette... vous n'en avez rien dit.

— Parce que je ne devais rien en dire... apparemment. J'ai mes ordres...

— C'est lui qui vous les a donnés ?

— Est-elle curieuse, cette chère demoiselle, est-elle curieuse... — dit en riant la femme de charge.

— Vous avez raison ; pardonnez mes questions, madame... Puisque nous allons à pied à l'endroit où vous me conduisez — ajouta Fleur-de-Marie en souriant doucement — je saurai bientôt ce que je désire tant savoir.

— En effet, ma chère demoiselle ; avant un quart d'heure... nous serons arrivées.

La femme de charge, ayant laissé derrière elle les dernières maisons des Batignolles, suivit avec Fleur-de-Marie un chemin gazonné bordé de noyers. Le jour était tiède et beau ; le ciel, à demi voilé de nuages empourprés par le couchant ; le soleil commençant à décliner jetait ses rayons obliques sur les hauteurs de *Colombes*, de l'autre côté de la Seine. A mesure que Fleur-de-Marie approchait des bords de la rivière, ses joues pâles se coloraient légèrement ; elle aspirait avec délices l'air vif et pur de la campagne.

Sa touchante physionomie exprimait une satisfaction si douce, que madame Séraphin lui dit :

— Vous semblez bien contente, ma chère demoiselle...

— Oh oui, madame... je vais revoir madame Georges, peut-être M. Rodolphe... j'ai de pauvres créatures très-malheureuses à leur recommander... j'espère qu'on les soulagera... comment ne serais-je pas contente ? Si j'étais triste, comment ma tristesse ne s'effacerait-elle pas ! Et puis, voyez donc... le ciel est si gai avec ses nuages roses ! et le gazon... est-il vert malgré la saison ! et là-bas... là-bàs... derrière ces saules, la rivière... est-elle grande, mon Dieu ! le soleil y brille, c'est éblouissant... on dirait des reflets d'or... il brillait ainsi tout à l'heure dans l'eau du petit bassin de la prison.. Dieu n'oublie pas

les pauvres prisonniers... il leur donne aussi leur rayon de soleil — ajouta
Fleur-de-Marie avec une sorte de pieuse reconnaissance ; puis, ramenée par le
souvenir de sa captivité à mieux apprécier encore le bonheur d'être libre, elle
s'écria dans un élan de joie naïve : — Ah ! madame... et là-bas, au milieu de
la rivière, voyez donc cette jolie petite île bordée de saules et de peupliers avec
cette maison blanche au bord de l'eau... comme cette habitation doit être charmante l'été quand tous les arbres sont couverts de feuilles ! quel silence, quelle
fraîcheur on doit y trouver !

— Ma foi — dit madame Séraphin avec un sourire étrange — je suis ravie
que vous trouviez cette île jolie.

— Pourquoi cela, madame ?

— Parce que nous y allons.

— Dans cette île !

— Oui, cela vous surprend ?

— Un peu, madame.

— Et si vous trouviez là vos amis !

— Que dites-vous !

— Vos amis rassemblés pour fêter votre sortie de prison, ne seriez-vous pas
encore plus agréablement surprise ?

— Il serait possible?... madame Georges... M. Rodolphe...

— Tenez .. ma chère demoiselle, je n'ai pas plus de défense qu'un enfant... avec votre petit air innocent, vous me feriez dire ce que je ne dois pas dire.

— Je vais les revoir... oh! madame, comme mon cœur bat...

— N'allez donc pas si vite; je conçois votre impatience, mais je puis à peine vous suivre... petite folle...

— Pardon, madame, j'ai tant de hâte d'arriver...

— C'est bien naturel... je ne vous en fais pas un reproche, au contraire...

— Voici le chemin qui descend, il est mauvais, voulez-vous mon bras, madame?

— Ce n'est pas de refus, ma chère demoiselle... car vous êtes leste et in-gambe, et moi je suis vieille.

— Appuyez-vous bien sur moi, madame, n'ayez pas peur de me fatiguer...

— Merci, ma chère demoiselle, votre aide n'est pas de trop, cette descente est si rapide... Enfin nous voici dans une belle route.

— Ah! madame, il est donc vrai, je vais revoir madame Georges?... je ne puis le croire.

— Encore un peu de patience... dans un quart d'heure... vous la verrez, et vous le croirez alors!

— Ce que je ne puis pas comprendre — ajouta Fleur-de-Marie après un moment de réflexion — c'est que madame Georges m'attende là au lieu de m'attendre à la ferme.

— Toujours curieuse, cette chère demoiselle, toujours curieuse...

— Comme je suis indiscrète, n'est-ce pas, madame! dit Fleur-de-Marie en souriant.

— Aussi, pour vous punir, j'ai bien envie de vous apprendre la surprise que vos amis vous ménagent.

— Une surprise, à moi, madame?

— Tenez, laissez-moi tranquille, petite espiègle, vous me feriez encore parler malgré moi.

Nous laisserons madame Séraphin et sa victime dans le chemin qui conduit à la rivière.

Nous les précéderons toutes deux de quelques moments à l'île du Ravageur.

CHAPITRE XVI.

LE BATEAU.

Pendant la nuit, l'aspect de l'île habitée par la famille Martial était sinistre ; mais, à la brillante clarté du soleil, rien de plus riant que ce séjour maudit.

Bordée de saules et de peupliers, presque entièrement couverte d'une herbe épaisse, où serpentaient quelques allées de sable jaune, l'île renfermait un petit jardin potager et un assez grand nombre d'arbres à fruits. Au milieu de ce verger on voyait la baraque à toit de chaume dans laquelle Martial voulait se retirer avec François et Amandine. De ce côté, l'île se terminait à sa pointe par une sorte d'estacade formée de gros pieux destinés à contenir l'éboulement des terres.

Devant la maison, touchant presque au débarcadère, s'arrondissait une tonnelle de treillage vert, destinée à supporter pendant l'été les tiges grimpantes de la vigne vierge et du houblon, berceau de verdure sous lequel on disposait alors les tables des buveurs.

A l'une des extrémités de la maison, peinte en blanc et recouverte de tuiles, un bûcher surmonté d'un grenier formait en retour une petite aile beaucoup plus basse que le corps-de-logis principal. Presque au-dessus de cette aile on remarquait une fenêtre aux volets garnis de plaques de tôle, et extérieurement condamnés par deux barres de fer transversales, que de forts crampons fixaient au mur.

Trois bachots se balançaient, amarrés aux pilotis du débarcadère.

Accroupi au fond de l'un de ces bachots, Nicolas s'assurait du libre jeu de la soupape qu'il y avait adaptée.

Debout sur un banc situé en dehors de la tonnelle, Calebasse, la main placée au-dessus de ses yeux en manière d'abat-jour, regardait au loin dans la direction que madame Séraphin et Fleur-de-Marie devaient suivre pour se rendre à l'île.

— Personne ne paraît encore, ni vieille ni jeune — dit Calebasse en descendant de son banc et s'adressant à Nicolas. — Ce sera comme hier ! nous aurons attendu pour le roi de Prusse... Si ces femmes n'arrivent pas avant une demi-heure... il faudra partir ; le coup de Bras-Rouge vaut mieux ; il nous attend. La courtière doit venir à cinq heures chez lui, aux Champs-Élysées... Il faut que nous soyons arrivés avant elle. Ce matin la Chouette nous l'a répété.

— Tu as raison — reprit Nicolas en quittant son bateau. — Que le tonnerre écrase cette vieille qui nous fait droguer pour rien !.. La soupape va comme un charme... Des deux affaires nous n'en aurons peut-être pas une...

— Du reste, Bras-Rouge et Barbillon ont besoin de nous... à eux deux ils ne peuvent rien.

— C'est vrai; car, pendant qu'on fera le coup, il faudra que Bras-Rouge reste en dehors de son cabaret pour être au guet, et Barbillon n'est pas assez fort pour entraîner à lui tout seul la courtière dans le caveau... elle regimbera, cette vieille.

— Est-ce que la Chouette ne nous disait pas, en riant, qu'elle y tenait le Maître d'école en *pension*... dans ce caveau ?

— Pas dans celui-là .. dans un autre qui est bien plus profond, et qui est inondé quand la rivière est haute.

— Doit-il marronner dans ce caveau, le Maître d'école !... Etre là-dedans tout seul, et aveugle !

— Il y verrait clair qu'il n'y verrait pas autre chose : le caveau est noir comme un four.

— C'est égal, quand il a fini de chanter, pour se distraire, toutes les romances qu'il sait, le temps doit lui paraître joliment long.

— La Chouette dit qu'il s'amuse à faire la chasse aux rats, et que ce caveau-là est très-giboyeux..

— Dis donc, Nicolas, à propos de particuliers qui doivent s'ennuyer et marronner — reprit Calebasse avec un sourire féroce, en montrant du doigt la fenêtre garnie de plaques de tôle — il y en a là un qui doit se manger le sang...

— Bah... il dort... Depuis ce matin il ne cogne plus... et son chien est muet...

— Peut-être qu'il l'a étranglé pour le manger... Depuis deux jours ils doivent tous deux enrager la faim et la soif là-dedans.

— Ça les regarde... Martial peut durer encore long-temps comme ça, si ça l'amuse... Quand il sera fini... on dira qu'il est mort de maladie; ça ne fera pas un pli.

— Tu crois ?

— Bien sûr. En allant ce matin à Asnières, la mère a rencontré le père Férot, le pêcheur; comme il s'étonnait de ne pas avoir vu son ami Martial depuis deux jours, la mère lui a dit que Martial ne quittait pas son lit, tant il était malade, et qu'on désespérait de lui... Le père Férot a avalé ça doux comme miel... il le redira à d'autres .. et quand la chose arrivera... elle paraîtra toute simple.

— Oui, mais il ne mourra pas encore tout de suite; c'est long de cette manière-là...

— Qu'est-ce que tu veux ! il n'y avait pas moyen d'en venir à bout autrement. Cet enragé de Martial, quand il s'y met, est méchant en diable et fort comme un taureau, par là-dessus il se défiait, nous n'aurions pas pu l'approcher sans danger ; tandis que, sa porte une fois bien clouée en dehors, qu'est-ce qu'il pouvait faire ? Sa fenêtre était grillée.

— Tiens... il pouvait desceller les barreaux... en creusant le plâtre avec son couteau, ce qu'il aurait fait si, montée à l'échelle, je ne lui avais pas déchiqueté les mains à coups de hachette toutes les fois qu'il voulait commencer son ouvrage.

— Quelle faction ! — dit le brigand en ricanant ; — c'est toi qui as dû t'amuser !

— Il fallait bien te donner le temps d'arriver avec la tôle que tu avais été chercher chez le père Micou.

— Devait-il écumer... cher frère !

— Il grinçait des dents comme un possédé ; deux ou trois fois il a voulu me repousser à travers les barreaux à grands coups de bâton ; mais alors, n'ayant plus qu'une main de libre, il ne pouvait pas travailler et desceller la grille . C'est ce qu'il fallait.

— Heureusement qu'il n'y a pas de cheminée dans sa chambre !

— Et que la porte est solide et qu'il a les mains abîmées ! sans ça, il serait capable de trouer le plancher...

— Et les poutres, il passerait donc à travers ? Non, non, va, il n'y a pas de danger qu'il s'échappe ; les volets sont garnis de tôle et assurés par deux barres de fer ; la porte... clouée en dehors avec des clous à bateau de trois pouces .. Sa bière est plus solide que si elle était en chêne et en plomb.

— Dis donc, et quand, en sortant de prison, la Louve viendra ici pour chercher son homme... comme elle l'appelle !...

— Eh bien ! on lui dira : Cherche...

— A propos, sais-tu que si ma mère n'avait pas enfermé ces gueux d'enfants, ils auraient été capables de ronger la porte comme des rats pour délivrer Martial ? Ce petit gredin de François est un vrai démon depuis qu'il se doute que nous avons emballé le grand frère.

— Ah çà ! mais est-ce qu'on va les laisser dans la chambre d'en haut pendant que nous allons quitter l'île ! Leur fenêtre n'est pas grillée ; ils n'ont qu'à descendre en dehors...

A ce moment, des cris et des sanglots, partant de la maison, attirèrent l'attention de Calebasse et de Nicolas.

Ils virent la porte du rez-de-chaussée, jusqu'alors ouverte, se fermer violemment ; une minute après, la figure pâle et sinistre de la mère Martial apparut à travers les barreaux de la fenêtre de la cuisine.

De son long bras décharné, la veuve du supplicié fit signe à ses enfants de venir à elle.

— Allons, il y a du grabuge ; je parie que c'est encore François qui se re-

biffe — dit Nicolas. — Gredin de Martial! sans lui, ce gamin-là aurait été
tout seul... Veille toujours bien; et, si tu vois venir les deux femelles, ap-
pelle-moi.

Pendant que Calebasse, remontée sur son banc, épiait au loin la venue de
madame Séraphin et de la Goualeuse, Nicolas entra dans la maison.

La petite Amandine, agenouillée au milieu de la cuisine, sanglotait et demandait grâce pour son frère François.

Irrité, menaçant, celui-ci, acculé dans un des angles de cette pièce, bran-
dissait la hachette de Nicolas, et semblait décidé à apporter cette fois une
résistance désespérée aux volontés de sa mère.

Toujours impassible, toujours silencieuse, montrant à Nicolas l'entrée du
caveau qui s'ouvrait dans la cuisine et dont la porte était entre-bâillée, la
veuve fit signe à son fils d'y enfermer François.

— On ne m'enfermera pas là-dedans! — s'écria l'enfant déterminé, dont
les yeux brillaient comme ceux d'un jeune chat sauvage. — Vous voulez nous
y laisser mourir de faim avec Amandine, comme notre frère Martial.

— Maman... pour l'amour de Dieu, laisse-nous en haut dans notre chambre,
comme hier — demanda la petite fille d'un ton suppliant, en joignant les
mains... — Dans le caveau noir, nous aurons trop peur...

La veuve regarda Nicolas d'un air impatient, comme pour lui reprocher de n'avoir pas encore exécuté ses ordres; puis, d'un nouveau geste impérieux, lui désigna François.

Voyant son frère s'avancer vers lui, le jeune garçon brandit sa hachette d'un air désespéré et s'écria :

— Si on veut m'enfermer là, que ce soit ma mère, mon frère ou Calebasse, tant pis... je frappe, et la hache coupe.

Ainsi que la veuve, Nicolas sentait l'imminente nécessité d'empêcher les deux enfants d'aller au secours de Martial pendant que la maison resterait seule, et aussi de leur dérober la connaissance des scènes qui allaient se passer, car de leur fenêtre on découvrait la rivière, où l'on voulait noyer Fleur-de-Marie. Mais Nicolas, aussi féroce que lâche, et se souciant peu de recevoir un coup de la dangereuse hachette dont son jeune frère était armé, hésitait à s'approcher de lui.

La veuve, courroucée de l'hésitation de son fils aîné, le poussa rudement par l'épaule au-devant de François. Mais Nicolas, reculant de nouveau, s'écria :

— Quand il m'aura blessé... qu'est-ce que je ferai, la mère? Vous savez bien que je vais avoir besoin de mes bras tout à l'heure, et je me ressens encore du coup que ce gueux de Martial m'a donné...

La veuve haussa les épaules avec mépris, et fit un pas vers François.

— N'approchez pas, ma mère! — s'écria François furieux — ou vous allez me payer tous les coups que vous nous avez donnés à nous deux Amandine.

— Mon frère... laisse-toi plutôt renfermer... Oh! mon Dieu!... ne frappe pas notre mère! — s'écria Amandine épouvantée.

Tout à coup Nicolas vit sur une chaise une grande couverture de laine dont on s'était servi pour le *repassage;* il la saisit, la déploya à moitié, et la lança adroitement sur la tête de François, qui, malgré ses efforts, se trouvant engagé sous ses plis épais, ne put faire usage de son arme. Alors Nicolas se précipita sur lui, et, aidé de sa mère, il le porta dans le caveau.

Amandine était restée agenouillée au milieu de la cuisine; dès qu'elle vit le sort de son frère, elle se leva vivement, et, malgré sa terreur, alla d'elle-même le rejoindre dans le sombre réduit.

La porte fut fermée à double tour sur le frère et sur la sœur.

— C'est pourtant la faute de ce gueux de Martial si ces enfants sont maintenant comme des déchaînés après nous ! — s'écria Nicolas.

— On n'entend plus rien dans sa chambre depuis ce matin — dit la veuve d'un air pensif, et elle tressaillit; — plus rien...

— C'est ce qui prouve, la mère, que tu as bien fait de dire tantôt au père Férot, le pêcheur d'Asnières, que Martial était depuis deux jours dans son lit, malade à crever... Comme ça, quand tout sera dit, on ne s'étonnera de rien.....

Après un moment de silence, et comme si elle eût voulu échapper à une pensée pénible, la veuve reprit brusquement :

— La Chouette est venue ici pendant que j'étais à Asnières ?

— Oui , la mère.

— Pourquoi n'est-elle pas restée pour nous accompagner chez Bras-Rouge ? Je me défie d'elle.

— Bah !... vous vous défiez de tout le monde, la mère... aujourd'hui c'est de la Chouette , hier c'était de Bras-Rouge.

— Bras-Rouge est libre, mon fils est à Toulon..... et ils avaient commis le même vol.

— Quand vous répéterez toujours cela... Bras-Rouge a échappé parce qu'il est fin comme l'ambre... voilà tout... La Chouette n'est pas restée ici, parce qu'elle avait rendez-vous à deux heures, près l'Observatoire, avec le grand monsieur en deuil, au compte de qui elle a enlevé cette jeune fille de campagne avec l'aide du Maître d'école et de Tortillard, même que c'était Barbillon qui menait le fiacre que ce grand monsieur en deuil avait loué pour cette affaire. Voyons, la mère, comment voulez-vous que la Chouette nous dénonce, puisqu'elle nous dit les coups qu'elle monte..... et que nous ne lui disons pas les nôtres ?... car elle ne sait rien de la noyade de tout à l'heure... Soyez tranquille, allez, la mère, les loups ne se mangent pas... la journée sera bonne ; quand je pense que la courtière a souvent pour des vingt , des trente mille francs de diamants dans son sac, et qu'avant deux heures nous la tiendrons dans le caveau de Bras-Rouge !... Trente mille francs de diamants !... pensez donc !

— Et, pendant que nous tiendrons la courtière, Bras-Rouge restera en dehors de son cabaret ? — dit la veuve d'un air soupçonneux.

— Et, où voulez-vous qu'il soit ? S'il vient quelqu'un chez lui, ne faut-il pas qu'il réponde , et qu'il empêche d'approcher de l'endroit où nous ferons notre affaire...

— Nicolas !... Nicolas !... — cria tout à coup Calebasse au dehors — voilà les deux femmes...

— Vite, vite, la mère, votre châle, je vais vous conduire à terre, ça sera autant de fait — dit Nicolas.

La veuve avait remplacé sa marmotte de deuil par un bonnet de tulle noir. Elle s'enveloppa dans un grand châle de tartan à carreaux gris et blancs, ferma la porte de la cuisine, plaça la clef derrière un des volets du rez-de-chaussée et suivit son fils à l'embarcadère. Presque malgré elle, avant de quitter l'île, elle jeta un long regard sur la fenêtre de Martial, fronça les sourcils, pinça ses lèvres ; puis, après un brusque et nouveau tressaillement, elle murmura tout bas : — C'est sa faute... c'est sa faute...

— Nicolas... les vois-tu... là-bas... le long de la butte ! il y a une paysanne et une bourgeoise — s'écria Calebasse en montrant, de l'autre côté de la rivière, madame Séraphin et Fleur-de-Marie qui descendaient un petit sentier contournant un escarpement assez élevé d'où l'on dominait un four à plâtre.

— Attendons le signal, n'allons pas faire de mauvaise besogne — dit Nicolas.

— Tu es donc aveugle ! Est-ce que tu ne reconnais pas la grosse femme qui est venue avant-hier ?... Vois donc son châle orange. Et la petite paysanne, comme elle se dépêche !... Elle est encore bonne enfant, celle-là... on voit bien qu'elle ne sait pas ce qui l'attend.

— Oui, je reconnais la grosse femme. Allons, ça chauffe... ça chauffe. Ah çà ! convenons bien du coup, Calebasse — dit Nicolas. — Je prendrai la vieille et la jeune dans le bachot à soupape... tu me suivras dans l'autre bout à bout... et attention à ramer juste, pour que d'un saut je puisse me lancer dans ton bateau dès que j'aurai fait jouer la trappe et que le mien enfoncera.

— N'aie pas peur, ce n'est pas la première fois que je rame, n'est-ce pas !

— Je n'ai pas peur de me noyer... tu sais comme je nage... Mais si je ne sautais pas à temps dans l'autre bachot... les femelles, en se débattant contre la noyade, pourraient s'accrocher à moi... et merci... je n'ai pas envie de faire une *pleine eau* avec elles.

— La vieille fait signe avec son mouchoir — dit Calebasse — les voilà sur la grève.

— Allons, allons, embarquez, la mère — dit Nicolas en démarrant — venez dans le bachot à soupape... Comme ça les deux femmes ne se défieront de rien..... Et toi, Calebasse, saute dans l'autre, et des bras..... ma fille..... rame dur... Ah ! tiens, prends mon croc, mets-le à côté de toi, il est pointu comme une lance... ça pourra servir, et en route ! — dit le bandit en plaçant dans le bateau de Calebasse un long croc armé d'un fer aigu.

En peu d'instants, les deux bachots, conduits l'un par Nicolas, l'autre par Calebasse, abordèrent sur la grève, où madame Séraphin et Fleur-de-Marie attendaient depuis quelques minutes. Pendant que Nicolas attachait son bateau à un pieu placé sur le rivage, madame Séraphin s'approcha, et lui dit tout bas et très-rapidement : — Dites que madame Georges nous attend. — Puis la femme de charge reprit à haute voix :

— Nous sommes un peu en retard, mon garçon !

— Oui, ma brave dame, madame Georges vous a déjà demandées plusieurs fois.

— Vous voyez, ma chère demoiselle, madame Georges nous attend — dit madame Séraphin en se retournant vers Fleur-de-Marie, qui, malgré sa confiance, avait senti son cœur se serrer à l'aspect des sinistres figures de la veuve, de Calebasse et de Nicolas... Mais le nom de madame Georges la rassura, et elle répondit :

— Je suis aussi bien impatiente de voir madame Georges ; heureusement le trajet n'est pas long...

— Va-t-elle être contente, cette chère dame ! — dit madame Séraphin. — Puis s'adressant à Nicolas : — Voyons, mon garçon, approchez encore un peu plus votre bateau, que nous puissions monter. — Et elle ajouta tout bas : — Il faut absolument noyer la petite ; si elle revient sur l'eau, replongez-la...

— C'est dit ; et vous, n'ayez pas peur ; quand je vous ferai signe, donnez-

moi la main... Elle enfoncera toute seule... tout est préparé... vous n'avez rien
à craindre — répondit tout bas Nicolas. Puis, avec une impassibilité féroce,
sans être touché de la beauté et de la jeunesse de Fleur-de-Marie, il lui tendit
son bras :

La jeune fille s'y appuya légèrement et entra dans le bateau.

— A vous, ma brave dame — dit Nicolas à madame Séraphin.

Et il lui offrit la main à son tour.

Fut-ce pressentiment, défiance ou seulement crainte de ne pas sauter assez
lestement de l'embarcation dans laquelle se trouvaient Nicolas et la Goualeuse
lorsqu'elle coulerait à fond, la femme de charge de Jacques Ferrand dit à Nicolas en se reculant : — Au fait... moi j'irai dans le bateau de mademoiselle.

Et elle se plaça près de Calebasse.

— A la bonne heure — dit Nicolas en échangeant un coup d'œil expressif
avec sa sœur. Et du bout de sa rame il donna une vigoureuse impulsion à son
bachot. Sa sœur l'imita lorsque madame Séraphin fut à côté d'elle.

Debout, immobile sur le rivage, indifférente à cette scène, la veuve, pensive et absorbée, attachait obstinément son regard sur la fenêtre de Martial,
que l'on distinguait de la grève à travers les peupliers.

Pendant ce temps, les deux bachots, dont le premier portait Fleur-de-
Marie et Nicolas, l'autre madame Séraphin et Calebasse, s'éloignèrent lentement du bord.

Duhoulot. del.   Marqeot.

CHAPITRE XVII

Pour se soustraire à ... madame Séraphin, la Louve était aussi sortie de prison.

Grâce aux recommandations de madame Armand, les deux sœurs qui ... aient la récompense de leur bonne conduite, avaient ... gracié la maîtresse de Martial et quelque ...

... lui, jusqu'alors ...

Ayant sans cesse présent à la pensée le tableau de leur position ... solitaire, évoqué par Fleur-de-Marie ... passée.

Se rappelant ... entretien avec Martial ...

Pour opérer cette transformation ... par la lutte impuissante des résolutions ... Marie, suivant l'inspiration généreuse ...

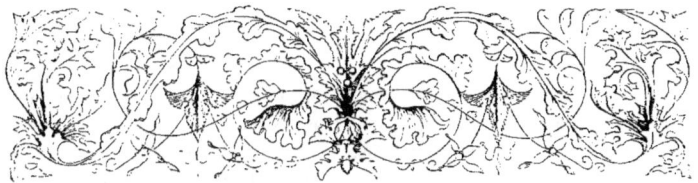

CHAPITRE XVII.

BONHEUR DE SE REVOIR.

Avant d'apprendre au lecteur le dénoûment du drame qui se passait dans le bateau à soupape de Martial, nous reviendrons sur nos pas.

Peu de moments après que Fleur-de-Marie eut quitté Saint-Lazare avec madame Séraphin, la Louve était aussi sortie de prison.

Grâce aux recommandations de madame Armand et du directeur, qui voulaient la récompenser de sa bonne action envers Mont-Saint-Jean, on avait gracié la maîtresse de Martial de quelques jours de captivité qui lui restaient à subir.

Un changement complet s'était d'ailleurs opéré dans l'esprit de cette créature jusqu'alors corrompue, avilie, indomptée.

Ayant sans cesse présent à la pensée le tableau de la vie paisible, rude et solitaire, évoquée par Fleur-de-Marie, la Louve avait pris en horreur sa vie passée.

Se retirer au fond des forêts avec Martial... tel était alors son but unique, son idée fixe, contre laquelle tous ses anciens et mauvais instincts s'étaient en vain révoltés pendant que, séparée de la Goualeuse dont elle avait voulu fuir l'influence croissante, cette femme étrange s'était retirée dans un autre quartier de Saint-Lazare.

Pour opérer cette rapide et sincère conversion, encore assurée, consolidée par la lutte impuissante des habitudes perverses de sa compagne, Fleur-de-Marie, suivant l'impulsion de son naïf bon sens, avait ainsi raisonné :

« La Louve, créature violente et résolue, aime passionnément Martial ; elle doit donc accueillir avec joie la possibilité de sortir de l'ignominieuse vie dont elle a honte pour la première fois, et de se consacrer tout entière à cet homme rude et sauvage dont elle réfléchit tous les penchants, à cet homme qui recherche la solitude autant par goût qu'afin d'échapper à la réprobation dont sa détestable famille est poursuivie. »

Aidée de ces seuls éléments puisés dans son entretien avec la Louve, Fleur-de-Marie, en donnant une louable direction à l'amour farouche et au caractère hardi de cette créature, avait donc changé une fille perdue en honnête femme ; car ne rêver qu'à épouser Martial pour se retirer avec lui au milieu des bois et

y vivre de travail et de privations, n'est-ce pas absolument le vœu d'une honnête femme?

Confiante dans l'appui que Fleur-de-Marie lui avait promis au nom d'un
bienfaiteur inconnu, la Louve venait donc faire cette louable proposition
à son amant, non sans la crainte amère d'un refus, car la Goualeuse, en l'a-
menant à rougir du passé, lui avait aussi donné la conscience de sa position
envers Martial.

Une fois libre, la Louve ne songea qu'à revoir son *homme,* comme elle disait. Elle n'avait pas reçu de nouvelles de lui depuis plusieurs jours. Dans l'espoir de le rencontrer à l'île du Ravageur, et décidée à l'y attendre s'il ne s'y
trouvait pas, elle monta dans un cabriolet de régie qu'elle paya largement,
et se fit rapidement conduire au pont d'Asnières, qu'elle traversa environ un
quart d'heure avant que madame Séraphin et Fleur-de-Marie, venant à
pied depuis la barrière, fussent arrivées sur la grève près du four à plâtre.

Lorsque Martial ne venait pas prendre la Louve dans son bateau pour la
mener dans l'île, elle s'adressait à un vieux pêcheur nommé le père Férot, qui
habitait près du pont.

A quatre heures de l'après-midi, un cabriolet s'arrêta donc à l'entrée d'une
petite rue du village d'Asnières. La Louve donna cent sous au cocher, d'un
bond fut à terre, et se rendit en hâte à la demeure du père Férot le batelier.

La Louve, ayant quitté ses habits de prison, portait une robe de mérinos
vert-foncé, un châle rouge à palmes façon cachemire, et un bonnet de tulle
garni de rubans ; ses cheveux épais, crépus, étaient à peine lissés. Dans son
ardeur impatiente de revoir Martial, elle s'était habillée avec plus de hâte que
de soin.

Après une si longue séparation, toute autre créature eût sans doute pris le
temps de se *faire belle* pour cette première entrevue ; mais la Louve se souciait peu de ces délicatesses et de ces lenteurs. Avant tout, elle voulait voir
son *homme* le plus tôt possible, désir impétueux, non-seulement causé par un
de ces amours passionnés qui exaltent quelquefois ces créatures jusqu'à la frénésie, mais encore par le besoin de confier à Martial la résolution salutaire
qu'elle avait puisée dans son entretien avec Fleur-de-Marie.

La Louve arriva bientôt à la maison du pêcheur.

Assis devant sa porte, le père Férot, vieillard à cheveux blancs, raccom-
modait ses filets.

Du plus loin qu'elle l'aperçut, la Louve s'écria :

— Votre bateau... père Férot... vite... vite !...

— Ah ! c'est vous, mademoiselle ; bien le bonjour... Il y a long-temps qu'on
ne vous a vue par ici.

— Oui, mais votre bateau... vite... et à l'île !...

— Ah bien ! c'est comme un sort, ma brave fille, impossible pour aujour-
d'hui.

— Comment !

— Mon garçon a pris mon bachot pour s'en aller à Saint-Ouen avec les autres jouter à la rame... Il ne reste pas un bateau sur toute la rive d'ici jusqu'à la gare...

— Mordieu! — s'écria la Louve en frappant du pied et en serrant les poings — c'est fait pour moi!

— Vrai! foi de père Férot... je suis bien fâché de ne pas pouvoir vous conduire à l'île... car sans doute qu'il est encore plus mal...

— Plus mal?... qui?

— Martial...

— Martial!!! — s'écria la Louve en saisissant le père Férot au collet — mon homme est malade?

— Vous ne le savez pas?

— Martial!!!

— Sans doute; mais vous allez déchirer ma blouse.... tenez-vous donc tranquille.

— Il est malade!... Et depuis quand?

— Depuis deux ou trois jours.

— C'est faux! il me l'aurait écrit.

— Ah bien oui! il est trop malade pour écrire!...

— Trop malade pour écrire?... Et il est à l'île! vous en êtes sûr?

— Je vas vous dire... Figurez-vous que ce matin j'ai rencontré la veuve Martial... Ordinairement, quand je la vois d'un côté, vous entendez bien, je m'en vas de l'autre... car je n'aime pas sa société... Alors...

— Mais mon homme... mon homme, où est-il?...

— Attendez donc... Me trouvant avec sa mère entre quatre-z-yeux, je n'ai pas osé éviter de lui parler; elle a l'air si mauvais, que j'en ai toujours peur... c'est plus fort que moi... — Voilà deux jours que je n'ai vu votre Martial, que je lui dis; il est donc parti en ville?.. — Là-dessus elle me regarde avec des yeux... mais des yeux... qui m'auraient tué s'ils avaient été des pistolets, comme dit cet autre.

— Vous me faites bouillir... Après?... après?...

Le père Férot garda un moment le silence, puis reprit :

— Tenez, vous êtes une bonne fille, promettez-moi le secret, et je vous dirai toute la chose... comme je la sais...

— Sur mon homme?

— Oui... car, voyez-vous, Martial est bon enfant, quoique mauvaise tête; et s'il lui arrivait malheur par sa vieille scélérate de mère ou par son gueux de frère, ça serait dommage...

— Mais que se passe-t-il?... Qu'est-ce que sa mère et son frère lui ont fait?... où est-il?... hein?... parlez donc! mais parlez donc!...

— Allons, bon, vous voilà encore après ma blouse!... Lâchez-moi donc!... Si vous m'interrompez toujours en me détruisant mes effets, je ne pourrai jamais finir et vous ne saurez rien.

— Oh! quelle patience! — s'écria la Louve en frappant des pieds avec colère.

— Vous ne répéterez à personne ce que je vous raconte?

— Non, non, non!

— Parole d'honneur?

— Père Férot, vous allez me donner un coup de sang...

— Oh! quelle fille! quelle fille:... a-t-elle une mauvaise tête! Voyons, m'y voilà. D'abord il faut vous dire que Martial est de plus en plus en bisbille avec sa famille... et qu'ils lui feraient quelque mauvais coup que cela ne m'étonnerait pas... C'est pour ça que je suis fâché de ne pas avoir mon bachot, car si vous comptez sur ceux de l'île pour y aller... vous avez tort... Ce n'est pas Nicolas ou cette vilaine Calebasse qui vous y conduiraient...

— Je le sais bien... Mais que vous a dit la mère de mon homme? C'est donc à l'île qu'il est tombé malade?

— Ne m'embrouillez pas; voilà ce que c'est : ce matin je dis à la veuve : — Il y a deux jours que je n'ai vu Martial, son bachot est au pieu... il est donc en ville? — Là-dessus la veuve me regarda d'un air méchant : — *Il est malade à l'île, et si malade qu'il n'en reviendra pas.* — Je me dis à part moi : Comment que ça se fait? Il y a trois jours que... Eh bien! quoi!.. — dit le père Férot en s'interrompant; — eh bien! où allez-vous?... Où diable court-elle à présent?...

Croyant la vie de Martial menacée par les habitants de l'île, la Louve, éperdue de frayeur, transportée de rage, n'écoutant pas davantage le pêcheur, s'était encourue le long de la Seine.

Quelques détails *topographiques* sont indispensables à l'intelligence de la scène suivante.

L'île du Ravageur se rapprochait plus de la rive gauche de la rivière que de la rive droite, où Fleur-de-Marie et madame Séraphin s'étaient embarquées.

La Louve se trouvait sur la rive gauche.

Sans être très-escarpée, la hauteur des terres de l'île masquait dans toute sa longueur la vue d'une rive sur l'autre. Ainsi la maîtresse de Martial n'avait pas pu voir l'embarquement de la Goualeuse, et la famille du ravageur n'avait pu voir la Louve accourant à ce moment même le long de la rive opposée.

Rappelons enfin au lecteur que la maison de campagne du docteur Griffon, où habitait temporairement le comte de Saint-Remy, s'élevait à mi-côte et près de la plage où la Louve arrivait éperdue.

Elle passa, sans les voir, auprès de deux personnes qui, frappées de son air hagard, se retournèrent pour la suivre de loin... Ces deux personnes étaient le comte de Saint-Remy et le docteur Griffon.

Le premier mouvement de la Louve, en apprenant le péril de son amant, avait été de courir impétueusement vers l'endroit où elle le savait en danger. Mais, à mesure qu'elle approchait de l'île, elle songeait à la difficulté d'y aborder. Ainsi que le lui avait dit le vieux pêcheur, elle ne devait compter sur aucun bateau étranger, et personne de la famille Martial ne voudrait la venir chercher.

Haletante, le teint empourpré, le regard étincelant, elle s'arrêta donc en face de la pointe de l'île qui, formant une courbe dans cet endroit, se rapprochait assez du rivage.

A travers les branches effeuillées des saules et des peupliers, la Louve aperçut le toit de la maison où Martial se mourait peut-être...

A cette vue, poussant un gémissement farouche, elle arracha son châle, son bonnet, laissa glisser sa robe jusqu'à ses pieds, ne garda que son jupon, se jeta intrépidement dans la rivière, y marcha tant qu'elle eut pied, puis, le perdant, elle se mit à nager vigoureusement vers l'île...

Ce fut un spectacle d'une énergie sauvage...

A chaque brassée, l'épaisse et longue chevelure de la Louve, dénouée par la violence de ses mouvements, frémissait autour de sa tête comme une crinière brune à reflets cuivrés.

Sans l'ardente fixité de ses yeux incessamment attachés sur la maison de Martial, sans la contraction de ses traits crispés par de terribles angoisses, on aurait cru que la maîtresse du braconnier se jouait dans l'onde, tant cette femme nageait librement, fièrement. Tatoués en souvenir de son amant, ses bras blancs et nerveux, d'une vigueur toute virile, fendaient l'eau qui rejaillissait et roulait en perles humides sur ses larges épaules, sur sa robuste et ferme poitrine qui ruisselait comme un marbre à demi submergé.

Tout à coup, de l'autre côté de l'île... retentit un cri de détresse..... un cri d'agonie terrible, désespéré...

La Louve tressaillit et s'arrêta court...

Puis, se soutenant sur l'eau d'une main, de l'autre elle rejeta en arrière son épaisse chevelure, et écouta...

Un nouveau cri se fit entendre... mais plus faible... mais suppliant, convulsif... expirant...

Et tout retomba dans un profond silence...

— Mon homme !!! — cria la Louve en se remettant à nager avec fureur.

Dans son trouble, elle avait cru reconnaître la voix de Martial.

Le comte et le docteur, auprès desquels la Louve était passée en courant, n'avaient pu la suivre d'assez près pour s'opposer à sa témérité.

Ils arrivèrent en face de l'île au moment où venaient de retentir les deux cris effrayants.

Ils s'arrêtèrent aussi épouvantés que la Louve...

Voyant celle-ci lutter intrépidement contre le courant, ils s'écrièrent :

— La malheureuse va se noyer !

Ces craintes furent vaines.

La maîtresse de Martial nageait comme une loutre; en quelques brassées, l'intrépide créature aborda.

Elle avait pris pied, et s'aidait, pour sortir de l'eau, d'un des pieux qui

formaient à l'extrémité de l'île une sorte d'estacade avancée, lorsque tout à
coup, le long de ces pilotis, emporté par le courant..... passa lentement le
corps d'une jeune fille vêtue en paysanne... ses vêtements la soutenaient encore sur l'eau.

Se cramponner d'une main à l'un des pieux, de l'autre saisir brusquement
au passage la femme par sa robe, tel fut le mouvement de la Louve, mouvement aussi rapide que la pensée.

Seulement elle attira si violemment à elle et en dedans du pilotis la malheureuse qu'elle sauvait, que celle-ci disparut un instant sous l'eau, quoiqu'il y
eût pied à cet endroit.

G.S.T.   H.

Douée d'une force et d'une adresse peu communes, la Louve souleva la
Goualeuse (c'était elle) qu'elle n'avait pas encore reconnue, la prit entre ses
bras robustes comme on prend un enfant, fit encore quelques pas dans la rivière, et la déposa enfin sur la berge gazonnée de l'île.

— Courage !... courage !... lui cria M. de Saint-Remy, témoin comme le
docteur Griffon de ce hardi sauvetage. — Nous allons passer le pont d'Asnières
et venir à votre secours avec un bateau. ·

Puis tous deux se dirigèrent en hâte vers le pont.

Ces paroles n'arrivèrent pas jusqu'à la Louve.

Répétons que, de la rive droite de la Seine, où se trouvaient encore Nicolas, Calebasse et sa mère, après leur détestable crime, on ne pouvait absolument voir ce qui se passait de l'autre côté de l'île, grâce à son escarpement.

Fleur-de-Marie, brusquement attirée par la Louve en dedans de l'estacade, ayant un moment plongé pour ne plus reparaître aux yeux de ses meurtriers, ceux-ci durent croire leur victime noyée et engloutie.

Quelques minutes après, le courant emportait un autre cadavre entre deux eaux, sans que la Louve l'aperçût...

C'était le corps de la femme de charge du notaire.

Morte... bien morte, celle-là...

Nicolas et Calebasse avaient autant d'intérêt que Jacques Ferrand à faire disparaître ce témoin, ce complice de leur nouveau crime : aussi, lorsque le bateau à soupape s'était enfoncé avec Fleur-de-Marie, Nicolas, s'élançant dans le bachot conduit par sa sœur, et dans lequel se trouvait madame Séraphin, avait imprimé une violente secousse à cette embarcation, et saisi le moment où la femme de charge trébuchait pour la précipiter dans la rivière et l'y achever d'un coup de croc.

. . . .

Haletante, épuisée, la Louve, agenouillée sur l'herbe à côté de Fleur-de-Marie, reprenait ses forces et examinait les traits de celle qu'elle venait d'arracher à la mort.

Qu'on juge de sa stupeur en reconnaissant sa compagne de prison...

Sa compagne, qui avait eu sur sa destinée une influence si rapide, si bienfaisante...

Dans son saisissement, la Louve un moment oublia Martial.

— La Goualeuse !... s'écria-t-elle.

Et, le corps penché, appuyée sur ses genoux et sur ses mains, la tête échevelée, ses vêtements ruisselant d'eau, elle contemplait la malheureuse enfant étendue, presque expirante sur le gazon. Pâle, inanimée, les yeux demi-ouverts et sans regards, ses beaux cheveux blonds collés à ses tempes, les lèvres bleues, ses petites mains déjà roidies, glacées... on l'eût crue morte.

— La Goualeuse !... — répéta la Louve ; — quel hasard ! moi qui venais dire à mon homme le bien et le mal qu'elle m'a fait, avec ses paroles et ses promesses... la résolution que j'avais prise... Pauvre petite, je la retrouve ici morte... Mais non ! non !... — s'écria la Louve en s'approchant encore plus de Fleur-de-Marie, et sentant un souffle imperceptible s'échapper de sa bouche — non !... Mon Dieu, mon Dieu, elle respire encore... je l'ai sauvée de la mort... ça ne m'était jamais arrivé de sauver quelqu'un... Ah !... ça fait du bien... ça réchauffe... Oui, mais mon homme, il faut le sauver aussi, lui..... Peut-être qu'il râle à cette heure... Sa mère et son frère sont capables de l'assassiner... Je ne peux pas pourtant laisser là cette pauvre petite... je vais l'emporter chez la veuve ; il faudra bien qu'elle la secoure et qu'elle me montre

Martial... ou je brise tout, je tue tout... Oh ! il n'y a ni mère, ni sœur, ni frère qui tiennent quand je sens mon homme là !

Et, se relevant aussitôt, la Louve emporta Fleur-de-Marie dans ses bras.

Chargée de ce léger fardeau, elle courut vers la maison, ne doutant pas que la veuve et sa fille, malgré leur méchanceté, ne donnassent les premiers secours à Fleur-de-Marie.

Lorsque la maîtresse de Martial fut arrivée au point culminant de l'île d'où elle pouvait découvrir les deux rives de la Seine, Nicolas, sa mère et Calebasse s'étaient éloignés...

Certains de l'accomplissement de leur double meurtre, ils se rendaient alors en toute hâte chez Bras-Rouge.

A ce moment aussi un homme qui, embusqué dans un des renfoncements du rivage cachés par le four à plâtre, avait invisiblement assisté à cette horrible scène, disparaissait, croyant, ainsi que les meurtriers, le crime exécuté...

Cet homme était Jacques Ferrand.

Un des bateaux de Nicolas se balançait amarré à un pieu du rivage, à l'endroit où s'étaient embarquées la Goualeuse et madame Séraphin.

A peine Jacques Ferrand quittait-il le four à plâtre pour regagner Paris, que M. de Saint-Remy et le docteur Griffon passaient en hâte le pont d'Asnières, accourant vers l'île, comptant s'y rendre à l'aide du bateau de Nicolas qu'ils avaient aperçu de loin.

A sa grande surprise, en arrivant auprès de la maison des ravageurs, la Louve trouva la porte fermée.

Déposant sous la tonnelle Fleur-de-Marie toujours évanouie, elle s'approcha de la maison... elle connaissait la croisée de la chambre de Martial... quelle fut sa surprise, de voir les volets de cette fenêtre couverts de plaques de tôle, et assujettis au dehors par deux barres de fer !

Devinant une partie de la vérité, la Louve poussa un cri rauque retentissant, et se mit à appeler de toutes ses forces :

— Martial !... mon homme !...

Rien ne lui répondit.

Épouvantée de ce silence, la Louve se mit à tourner... à tourner autour du logis, comme une bête sauvage qui flaire et cherche en rugissant l'entrée de la tanière où est enfermé son mâle.

De temps en temps, elle criait :

— Mon homme, es-tu là ? mon homme !!

Et, dans sa rage, elle ébranlait les barreaux de la fenêtre de la cuisine... elle frappait la muraille... elle heurtait à la porte...

Tout à coup un bruit sourd lui répondit de l'intérieur de la maison.

La Louve tressaillit... écouta...

Le bruit cessa.

— Mon homme m'a entendue..... il faut que j'entre..... quand je devrais ronger la porte avec mes dents !

... plaques de tôle, ...

... des ravageurs, la

... elle s'approche ...

... de cette fenêtre couverts de plaques de tôle, ... les barres de fer.

Deux ou trois fois de suite, la Louve pousse un cri rauque retentissant, ...

... de Nicolas ...

... passèrent en hâte le pont d'As-
... à l'aide du bateau de Nicolas ...

Just. Staal. del.   Nargeot sc.

La Sœur sauvant Pierre Blanc.

Et elle se mit à pousser de nouveau son cri sauvage.

Plusieurs coups frappés, mais faiblement, à l'intérieur des volets de Martial, répondirent aux hurlements de la Louve.

— Il est là ! s'écria-t elle en s'arrêtant brusquement sous la fenêtre de son amant. — Il est là ! S'il le faut, j'arracherai la tôle avec mes ongles..... mais j'ouvrirai ces volets !

Ce disant, elle avisa une grande échelle à demi engagée derrière un des contrevents de la salle basse. En attirant violemment ce contrevent à elle, la Louve fit tomber la clef cachée par la veuve sur le bord de la croisée.

— Si elle ouvre — dit la Louve en essayant la clef dans la serrure de la porte d'entrée — je pourrai monter à sa chambre... Ça ouvre ! s'écria-t-elle avec joie ; — mon homme est sauvé !

Une fois dans la cuisine, elle fut frappée des cris de deux enfants qui, renfermés dans le caveau et entendant un bruit extraordinaire, appelaient à leur secours.

La veuve, croyant que personne ne viendrait dans l'île ou dans la maison pendant son absence, s'était contentée d'enfermer François et Amandine à double tour, laissant la clef à la serrure.

Mis en liberté par la Louve, le frère et la sœur sortirent précipitamment du caveau.

— Oh ! la Louve, sauvez mon frère Martial, ils veulent le faire mourir ! — s'écria François ; — depuis deux jours ils l'ont muré dans sa chambre.

— Ils ne lui ont pas fait de blessures ?

— Non, non, je ne crois pas...

— J'arrive à temps ! — s'écria la Louve en courant à l'escalier ; puis, s'arrêtant après avoir gravi quelques marches :

— Et la Goualeuse que j'oublie ! — dit-elle. — Amandine... du feu tout de suite... toi et ton frère, apportez ici près de la cheminée une pauvre fille qui se noyait... je l'ai sauvée... Elle est là sous la tonnelle... François !... un merlin... une hache... une barre de fer... que j'enfonce la porte de mon homme !

— Il y a là le merlin à fendre le bois, mais c'est trop lourd pour vous — dit le jeune garçon en traînant avec peine un énorme marteau.

— Trop lourd !... — s'écria la Louve, et elle enleva sans peine cette masse de fer qu'en toute autre circonstance elle eût peut-être difficilement soulevée.

Puis, montant l'escalier *quatre à quatre*, elle répéta aux deux enfants :

— Courez chercher la jeune fille et approchez-la du feu...

En deux bonds la Louve fut au fond du corridor, à la porte de Martial.

— Courage, mon homme, voilà ta Louve ! — s'écria-t-elle ; et, levant le marteau à deux mains, d'un coup furieux elle ébranla la porte.

— Elle est clouée en dehors... Arrache les clous ! — s'écria Martial d'une voix faible.

Se jetant aussitôt à genoux dans le corridor, à l'aide du bec du merlin et de ses ongles qu'elle meurtrit, de ses doigts qu'elle déchira, la Louve parvint à arracher du plancher et du chambranle plusieurs clous énormes qui condamnaient la porte.

Enfin cette porte s'ouvrit.

Martial, pâle, les mains ensanglantées, tomba presque sans mouvement dans les bras de la Louve.

G.ST.

— Enfin... je te vois... je te tiens... je t'*ai*... — s'écria la Louve en recevant et en serrant Martial dans ses bras, avec un accent de possession et de joie d'une énergie sauvage ; puis, le soutenant, le portant presque, elle l'aida à s'asseoir sur un banc placé dans le corridor.

Pendant quelques minutes Martial resta faible, hagard, cherchant à se remettre de cette violente secousse qui avait épuisé ses forces défaillantes.

La Louve sauvait son amant au moment où, anéanti, désespéré, il se sentait mourir, moins encore par le manque d'aliments que par la privation d'air, impossible à renouveler dans une petite chambre sans cheminée, sans issue et hermétiquement fermée, grâce à l'atroce prévoyance de Calebasse, qui avait bouché avec de vieux linges jusqu'aux moindres fissures de la porte et de la croisée.

Palpitante de bonheur et d'angoisse, les yeux mouillés de pleurs, la Louve, à genoux, épiait les moindres mouvements de la physionomie de Martial.

Celui-ci semblait peu à peu renaître en aspirant à longs traits un air pur et salubre.

Après quelques tressaillements, il releva sa tête appesantie, poussa un long soupir et ouvrit les yeux.

— Martial... c'est moi... c'est ta Louve!... comment vas-tu?...

— Mieux... — répondit-il d'une voix faible.

— Mon Dieu... qu'est-ce que tu veux? de l'eau, du vinaigre?...

— Non, non... — reprit Martial de moins en moins oppressé. — De l'air... oh! de l'air... rien que de l'air!...

La Louve, au risque de se couper les poings, brisa les quatre carreaux d'une fenêtre qu'elle n'aurait pu ouvrir sans déranger une lourde table.

— Je respire maintenant... je respire... ma tête se dégage... — dit Martial en revenant tout à fait à lui.

Puis, comme s'il se fût alors seulement rappelé le service que sa maîtresse lui avait rendu, il s'écria avec une explosion de reconnaissance ineffable :

— Sans toi, j'étais mort, ma brave Louve...

— Bien, bien... comment te trouves-tu à cette heure?

— De mieux en mieux...

— Tu as faim?

— Non, je me sens trop faible... Ce qui m'a fait le plus souffrir, c'était le manque d'air. A la fin, j'étouffais... j'étouffais... c'était affreux.

— Et maintenant?

— Je revis... je sors du tombeau .. et j'en sors... grâce à toi!

— Mais tes mains... tes pauvres mains!... ces coupures!... Qu'est-ce qu'ils t'ont donc fait, mon Dieu?...

— Nicolas et Calebasse, n'osant pas m'attaquer en face une seconde fois, m'avaient muré dans ma chambre pour m'y laisser mourir de faim... J'ai voulu les empêcher de clouer mes volets... ma sœur m'a coupé les mains à coups de hachette!

— Les monstres! ils voulaient faire croire que tu étais mort de maladie; ta mère avait déjà répandu le bruit que tu te trouvais dans un état désespéré... Ta mère .. mon homme .. ta mère!

— Tiens, ne me parle pas d'elle... — dit Martial avec amertume, puis, remarquant pour la première fois les vêtements mouillés et l'étrange accoutrement de la Louve, il s'écria : — Que t'est-il arrivé?... tes cheveux ruissellent. Tu es en jupon... il est trempé d'eau...

— Qu'importe!... enfin... te voilà sauvé!... sauvé!...

— Mais explique-moi pourquoi tu es ainsi mouillée...

— Je te savais en danger... je n'ai pas trouvé de bateau...

— Et tu es venue à la nage !

— Oui... mais tes mains... donne que je les baise... Tu souffres... Les monstres !... Et je n'étais pas là !

— Oh ! ma brave Louve — s'écria Martial avec enthousiasme — brave entre toutes les créatures braves !

— N'as-tu pas écrit là : *Mort aux lâches ?*

Et la Louve montra son bras tatoué, où étaient écrits ces mots en caractères indélébiles.

— Intrépide... va... Mais le froid t'a saisie... tu trembles...

— Ça n'est pas de froid...

— C'est égal. Entre là. . tu prendras le manteau de Calebasse, tu t'envelopperas dedans.

— Mais...

— Je le veux...

En une seconde la Louve fut enveloppée d'un manteau de tartan et revint.

— Pour moi... risquer de te noyer ! — répéta Martial en la regardant avec exaltation.

— Au contraire... une pauvre fille se noyait... je l'ai sauvée... en abordant à l'île...

— Tu l'as sauvée... aussi ! Où est-elle ?

— En bas, avec les enfants... ils la soignent.

— Et qui est cette jeune fille !

— Mon Dieu ! si tu savais quel hasard... quel heureux hasard !... C'est une de mes compagnes de Saint-Lazare.. Une fille bien extraordinaire... va...

— Comment cela ?

— Figure-toi que je l'aimais et que je la haïssais, parce qu'elle m'avait mis à la fois la mort et le bonheur dans l'âme...

— Elle !...

— Oui, à propos de toi.

— De moi !

— Écoute... Martial... — Puis s'interrompant, la Louve ajouta : — Tiens, non... non... je n'oserai jamais...

— Quoi donc ?

— Je voulais te faire une demande. J'étais venue pour te voir et pour cela ; car, en partant de Paris, je ne te savais pas en danger.

— Eh bien !... dis.

— Je n'ose plus...

— Tu n'oses plus... après ce que tu viens de faire pour moi !

— Justement... j'aurais l'air de quémander du retour ! ..

— Quémander du retour ! Est-ce que je ne t'en dois pas ? Est-ce que tu ne m'as pas déjà soigné nuit et jour dans ma maladie l'an passé !

— Est-ce que tu n'es pas mon homme?

— Aussi tu dois me parler franchement, parce que je suis ton homme... et que je le serai toujours.

— Toujours... Martial?

— Toujours... vrai comme je m'appelle Martial... Pour moi, il n'y aura plus dans le monde d'autre femme que toi, vois-tu, la Louve... Que tu aies été ceci ou cela, tant pis... ça me regarde... je t'aime... tu m'aimes... et je te dois la vie... Seulement... depuis que tu es en prison... je ne suis plus le même... Il y a eu bien du nouveau... j'ai réfléchi... et tu ne seras plus ce que tu as été...

— Que veux-tu dire?

— Je ne veux plus te quitter maintenant... mais je ne veux pas non plus quitter François et Amandine...

— Ton petit frère et ta petite sœur?

— Oui; d'aujourd'hui il faut que je sois pour eux comme qui dirait leur père... Tu comprends, ça me donne des devoirs... ça me range... je suis obligé de me charger d'eux... On voulait en faire des brigands finis... pour les sauver... je les emmène...

— Où ça?

— Je n'en sais rien... mais, pour sûr, loin de Paris...

— Et moi?...

— Toi? je t'emmène aussi...

— Tu m'emmènes?... — s'écria la Louve avec une stupeur joyeuse. — Elle ne pouvait croire à un tel bonheur. — Je ne te quitterai pas?

— Non... ma brave Louve, jamais... Tu m'aideras à élever ces enfants. Je te connais. En te disant : Je veux que ma pauvre petite Amandine soit une honnête fille... parle-lui dans ces *prix-là*... je sais ce que tu seras pour elle... une brave mère...

— Oh! merci, Martial... merci!...

— Nous vivrons en honnêtes ouvriers; sois tranquille, nous trouverons de l'ouvrage, nous travaillerons comme des nègres... Mais au moins ces enfants ne seront pas des gueux comme père et mère... je ne m'entendrai plus appeler fils et frère de guillotinés... enfin je ne passerai plus dans les rues .. où l'on te connaît... Mais qu'est-ce que tu as?... qu'est-ce que tu as?...

— Martial... j'ai peur de devenir folle. .

— Folle?

— Folle de joie.

— Pourquoi?

— Parce que, vois-tu... c'est trop!

— Quoi?...

— Ce que tu me demandes là... Oh non! vois-tu, c'est trop... A moins que d'avoir sauvé la Goualeuse ça m'ait porté bonheur... c'est ça pour sûr...

— Mais, encore une fois, qu'est-ce que tu as?

— Ce que tu me demandes là... oh! Martial!... Martial!!.

— Eh bien!

— Je venais te le demander !...

— De quitter Paris ?...

— Oui... — reprit-elle précipitamment — d'aller avec toi dans les bois...
où nous aurions une petite maison bien propre, des enfants que j'aimerais !
oh ! que j'aimerais ! comme ta Louve aimerait les enfants de son homme ! ou
plutôt si tu le voulais — dit la Louve en tremblant — au lieu de t'appeler
mon homme... je t'appellerais mon mari... car nous n'aurions pas la place
sans cela — se hâta-t-elle d'ajouter vivement.

Martial à son tour regarda la Louve avec étonnement, ne comprenant rien
à ces paroles.

— De quelle place parles-tu ?

— D'une place de garde-chasse...

— Que j'aurais !

— Oui...

— Et qui me la donnerait ?

— Les protecteurs de la jeune fille que j'ai sauvée.

— Ils ne me connaissent pas.

— Mais, moi, je lui ai parlé de toi... et elle nous recommandera à ses protecteurs...

— Et à propos de quoi lui as-tu parlé de moi ?

— De quoi veux-tu que je parle ?

— Bonne Louve !

— Et puis, tu conçois, en prison la confiance vient ; et cette jeunesse était
si gentille, si douce, que malgré moi je me suis sentie attirée vers elle ; j'ai
tout de suite comme deviné qu'elle n'était pas des nôtres.

— Qui est-elle donc ?

— Je n'en sais rien, je n'y comprends rien, mais de ma vie je n'ai rien vu,
rien entendu de semblable ; c'est comme une fée pour lire ce qu'on a dans le
cœur ; quand je lui ai eu dit combien je t'aimais, rien que pour cela elle s'est
intéressée à nous... Elle m'a fait honte de ma vie passée, non en me disant
des choses dures, tu sais comme ça aurait pris avec moi, mais en me parlant
d'une vie bien laborieuse, bien pénible, mais tranquillement passée avec toi
selon ton goût, au fond des forêts. Seulement, dans son idée, au lieu d'être
braconnier... tu étais garde-chasse ; au lieu d'être ta maîtresse... j'étais ta
vraie femme ; et puis nous avions de beaux enfants qui couraient au-devant de
toi quand le soir tu revenais de tes rondes avec tes chiens, ton fusil sur
l'épaule ; et puis nous soupions à la porte de notre cabane, au frais de la nuit,
sous des grands arbres ; et puis nous nous couchions si heureux, si paisibles...
Qu'est-ce que tu veux que je te dise ?... malgré moi je l'écoutais... c'était
comme un charme. Si tu savais... elle parlait si bien, si bien... que... tout
ce qu'elle disait, je croyais le voir à mesure ; je rêvais tout éveillée.

— Ah ! oui ! c'est ça qui serait une belle et bonne vie — dit Martial en soupirant à son tour. — Sans être tout à fait malsain de cœur, ce pauvre François
a assez fréquenté Calebasse et Nicolas pour que le bon air des bois lui vaille

mieux que l'air des villes... Amandine t'aiderait au ménage ; je serais aussi
bon garde que pas un, vu que j'ai été fameux braconnier... Je t'aurais pour
ménagère, ma brave Louve... et puis, comme tu dis, avec des enfants...
qu'est-ce qui nous manquerait !... Une fois qu'on est habitué à sa forêt, on y
est comme chez soi ; on y vivrait cent ans, que ça passerait comme un jour ...
Mais, voyons, je suis fou. Tiens, il ne fallait pas me parler de cette belle vie-
là... ça donne des regrets, voilà tout.

— Je te laissais aller... parce que tu dis là ce que je disais à la Goualeuse.

— Comment ?

— Oui, en écoutant ces contes de fée, je lui disais : Quel malheur que ces
châteaux en Espagne, comme vous appelez ça, la Goualeuse, ne soient pas la
vérité ! Sais-tu ce qu'elle m'a répondu, Martial ? — dit la Louve les yeux étin-
celants de joie.

— Non !

— « Que Martial vous épouse, promettez de vivre honnêtement tous deux,
et cette place qui vous fait tant d'envie, je me fais fort de la lui faire obtenir
en sortant de prison, » m'a-t-elle répondu.

— A moi, une place de garde ?

— Oui... à toi...

— Mais, tu as raison, c'est un rêve. S'il ne fallait que t'épouser pour avoir
cette place, ma brave Louve, ça serait fait demain, si j'avais de quoi ; car
depuis aujourd'hui, vois-tu... tu es ma femme... ma vraie femme.

— Martial... je suis ta vraie femme ?...

— Ma vraie, ma seule, et je veux que tu m'appelles ton mari... c'est comme
si le maire y avait passé.

— Oh ! la Goualeuse avait raison... c'est fier à dire, *mon mari !* Martial...
tu verras ta Louve au ménage, au travail, tu la verras...

— Mais cette place... est-ce que tu crois ?...

— Pauvre petite Goualeuse, si elle se trompe, c'est sur les autres, car elle
avait l'air de bien croire à ce qu'elle me disait... D'ailleurs, tantôt, en quittant
la prison, l'inspectrice m'a dit que les protecteurs de la Goualeuse, gens très-
haut placés, l'avaient fait sortir aujourd'hui même ; ça prouve qu'elle a des
bienfaiteurs puissants, et qu'elle pourra tenir ce qu'elle m'a promis.

— Ah ! — s'écria tout à coup Martial en se levant — je ne sais pas à quoi
nous pensons.

— Quoi donc ?

— Cette jeune fille... elle est en bas, mourante peut-être... et au lieu de la
secourir, nous sommes là...

— Rassure-toi, François et Amandine sont auprès d'elle ; ils seraient montés
s'il y avait eu plus de danger. Mais tu as raison, allons la retrouver ; il faut
que tu la voies, celle à qui nous devrons peut-être notre bonheur.

Et Martial, s'appuyant sur le bras de la Louve, descendit au rez-de-chaussée.

Avant de les introduire dans la cuisine, disons ce qui s'était passé depuis
que Fleur-de-Marie avait été confiée aux soins des deux enfants.

CST.   H.

CHAPITRE XVIII.

LE DOCTEUR GRIFFON.

François et Amandine venaient de transporter Fleur-de-Marie près du feu de la cuisine, lorsque M. de Saint-Remy et le docteur Griffon, qui avaient abordé au moyen du bateau de Nicolas, entrèrent dans la maison.

Pendant que les enfants ranimaient le foyer et y jetaient quelques fagots de peuplier, qui, bientôt embrasés, répandirent une vive flamme, le docteur Griffon donnait à la jeune fille les soins les plus empressés.

— La malheureuse enfant a dix-sept ans à peine ! — s'écria le comte profondément attendri. Puis s'adressant au docteur :

— Eh bien, mon ami !

— On sent à peine les battements du pouls ; mais, chose singulière, la peau de la face n'est pas colorée en bleu chez *ce sujet*, comme cela arrive ordinairement après une asphyxie par submersion — répondit le docteur avec un sang-froid imperturbable, en considérant Fleur-de-Marie d'un air profondément méditatif.

Le docteur Griffon était un grand homme maigre, pâle et complétement chauve, sauf deux touffes de rares cheveux noirs soigneusement ramenés de

LE DOCTEUR GRIFFON.

derrière la nuque et aplatis sur ses tempes ; sa physionomie, c. usée, sillonnée par les fatigues de l'étude, était froide, intelligente et réfléchie.

D'un savoir immense, d'une expérience consommée, praticien habile et renommé, médecin en chef d'un hospice civil (où nous le retrouverons plus tard), le docteur Griffon n'avait qu'un défaut, celui de faire, si cela se peut dire, complétement abstraction du malade et de ne s'occuper que de la maladie : jeune ou vieux, femme ou homme, riche ou pauvre, peu lui importait ; il ne songeait qu'au fait médical plus ou moins curieux ou intéressant, au point de vue scientifique que lui offrait *le sujet*.

Il n'y avait pour lui que des *sujets*.

— Quelle figure charmante !... combien elle est belle encore, malgré cette effrayante pâleur ! — dit M. de Saint-Remy en contemplant Fleur-de-Marie avec tristesse. — Avez-vous jamais vu des traits plus doux, plus candides, mon cher docteur? Et si jeune... si jeune !...

— L'âge ne signifie rien — dit brusquement le médecin — pas plus que la présence de l'eau dans les poumons, que l'on croyait autrefois mortelle... On se trompait grossièrement ; les admirables expériences de Goodwin... du fameux Goodwin, l'ont prouvé de reste.

— Mais, docteur...

— Mais c'est un fait... — répliqua M. Griffon absorbé par l'amour de son art. — Pour reconnaître la présence d'un liquide étranger dans les poumons, Goodwin a plongé plusieurs fois des chats et des chiens dans des baquets d'encre pendant quelques secondes, les en a retirés vivants, et a disséqué mes gaillards quelque temps après... Eh bien ! il s'est convaincu par la dissection que l'encre avait pénétré dans les poumons, et que la présence de ce liquide dans les organes de la respiration n'avait pas causé la mort des sujets.

Le comte connaissait le médecin, excellent homme au fond, mais que sa passion effrénée pour la science faisait souvent paraître dur, presque cruel.

— Avez-vous au moins quelque espoir! — lui demanda M. de Saint-Remy avec impatience.

— Les extrémités du sujet sont bien froides — dit le médecin — il reste peu d'espoir.

— Ah! mourir à cet âge... malheureuse enfant !... c'est affreux !...

— Pupille fixe... dilatée... — reprit le docteur impassible en soulevant du bout du doigt la paupière glacée de Fleur-de-Marie.

— Homme étrange ! — s'écria le comte presque avec indignation — on vous croirait impitoyable, et je vous ai vu veiller, auprès de mon lit, des nuits entières... J'eusse été votre frère, que vous n'eussiez pas été pour moi plus admirablement dévoué.

Le docteur Griffon, tout en s'occupant de secourir Fleur-de-Marie, répondit au comte sans le regarder et avec un flegme imperturbable :

— Parbleu! si vous croyez qu'on rencontre tous les jours une fièvre ataxique aussi merveilleusement bien compliquée, aussi curieuse à étudier que celle que

vous aviez! C'était admirable... mon bon ami, admirable! Stupeur, délire,
soubresauts des tendons, syncopes; elle réunissait les symptômes les plus va-
riés, votre *chère* fièvre; vous avez même été, chose rare, très-rare et éminemment intéressante... vous avez même été affecté d'un état partiel et momentané
de paralysie, s'il vous plaît... Rien que pour ce fait, votre maladie avait droit
à tout mon dévouement; vous m'offriez une magnifique étude; car franchement, mon cher ami, tout ce que je désire au monde, c'est de rencontrer encore
une aussi belle fièvre... mais on n'a pas ce bonheur-là deux fois.

Le comte haussa les épaules avec impatience.

Ce fut à ce moment que Martial descendit, appuyé sur le bras de la Louve,
qui avait mis, on le sait, par-dessus ses vêtements mouillés un manteau de
tartan appartenant à Calebasse.

Frappé de la pâleur de l'amant de la Louve, et remarquant ses mains cou-
vertes de sang caillé, le comte s'écria :

— Quel est cet homme ?...

— *Mon mari...* — répondit la Louve en regardant Martial avec une expression de bonheur et de noble fierté impossible à rendre.

— Vous avez une bonne et intrépide femme, monsieur — lui dit le comte ;
— je l'ai vue sauver cette malheureuse enfant avec un rare courage.

— Oh oui! monsieur, elle est bonne et intrépide, *ma femme* — répondit
Martial en appuyant sur ces derniers mots, et en contemplant à son tour la
Louve d'un air à la fois attendri et passionné. — Oui, intrépide!... car elle
vient de me sauver aussi la vie...

— A vous ? — dit le comte étonné.

— Voyez ses mains... ses pauvres mains!... — dit la Louve en essuyant
les larmes qui adoucissaient l'éclat sauvage de ses yeux.

— Ah! c'est horrible! — s'écria le comte — ce malheureux a les mains
hachées... Voyez donc, docteur...

Détournant légèrement la tête et regardant par-dessus son épaule les plaies
nombreuses que Calebasse avait faites aux mains de Martial, le docteur Griffon
dit à ce dernier :

— Ouvrez et fermez la main.

Martial exécuta ce mouvement avec assez de peine.

Le docteur haussa les épaules, continua de s'occuper de Fleur-de-Marie, et
dit dédaigneusement, comme à regret :

— Ces blessures n'ont absolument rien de grave... il n'y a aucun tendon de
lésé; dans huit jours, le sujet pourra se servir de ses mains.

— Vrai, monsieur, mon *mari* ne sera pas estropié ? — s'écria la Louve avec
reconnaissance.

Le docteur secoua la tête négativement.

— Et la Goualeuse, monsieur, elle vivra, n'est-ce pas ? — demanda la
Louve. — Oh! il faut qu'elle vive, moi et mon mari nous lui devons tant !...
— Puis se retournant vers Martial : — Pauvre petite... la voilà, celle dont je te

parlais... c'est elle pourtant qui sera peut-être la cause de notre bonheur ; c'est elle qui m'a donné l'idée de venir à toi te dire tout ce que je t'ai dit... Vois donc le hasard qui fait que je la sauve... et ici encore !

— C'est notre Providence... — dit Martial frappé de la beauté de la Goualeuse. — Quelle figure d'ange !... oh ! elle vivra, n'est-ce pas, monsieur le docteur ?

— Je n'en sais rien — dit le docteur ; — mais d'abord peut-elle rester ici ? aura-t-elle les soins nécessaires ?

— Ici ! — s'écria la Louve — mais on assassine ici !

— Tais-toi ! tais-toi ! — dit Martial.

Le comte et le docteur regardèrent la Louve avec surprise.

La maison de l'île est mal famée dans le pays... cela ne m'étonne guère — dit à demi-voix le médecin à M. de Saint-Remy.

— Vous avez donc été victime de violences ! — demanda le comte à Martial. — Ces blessures, qui vous les a faites ?

— Ce n'est rien, monsieur... j'ai eu ici une dispute... une batterie s'en est suivie... et j'ai été blessé... Mais cette jeune paysanne ne peut pas rester dans la maison — ajouta-t-il d'un air sombre — je n'y reste pas moi-même... ni ma femme... ni mon frère, ni ma sœur que voilà... nous allons quitter l'île pour n'y plus jamais revenir.

— Oh ! quel bonheur ! — s'écrièrent les deux enfants.

— Alors, comment faire ! — dit le docteur en regardant Fleur-de-Marie. — Il est impossible de songer à transporter le sujet à Paris dans l'état de prostration où il se trouve. Mais, au fait, ma maison est à deux pas, ma jardinière et sa fille seront d'excellentes garde-malades... Puisque cette asphyxiée par submersion vous intéresse, vous surveillerez les soins qu'on lui donnera, mon cher Saint-Remy, et je viendrai la voir chaque jour.

— Et vous jouez l'homme dur, impitoyable ! — s'écria le comte — lorsque vous avez le cœur le plus généreux, ainsi que le prouve cette proposition...

— Si le sujet succombe, comme cela est possible, il y aura lieu à une autopsie intéressante qui me permettra de confirmer encore une fois les assertions de Goodwin.

— Ce que vous dites est affreux — s'écria le comte.

— Pour qui sait y lire, le cadavre est un livre où l'on apprend à sauver la vie des malades — dit stoïquement le docteur Griffon.

— Enfin vous faites le bien — dit amèrement M. de Saint-Remy — c'est l'important. Qu'importe la cause, pourvu que le bienfait subsiste ! Pauvre enfant, plus je la regarde, plus elle m'intéresse.

— Et elle le mérite, allez, monsieur — reprit la Louve avec exaltation en se rapprochant.

— Vous la connaissez ? — s'écria le comte.

— Si je la connais, monsieur ? C'est à elle que je devrai le bonheur de ma vie ; en la sauvant, je n'ai pas fait autant pour elle qu'elle a fait pour moi. —

Et la Louve regarda passionnément son *mari*, elle ne disait plus *son homme*.

— Et qui est-elle? — demanda le comte.

— Un ange, monsieur, tout ce qu'il y a de meilleur au monde. Oui, et quoi-qu'elle soit mise en paysanne, il n'y a pas une bourgeoise, pas une grande dame pour parler aussi bien qu'elle, avec sa petite voix douce comme de la musique. C'est une fière fille, allez, et courageuse, et bonne!

— Par quel accident est-elle donc tombée à l'eau?

— Je ne sais, monsieur.

— Ce n'est donc pas une paysanne? — demanda le comte.

— Une paysanne! regardez donc ces petites mains blanches, monsieur.

— C'est vrai — dit M. de Saint-Remy; — quel singulier mystère!... Mais son nom, sa famille?

— Allons — reprit le docteur en interrompant l'entretien — il faut trans-porter le sujet dans le bateau.

Une demi-heure après, Fleur-de-Marie, qui n'avait pas encore repris ses sens, était amenée dans la maison du médecin, couchée dans un bon lit, et maternellement veillée par la jardinière de M. Griffon, à laquelle s'adjoignit la Louve.

Le docteur promit à M. de Saint-Remy, de plus en plus intéressé à la Goua-leuse, de revenir le soir même la visiter.

Martial partit pour Paris avec François et Amandine, la Louve n'ayant pas voulu quitter Fleur-de-Marie avant de la voir hors de danger.

L'île du Ravageur resta déserte.

Nous retrouverons bientôt ses sinistres habitants chez Bras-Rouge, où ils doivent se réunir à la Chouette pour le meurtre de la courtière en diamants.

En attendant, nous conduirons le lecteur au rendez-vous que Tom, le frère de Sarah, avait donné à l'horrible mégère complice du Maître d'école.

CHAPITRE XIX.

LE PORTRAIT

Thomas Seyton, frère de la comtesse Sarah Mac-Grégor, se promenait impatiemment sur l'un des boulevards voisins de l'Observatoire, lorsqu'il vit arriver la Chouette.

L'horrible vieille était coiffée d'un bonnet blanc et enveloppée de son grand tartan rouge ; la pointe d'un stylet rond comme une grosse plume et très-acéré, ayant traversé le fond du large cabas de paille qu'elle portait au bras, on pouvait voir saillir l'extrémité de cette arme homicide, qui avait appartenu au Maître d'école.

Thomas Seyton ne s'aperçut pas que la Chouette était armée.

— Trois heures sonnent au Luxembourg — dit la vieille. — J'arrive comme mars en carême... j'espère.

— Venez — lui répondit Thomas Seyton. Et, marchant devant elle, il traversa quelques terrains vagues, entra dans une ruelle déserte située près de la rue *Cassini*, s'arrêta vers le milieu de ce passage barré par un tourniquet, ouvrit une petite porte, fit signe à la Chouette de le suivre, et après avoir fait quelques pas avec elle dans une épaisse allée d'arbres verts, il lui dit :

— Attendez là. Et il disparut.

— Pourvu qu'il ne me fasse pas droguer trop long-temps — dit la Chouette ;

il faut que je sois chez Bras-Rouge à cinq heures, avec les Martial, pour *estourbir* la courtière. A propos de ça, et mon *surin* [1]. Ah! le gueux, il a le nez à la fenêtre — ajouta la vieille en voyant la pointe du poignard traverser les tresses de son cabas. — Voilà ce que c'est de ne lui avoir pas mis son bouchon... Et retirant du cabas le stylet emmanché d'une poignée de bois, elle le plaça de façon à le cacher complétement.

— C'est l'outil de Fourline — reprit-elle — Est-ce qu'il ne me le demandait pas, censé pour tuer les rats qui viennent lui faire des *risettes* dans sa cave!... Pauvres bêtes! plus souvent... Ils n'ont que le vieux sans yeux pour se divertir et leur tenir compagnie! C'est bien le moins qu'ils le grignottent un peu. Aussi, je ne veux pas qu'il leur fasse du mal, à ces ratons, et je garde le surin... D'ailleurs, j'en aurai besoin tantôt pour la courtière peut-être... trente mille francs de diamants..... quelle part à chacun de nous! La journée sera bonne..... c'est pas comme l'autre jour ce brigand de notaire que je croyais rançonner. Ah! bien oui! j'ai eu beau le menacer, s'il ne me donnait pas d'argent, de dénoncer que c'était sa bonne qui m'avait fait remettre la Goualeuse par Tournemine quand elle était toute petite, rien ne l'a effrayé! Il m'a appelée vieille menteuse et m'a mise à la porte... Bon, bon! je ferai écrire une lettre anonyme à ces gens de la ferme où était allée la Pégriotte pour leur apprendre que c'est le notaire qui l'a fait abandonner autrefois... Ils connaissent peut-être sa famille, et quand elle sortira de Saint-Lazare ça chauffera pour ce gredin de Jacques Ferrand... Mais on vient; tiens..... c'est la petite dame pâle qui était déguisée en homme au *tapis-franc de l'ogresse* avec le grand de tout à l'heure, les mêmes que nous avons volés, nous deux Fourline, dans les décombres, près Notre-Dame — ajouta la Chouette en voyant Sarah paraître à l'extrémité de l'allée. — C'est encore quelque coup à monter; ça doit être au compte de cette petite dame-là que nous avons enlevé la Goualeuse à la ferme. Si elle paye bien, pour du nouveau, ça me chausse encore.

En approchant de la Chouette, qu'elle revoyait pour la première fois depuis la scène du tapis-franc, la physionomie de Sarah exprima ce dédain, ce dégoût que ressentent les gens d'un certain monde, lorsqu'ils sont obligés d'entrer en contact avec les misérables qu'ils prennent pour instruments ou pour complices.

Thomas Seyton, qui jusqu'alors avait activement servi les criminelles machinations de sa sœur, bien qu'il les considérât comme à peu près vaines, s'était refusé de continuer ce misérable rôle, consentant néanmoins à mettre pour la première et pour la dernière fois sa sœur en rapport avec la Chouette, sans vouloir se mêler des nouveaux projets qu'elles allaient ourdir.

N'ayant pu ramener Rodolphe à elle en brisant les liens ou les affections qu'elle lui croyait chers, la comtesse espérait, nous l'avons dit, le rendre dupe

---

[1] Poignard.

d'une indigne fourberie, dont le succès pouvait réaliser le rêve de cette femme opiniâtre, ambitieuse et cruelle.

Il s'agissait de persuader à Rodolphe que la fille qu'il avait eue de Sarah n'était pas morte, et de substituer une orpheline à cette enfant.

On sait que Jacques Ferrand, ayant formellement refusé d'entrer dans ce complot, malgré les menaces de Sarah, s'était résolu à faire disparaître Fleur-de-Marie, autant par crainte des révélations de la Chouette que par crainte des insistances obstinées de la comtesse. Mais celle-ci ne renonçait pas à son dessein, presque certaine de corrompre ou d'intimider le notaire lorsqu'elle se serait assurée d'une jeune fille capable de remplir le rôle dont elle voulait la charger.

Après un moment de silence, Sarah dit à la Chouette :

— Vous êtes adroite, discrète et résolue ?

— Adroite comme un singe, résolue comme un dogue, muette comme une tanche, voilà la Chouette, telle que le diable l'a faite, pour vous servir si elle en était capable... et elle l'est... — répondit allègrement la vieille. — J'espère que nous vous avons fameusement empaumé la jeune campagnarde, qui est maintenant clouée à Saint-Lazare pour deux bons mois.

— Il ne s'agit plus d'elle... mais d'autre chose...

— A vos souhaits, ma petite dame !..... Pourvu qu'il y ait de l'argent au bout de ce que vous allez me proposer, nous serons comme les deux doigts de la main.....

Sarah ne put réprimer un mouvement de dégoût.

— Vous devez connaître — reprit-elle — des gens du peuple..... des gens malheureux ?

— Il y a plus de ceux-là que de millionnaires... on peut choisir, Dieu merci ; il y a une riche misère à Paris.

— Il faudrait me trouver une orpheline pauvre, et surtout qui eût perdu ses parents étant tout enfant. Il faudrait de plus qu'elle fût d'une figure agréable, d'un caractère doux, et qu'elle n'eût pas plus de dix-sept ans.

La Chouette regarda Sarah avec étonnement.

— Une telle orpheline ne doit pas être difficile à rencontrer — reprit la comtesse — il y a tant d'enfants trouvés.....

— Ah çà ! mais dites donc, ma petite dame, et la Goualeuse que vous oubliez ?... voilà votre affaire !

— Qu'est-ce que c'est que la Goualeuse ?

— Cette jeunesse que nous avons été enlever à Bouqueval !

— Il ne s'agit plus d'elle, vous dis-je !

— Mais, écoutez-moi donc, et surtout récompensez-moi du bon conseil : vous voulez une orpheline douce comme un agneau... belle comme le jour, et qui n'ait pas dix-sept ans, n'est-ce pas ?

— Sans doute.....

— Eh bien ! prenez la Goualeuse lorsqu'elle sortira de Saint-Lazare ; c'est votre lot, comme si on nous l'avait fait exprès, puisqu'elle avait environ six ans... quand ce gueux de Jacques Ferrand (il y a dix ans de cela) me l'a fait donner avec mille francs pour s'en débarrasser... même que c'est Tournemine, actuellement au bagne, à Rochefort, qui me l'a amenée..... me disant que c'était sans doute un enfant dont on voulait se débarrasser ou faire passer pour mort.....

— Jacques Ferrand... dites-vous! — s'écria Sarah d'une voix si altérée que la Chouette recula stupéfaite.

— Le notaire Jacques Ferrand... — reprit Sarah — vous a livré cette enfant... et... Elle ne put achever. L'émotion était trop violente ; ses deux mains, tendues vers la Chouette, tremblaient convulsivement ; la surprise, la joie bouleversaient ses traits.

— Mais je ne sais pas ce qui vous allume comme ça, ma petite dame — reprit la vieille. — C'est pourtant bien simple... Il y a dix ans... Tournemine, une vieille connaissance, m'a dit : Veux-tu te charger d'une petite fille qu'on veut faire disparaître ? Qu'elle crève ou qu'elle vive, c'est égal ; il y a mille francs à gagner ; tu feras de l'enfant ce que tu voudras.....

— Il y a dix ans !... — s'écria Sarah.

— Dix ans.....

— Une petite fille blonde ?

— Une petite fille blonde.....

— Avec des yeux bleus ?

— Avec des yeux bleus, bleus comme des bluets.

— Et c'est elle... qu'à la ferme...

— Nous avons emballée pour Saint-Lazare... Faut dire que je ne m'attendais guère à la retrouver à la campagne... cette Pégriotte.

— Oh ! mon Dieu ! mon Dieu ! — s'écria Sarah en tombant à genoux, en levant les mains et les yeux au ciel — vos vues sont impénétrables... je me prosterne devant votre Providence. Oh ! si un tel bonheur était possible... mais non, je ne puis encore le croire... ce serait trop beau..... non !...

Puis, se relevant brusquement ; elle dit à la Chouette qui la regardait tout interdite : — Venez..... Et Sarah marcha devant la vieille à pas précipités.

Au bout de l'allée, elle monta quelques marches conduisant à la porte vitrée d'un cabinet de travail somptueusement meublé.

Au moment où la Chouette allait y entrer, Sarah lui fit signe de demeurer en dehors. Puis la comtesse sonna violemment.

Un domestique parut.

— Je n'y suis pour personne..... et que personne n'entre ici..... entendez-vous ?... absolument personne...

Le domestique sortit. Sarah, pour plus de sûreté, alla pousser un verrou.

La Chouette avait entendu la recommandation faite au domestique, et vu Sarah fermer le verrou. La comtesse, se retournant, lui dit :

— Entrez vite..... et fermez la porte.

La Chouette entra.

Ouvrant à la hâte un secrétaire, Sarah y prit un coffret d'ébène qu'elle apporta sur un bureau situé au milieu de la chambre, et fit signe à la Chouette de venir près d'elle.

Le coffret contenait plusieurs fonds d'écrin superposés les uns sur les autres, et renfermant de magnifiques pierreries. Sarah était si pressée d'arriver au fond du coffret, qu'elle jetait précipitamment sur la table ces casiers splendidement garnis de colliers, de bracelets, de diadèmes où les rubis, les émeraudes et les diamants chatoyaient de mille feux.

La Chouette fut éblouie... Elle était armée, elle était seule enfermée avec la comtesse; la fuite lui était facile, assurée... Une idée infernale traversa l'esprit de ce monstre.

Mais, pour exécuter ce nouveau forfait, il lui fallait sortir son stylet de son cabas, et s'approcher de Sarah sans exciter sa défiance.

Avec l'astuce du chat-tigre qui rampe et s'avance traîtreusement vers sa proie, la vieille profita de la préoccupation de la comtesse pour faire insensiblement le tour du bureau qui la séparait de sa victime.

La Chouette avait déjà commencé cette évolution perfide, lorsqu'elle fut obligée de s'arrêter brusquement.

Sarah retira un médaillon du double fond de la boîte, se pencha sur la table, le tendit à la Chouette d'une main tremblante, et lui dit :

— Regardez ce portrait.

— C'est la Pégriotte ! — s'écria la Chouette frappée de l'extrême ressemblance ; — c'est la petite fille qu'on m'a livrée ; il me semble la voir quand Tournemine me l'a amenée... C'est bien là ses grands cheveux bouclés que j'ai coupés tout de suite et bien vendus, ma foi !...

— Vous la reconnaissez, c'était bien elle ? Oh ! je vous en conjure, ne me trompez pas... ne me trompez pas !

— Je vous dis, ma petite dame, que c'est la Pégriotte, comme si on la voyait — dit la Chouette en tâchant de se rapprocher davantage de Sarah sans être remarquée ; — à l'heure qu'il est, elle ressemble encore à ce portrait... si vous la voyiez vous en seriez frappée.

Sarah n'avait pas eu un cri de douleur, d'effroi, en apprenant que sa fille avait pendant dix ans vécu misérable, abandonnée. Pas un remords en songeant qu'elle-même l'avait fait arracher fatalement de la paisible retraite où Rodolphe l'avait placée. Tout d'abord cette mère dénaturée n'interrogea pas la Chouette avec une anxiété terrible sur le passé de son enfant... Non, chez Sarah l'ambition avait depuis long-temps étouffé la tendresse maternelle.

Ce n'était pas la joie de retrouver sa fille qui la transportait ; c'était l'espoir certain de voir réaliser enfin le rêve orgueilleux de toute sa vie...

Rodolphe s'était intéressé à cette malheureuse enfant... l'avait recueillie sans la connaître... que serait-ce donc lorsqu'il saurait qu'elle était... SA FILLE !!!... Il était libre... la comtesse veuve...

Sarah voyait déjà briller à ses yeux la couronne souveraine.

La Chouette, avançant toujours à pas lents, avait enfin gagné l'un des bouts de la table, et placé son stylet perpendiculairement dans son cabas, la poignée à fleur de l'ouverture... bien à sa portée...

Elle n'était plus qu'à quelques pas de la comtesse.

— Savez-vous écrire? — lui dit tout à coup celle-ci.

Et, repoussant de la main le coffret et les bijoux, elle ouvrit un buvard placé devant un encrier.

— Non, madame, je ne sais pas écrire — répondit la Chouette à tout hasard...

— Je vais donc écrire sous votre dictée... Dites-moi toutes les circonstances de l'abandon de cette petite fille.

Et Sarah, s'asseyant dans un fauteuil devant le bureau, prit une plume et fit signe à la Chouette de venir auprès d'elle.

L'œil de la vieille étincela.

Enfin... Elle était debout, à côté du siége de Sarah.

Celle-ci, courbée sur la table, se préparait à écrire...

— Je vais lire tout haut, et à mesure — dit la comtesse — vous rectifierez mes erreurs.

— Oui, madame — reprit la Chouette en épiant les moindres mouvements de Sarah. Puis elle glissa sa main droite dans son cabas pour pouvoir saisir son stylet sans être vue.

La comtesse commença d'écrire :

— « Je déclare que.. »

Mais, s'interrompant et se tournant vers la Chouette qui touchait déjà le manche de son poignard, Sarah ajouta :

— A quelle époque cette enfant vous a-t-elle été livrée?

— Au mois de février 1827.

— Et par qui? — reprit Sarah toujours tournée vers la Chouette.

— Par Pierre Tournemine, actuellement au bagne de Rochefort... C'est madame Séraphin, la femme de charge du notaire, qui lui avait donné la petite.

La comtesse se remit à écrire et lut à haute voix :

— « Je déclare qu'au mois de février 1827, le nommé... »

La Chouette avait tiré son stylet.

Déjà elle se levait pour frapper sa victime entre les deux épaules.

Sarah se retourna de nouveau.

La Chouette, pour n'être pas surprise, appuya prestement sa main droite armée sur le dossier du fauteuil de Sarah, et se pencha vers elle afin de répondre à sa nouvelle question.

— J'ai oublié le nom de l'homme qui vous a confié l'enfant — dit la comtesse.

— « Pierre Tournemine » — répéta Sarah en continuant d'écrire — « actuellement au bagne de Rochefort, m'a remis un enfant qui lui avait été confié par la femme de charge du... "

La comtesse ne put achever...

La Chouette, après s'être doucement débarrassée de son cabas en le laissant couler à ses pieds, s'était jetée sur la comtesse avec autant de rapidité que de furie, de sa main gauche l'avait saisie à la nuque, et, lui appuyant le visage sur la table, lui avait, de sa main droite, planté le stylet entre les deux épaules...

Cet abominable meurtre fut exécuté si brusquement que la comtesse ne poussa pas un cri, pas une plainte... Toujours assise, elle resta le haut du corps et le front sur la table. Sa plume s'échappa de sa main.

— Le même coup que Fourline... au petit vieillard de la rue du Roule... — dit le monstre — Encore une qui ne parlera plus... son compte est fait.

Et la Chouette, s'emparant à la hâte des pierreries, qu'elle jeta dans son cabas, ne s'aperçut pas que sa victime respirait encore.

Le meurtre et le vol accomplis, l'horrible vieille ouvrit la porte vitrée, disparut rapidement dans l'allée d'arbres verts, sortit par la petite porte de la ruelle et gagna les terrains déserts. Près de l'Observatoire, elle prit un fiacre qui la conduisit chez Bras-Rouge aux Champs-Élysées.

La veuve Martial, Nicolas, Calebasse et Barbillon avaient, on le sait, donné rendez-vous à la Chouette dans ce repaire pour voler et tuer la courtière en diamants.

CHAPITRE XX.

L'AGENT DE SURETÉ.

Le lecteur connaît déjà le cabaret du *Cœur-Saignant*, situé aux Champs-Élysées, proche le Cours-la Reine, dans l'un des vastes fossés qui avoisinaient cette promenade il y a quelques années.

Les habitants de l'île du Ravageur n'avaient pas encore paru.

Depuis le départ de Bradamanti, qui avait, on le sait, accompagné la belle-mère de madame d'Harville en Normandie, Tortillard était revenu chez son père. Placé en vedette en haut de l'escalier, le petit boiteux devait signaler l'arrivée des Martial par un cri convenu, Bras-Rouge étant alors en conférence secrète avec un agent de sûreté nommé Narcisse Borel, que l'on se souvient peut-être d'avoir vu au tapis-franc de l'ogresse, lorsqu'il vint y arrêter deux scélérats accusés de meurtre.

Cet agent, homme de quarante ans environ, vigoureux et trapu, avait le teint coloré, l'œil fin et perçant, la figure complétement rasée, afin de pouvoir prendre divers déguisements nécessaires à ses dangereuses expéditions; car il lui fallait joindre souvent la souplesse de transfiguration du comédien au courage et à l'énergie du soldat pour parvenir à s'emparer de certains bandits contre lesquels il devait lutter de ruse et de détermination. Narcisse Borel était, en un mot, l'un des instruments les plus utiles, les plus actifs de cette providence au petit pied appelée modestement et vulgairement *la police*.

Revenons à l'entretien de Narcisse Borel et de Bras-Rouge... Cet entretien semblait très-animé.

— Oui — disait l'agent de sûreté — on vous accuse de profiter de votre position à double face pour prendre impunément part aux vols d'une bande de malfaiteurs très-dangereux, et pour donner sur eux de fausses indications à la police de sûreté. Prenez garde, Bras-Rouge; si cela était découvert, on serait sans pitié pour vous.

— Hélas! je sais qu'on m'accuse de cela, et c'est désolant, mon bon monsieur Narcisse — répondit Bras Rouge en donnant à sa figure de fouine une expression de chagrin hypocrite; — mais j'espère qu'aujourd'hui enfin on me rendra justice, et que ma bonne foi sera reconnue ..

— Nous verrons bien!

... il avait été dit ... que l'on chargea sa conférence ... le nommé Narcisse Borel, que l'on se souvient ... fixé à l'agresse, lorsqu'il vint y arrêter deux ...

... avait le ...

... Narcisse Borel ... les plus actifs de cette ... et vint ... la police.

NARCISSE BOREL, AGENT DE SURETÉ.

— Comment peut-on se défier de moi ?... est-ce que je n'ai pas fait mes preuves ?.. Est-ce moi, oui ou non, qui dans le temps vous ai mis à même d'arrêter en flagrant délit Ambroise Martial, un des plus dangereux malfaiteurs de Paris? Car, comme on dit, bon chien chasse de race, et la race des Martial vient de l'enfer, où elle retournera si le bon Dieu est juste...

— Tout cela est bel et bon... mais Ambroise était prévenu qu'on allait venir l'arrêter ; si je n'avais pas devancé l'heure que vous m'aviez indiquée, il échappait.

— Me croyez-vous capable, monsieur Narcisse, de lui avoir secrètement donné avis de votre arrivée?

— Ce que je sais, c'est que j'ai reçu de ce brigand-là un coup de pistolet à bout portant, qui heureusement ne m'a traversé que le bras.

— Dame ! monsieur Narcisse, il est sûr que dans votre partie on est exposé à ces malentendus-là...

— Ah! vous appelez ça des malentendus?

— Certainement, car il voulait sans doute, le scélérat, vous loger la balle dans le corps.

— Dans le bras, dans le corps ou dans la tête, peu importe, ce n'est pas de cela que je me plains ; chaque état a ses désagréments.

— Et ses plaisirs donc, monsieur Narcisse, et ses plaisirs ! Par exemple, lorsqu'un homme aussi fin, aussi adroit, aussi courageux que vous .. est depuis long-temps sur la piste d'une nichée de brigands, qu'il les suit de quartier en quartier, de bouge en bouge, avec un bon limier comme votre serviteur Bras-Rouge, et qu'il finit par les traquer et les cerner dans une souricière dont aucun ne peut échapper... avouez, monsieur Narcisse, qu'il y a là un grand plaisir... une joie de chasseur .. sans compter le service que l'on rend à la justice — ajouta gravement le tavernier du *Cœur-Saignant*.

— Je serais assez de votre avis, si le limier était fidèle ; mais je crains qu'il ne le soit pas.

— Ah ! monsieur Narcisse, vous croyez...

— Je crois qu'au lieu de nous mettre sur la voie, vous vous amusez à nous égarer, et que vous abusez de la confiance qu'on a en vous. Chaque jour vous promettez de nous aider à mettre la main sur la bande... Ce jour n'arrive jamais.

— Et si ce jour arrive aujourd'hui, monsieur Narcisse, comme j'en suis sûr ; et si je vous fais ramasser Barbillon, Nicolas Martial, la veuve, sa fille et la Chouette, sera-ce, oui ou non, un bon coup de filet ? Vous méfierez-vous encore de moi?

— Non, et vous aurez rendu un véritable service ; car on a contre cette bande de fortes présomptions, des soupçons presque certains, mais malheureusement aucune preuve.

— Aussi un petit bout de flagrant délit, en permettant de les pincer, aiderait furieusement à débrouiller leurs cartes, hein ! monsieur Narcisse ?

— Sans doute... Et vous m'assurez qu'il n'y a pas eu provocation de votre part dans le coup qu'ils vont tenter ?

— Non , sur l'honneur !... C'est la Chouette qui est venue me proposer d'attirer la courtière chez moi , lorsque cette infernale borgnesse a appris par mon fils que Morel , le lapidaire , qui demeure rue du Temple , travaillait en vrai au lieu de travailler en faux , et que la mère Mathieu avait souvent sur elle des valeurs considérables. J'ai accepté l'affaire, en proposant à la Chouette de nous adjoindre les Martial et Barbillon, afin de vous mettre toute la sequelle sous la main.

— Et le Maître d'école , cet homme si dangereux , si fort et si féroce , qui était toujours avec la Chouette ?... un des habitués du tapis-franc ?

— Le Maître d'école ?... — dit Bras-Rouge en feignant l'étonnement.

— Oui, un forçat évadé du bagne de Rochefort , un nommé Anselme Duresnel , condamné à perpétuité. On sait maintenant qu'il s'est défiguré pour se rendre méconnaissable... N'avez-vous aucun indice sur lui ?

— Aucun... — répondit intrépidement Bras-Rouge , qui avait ses raisons pour faire ce mensonge, car le Maître d'école était alors enfermé dans une des caves du cabaret.

— Il y a tout lieu de croire que le Maître d'école est l'auteur de nouveaux assassinats. Ce serait une capture importante...

— Depuis six semaines on ne sait pas ce qu'il est devenu.

— Aussi vous reproche-t-on d'avoir perdu sa trace...

— Toujours des reproches !... monsieur Narcisse... toujours...

— Ce ne sont pas les raisons qui manquent... Et la contrebande !

— Ne faut-il pas que je connaisse un peu de toutes sortes de gens ? des contrebandiers comme d'autres pour vous mettre sur la voie !... Je vous ai dénoncé ce tuyau à introduire des liquides .. établi en dehors de la barrière du Trône et aboutissant dans une maison... de la rue...

— Je sais tout cela — dit Narcisse en interrompant Bras-Rouge — mais pour un que vous dénoncez, vous en faites peut-être échapper dix , et vous continuez impunément votre trafic... Je suis sûr que vous mangez à deux râteliers, comme on dit.

— Ah ! monsieur Narcisse... je suis incapable d'une faim aussi malhonnête...

— Et ce n'est pas tout ; rue du Temple, n° 17, loge une femme Burette, prêteuse sur gages, que l'on accuse d'être votre recéleuse particulière, à vous.

— Que voulez-vous que j'y fasse, monsieur Narcisse ! on dit tant de choses, le monde est si méchant... Encore une fois, il faut bien que je fraie avec le plus grand nombre de coquins possible, que j'aie même l'air de faire comme eux... pis qu'eux, pour ne pas leur donner de soupçons; mais ça me navre... de les imiter... ça me navre... Il faut que je sois bien dévoué au service, allez... pour me résigner à ce métier-là...

— Pauvre cher homme... je vous plains de toute mon âme.

— Vous riez, monsieur Narcisse... Mais, si l'on croit ça, pourquoi n'a-t-on pas fait une descente chez la mère Burette et chez moi?

— Vous le savez bien... pour ne pas effaroucher ces bandits, que vous nous promettez de nous livrer depuis si long-temps.

— Et je vais vous les livrer, monsieur Narcisse; avant une heure ils seront ficelés... et sans trop de peine, car il y a trois femmes. Quant à Barbillon et à Nicolas Martial, ils sont féroces comme des tigres, mais lâches comme des poules.

— Tigres ou poules — dit Narcisse en entr'ouvrant sa longue redingote et montrant la crosse de deux pistolets qui sortaient des goussets de son pantalon — j'ai là de quoi les servir.

— Vous ferez toujours bien de prendre deux de vos hommes avec vous, monsieur Narcisse; quand ils se voient acculés, les plus poltrons deviennent quelquefois des enragés.

—Je placerai deux de mes hommes dans la petite salle basse, à côté de celle où vous ferez entrer la courtière... Au premier cri, je paraîtrai à une porte, mes deux hommes à l'autre...

— Il faut vous hâter, car la bande va arriver d'un moment à l'autre, monsieur Narcisse.

— Soit, je vais poster mes hommes .. pourvu que ce ne soit pas encore pour rien.. cette fois.

L'entretien fut interrompu par un sifflement particulier destiné à servir de signal.

Bras-Rouge s'approcha d'une fenêtre pour voir quelle personne Tortillard annonçait.

— Tenez... voilà déjà la Chouette. Eh bien! me croyez-vous à présent, monsieur Narcisse!

— C'est déjà quelque chose. mais ce n'est pas tout; enfin, nous verrons; je cours placer mes hommes.

Et l'agent de sûreté disparut par une porte latérale.

CHAPITRE XXI.

LA CHOUETTE.

La précipitation de la marche de la Chouette, les ardeurs féroces d'une fièvre de rapine et de meurtre qui l'animaient encore, avaient empourpré son hideux visage; son œil vert étincelait d'une joie sauvage.

Tortillard la suivait sautillant et boitant.

Au moment où elle descendait les dernières marches de l'escalier, le fils de Bras-Rouge, par une méchante espièglerie, posa son pied sur les plis traînants de la robe de la Chouette. Ce brusque temps d'arrêt fit trébucher la vieille. Ne pouvant se retenir à la rampe, elle tomba sur ses genoux, les deux mains tendues en avant, abandonnant son précieux cabas, d'où s'échappa un bracelet d'or garni d'émeraudes et de perles fines... La Chouette, s'étant dans sa chute quelque peu excorié les doigts, ramassa le bracelet, qui n'avait pas échappé à la vue perçante de Tortillard, se releva et se précipita furieuse sur le petit boiteux, qui s'approchait d'elle d'un air hypocrite en lui disant :

— Ah! mon Dieu, le pied vous a donc fourché?

Sans lui répondre, la Chouette saisit Tortillard par les cheveux, et, se baissant au niveau de sa joue, le mordit avec rage; le sang jaillit sous sa dent.

Chose étrange! Tortillard, malgré sa méchanceté, malgré le ressentiment d'une cruelle douleur, ne poussa pas une plainte, pas un cri...

Il essuya son visage ensanglanté, et dit en riant d'un air forcé :

— J'aime mieux que vous ne m'embrassiez pas si fort une autre fois... hé...
la Chouette...

— Méchant petit momacque, pourquoi as-tu mis exprès ton pied sur ma
robe... pour me faire tomber?

— Moi? ah bien! par exemple... je vous jure que je ne l'ai pas fait exprès,
ma bonne Chouette... Plus souvent que votre petit Tortillard aurait voulu vous
faire du mal... il vous aime trop pour cela ; vous avez beau le battre, le brus-
quer, le mordre, il vous est attaché comme le pauvre petit chien l'est à son
maître — dit l'enfant d'une voix pateline et doucereuse.

Trompée par l'hypocrisie de Tortillard, la Chouette le crut et lui répondit :

— A la bonne heure! si je t'ai mordu à tort, ce sera pour toutes les autres
fois que tu l'aurais mérité, brigand... Allons, vive la joie... aujourd'hui je n'ai
pas de rancune... Où est ton filou de père!

— Dans la maison... Voulez-vous que j'aille le chercher...?

— Non... Les Martial sont-ils venus?

— Pas encore...

— Alors j'ai le temps de descendre chez Fourline; j'ai à lui parler, au vieux
sans yeux...

— Vous allez au caveau du Maître d'école? — dit Tortillard en dissimulant
à peine une joie diabolique.

— Qu'est-ce que ça te fait?

— A moi?

— Oui, tu m'as demandé cela d'un drôle d'air.

— Parce que je pense à quelque chose de drôle.

— Quoi?

— C'est que vous devriez bien au moins lui apporter un jeu de cartes pour
le désennuyer — reprit Tortillard d'un air narquois — ça le changerait un peu...
il ne joue qu'à être mordu par les rats ; à ce jeu-là il gagne toujours, et à la fin
ça lasse.

La Chouette rit aux éclats de ce lazzi, et dit au petit boiteux :

— Amour de momacque à sa maman... je ne connais pas un moutard pour
avoir déjà plus de vice que ce gueux-là... Va chercher une chandelle, tu
m'éclaireras pour descendre chez Fourline... et tu m'aideras à ouvrir sa porte...
tu sais bien qu'à moi toute seule je ne peux pas seulement la pousser.

— Ah bien! non, il fait trop noir dans la cave — dit Tortillard en hochant
la tête.

— Comment! comment! toi qui es mauvais comme un démon, tu serais poltron?... je voudrais bien voir ça... allons, va vite, et dis à ton père que je vas
revenir tout à l'heure... que je suis avec Fourline... que nous causons de la
publication des bans pour notre mariage... eh! eh! eh! — ajouta le monstre en
ricanant — voyons, dépêche-toi, tu seras garçon de noce, et, si tu es gentil,
c'est toi qui prendras ma jarretière...

Tortillard alla chercher une lumière d'un air maussade.

En l'attendant, la Chouette, toute à l'ivresse du succès de son vol, plongea sa main droite dans son cabas pour y manier les bijoux précieux qu'il renfermait. C'était pour cacher momentanément ce trésor qu'elle voulait descendre dans le caveau du Maître d'école, et non pour jouir, selon son habitude, des tourments de sa nouvelle victime. Nous dirons tout à l'heure pourquoi, du consentement de Bras-Rouge, la Chouette avait relégué le Maître d'école dans ce même réduit souterrain, où ce brigand avait autrefois précipité Rodolphe.

Tortillard, tenant un flambeau, reparut à la porte du cabaret.

La Chouette le suivit dans la salle basse, où s'ouvrait la large trappe à deux vantaux que l'on connaît déjà.

Le fils de Bras-Rouge, abritant sa lumière dans le creux de sa main, et précédant la vieille, descendit lentement un escalier de pierre conduisant à une pente rapide, au bout de laquelle se trouvait la porte épaisse du caveau qui avait failli devenir le tombeau de Rodolphe.

Arrivé au bas de l'escalier, Tortillard parut hésiter à suivre la Chouette.

— Eh bien!... méchant lambin... avance donc — lui dit-elle en se retournant.

— Dame! il fait si noir... et puis vous allez si vite, la Chouette .. Mais au fait, tenez... j'aime mieux m'en retourner... et vous laisser la chandelle.

— Et la porte du caveau, imbécile!... Est-ce que je peux l'ouvrir à moi toute seule? Avanceras-tu?

— Non... j'ai trop peur.

— Si je vais à toi... prends garde...

— Puisque vous me menacez, je remonte...

Et Tortillard recula quelques pas.

— Eh bien! écoute... sois gentil — reprit la Chouette en contenant sa colère — je te donnerai quelque chose...

— A la bonne heure! — dit Tortillard en se rapprochant — parlez-moi ainsi, et vous ferez de moi tout ce que vous voudrez, mère la Chouette.

— Avance, avance, je suis pressée...

— Oui; mais promettez-moi que vous me laisserez aguicher le Maître d'école!

— Une autre fois... aujourd'hui je n'ai pas le temps.

— Rien qu'un petit peu; laissez-moi seulement le faire écumer...

— Une autre fois... Je te dis qu'il faut que je remonte tout de suite.

— Pourquoi donc voulez-vous ouvrir la porte de son *appartement!*

— Ça ne te regarde pas. Voyons, finiras-tu! Les Martial sont peut-être déjà en haut, il faut que je leur parle... Sois gentil, et tu n'en seras pas fâché... arrive.

— Il faut que je vous aime bien, allez, la Chouette.. vous me faites faire tout ce que vous voulez — dit Tortillard en s'avançant lentement.

La clarté blafarde, vacillante de la chandelle, éclairant vaguement ce sombre couloir, dessinait la noire silhouette du hideux enfant sur les murailles verdâtres, lézardées, ruisselantes d'humidité. Au fond du passage, à travers une demi-obscurité, on voyait le cintre bas, écrasé, de l'entrée du caveau, sa porte épaisse, garnie de bandes de fer, et, se détachant dans l'ombre, le tartan rouge et le bonnet blanc de la Chouette.

Grâce à ses efforts et à ceux de Tortillard, la porte s'ouvrit, en grinçant, sur ses gonds rouillés. Une bouffée de vapeur humide s'échappa de cet antre, obscur comme la nuit.

La lumière, posée à terre, jetait quelques lueurs sur les premières marches de l'escalier de pierre, dont les derniers degrés se perdaient complétement dans les ténèbres. Un cri, ou plutôt un rugissement sauvage, sortit des profondeurs du caveau.

— Ah! voilà Fourline qui dit bonjour à sa maman — dit ironiquement la Chouette.

Et elle descendit quelques marches pour cacher son cabas dans quelque recoin.

— J'ai faim! — cria le Maître d'école d'une voix frémissante de rage; — on veut donc me faire mourir comme une bête enragée!

— Tu as faim, gros minet? — dit la Chouette en éclatant de rire — eh bien! suce ton pouce...

On entendit le bruit d'une chaîne qui se roidissait violemment.

Puis un soupir de rage muette contenue.

— Prends garde! prends garde! tu vas te faire encore bobo à la jambe, comme à la ferme de Bouqueval. Pauvre bon papa! — dit Tortillard.

— Il a raison, cet enfant; tiens-toi donc en repos, Fourline — reprit la vieille; — l'anneau et la chaîne sont solides, vieux sans yeux, ça vient de chez le père Micou, qui ne vend que du bon. C'est ta faute aussi; pourquoi t'es-tu laissé ficeler pendant ton sommeil? on n'a eu ensuite qu'à te passer l'anneau et la chaîne à la gigue, et à te descendre ici... au frais... pour te conserver, vieux coquet.

— C'est dommage, il va moisir — dit Tortillard.

On entendit un nouveau bruit de chaînes.

— Eh! eh! Fourline qui sautille comme un hanneton attaché par la patte — dit la vieille. — Il me semble le voir...

— Hanneton! vole! vole! vole!... Ton mari est le *Maître d'école!...* — chantonna Tortillard.

Cette variante augmenta l'hilarité de la Chouette.

Ayant placé son cabas dans un trou formé par la dégradation de la muraille de l'escalier, elle dit en se relevant :

— Vois-tu, Fourline?...

— Il ne voit pas — dit Tortillard...

— Il a raison, cet enfant! Eh bien! entends-tu, Fourline? il ne fallait pas, en revenant de la ferme, être assez Colas pour faire le bon chien... en m'empêchant de dévisager la Pégriotte avec mon vitriol... Par là-dessus, tu m'as

parlé de ta *muette* [1], qui devenait bégueule. J'ai vu que ta pâte de franc gueux
s'aigrissait, qu'elle tournait à l'honnête... comme qui dirait au mouchard...
que d'un jour à l'autre tu pourrais *manger sur nous* [2], vieux sans yeux... et
alors...

— Alors le vieux sans yeux va manger sur toi, la Chouette, car il a faim !
— s'écria Tortillard en poussant brusquement et de toutes ses forces la vieille
par le dos...

La Chouette tomba en avant, en poussant une imprécation terrible.

On l'entendit rouler au bas de l'escalier de pierre...

— Kis... kis... kis... à toi la Chouette, à toi... saute dessus... vieux —
ajouta Tortillard.

Puis, saisissant le cabas sous la pierre où il avait vu la vieille le placer, il
gravit précipitamment l'escalier en criant avec un éclat de rire féroce :

— Voilà une poussée qui vaut mieux que celle de tout à l'heure, hein, la
Chouette ! Cette fois tu ne me mordras pas jusqu'au sang... Ah ! tu croyais
que je n'avais pas de rancune... merci... je saigne encore.

— Je la tiens... oh !... je la tiens... — cria le Maître d'école du fond du
caveau.

— Si tu la tiens, vieux, part à deux — dit Tortillard en ricanant.

Et il s'arrêta sur la dernière marche de l'escalier.

— Au secours ! — cria la Chouette d'une voix strangulée.

[1] De ta conscience. — [2] Nous dénoncer.

— Merci... Tortillard — reprit le Maître d'école — merci! — Et on l'entendit pousser une aspiration de joie effrayante.

— Oh! je te pardonne le mal que tu m'as fait... et pour ta récompense... tu vas l'entendre chanter, la Chouette!!! écoute-la bien, l'oiseau de mort...

— Bravo!... me voilà aux premières loges — dit Tortillard en s'asseyant au haut de l'escalier.

Tortillard, assis sur la première marche de l'escalier, éleva sa lumière pour tâcher d'éclairer l'épouvantable scène qui allait se passer dans les profondeurs du caveau; mais les ténèbres étaient trop épaisses... une si faible clarté ne put les dissiper.

Le fils de Bras-Rouge ne distingua rien... La lutte du Maître d'école et de la Chouette était sourde, acharnée, sans un mot, sans un cri. Seulement, de temps à autre, on entendait l'aspiration bruyante ou le souffle étouffé qui accompagne toujours des efforts violents et contenus.

Tortillard, assis sur le degré de pierre, se mit alors à frapper des pieds avec cette cadence particulière aux spectateurs impatients de voir commencer le spectacle; puis il poussa ce cri familier aux habitués du *paradis* des théâtres du boulevard :

— Eh! la toile... la pièce... la musique!

— Oh! je te tiendrai comme je le veux — murmura le maître d'école au fond du caveau — et tu vas...

Un mouvement désespéré de la Chouette l'interrompit. Elle se débattait avec l'énergie que donne la crainte de la mort.

— Plus haut... on n'entend pas... — cria Tortillard.

— Tu as beau me dévorer la main, je te tiendrai comme je le veux — reprit le Maître d'école.

Puis, ayant sans doute réussi à contenir la Chouette, il ajouta : — C'est cela... Maintenant, écoute...

— Tortillard, appelle ton père! — cria la Chouette d'une voix haletante, épuisée. — Au secours!... au secours!...

— A la porte... la vieille! elle empêche d'entendre — dit le petit boiteux en éclatant de rire; — à bas la cabale!

Les cris de la Chouette ne pouvaient percer ces deux étages souterrains.

La misérable, voyant qu'elle n'avait aucune aide à attendre du fils de Bras-Rouge, voulut tenter un dernier effort.

— Tortillard, va chercher du secours, et je te donne mon cabas; il est plein de bijoux... il est là, sous une pierre.

— Que ça de générosité! Merci, madame.. Est-ce que je ne l'ai pas, ton cabas! Tiens, entends-tu comme ça clique dedans... — dit Tortillard en le secouant. — Mais, par exemple, donne-moi tout de suite pour deux sous de galette chaude, et je vas chercher papa!

— Aie pitié de moi, et je...

La Chouette ne put continuer.

Il se fit un nouveau silence.

Le petit boiteux recommença de frapper en mesure sur la pierre de l'escalier où il était accroupi, accompagnant le bruit de ses pieds de ce cri répété :

— Ça ne commence donc pas ? Ohé ! la toile... ou j'en fais des faux-cols ! la pièce !... la musique !

— De cette façon, la Chouette, tu ne pourras plus m'étourdir de tes cris — reprit le Maître d'école après quelques minutes, pendant lesquelles il parvint sans doute à bâillonner la vieille. — Tu sens bien — reprit-il d'une voix lente et creuse — que je ne veux pas en finir tout de suite... Torture pour torture ! Tu m'as assez fait souffrir... Il faut que je te parle longuement avant de te tuer... oui... longuement... ça va être affreux pour toi... quelle agonie, hein !

— Ah çà, pas de bêtises, eh, vieux ! — s'écria Tortillard en se levant à demi ; — corrige-la, mais ne lui fais pas trop de mal... Tu parles de la tuer... c'est une frime, n'est-ce pas ? Je tiens à ma Chouette... je te l'ai prêtée, mais tu me la rendras... ne me l'abîme pas... je ne veux pas qu'on me détruise ma Chouette, ou sans ça je vais chercher papa.

— Sois tranquille, elle n'aura que ce qu'elle mérite... une leçon profitable... — dit le Maître d'école pour rassurer Tortillard, craignant que le petit boiteux n'allât chercher du secours.

— A la bonne heure, bravo ! voilà la pièce qui va commencer... — dit le fils de Bras-Rouge, qui ne croyait pas que le Maître d'école menaçât sérieusement les jours de l'horrible vieille.

— Causons donc, la Chouette — reprit le Maître d'école d'une voix calme. — D'abord, vois-tu... depuis ce rêve de la ferme de Bouqueval, qui m'a remis sous les yeux tous nos crimes, depuis ce rêve qui a manqué de me rendre fou... qui me rendra fou... car dans la solitude, dans l'isolement profond où je vis, toutes mes pensées viennent malgré moi aboutir à ce rêve... il s'est passé en moi un changement étrange... Oui... j'ai eu horreur de ma férocité passée... D'abord, je ne t'ai pas permis de martyriser la Goualeuse... cela n'était rien encore... En m'enchaînant ici dans cette cave, en m'y faisant souffrir le froid et la faim... mais en me délivrant de ton obsession... tu m'as laissé tout à l'épouvante de mes réflexions. Oh ! tu ne sais pas ce que c'est que d'être seul... toujours seul... avec un voile noir sur les yeux, comme m'a dit l'homme implacable qui m'a puni... Cela est effrayant... vois donc !... C'est dans ce caveau que je l'avais précipité pour le tuer... et ce caveau est le lieu de mon supplice... Il sera peut-être mon tombeau... Je te répète que cela est effrayant. Tout ce que cet homme m'a prédit s'est réalisé. Il m'avait dit : Tu as abusé de ta force... tu seras le jouet des plus faibles. Cela a été. Il m'avait dit : Désormais séparé du monde extérieur, face à face avec l'éternel souvenir de tes crimes, un jour tu te repentiras de tes crimes... Et ce jour est arrivé... l'isolement m'a purifié... Je ne l'aurais pas cru possible... Une autre preuve que je suis peut-être moins scélérat qu'autrefois... c'est que j'éprouve une joie infinie à te tenir là... monstre... non pour me venger, moi... mais pour venger nos victimes... Oui, j'aurai accompli un devoir... quand, de ma propre main, j'aurai puni ma complice... Une voix me dit que si tu étais tombée plus tôt en mon pouvoir, bien du sang... bien du sang n'aurait pas coulé sous tes coups. J'ai maintenant horreur de mes meurtres passés, et pourtant... ne trouves-tu pas cela bizarre ? c'est sans crainte, c'est avec sécurité que je vais commettre sur toi un meurtre affreux, avec des raffinements affreux... Dis... dis... conçois-tu cela ?

— Bravo !... bien joué... vieux sans yeux ! ça chauffe — s'écria Tortillard en applaudissant. — Tout ça, c'est toujours pour rire ?

— Toujours pour rire — reprit le Maître d'école d'une voix creuse. — Tiens-toi donc, la Chouette, il faut que je finisse de t'expliquer comment peu à peu j'en suis venu à me repentir. Cette révélation te sera odieuse... cœur endurci, et elle te prouvera aussi combien je dois être impitoyable dans la vengeance que je dois exercer sur toi au nom de nos victimes... Il faut que je me hâte... La joie de te tenir là me fait bondir le sang... mes tempes battent avec violence... comme lorsqu'à force de penser au rêve ma raison s'égare... peut-être une de mes crises va-t-elle venir... mais j'aurai le temps de te rendre les approches de la mort effroyables en te forçant de m'entendre...

— Hardi, la Chouette ! — cria Tortillard ; — hardi à la réplique !... Tu ne sais donc pas ton rôle ?... Alors dis au *boulanger*[1] de te souffler, ma vieille.

— Oh ! tu auras beau te débattre et me mordre — reprit le Maître d'école après un nouveau silence — tu ne m'échapperas pas... tu m'as coupé les doigts jusqu'aux os... mais je t'arrache la langue si tu bouges... Continuons de causer. En me trouvant seul, toujours seul dans la nuit et dans le silence, j'ai commencé par éprouver des accès de rage furieuse... impuissante... pour la première fois ma tête s'est perdue. Oui... quoique éveillé, j'ai revu le rêve... tu sais ? le rêve... Le petit vieillard de la rue du Roule... la femme noyée... le marchand de bestiaux... et toi... planant au-dessus de tous ces fantômes... Je te dis que cela est effrayant. Je suis aveugle... et ma pensée prend une forme, un corps, pour me représenter incessamment d'une manière visible, presque palpable... les traits de mes victimes... Je n'aurais pas fait ce rêve affreux, que mon esprit, continuellement absorbé par le souvenir de mes crimes passés, eût été troublé des mêmes visions... Sans doute, lorsqu'on est privé de la vue, les idées obsédantes s'*imagent* presque matériellement dans le cerveau... Pourtant... quelquefois, à force de les contempler avec une terreur résignée... il me semble que ces spectres menaçants... ont pitié de moi... ils pâlissent... s'effacent et disparaissent... Alors je crois me réveiller d'un songe funeste... mais je me sens faible, abattu, brisé... et, le croirais-tu... oh ! comme tu vas rire... la Chouette !... je pleure... entends-tu ?... je pleure... Tu ne ris pas ?... Mais ris donc !... ris donc !...

La Chouette poussa un gémissement sourd et étouffé.

— Plus haut ! — cria Tortillard — on n'entend pas...

_____
[1] Le diable.

— Oui — reprit le Maître d'école — je pleure, car je souffre... et la fureur est vaine. Je me dis : Demain, après-demain, toujours, je serai en proie aux mêmes accès de délire et de morne désolation... Quelle vie!... oh! quelle vie!... Et je n'ai pas choisi la mort plutôt que d'être enseveli vivant dans cet abîme que creuse incessamment ma pensée! Aveugle, solitaire et prisonnier... qui pourrait me distraire de mes remords? Rien... rien... Quand les fantômes cessent un moment de passer et de repasser sur le voile noir que j'ai devant les yeux, ce sont d'autres tortures... ce sont des comparaisons écrasantes. Je me dis : Si j'étais resté honnête homme, à cette heure je serais libre, tranquille, heureux, aimé et honoré des miens... au lieu d'être aveugle et enchaîné dans ce cachot, à la merci de mes complices. Hélas! le regret du bonheur perdu par un crime est un premier pas vers le repentir... Et quand au repentir se joint une expiation d'une effrayante sévérité... une expiation qui change votre vie en une longue insomnie remplie d'hallucinations vengeresses ou de réflexions désespérées... peut-être alors le pardon des hommes succède aux remords et à l'expiation.

— Prends garde, vieux! — cria Tortillard — tu manges dans le rôle à M. Moëssard... Connu! connu!!

Le Maître d'école n'écouta pas le fils de Bras-Rouge.

— Cela t'étonne de m'entendre parler ainsi, la Chouette? Si j'avais continué de m'étourdir, ou par d'autres sanglants forfaits, ou par l'ivresse farouche de la vie du bagne, jamais ce changement salutaire ne se fût opéré en moi, je le sais bien...

Mais seul, mais aveugle, mais bourrelé de remords qui se *voient*, à quoi songer? A de nouveaux crimes? Comment les commettre? A une évasion? Comment m'évader? Et si je m'évadais... où irais-je?... que ferais-je de ma liberté? Non, il me faut vivre désormais dans une nuit éternelle, entre les angoisses du repentir et l'épouvante des apparitions formidables dont je suis poursuivi... Quelquefois pourtant... un faible rayon d'espoir... vient luire au milieu de mes ténèbres... un moment de calme succède à mes tourments... oui... car quelquefois je parviens à conjurer les spectres qui m'obsèdent, en leur opposant les souvenirs d'un passé honnête et paisible, en remontant par la pensée jusqu'aux premiers temps de ma jeunesse, de mon enfance... Heureusement, vois-tu, les plus grands scélérats ont du moins quelques années de paix et d'innocence à opposer à leurs années criminelles et sanglantes. On ne naît pas méchant... Les plus pervers ont eu la candeur aimable de l'enfance... ont connu les douces joies de cet âge charmant... Aussi, je te le répète, parfois je ressens une consolation amère en me disant : Je suis à cette heure voué à l'exécration de tous, mais il a été un temps où l'on m'aimait, où l'on me protégeait, parce j'étais inoffensif et bon... Hélas!... il faut bien me réfugier dans le passé... quand je le puis... là seulement je trouve quelque calme...

En prononçant ces dernières paroles, l'accent du Maître d'école avait perdu de sa rudesse; cet homme indomptable semblait profondément ému; il ajouta :

— Tiens, vois-tu, la salutaire influence de ces pensées est telle, que ma fureur s'apaise... le courage... la force... la volonté me manquent pour te punir... non... ce n'est pas à moi de verser ton sang...

— Bravo, vieux! Vois-tu, la Chouette, que c'était une frime... — cria Tortillard en applaudissant.

— Non, ce n'est pas à moi de verser ton sang — reprit le Maître d'école — ce serait un meurtre... excusable peut-être... mais ce serait toujours un meurtre... et j'ai assez des trois spectres... et puis, qui sait!... tu te repentiras peut-être aussi un jour... toi?

En parlant ainsi le Maître d'école avait machinalement rendu à la Chouette quelque liberté de mouvement.

Elle en profita pour saisir le stylet qu'elle avait placé dans son corsage après le meurtre de Sarah... et pour porter un violent coup de cette arme au bandit, afin de se débarrasser tout à fait de lui. Il poussa un cri de douleur perçant. Les ardeurs féroces de sa haine, de sa vengeance, de sa rage, ses instincts sanguinaires, brusquement réveillés et exaspérés par cette attaque, firent une explosion soudaine, terrible, où s'abîma sa raison, déjà fortement ébranlée par tant de secousses.

— Ah! vipère... j'ai senti ta dent! — s'écria-t-il d'une voix tremblante de fureur, en étreignant avec force la Chouette, qui avait cru lui échapper; tu rampais dans le caveau... hein? — ajouta-t-il de plus en plus égaré; — mais je te vais écraser... vipère ou chouette... Tu attendais sans doute la venue des fantômes... Oui, car le sang me bat dans les tempes... mes oreilles tintent... la tête me tourne... comme lorsqu'ils doivent venir... Oui, je ne me trompe pas... Oh! les voilà... du fond des ténèbres, ils s'avancent... Ils s'avancent... Comme ils sont pâles... et leur sang, comme il coule... rouge et fumant... Cela t'épouvante... tu te débats... Eh bien! sois tranquille, tu ne les verras pas... les fantômes... Non... tu ne les verras pas... j'ai pitié de toi... je vais te rendre aveugle... tu seras comme moi... SANS YEUX...

Ici le Maître d'école fit une pause...

La Chouette jeta un cri si horrible, que Tortillard, épouvanté, bondit sur sa marche de pierre, et se leva debout.

Les cris effroyables de la Chouette parurent mettre le comble au vertige furieux du Maître d'école.

— Chante .. — disait-il à voix basse — chante... la Chouette... chante... ton chant de mort... Tu es heureuse... tu ne vois plus les trois fantômes de nos assassinés... le petit vieillard de la rue du Roule... la femme noyée... le marchand de bestiaux... Moi je les vois... ils approchent... ils me touchent... Oh! qu'ils ont froid... ah!...

La dernière lueur de l'intelligence de ce misérable s'éteignit dans ce cri d'épouvante, dans ce cri de damné....

Dès lors le Maître d'école ne raisonna plus, ne parla plus; il agit et rugit en

MORT DE LA CHOUETTE.

Puis ce fut un cri : « Cayenne ! »

Puis on n'entendit plus rien...

Puis ce fut un cri : « Cayenne ! »

Nous sortîmes, franchîmes un spectacle.

bête féroce, il n'obéit plus qu'à l'instinct sauvage de la destruction pour la destruction

Et il se passa quelque chose d'épouvantable dans les ténèbres du caveau.

On entendit un piétinement précipité, interrompu à de fréquents intervalles par un bruit sourd, retentissant comme celui d'une boîte osseuse qui rebondirait sur une pierre contre laquelle on voudrait la briser.

Des plaintes aiguës, convulsives et un éclat de rire infernal accompagnaient chacun de ces coups.

Puis ce fut un râle... d'agonie...

Puis on n'entendit plus rien...

Rien que le piétinement furieux... rien que les coups sourds et rebondissants qui continuèrent toujours...

Bientôt un bruit lointain de pas et de voix arriva jusqu'aux profondeurs du caveau... De vives lueurs brillèrent à l'extrémité du passage souterrain.

Tortillard, glacé de terreur par la scène ténébreuse à laquelle il venait d'assister sans la voir, aperçut plusieurs personnes portant des lumières descendre rapidement l'escalier... En un moment la cave fut envahie par plusieurs agents de sûreté, à la tête desquels était Narcisse Borel... des gardes municipaux fermaient la marche.

Tortillard fut saisi sur les premières marches du caveau, tenant encore à la main le cabas de la Chouette.

Narcisse Borel, suivi de quelques-uns des siens, descendit dans le caveau du Maître d'école.

Tous s'arrêtèrent, frappés d'un hideux spectacle.

Enchaîné par la jambe à une pierre énorme placée au milieu du caveau, le Maître d'école, horrible, monstrueux, la crinière hérissée, la barbe longue, la bouche écumante, vêtu de haillons ensanglantés, tournait comme une bête fauve autour de son cachot, traînant après lui, par les deux pieds, le cadavre de la Chouette, dont la tête était horriblement mutilée, brisée, écrasée.

Il fallut une lutte violente pour lui arracher les restes sanglants de sa complice et pour parvenir à le garrotter.

Après une vigoureuse résistance, on parvint à le transporter dans la salle basse du cabaret de Bras-Rouge, vaste salle obscure, éclairée par une seule fenêtre.

Là se trouvaient, les menottes aux mains et gardés à vue, Barbillon, Nicolas Martial, sa mère et sa sœur.

Ils venaient d'être arrêtés au moment où ils entraînaient la courtière en diamants pour l'égorger.

Celle-ci reprenait ses sens dans une autre chambre.

Étendu sur le sol et contenu à peine par deux agents, le Maître d'école, légèrement blessé au bras par la Chouette, mais complétement insensé, soufflait, mugissait comme un taureau qu'on abat. Quelquefois il se soulevait tout d'une pièce par un soubresaut convulsif.

Barbillon, la tête baissée, le teint livide, plombé, les lèvres décolorées, l'œil fixe et farouche, ses longs cheveux noirs et plats retombant sur le col de sa blouse bleue déchirée dans la lutte, Barbillon était assis sur un banc; ses poignets, serrés dans des menottes de fer, reposaient sur ses genoux.

L'apparence juvénile de ce misérable (il avait à peine dix-huit ans), la régularité de ses traits imberbes, déjà flétris, dégradés, rendaient plus déplorable encore la hideuse empreinte dont la débauche et le crime avaient marqué cette physionomie.

Impassible, il ne disait pas un mot.

On ne pouvait deviner si cette insensibilité apparente était due à la stupeur ou à une froide énergie; sa respiration était fréquente; de temps à autre, de ses deux mains entravées il essuyait la sueur qui baignait son front pâle.

A côté de lui on voyait Calebasse; son bonnet avait été arraché; sa chevelure jaunâtre, serrée à la nuque par un lacet, pendait derrière sa tête en plusieurs mèches rares et effilées. Plus courroucée qu'abattue, ses joues maigres et bilieuses quelque peu colorées, elle contemplait avec dédain l'accablement de son frère Nicolas, placé sur une chaise en face d'elle.

Prévoyant le sort qui l'attendait, ce bandit, affaissé sur lui-même, la tête pendante, les genoux tremblants et s'entrechoquant, était éperdu de terreur; ses dents claquaient convulsivement, il poussait de sourds gémissements.

Seule entre tous, la mère Martial, la veuve du supplicié, debout et adossée au mur, n'avait rien perdu de son audace. La tête haute, elle jetait autour d'elle un regard ferme; ce masque d'airain ne trahissait pas la moindre émotion...

Pourtant, à la vue de Bras-Rouge, que l'on ramenait dans la salle basse après l'avoir fait assister à la minutieuse perquisition que le commissaire et son greffier venaient de faire dans toute la maison; pourtant, à la vue de Bras-Rouge, disons-nous, les traits de la veuve se contractèrent malgré elle; ses petits yeux, ordinairement ternes, s'illuminèrent comme ceux d'une vipère en furie, ses lèvres serrées devinrent blafardes, elle roidit ses deux bras garrottés... Puis, comme si elle eût regretté cette muette manifestation de colère et de haine impuissante, elle dompta son émotion et redevint d'un calme glacial.

Pendant que le commissaire verbalisait, assisté de son greffier, Narcisse Borel, se frottant les mains, jetait un regard complaisant sur la capture importante qu'il venait de faire et qui délivrait Paris d'une bande de criminels dangereux; mais, s'avouant de quelle utilité lui avait été Bras-Rouge dans cette expédition, il ne put s'empêcher de lui jeter un regard expressif et reconnaissant

Le père de Tortillard devait partager jusqu'après leur jugement la prison et le sort de ceux qu'il avait dénoncés; comme eux il portait des menottes; plus qu'eux encore il avait l'air tremblant, consterné, grimaçant de toutes ses forces sa figure de fouine pour lui donner une expression désespérée, poussant des

soupirs lamentables. Il embrassait Tortillard, comme s'il eût cherché quelques consolations dans ces caresses paternelles.

Le petit boiteux se montrait peu sensible à ces preuves de tendresse : il venait d'apprendre qu'il serait jusqu'à nouvel ordre transféré dans la prison des jeunes détenus.

— Quel malheur de quitter mon fils chéri ! — s'écriait Bras-Rouge en feignant l'attendrissement ; —c'est nous deux qui sommes les plus malheureux, mère Martial... car on nous sépare de nos enfants.

La veuve ne put garder plus long-temps son sang-froid ; ne doutant pas de la trahison de Bras-Rouge, qu'elle avait pressentie, elle s'écria :

— J'étais bien sûre que tu avais vendu mon fils de Toulon... Tiens, Judas !... — et elle lui cracha à la face. — Tu vends nos têtes... soit ! on verra de belles morts... des morts de vrais Martial !

— Oui... on ne boudera pas devant *la Carline* — ajoute Calebasse avec une exaltation sauvage.

La veuve, montrant Nicolas d'un coup d'œil de mépris écrasant, dit à sa fille :

— Ce lâche-là nous déshonorera sur l'échafaud !

Quelques moments après, la veuve et Calebasse, accompagnées de deux agents, montaient en fiacre pour se rendre à Saint-Lazare. Barbillon, Nicolas et Bras-Rouge étaient conduits à la Force. On transportait le Maître d'école au dépôt de la Conciergerie, où se trouvent des cellules destinées à recevoir les aliénés.

CHAPITRE XXII.

Quelques jours après le meurtre de madame Séraphin, la mort de la Chouette et l'arrestation de la bande de malfaiteurs surpris chez Bras-Rouge, Rodolphe se rendit à la maison de la rue du Temple.

Nous l'avons dit, voulant lutter de ruse avec Jacques Ferrand, découvrir ses crimes cachés, l'obliger à les réparer et le punir d'une manière terrible dans le cas où, à force d'adresse et d'hypocrisie, ce misérable réussirait à échapper à la vengeance des lois, Rodolphe avait fait venir d'une prison d'Allemagne une créole métisse, femme indigne du nègre David.

Arrivée la veille, cette créature, aussi belle que pervertie, aussi enchanteresse que dangereuse, avait reçu des instructions détaillées du baron de Graün.

On a vu dans le dernier entretien de Rodolphe avec madame Pipelet que, celle-ci ayant très-adroitement proposé Cécily à madame Séraphin pour remplacer Louise Morel comme servante du notaire, la femme de charge avait parfaitement accueilli ses ouvertures, et promis d'en parler à Jacques Ferrand ; ce qu'elle avait fait dans les termes les plus favorables à Cécily, le matin même du jour où elle (madame Séraphin) avait été noyée à l'île du Ravageur.

Rodolphe venait donc savoir le résultat de la *présentation* de Cécily.

A son grand étonnement, en entrant dans la loge, il trouva, quoiqu'il fût onze heures du matin, M. Pipelet couché et Anastasie debout auprès de son lit, lui offrant un breuvage.

Alfred, dont le front et les yeux disparaissaient sous un formidable bonnet de coton, ne répondait pas à Anastasie, elle en conclut qu'il dormait et ferma les rideaux du lit ; en se retournant, elle aperçut Rodolphe. Aussitôt elle se mit, selon son usage, au *port d'arme*, le revers de sa main gauche collé à sa perruque.

— Votre servante, mon roi des locataires, vous me voyez bouleversée, ahurie, exténuée. Il y a de fameux tremblements dans la maison... sans compter qu'Alfred est alité depuis hier.

— Et qu'a-t-il donc ?

— Est-ce que ça se demande ?

— Comment ?

— Toujours du même numéro. Le monstre s'acharne de plus en plus après Alfred ; il me l'abrutit, que je ne sais plus qu'en faire..

— Encore Cabrion ?

— Encore.

— C'est donc le diable ?

— Je finirai par le croire, monsieur Rodolphe ; car ce gredin-là devine toujours les moments où je suis sortie... A peine ai-je les talons tournés que, crac ! il est ici sur le dos de mon vieux chéri, qui n'a pas plus de défense qu'un enfant. Hier encore, pendant que j'étais allée chez M. Ferrand, le notaire... C'est encore là où il y a du nouveau.

— Et Cecily — dit vivement Rodolphe — je venais savoir...

— Tenez, mon roi des locataires, ne m'embrouillez pas ; j'ai tant... tant de choses à vous dire... que je m'y perdrai, si vous rompez mon fil.

— Voyons... je vous écoute...

— D'abord, pour ce qui est de la maison, figurez-vous qu'hier on est venu arrêter la mère Burette.

— La prêteuse sur gages du second ?

— Mon Dieu oui ; il paraît qu'elle en avait de drôles de métiers, outre celui de prêteuse ! elle était par là-dessus recéleuse, haricandeuse, fondeuse, voleuse, allumeuse, enjôleuse, brocanteuse, fricoteuse, enfin tout ce qui rime à gueuse ; le pire, c'est que son vieil amoureux, M. Bras-Rouge, notre principal locataire, est aussi arrêté... Je vous dis que c'est un vrai tremblement dans la maison, quoi !

— Aussi arrêté .. Bras-Rouge !

— Oui, dans son cabaret des Champs-Élysées ; on a coffré jusqu'à son fils Tortillard, ce méchant petit boiteux... On dit qu'il s'est passé chez lui un tas de massacres ; qu'ils étaient là une bande de scélérats ; que la Chouette, une des amies de la mère Burette, a été étranglée, et que si on n'était pas venu à temps, ils assassinaient la mère Matthieu, la courtière en pierreries, qui faisait travailler ce pauvre Morel... En voilà-t-il de ces nouvelles !

— Bras-Rouge arrêté ! la Chouette morte ! — se dit Rodolphe avec étonnement. — L'horrible vieille a mérité son sort ; cette pauvre Fleur-de-Marie est du moins vengée.

— Voilà donc pour ce qui est d'ici... sans compter la nouvelle infamie de Cabrion ; je vas tout de suite en finir avec ce brigand-là... Vous allez voir quel front !... Quand on a arrêté la mère Burette, et que nous avons su que Bras-Rouge, notre principal locataire, était aussi pincé, j'ai dit au vieux chéri : " Faut qu'tu trottes tout de suite chez le propriétaire, lui apprendre que M. Bras-Rouge est coffré. Alfred part. " Au bout de deux heures, il m'arrive... mais dans un état... mais dans un état... blanc comme un linge et soufflant comme un bœuf.

— Quoi donc encore?

— Vous allez voir, monsieur Rodolphe : figurez-vous qu'à dix pas d'ici il y
a un grand mur blanc ; mon vieux chéri, en sortant de la maison, regarde par
hasard sur ce mur : qu'est-ce qu'il y voit écrit au charbon en grosses lettres ?
Pipelet — Cabrion, les deux noms joints par un grand trait d'union (c'est ce
trait d'union avec ce scélérat là qui l'estomaque le plus, mon vieux chéri).
Bon, ça commence à le renverser ; dix pas plus loin, qu'est-ce qu'il voit sur
la grande porte du Temple ? encore *Pipelet — Cabrion*, toujours avec un trait
d'union... Il va toujours... A chaque pas, monsieur Rodolphe, il voit écrits ces
damnés noms sur les murs des maisons, sur les portes, partout, *Pipelet —
Cabrion* [1]. Mon vieux chéri commençait à y voir trente-six chandelles ; il
croyait que tous les passants le regardaient... il enfonçait son chapeau sur
son nez, tant il était honteux. Il prend le boulevard, croyant que ce gueux de
Cabrion aura borné ses immondices à la rue du Temple. Ah bien, oui !... tout
le long des boulevards, à chaque endroit où il y avait de quoi écrire, toujours
Pipelet — Cabrion à mort ! Enfin le pauvre cher homme est arrivé si bouleversé chez le propriétaire, qu'après avoir bredouillé, pataugé, barboté pendant un quart d'heure au vis-à-vis du propriétaire, celui-ci n'a rien compris
du tout à ce qu'Alfred venait lui chanter ; il l'a renvoyé en l'appelant vieil imbécile, et lui a dit de m'envoyer pour expliquer la chose. Bon ! Alfred sort,
s'en revient par un autre chemin pour éviter les noms qu'il avait vus écrits sur
les murs... Ah bien oui !...

— Encore Pipelet et Cabrion !

— Comme vous dites, mon roi des locataires ; de façon que le pauvre cher
homme m'est arrivé ici abruti, ahuri, voulant s'exiler. Il me raconte l'histoire ;
je le calme comme je peux, je le laisse, et je pars avec mademoiselle Cecily
pour aller chez le notaire... avant d'aller chez le propriétaire... Vous croyez
que c'est tout ?... joliment ! A peine avais-je le dos tourné, que ce Cabrion,
qui avait guetté ma sortie, a eu le front d'envoyer ici deux grandes drôlesses
qui se sont mises aux trousses d'Alfred... Tenez... les cheveux m'en dressent
sur la tête... je vous dirai cela tout à l'heure... finissons du notaire. Je pars
donc en fiacre avec mademoiselle Cecily... comme vous me l'aviez recommandé... Elle avait son joli costume de paysanne allemande, vu qu'elle arrivait
et qu'elle n'avait pas eu le temps de s'en faire faire un autre... ainsi que je
devais le dire à M. Ferrand. Vous me croirez si vous voulez, mon roi des locataires, j'ai vu bien des jolies filles ; je me suis vue moi-même dans mon prin-
temps ; mais jamais je n'ai vu (moi comprise) une jeunesse qui puisse approcher
à cent piques de Cecily. Elle a surtout dans le regard de ses grands scélérats
d'yeux noirs... quelque chose... quelque chose .. enfin on ne sait pas ce que
c'est ; mais pour sûr... il y a quelque chose qui vous frappe... Quels yeux !
Enfin, tenez, Alfred n'est pas suspect ; eh bien ! la première fois qu'elle l'a

---

[1] On se souvient peut-être qu'on pouvait lire, il y a quelques années, sur tous les murs et dans tous les
quartiers de Paris, le nom de *Crédeville*, ainsi écrit par suite d'une *charge* d'atelier.

regardé, il est devenu rouge comme une carotte, ce pauvre vieux chéri... et pour rien au monde il n'aurait voulu fixer la donzelle une seconde fois... il en a eu pour une heure à se trémousser sur sa chaise, comme s'il avait été assis sur des orties. Il m'a dit après qu'il ne savait pas comment ça se faisait; mais que le regard de Cecily lui avait rappelé toutes les histoires de cet effronté de Bradamanti sur les sauvagesses qui le faisaient tant rougir, ma vieille bégueule d'Alfred...

— Mais le notaire? le notaire?

— M'y voilà, monsieur Rodolphe. Il était environ sept heures du soir quand nous arrivons chez M. Ferrand; je dis au portier d'avertir son maître que c'est madame Pipelet qui est là avec la bonne dont madame Séraphin lui a parlé et qu'elle lui a dit d'amener. Là-dessus, le portier pousse un soupir, et me demande si je sais ce qui est arrivé à madame Séraphin... Je lui dis que non... Ah! monsieur Rodolphe, en voilà encore un autre tremblement!...

— Quoi donc?

— La Séraphin s'est noyée dans une partie de campagne qu'elle avait été faire avec une de ses parentes.

— Noyée!... Une partie de campagne en hiver!... — dit Rodolphe surpris.

— Mon Dieu, oui, monsieur Rodolphe, noyée. Quant à moi, ça m'étonne plus que cela ne m'attriste; car, depuis le malheur de cette pauvre Louise... qu'elle avait dénoncée, je la détestais, la Séraphin. Aussi, ma foi, je me dis : Elle s'est noyée, eh bien! elle s'est noyée; après tout.. je n'en mourrai pas. Voilà mon caractère.

— Et M. Ferrand?

— Le portier me dit d'abord qu'il ne croyait pas que je pourrais voir son maître, et me prie d'attendre dans sa loge; mais au bout d'un moment il revient me chercher. Nous traversons la cour, et nous entrons dans une chambre au rez-de-chaussée. Il n'y avait qu'une mauvaise chandelle pour éclairer. Le notaire était assis au coin d'un feu où fumaillait un restant de tison.. Quelle baraque!... Je n'avais jamais vu M. Ferrand... Dieu de Dieu, est-il vilain! En voilà encore un qui aurait beau m'offrir le trône de l'Arabie pour faire des traits à Alfred...

— Et le notaire a-t-il paru frappé de la beauté de Cecily?

— Est-ce qu'on peut le savoir, avec ses lunettes vertes?... un vieux sacristain pareil, ça ne doit pas se connaître en femmes. Pourtant, quand nous sommes entrées toutes les deux, il a fait comme un soubresaut sur sa chaise; c'était sans doute l'étonnement de voir le costume alsacien de Cecily; car elle avait (cent milliards de fois mieux) la tournure d'une de ces marchandes de petits balais, avec ses cotillons courts et ses jolis jambes chaussées de bas bleus à coins rouges; sapristi..... quel mollet!..... et la cheville si mince!... et le pied si mignon!... finalement le notaire a eu l'air ahuri en la voyant.

— C'était sans doute la bizarrerie du costume de Cecily qui le frappait.

— Faut croire; mais le moment croustilleux approchait. Heureusement je me suis rappelé la maxime que vous m'avez dite, monsieur Rodolphe; ça a été mon salut.

— Quelle maxime?

— Vous savez : *C'est assez que l'un veuille pour que l'autre ne veuille pas, ou que l'un ne veuille pas pour que l'autre veuille.* Alors je me dis à moi-même : Il faut que je débarrasse mon roi des locataires de son Allemande, en la colloquant au maître de Louise; hardi! je vas faire une frime, et voilà que je dis au notaire, sans lui donner le temps de respirer :

« Pardon, monsieur, si ma nièce vient habillée à la mode de son pays; mais elle arrive, elle n'a que ces vêtements-là, et je n'ai pas de quoi lui en faire faire d'autres : d'autant plus que ça ne sera pas la peine; car nous venons seulement pour vous remercier d'avoir dit à madame Séraphin que vous consentiez à voir Cecily, d'après les bons renseignements que j'avais donnés sur elle; mais je ne crois pas qu'elle puisse convenir à monsieur. »

— Très-bien, madame Pipelet.

« Pourquoi votre nièce ne me conviendrait-elle pas? dit le notaire qui s'était remis au coin de son feu, et avait l'air de nous regarder par-dessus ses lunettes. — Parce que Cecily commence à avoir le mal du pays, monsieur. Il n'y a pas trois jours qu'elle est ici, et elle veut déjà s'en retourner, quand elle devrait mendier sur la route en vendant des petits balais comme ses payses.

» Et vous qui êtes sa parente, me dit M. Ferrand, vous souffririez cela!

« Dame, monsieur, je suis sa parente, c'est vrai; mais elle est orpheline, elle a vingt ans, et elle est maîtresse de ses actions.

« Bah! bah! maîtresse de ses actions! à cet âge-là on doit obéir à ses parents, reprit-il brusquement.

« Là-dessus voilà Cecily qui se met à pleurnicher et à trembler en se serrant contre moi; c'était le notaire qui lui faisait peur, bien sûr. »

— Et Jacques Ferrand?

— Il grommelait toujours en marronnant : — « Abandonner une fille à cet âge-là, c'est vouloir la perdre! S'en retourner en Allemagne en mendiant, belle ressource! Et vous, sa tante, vous souffrez une telle conduite?...

(Bien, bien, que je me dis, tu vas tout seul, grigou, je te colloquerai Cecily ou j'y perdrai mon nom.)

« Je suis sa tante, c'est vrai, que je réponds en grognant, et c'est une malheureuse parenté pour moi; j'ai bien assez de charges; j'aimerais autant que ma nièce s'en aille que de l'avoir sur les bras. Que le diable emporte les parents qui vous envoient une grande fille comme ça sans seulement l'affranchir! Pour le coup, voilà Cecily, qui avait l'air d'avoir le mot, qui se met à fondre en larmes... Là-dessus le notaire prend son creux comme un prédicateur, et se met à me dire :

« Vous devez compte à Dieu du dépôt que la Providence a remis entre vos mains; ce serait un crime que d'exposer cette jeune fille à la perdition. Je consens à vous aider dans une œuvre charitable; si votre nièce me promet d'être laborieuse, honnête et pieuse, et surtout de ne jamais, mais jamais sortir de chez moi, j'aurai pitié d'elle et je la prendrai à mon service.

« Non, non, j'aime mieux m'en retourner au pays, dit Cecily en pleurant encore. »

— Sa dangereuse fausseté ne lui a pas fait défaut.... . — pensa Rodolphe; — la diabolique créature a, je le vois, parfaitement compris les ordres du baron de Graün. — Puis le prince reprit tout haut :

— M. Ferrand paraissait-il contrarié de la résistance de Cecily?

— Oui, monsieur Rodolphe: il marronnait entre ses dents, et il lui a dit brusquement :

« Il ne s'agit pas de ce que vous aimeriez mieux, mademoiselle, mais de ce qui est convenable et décent; le ciel ne vous abandonnera pas si vous menez une bonne conduite et si vous accomplissez vos devoirs religieux. Vous serez ici dans une maison aussi sévère que sainte; si votre tante vous aime réellement, elle profitera de mon offre; vous aurez des gages faibles d'abord; mais si par votre sagesse et votre zèle vous méritez mieux, plus tard peut-être je les augmenterai. »

— Bon! que je m'écrie en moi-même, enfoncé le notaire! voilà Cecily colloquée chez toi, vieux fesse-mathieu, vieux sans-cœur! La Séraphin était à ton service depuis des années, et tu n'as pas seulement l'air de te souvenir qu'elle s'est noyée avant-hier... Et je reprends tout haut :

« Sans doute, monsieur, la place est avantageuse, mais si cette jeunesse a le mal du pays...

« Ce mal passera, me répond le notaire; voyons, décidez-vous..... est-ce oui ou non?..... Si vous y consentez, amenez-moi votre nièce demain soir à la même heure, et elle entrera tout de suite à mon service..... mon portier la mettra au fait... Quant aux gages, je donne en commençant vingt francs par mois et vous serez nourrie.

« Ah! monsieur, vous mettrez bien cinq francs de plus?...

« Non, plus tard..... si je suis content, nous verrons..... Mais je dois vous prévenir que votre nièce ne sortira jamais, et que personne ne viendra la voir.

« Eh! mon Dieu, monsieur, qui voulez-vous qui vienne la voir? elle ne connaît que moi à Paris, et j'ai ma porte à garder; ça m'a assez dérangée d'être obligée de l'accompagner ici; vous ne me verrez plus, elle me sera aussi étrangère que si elle n'était jamais venue de son pays. Quant à ce qu'elle ne sorte pas, il y a un moyen bien simple : laissez-lui le costume de son pays, elle n'osera pas aller habillée comme cela dans les rues.

« Vous avez raison, me dit le notaire; c'est d'ailleurs respectable de tenir aux vêtements de son pays... Elle restera donc vêtue en Alsacienne.

« Allons, que je dis à Cecily, qui, la tête basse, pleurnichait toujours, il faut te décider, ma fille; une bonne place dans une honnête maison ne se trouve pas tous les jours; et d'ailleurs, si tu refuses, arrange-toi comme tu voudras, je ne m'en mêle plus.

« Là-dessus Cecily répond en soupirant, le cœur tout gros, qu'elle consent à rester, mais à condition que, si dans une quinzaine de jours le mal du pays la tourmente trop, elle pourra s'en aller.

« Je ne veux pas vous garder de force, dit le notaire, et je ne suis pas embarrassé de trouver des servantes. Voilà votre denier à Dieu; votre tante n'aura qu'à vous ramener ici demain soir.

« Cecily n'avait pas cessé de pleurnicher. J'ai accepté pour elle le denier à Dieu de quarante sous de ce vieux pingre, et nous sommes revenues ici. »

— Très-bien, madame Pipelet! je n'oublie pas ma promesse; voilà ce que je vous ai promis si vous parveniez à me placer cette pauvre fille, qui m'embarrassait.....

— Attendez à demain, mon roi des locataires — dit madame Pipelet en refusant l'argent de Rodolphe; — car enfin M. Ferrand n'a qu'à se raviser, quand ce soir je vas lui conduire Cecily...

— Je ne crois pas qu'il se ravise; mais où est-elle?

— Dans le cabinet qui dépend de l'appartement du commandant, elle n'en bouge pas d'après vos ordres; elle a l'air résignée comme un mouton, quoiqu'elle ait des yeux..... ah! quels yeux!..... Mais à propos du commandant, est-il intrigant! Lorsqu'il est venu lui-même surveiller l'emballement de ses meubles, est-ce qu'il ne m'a pas dit que s'il venait ici des lettres adressées à une *madame Vincent*, c'était pour lui, et de les lui envoyer *rue Mondovi*, n° 5 ! Il se fait écrire sous un nom de femme, ce bel oiseau ! comme c'est malin !... Mais ce n'est pas tout, est-ce qu'il n'a pas eu l'effronterie de me demander ce qu'était devenu son bois !..... — Votre bois !... pourquoi donc pas votre forêt, tout de suite ? — que je lui ai répondu. — Tiens, c'est vrai, pour deux mauvaises voies... de rien du tout : une de flotté et une de neuf, car il n'avait pas pris tout bois neuf, le grippe-sous... faisait-il son embarras ! Son bois ! — Je l'ai brûlé, votre bois — que je lui dis — pour sauver vos effets de l'humidité ; sans cela, il aurait poussé des champignons sur votre calotte brodée et sur votre robe de chambre de ver luisant, que vous avez mise joliment souvent pour le roi de Prusse..... en attendant cette petite dame qui se moquait de vous.

Un gémissement sourd et plaintif d'Alfred interrompit madame Pipelet.

— Voilà le vieux chéri qui rumine, il va s'éveiller... vous permettez, mon roi des locataires ?

— Certainement..... j'ai d'ailleurs encore quelques renseignements à vous demander.

— Eh bien !... vieux chéri, comment ça va-t-il ? — demanda madame Pipelet à son mari en ouvrant ses rideaux ; — voilà M. Rodolphe, il sait la nouvelle infamie de Cabrion, il te plaint de tout son cœur.

— Ah ! monsieur — dit Alfred en tournant languissamment sa tête vers Rodolphe — cette fois je n'en relèverai pas... le monstre m'a frappé au cœur... je suis l'objet des brocards de la capitale... mon nom se lit sur tous les murs de Paris... accolé à celui de ce misérable, *Pipelet—Cabrion*, avec un énorme trait d'union... *móssieur*... un trait d'union... moi !... uni à cet infernal polisson aux yeux de la capitale de l'Europe !

— M. Rodolphe sait cela..... mais ce qu'il ne sait pas, c'est ton aventure d'hier soir avec ces deux grandes drôlesses.

— Ah ! monsieur, il avait gardé sa plus monstrueuse infamie pour la dernière ; celle-là a passé toutes les bornes — dit Alfred d'une voix dolente.

— Voyons, mon cher monsieur Pipelet..... racontez-moi ce nouveau malheur...

— Tout ce qu'il m'a fait jusqu'à présent n'était rien auprès de cela, monsieur... Il est arrivé à ses fins, grâce aux procédés les plus honteux... Je ne sais si je vais avoir la force de faire ce narré... la confusion... la pudeur m'entraveront à chaque pas.

M. Pipelet, s'étant mis péniblement sur son séant, croisa pudiquement les revers de son gilet de laine, et commença *en ces termes :*

— Mon épouse venait de sortir ; absorbé dans l'amertume que me causait la nouvelle prostitution de mon nom écrit sur tous les murs de la capitale, je cherchais à me distraire en m'occupant d'un ressemelage d'une botte vingt fois reprise et vingt fois abandonnée, grâce aux opiniâtres persécutions de mon bourreau. J'étais assis devant une table, lorsque je vois la porte de ma loge s'ouvrir et une femme entrer.

Cette femme était enveloppée d'un manteau à capuchon ; je me soulevai honnêtement de mon siége, et portai la main à mon chapeau. A ce moment, une seconde femme, aussi enveloppée d'un manteau à capuchon, entre dans ma loge et ferme la porte en dedans...

Quoique étonné de la familiarité de ce procédé et du silence que gardaient les deux femmes, je me ressoulève de ma chaise, et je reporte la main à mon chapeau..... Alors, monsieur... non, non, je ne pourrai jamais... ma pudeur se révolte...

— Voyons, vieille bégueule... nous sommes entre hommes... — dit madame Pipelet — va donc.

— Alors — reprit Alfred en devenant cramoisi — les manteaux tombent et qu'est-ce que je vois ! Deux espèces de sirènes ou de nymphes, sans autres vêtements qu'une tunique de feuillage, la tête aussi couronnée de feuillage ; j'étais pétrifié..... Alors toutes deux s'avancent vers moi en me tendant leurs bras, comme pour m'engager à m'y précipiter [1]....

— Les coquines !... — dit Anastasie.

— Les avances de ces impudiques me révoltèrent — reprit Alfred, animé d'une chaste indignation ; — et selon cette habitude qui ne m'abandonne ja-

[1] Deux danseuses de la Porte-Saint-Martin, amies de Cabrion, vêtues de maillots et d'un costume de ballet.

mais dans les circonstances les plus critiques de ma vie, je restai complète-
ment immobile sur ma chaise : alors, profitant de ma stupeur, les deux sirènes
s'approchent avec une espèce de cadence, en faisant des ronds de jambes et en
arrondissant les bras... Je m'immobilise de plus en plus. Elles m'atteignent...
elles m'enlacent.

— Enlacer un homme d'âge et marié..... les gredines ! Ah ! si j'avais été
là... avec mon manche à balai — s'écria Anastasie..... — Je vous en aurais
donné de la cadence et des ronds de jambes, gourgandines !

— Quand je me sens enlacé — reprit Alfred — mon sang ne fait qu'un
tour... j'ai la petite mort..... Alors l'une des sirènes... la plus effrontée, une
grande blonde, se penche sur mon épaule, m'enlève mon chapeau, et me met
le chef à nu, toujours en cadence... avec des ronds de jambes et en arrondissant les bras. Alors sa complice, tirant une paire de ciseaux de son feuillage,
rassemble en une énorme mèche tout ce qui me restait de cheveux derrière la
tête, et me coupe le tout, monsieur, le tout..... toujours avec des ronds de
jambes ; puis elle dit en chantonnant et en cadençant : — C'est pour Cabrion...
— et l'autre impudique de répéter en chœur : — C'est pour Cabrion..... c'est
pour Cabrion !

Après une pause accompagnée d'un soupir douloureux, Alfred reprit :

— Pendant cette impudente spoliation..... je lève les yeux et je vois collée
aux vitres de la loge la figure infernale de Cabrion avec sa barbe et son chapeau pointu... il riait... il riait... il était hideux. Pour échapper à cette vision
odieuse, je ferme les yeux... Quand je les ai rouverts... tout avait disparu...
je me suis retrouvé sur ma chaise... le chef à nu et complétement dévasté !...
Vous le voyez, monsieur, Cabrion est arrivé à ses fins à force de ruse, d'opi-
niâtreté et d'audace... et par quels moyens, mon Dieu !!... Il voulait me faire
passer pour son ami !... il a commencé par afficher ici que nous faisions commerce d'amitié ensemble. Non content de cela..... à cette heure mon nom est
accolé au sien sur tous les murs de la capitale avec un énorme trait d'union.
Il n'y a pas, à cette heure, un habitant de Paris qui mette en doute mon intimité avec ce misérable ; il voulait de mes cheveux, il en a... il les a tous,
il peut les montrer... me compromettre... grâce aux exactions de ces sirènes
effrontées. Maintenant, monsieur, vous le voyez, il ne me reste qu'à quitter la
France... ma belle France... où je croyais vivre et mourir...

Et Alfred se rejeta à la renverse sur son lit en joignant les mains.

— Mais au contraire, vieux chéri, maintenant qu'il a de tes cheveux, il te
laissera tranquille.

— Me laisser tranquille !... — s'écria M. Pipelet avec un soubresaut convulsif ; — mais tu ne le connais pas, il est insatiable. Maintenant qui sait ce
qu'il voudra de moi ?

Rigolette, paraissant à l'entrée de la loge, mit un terme aux lamentations
de M. Pipelet. — N'entrez pas, mademoiselle ! — cria M. Pipelet, fidèle à
ses habitudes de chaste susceptibilité — je suis au lit et en linge.

Ce disant, il tira un de ses draps jusqu'à son menton, Rigolette s'arrêta discrètement au seuil de la porte.

— Justement, ma voisine, j'allais chez vous — lui dit Rodolphe. —Veuillez m'attendre un moment. Puis s'adressant à Anastasie . — N'oubliez pas de conduire Cecily ce soir chez M. Ferrand.

— Soyez tranquille, mon roi des locataires, à sept heures elle y sera installée. Maintenant que la femme Morel peut marcher, je la prierai de garder ma loge, car Alfred ne voudrait pas, pour un empire, rester tout seul.

Les roses du teint de Rigolette pâlissaient de plus en plus; sa charmante figure, jusqu'alors si fraîche, si ronde, commençait à s'allonger un peu; sa piquante physionomie, ordinairement si animée, si vive, était devenue sérieuse et plus triste encore qu'elle ne l'était lors de la dernière entrevue de la grisette et de Fleur-de-Marie à la porte de la prison de Saint-Lazare.

— Combien je suis contente de vous rencontrer, mon voisin — dit Rigolette à Rodolphe, lorsque celui fut sorti de la loge de madame Pipelet. — J'ai bien des choses à vous dire, allez...

— D'abord, ma voisine, comment vous portez-vous? Voyons, cette jolie figure est-elle toujours rose et gaie? Hélas! non; je vous trouve pâle... Je suis sûr que vous travaillez trop...

— Oh! non, monsieur Rodolphe, je vous assure que maintenant je suis faite à ce petit surcroît d'ouvrage... Ce qui me change, c'est tout bonnement le chagrin. Mon Dieu, oui! toutes les fois que je vois ce pauvre Germain, je m'attriste de plus en plus.

.— Il est donc toujours bien abattu?

— Plus que jamais, monsieur Rodolphe, et, ce qui est désolant, c'est que tout ce que je fais pour le consoler tourne contre moi, c'est comme un sort...
— Et une larme vint voiler les grands yeux noirs de Rigolette.

— Expliquez-moi cela, ma voisine.

— Hier, par exemple, je vais le voir et lui porter un livre qu'il m'avait priée de lui procurer, parce que c'était un roman que nous lisions dans notre bon temps de voisinage. A la vue de ce livre, il fond en larmes; cela ne m'étonne pas, c'était bien naturel... Dame!... ce souvenir de nos soirées si tranquilles, si gentilles, au coin de mon poêle, dans ma jolie petite chambre, comparer cela à son affreuse vie de prison; pauvre Germain! c'est bien cruel.

— Rassurez-vous — dit Rodolphe à la jeune fille — lorsque Germain sera hors de prison et que son innocence sera reconnue, il retrouvera sa mère, des amis, et il oubliera bien vite auprès d'eux et de vous ces durs moments d'épreuve.

— Oui, mais jusque-là, monsieur Rodolphe, il va encore se tourmenter davantage. Et puis ce n'est pas tout...

— Qu'y a-t-il encore?

— Comme il est le seul honnête homme au milieu de ces bandits, ils l'ont en grippe, parce qu'il ne peut pas prendre sur lui de frayer avec eux. Le gar-

dien du parloir, un bien brave homme, m'a dit d'engager Germain, dans son
intérêt, à être moins fier... à tâcher de se familiariser avec ces mauvaises gens...
mais il ne le peut pas, c'est plus fort que lui, et je tremble qu'un jour ou l'autre
on ne lui fasse du mal... — Puis, s'interrompant tout à coup et essuyant ses
larmes, Rigolette reprit : — Mais, voyez donc, je ne pense qu'à moi, et j'oublie de vous parler de la Goualeuse.

— De la Goualeuse? — dit Rodolphe avec surprise.

— Avant-hier, en allant voir Louise à Saint-Lazare... je l'ai rencontrée.

— La Goualeuse?

— Oui, monsieur Rodolphe.

— A Saint-Lazare?

— Elle en sortait avec une vieille dame.

— C'est impossible!... — s'écria Rodolphe stupéfait.

— Je vous assure que c'était bien elle, mon voisin.

— Vous vous serez trompée.

— Non, non; quoiqu'elle fût vêtue en paysanne, je l'ai tout de suite reconnue; elle est toujours bien jolie, quoique pâle, et elle a le même petit air
doux et triste qu'autrefois.

— Elle, à Paris... sans que j'en sois instruit! Je ne puis le croire. Et que
venait-elle faire à Saint-Lazare?

— Comme moi, voir une prisonnière sans doute; je n'ai pas eu le temps de
lui en demander davantage; la vieille dame qui l'accompagnait avait l'air si
grognon et si pressé... Ainsi, vous la connaissez aussi, la Goualeuse, monsieur
Rodolphe?

— Certainement.

— Alors, plus de doute, c'est bien de vous qu'elle m'a parlé?

— De moi?

— Oui, mon voisin. Figurez-vous que je lui racontais le malheur de Louise
et de Germain, tous deux si bons, si honnêtes et si persécutés par ce vilain
M. Jacques Ferrand, me gardant bien de lui apprendre, comme vous me l'a-
viez défendu, que vous vous intéressiez à eux; alors la Goualeuse m'a dit que
si une personne généreuse qu'elle connaissait était instruite du sort malheureux
et peu mérité de mes deux pauvres prisonniers, elle viendrait bien à leur secours; je lui ai demandé le nom de cette personne, et elle vous a nommé,
monsieur Rodolphe.

— C'est elle, c'est bien elle...

— Vous pensez que nous avons été bien étonnées toutes deux de cette découverte ou de cette ressemblance de nom; aussi nous nous sommes promis de
nous écrire si notre Rodolphe était le même... Et il paraît que vous êtes le
même, mon voisin.

— Oui, je me suis aussi intéressé à cette pauvre enfant... Mais ce que vous
me dites de sa présence à Paris me surprend tellement, que si vous ne m'aviez
pas donné tant de détails sur votre entrevue avec elle, j'aurais persisté à croire

que vous vous trompiez... Mais adieu... ma voisine, ce que vous venez de m'apprendre à propos de la Goualeuse m'oblige de vous quitter... Restez toujours aussi réservée à l'égard de Louise et de Germain sur la protection que des amis inconnus leur manifesteront lorsqu'il en sera temps. Ce secret est plus nécessaire que jamais. A propos, comment va la famille Morel ?

— De mieux en mieux, monsieur Rodolphe : la mère est tout à fait sur pied maintenant ; les enfants reprennent à vue d'œil. Tout le ménage vous doit la vie, le bonheur... Vous êtes si généreux pour eux !... Et ce pauvre Morel, lui, comment va-t-il ?

— Mieux... J'ai eu hier de ses nouvelles ; il semble avoir de temps en temps quelques moments lucides ; on a bon espoir de le guérir de sa folie... Allons, courage, et à bientôt, ma voisine... Vous n'avez besoin de rien ? Le gain de votre travail vous suffit toujours ?

— Oh ! oui, monsieur Rodolphe, je prends un peu sur mes nuits, et ce n'est guère dommage, allez, car je ne dors presque plus.

— Hélas ! ma pauvre petite voisine, je crains bien que *papa Crétu* et *Ramonette* ne chantent plus beaucoup s'ils vous attendent pour commencer.

— Vous ne vous trompez pas, monsieur Rodolphe ; mes oiseaux et moi nous ne chantons plus, mon Dieu, non ; mais, tenez, vous allez vous moquer, eh bien ! il me semble qu'ils comprennent que je suis triste ; oui, au lieu de gazouiller gaiement quand j'arrive, ils font un petit ramage si doux, si plaintif, qu'ils ont l'air de vouloir me consoler. Je suis folle, n'est-ce pas, de croire cela, monsieur Rodolphe ?

— Pas du tout ; je suis sûr que vos bons amis les oiseaux vous aiment trop pour ne pas s'apercevoir de votre chagrin.

— Au fait, ces pauvres petites bêtes sont si intelligentes — dit naïvement Rigolette, très-contente d'être rassurée sur la sagacité de ses compagnons de solitude.

— Sans doute, rien de plus intelligent que la reconnaissance... Allons, adieu... bientôt, ma voisine, avant peu, je l'espère, vos jolis yeux seront redevenus bien vifs, vos joues bien roses, et vos chants si gais, si gais... que *papa Crétu* et *Ramonette* pourront à peine vous suivre.

— Puissiez-vous dire vrai, monsieur Rodolphe ! — reprit Rigolette avec un grand soupir. — Allons, adieu, mon voisin.

— Adieu, ma voisine, et à bientôt.

Rodolphe, ne pouvant comprendre comment madame Georges avait, sans l'en prévenir, amené ou envoyé Fleur-de-Marie à Paris, se rendit chez lui pour envoyer un exprès à la ferme de Bouqueval.

Au moment où il rentrait rue Plumet, il vit une voiture de poste s'arrêter devant la porte de l'hôtel : c'était Murph qui revenait de Normandie.

Le squire y était allé, nous l'avons dit, pour déjouer les sinistres projets de la belle-mère de madame d'Harville et de Bradamanti son complice.

CHAPITRE XXIII.

MURPH ET POLIDORI.

La figure de sir Walter Murph était rayonnante.

En descendant de voiture, il remit à un des gens du prince une paire de pistolets, ôta sa longue redingote de voyage, et, sans prendre le temps de changer de vêtements, il suivit Rodolphe, qui, impatient, l'avait précédé dans son appartement.

— Bonne nouvelle, monseigneur, bonne nouvelle! — s'écria le squire lorsqu'il se trouva seul avec Rodolphe — les misérables sont démasqués, M. d'Orbigny est sauvé... vous m'avez fait partir à temps... une heure de retard... un nouveau crime était commis!

— Et madame d'Harville?

— Elle est toute à la joie que lui cause le retour de l'affection de son père, et toute au bonheur d'être arrivée, grâce à vos conseils, assez à temps pour l'arracher à une mort certaine.

— Ainsi Polidori...

— Était encore cette fois le digne complice de la belle-mère de madame d'Harville. Mais quel monstre que cette belle-mère... quel sang-froid, quelle audace!... et ce Polidori!... Ah! monseigneur... vous avez bien voulu quelquefois me remercier de ce que vous appeliez mes preuves de dévouement...

— J'ai toujours dit les preuves de ton amitié, mon bon Murph...

— Eh bien! monseigneur, jamais, non, jamais cette amitié n'a été mise à une plus rude épreuve que dans cette circonstance — dit le squire d'un air moitié sérieux moitié plaisant.

— Comment cela?

— Les déguisements de charbonnier, les pérégrinations dans la Cité, et *tutti quanti*, cela n'a rien été, monseigneur, rien absolument, auprès du voyage que je viens de faire avec cet infernal Polidori.

— Que dis-tu? Polidori...

— Je l'ai ramené...

— Avec toi?

— Avec moi... Jugez... quelle compagnie... pendant douze heures côte à côte avec l'homme que je méprise et que je hais le plus au monde... Autant voyager avec un serpent... ma bête d'antipathie.

— Et où est Polidori , maintenant?

— Dans la maison de l'allée des Veuves... sous bonne et sûre garde...

— Il n'a donc fait aucune résistance pour te suivre?

— Aucune... Je lui ai laissé le choix d'être arrêté sur-le-champ par les autorités françaises ou d'être mon prisonnier allée des Veuves : il n'a pas hésité.

— Tu as eu raison, il vaut mieux l'avoir ainsi sous la main. Tu es un homme d'or, mon vieux Murph ; mais raconte-moi ton voyage... Je suis impatient de savoir comment cette femme indigne et son indigne complice ont été enfin démasqués.

— Rien de plus simple : je n'ai eu qu'à suivre vos instructions à la lettre pour terrifier et écraser ces infâmes. Dans cette circonstance , monseigneur , vous avez sauvé , comme toujours , des gens de bien et puni des méchants. Noble Providence que vous êtes !...

— Sir Walter, sir Walter, rappelez-vous les flatteries du baron de Graün , — dit Rodolphe en souriant.

— Allons , soit , monseigneur. Je commencerai donc , ou plutôt vous voudrez bien lire d'abord cette lettre de madame la marquise d'Harville, qui vous instruira de tout ce qui s'est passé avant que mon arrivée ait confondu Polidori...

— Une lettre?... donne vite.

Murph , remettant à Rodolphe la lettre de la marquise , ajouta :

— Ainsi que cela était convenu , au lieu d'accompagner madame d'Harville chez son père , j'étais descendu à une auberge servant de tournebride , à deux pas du château , où je devais attendre que madame la marquise me fît demander.

Rodolphe lut ce qui suit avec une tendre et impatiente sollicitude :

« Monseigneur ,

« Après tout ce que je vous dois déjà , je vous devrai la vie de mon père !!!

« Je laisse parler les faits : ils vous diront mieux que moi quels nouveaux trésors de gratitude envers vous je viens d'amasser dans mon cœur.

« Comprenant toute l'importance des conseils que vous m'avez fait donner par sir Walter Murph , qui m'a rejointe sur la route de Normandie presque à ma sortie de Paris , je suis arrivée en toute hâte au château des Aubiers.

« Je ne sais pourquoi, la physionomie des gens qui me reçurent me parut sinistre ; je ne vis parmi eux aucun des anciens serviteurs de notre maison : personne ne me connaissait. Je fus obligée de me nommer ; j'appris que depuis quelques jours mon père était très-souffrant, et que ma belle-mère venait de ramener un médecin de Paris.

« Plus de doute ; il s'agissait du docteur Polidori.

« Voulant me faire conduire à l'instant auprès de mon père , je demandai où était un vieux valet de chambre auquel il était très-attaché. Depuis quelque temps cet homme avait quitté le château ; ces renseignements m'étaient donnés par un intendant qui m'avait conduite dans mon appartement, disant qu'il allait prévenir ma belle-mère de mon arrivée.

« Était-ce illusion, prévention ? il me semblait que ma venue était même importune aux gens de mon père. Tout dans le château me paraissait morne, sinistre. Dans la disposition d'esprit où je me trouvais, on cherche à tirer des inductions des moindres circonstances. Je remarquai partout des traces de désordre, d'incurie, comme si on avait trouvé inutile de soigner une habitation qui devait être bientôt abandonnée...

« Mes inquiétudes, mes angoisses augmentaient à chaque instant. Après avoir établi ma fille et sa gouvernante dans mon appartement, j'allais me rendre chez mon père, lorsque ma belle-mère entra.

« Malgré sa fausseté, malgré l'empire qu'elle possédait ordinairement sur elle-même, elle parut atterrée de ma brusque arrivée.

« — M. d'Orbigny ne s'attend pas à votre visite, madame — me dit-elle. — Il est si souffrant qu'une pareille surprise lui serait funeste. Je crois donc convenable de lui laisser ignorer votre présence ; il ne pourrait aucunement se l'expliquer, et...

« Je ne la laissai pas achever.

« — Un grand malheur est arrivé, madame — lui dis-je — M. d'Harville est mort... victime d'une funeste imprudence. Après un si déplorable événement, je ne pouvais rester à Paris chez moi, et je viens passer auprès de mon père les premiers temps de mon deuil.

« — Vous êtes veuve !... — ah ! c'est un bonheur insolent !... — s'écria ma belle-mère avec rage.

« D'après ce que vous savez du malheureux mariage que cette femme avait tramé pour se venger de moi, vous comprendrez, monseigneur, l'atrocité de son exclamation.

« — C'est parce que je crains que vous ne vouliez être *aussi insolemment* heureuse que moi, madame, que je viens ici — lui dis-je peut-être imprudemment. — Je veux voir mon père.

« — Cela est impossible dans ce moment — me dit-elle en pâlissant ; votre aspect lui causerait une révolution dangereuse.

« — Puisque mon père est si gravement malade — m'écriai-je — comment n'en suis-je pas instruite !

« — Telle a été la volonté de M. d'Orbigny — me répondit ma belle-mère.

« — Je ne vous crois pas, madame, et je vais m'assurer de la vérité — lui dis-je en faisant un pas pour sortir de ma chambre.

« — Je vous répète que votre vue inattendue peut faire un mal horrible à votre père — s'écria-t-elle en se plaçant devant moi pour me barrer le passage. — Je ne souffrirai pas que vous entriez chez lui sans que je l'aie prévenu de votre retour avec les ménagements que réclame sa position.

« J'étais dans une cruelle perplexité, monseigneur. Une brusque surprise pouvait, en effet, porter un coup dangereux à mon père ; mais cette femme,

ordinairement si froide, si maîtresse d'elle-même, me semblait tellement épouvantée de ma présence, j'avais tant de raisons de douter de la sincérité de sa
sollicitude pour la santé de celui qu'elle avait épousé par cupidité, enfin la
présence du docteur Polidori, le meurtrier de ma mère, me causait une terreur si grande que, croyant la vie de mon père menacée, je n'hésitai pas entre
l'espoir de le sauver et la crainte de lui causer une émotion fâcheuse.

    " — Je verrai mon père à l'instant — dis-je à ma belle-mère.

    " Et quoique celle-ci m'eût saisie par le bras, je passai outre...

    " Perdant complétement l'esprit, cette femme voulut, une seconde fois,
presque par force, m'empêcher de sortir de ma chambre... Cette incroyable
résistance redoubla ma frayeur... je me dégageai de ses mains... Connaissant
l'appartement de mon père, j'y courus rapidement : j'entrai...

    " Oh! monseigneur! de ma vie je n'oublierai cette scène et le tableau qui
s'offrit à ma vue...

    " Mon père, presque méconnaissable, pâle, amaigri, la souffrance peinte
sur tous les traits, la tête renversée sur un oreiller, était étendu dans un grand

fauteuil... Au coin de la cheminée, debout auprès de lui, le docteur Polidori
s'apprêtait à verser dans une tasse que lui présentait une garde-malade quelques gouttes d'une liqueur contenue dans un petit flacon de cristal qu'il tenait
à la main...

» Sa longue barbe rousse donnait une expression plus sinistre encore à sa
physionomie. J'entrai si précipitamment qu'il fit un geste de surprise, échan-
gea un regard d'intelligence avec ma belle-mère qui me suivait en hâte, et, au
lieu de faire prendre à mon père la potion qu'il lui avait préparée, il posa
brusquement le flacon sur la cheminée.

» Guidée par un instinct dont il m'est encore impossible de me rendre
compte, mon premier mouvement fut de m'emparer de ce flacon. Remarquant
aussitôt la surprise et la frayeur de ma belle-mère et de Polidori, je me féli-
citai de mon action. Mon père, stupéfait, semblait irrité de me voir; je m'y
attendais. Polidori me lança un coup d'œil féroce; malgré la présence de
mon père et celle de la garde-malade, je craignis que ce misérable, voyant
son crime presque découvert, ne se portât contre moi à quelque extrémité.

» Je sentis le besoin d'un appui dans ce moment décisif, je sonnai; un des
gens de mon père accourut; je le priai de dire à mon valet de chambre (il était
prévenu) d'aller chercher quelques objets que j'avais laissés au tournebride;
sir Walter Murph savait que, pour ne pas éveiller les soupçons de ma belle-
mère, dans le cas où je serais obligée de donner mes ordres devant elle, j'em-
ploierais ce moyen pour le mander auprès de moi...

» La surprise de mon père et de ma belle-mère était telle, que le domestique
sortit avant qu'ils n'eussent pu dire un mot. Je fus rassurée : au bout de quelques instants sir Walter Murph serait auprès de moi.

» — Qu'est-ce que cela signifie? — me dit enfin mon père d'une voix faible,
mais impérieuse et courroucée. — Vous ici, Clémence... sans que je vous y
aie appelée?... Puis, à peine arrivée, vous vous emparez du flacon qui contient la potion que le docteur allait me donner.... M'expliquerez-vous cette
folie?

» — Sortez — dit ma belle-mère à la garde-malade.

» Cette femme obéit.

» — Calmez-vous, mon ami — reprit ma belle-mère en s'adressant à mon
père; — vous le savez, la moindre émotion pourrait vous être nuisible. Puisque votre fille vient ici malgré vous, et que sa présence vous est désagréable,
donnez-moi votre bras, je vous conduirai dans le petit salon; pendant ce
temps-là, notre bon docteur fera comprendre à madame d'Harville ce qu'il y
a d'imprudent, pour ne pas dire plus, dans sa conduite...

» Et elle jeta un regard significatif à son complice.

» Je compris le dessein de ma belle-mère. Elle voulait emmener mon père
et me laisser seule avec Polidori, qui, dans ce cas extrême, aurait sans doute
employé la violence pour m'arracher le flacon qui pouvait fournir une preuve
évidente de ses projets criminels.

" — Vous avez raison — dit mon père à ma belle-mère. — Puisqu'on vient me poursuivre jusque chez moi, sans respect pour mes volontés, je laisserai la place libre aux importuns... Et, se levant avec peine, il accepta le bras que lui offrait ma belle-mère, et fit quelques pas vers le petit salon...

" A ce moment, Polidori s'avança vers moi; mais, me rapprochant aussitôt de mon père, je lui dis:

" — Je vais vous expliquer ce qu'il y a d'imprévu dans mon arrivée et d'étrange dans ma conduite... Depuis hier je suis veuve; depuis hier je sais que vos jours sont menacés, mon père.

" Il marchait péniblement courbé. A ces mots, il s'arrêta, se redressa vivement, et, me regardant avec un étonnement profond, il s'écria:

" — Vous êtes veuve... mes jours sont menacés!... Qu'est-ce que cela signifie?

" — Et qui ose menacer les jours de M. d'Orbigny, madame? — me demanda audacieusement ma belle-mère.

" — Oui... qui les menace?... — ajouta Polidori.

" — Vous, monsieur; vous, madame — répondis-je.

" — Quelle horreur! .. — s'écria ma belle-mère en faisant un pas vers moi.

" — Ce que je dis, je le prouverai, madame... — lui répondis-je.

" — Mais une telle accusation est épouvantable!... — s'écria mon père.

" — Je quitte à l'instant cette maison, puisque j'y suis exposé à de si atroces calomnies!... — dit le docteur Polidori avec l'indignation apparente d'un homme outragé dans son honneur. Commençant à sentir le danger de sa position, il voulait fuir sans doute.

" Au moment où il ouvrait la porte, il se trouva face à face avec sir Walter Murph... "

Rodolphe, s'interrompant de lire, tendit la main au squire, et lui dit:

— Très-bien, mon vieil ami, ta présence a dû foudroyer ce misérable.

— C'est le mot, monseigneur... il est devenu livide... et a fait deux pas en arrière en me regardant avec stupeur; il semblait anéanti... Me retrouver au fond de la Normandie, dans un moment pareil!... il croyait faire un mauvais rêve... Mais continuez, monseigneur, vous allez voir que cette infernale comtesse d'Orbigny a eu aussi son tour de *foudroiement*, grâce à ce que vous m'aviez appris de sa visite au charlatan Bradamanti-Polidori dans la maison de la rue du Temple... car, après tout, c'est vous qui agissiez... ou plutôt je n'étais que l'instrument de votre pensée... aussi jamais, je vous le jure, vous ne vous êtes plus heureusement et plus justement substitué à l'indolente Providence que dans cette occasion.

Rodolphe sourit et continua la lecture de la lettre de madame d'Harville:

" A la vue de sir Walter Murph, Polidori resta pétrifié; ma belle-mère tombait de surprise en surprise; mon père, ému de cette scène, affaibli par la maladie, fut obligé de s'asseoir dans un fauteuil. Sir Walter ferma à double tour la porte par laquelle il était entré; et, se plaçant devant celle qui con-

duisait à un autre appartement, afin que le docteur Polidori ne pût s'échapper;
il dit à mon pauvre père avec l'accent du plus profond respect :

" — Mille pardons, monsieur le comte, de la licence que je prends; mais
une impérieuse nécessité, dictée par votre seul intérêt (et vous allez bientôt le
reconnaître) m'oblige à agir ainsi... Je me nomme sir Walter Murph, ainsi
que peut vous l'affirmer ce misérable qui, à ma vue, tremble de tous ses mem-
bres; je suis le conseiller intime de S. A. R. monseigneur le grand-duc ré-
gnant de Gerolstein...

" — Cela est vrai — dit le docteur Polidori en balbutiant, éperdu de
frayeur.

" — Mais alors, monsieur... que venez-vous faire ici? que voulez-vous!

" — Sir Walter Murph — repris-je en m'adressant à mon père — vient se
joindre à moi pour démasquer les misérables dont vous avez failli être victime.

" Puis, remettant à sir Walter le flacon de cristal, j'ajoutai : — J'ai été
assez bien inspirée pour m'emparer de ce flacon au moment où le docteur Polidori allait verser quelques gouttes de la liqueur qu'il contient dans une potion
qu'il offrait à mon père.

" — Un praticien de la ville voisine analysera devant vous le contenu de
ce flacon que je vais déposer entre vos mains, monsieur le comte, et s'il est
prouvé qu'il renferme un poison lent et sûr — dit sir Walter Murph à mon

père — il ne pourra plus vous rester de doute sur les dangers que vous couriez. et que la tendresse de madame votre fille a heureusement prévenus.

» Mon pauvre père regardait tour à tour sa femme, le docteur Polidori. moi et sir Walter d'un air égaré ; ses traits exprimaient une angoisse indéfinissable. Je lisais sur son visage navré la lutte violente qui déchirait son cœur. Sans doute il résistait de tout son pouvoir à de croissants et terribles soupçons, craignant d'être obligé de reconnaître la scélératesse de ma belle-mère ; enfin, cachant sa tête dans ses mains, il s'écria :

» — Oh ! mon Dieu ! mon Dieu !... tout cela est horrible... impossible. Est-ce un rêve que je fais ?

» — Non, ce n'est pas un rêve... — s'écria audacieusement ma belle-mère — rien de plus réel que cette atroce calomnie concertée d'avance pour perdre une malheureuse femme dont le seul crime a été de vous consacrer sa vie. Venez, venez, mon ami, ne restons pas une seconde de plus ici — ajouta-t-elle en s'adressant à mon père ; — peut-être votre fille n'aura-t-elle pas l'insolence de vous retenir malgré vous...

» — Oui, oui, sortons — dit mon père hors de lui — tout cela n'est pas vrai, ne peut pas être vrai ; je ne veux pas en entendre davantage, ma raison n'y résisterait pas... d'épouvantables méfiances s'élèveraient dans mon cœur, empoisonneraient le peu de jours qui me restent à vivre, et rien ne pourrait me consoler d'une si abominable découverte.

» Mon père semblait si souffrant, si désespéré, qu'à tout prix j'aurais voulu mettre fin à cette scène si cruelle pour lui. Sir Walter devina ma pensée ; mais, voulant faire pleine et entière justice, il répondit à mon père :

» — Encore quelques mots, monsieur le comte ; vous allez avoir le chagrin, sans doute bien pénible, de reconnaître qu'une femme que vous vous croyez attachée par la reconnaissance a toujours été un monstre hypocrite ; mais vous trouverez des consolations certaines dans l'affection de votre fille, qui ne vous a jamais manqué.

» — Cela passe toutes les bornes ! — s'écria ma belle-mère avec rage — et de quel droit, monsieur, et sur quelles preuves osez-vous baser de si effroyables calomnies ? Vous dites que ce flacon contient du poison !..... Je le nie, monsieur, et je le nierai jusqu'à preuve du contraire ; et lors même que le docteur Polidori aurait, par méprise, *confondu un médicament avec un autre*, est-ce une raison pour oser m'accuser d'avoir voulu... de complicité avec lui... Oh ! non, non, je n'achèverai pas..... une idée si horrible est déjà un crime ; encore une fois, monsieur, je vous défie de dire sur quelles preuves, vous et madame, osez appuyer cette affreuse calomnie..... — dit ma belle-mère avec une audace incroyable. .

» — Oui, sur quelles preuves ! — s'écria mon malheureux père. — Il faut que la torture que l'on m'impose ait un terme.

» — Je ne suis pas venu ici sans preuves, monsieur le comte — dit sir Walter. — Et ces preuves, les réponses de ce misérable vous les fourniront tout à l'heure. — Puis, sir Walter adressa la parole en allemand au docteur Polidori, qui semblait avoir repris un peu d'assurance, mais qui la perdit aussitôt. »

— Que lui as-tu dit ! — demanda Rodolphe au squire en s'interrompant de lire.

— Quelques mots significatifs, monseigneur, à peu près ceux-ci : Tu as échappé par la fuite à la condamnation dont tu avais été frappé par la justice du grand-duché; tu demeures rue du Temple, sous le faux nom de Bradamanti; on sait à quel abominable métier tu te livres; tu as empoisonné la première femme du comte; il y a trois jours, madame d'Orbigny est allée te chercher pour t'emmener ici empoisonner son mari; S. A. R. est à Paris, elle a les preuves de tout ce que j'avance. Si tu avoues la vérité, afin de confondre cette misérable femme, tu peux espérer, non ta grâce, mais un adoucissement au châtiment que tu mérites; tu me suivras à Paris, où je te déposerai en lieu sûr jusqu'à ce que S. A. ait décidé de toi. Sinon, de deux choses l'une, ou S. A. R. fait demander et obtient ton extradition, ou bien à l'instant même j'envoie chercher à la ville voisine un magistrat; ce flacon renfermant du poison lui sera remis, on t'arrêtera sur-le-champ, on fera des perquisitions chez toi, rue du Temple; tu sais combien elles te compromettront, et la justice française suivra son cours... Choisis donc...

Ces révélations, ces accusations, ces menaces qu'il savait fondées, se succédant coup sur coup, accablèrent cet infâme, qui ne s'attendait pas à me voir si bien instruit. Dans l'espoir d'adoucir la punition qui l'attendait, il n'hésita pas à sacrifier sa complice, et me répondit : « Interrogez-moi, je dirai la vérité en ce qui concerne cette femme. »

— Bien, bien, mon digne Murph, je n'attendais pas moins de toi.

— Pendant mon entretien avec Polidori, les traits de la belle-mère de madame d'Harville se décomposaient d'une manière effrayante. Quoiqu'elle ne comprît pas l'allemand, elle voyait, à l'abattement croissant de son complice, à son attitude suppliante, que je le dominais. Dans une anxiété terrible, elle cherchait à rencontrer les yeux de Polidori, afin de lui donner du courage ou d'implorer sa discrétion, mais il évitait constamment son regard.

— Et le comte !

— Son émotion était inexprimable; de ses doigts crispés il serrait convulsivement les bras de son fauteuil, la sueur baignait son front, il respirait à peine, ses yeux ardents, fixes, ne quittaient pas les miens, ses angoisses égalaient celles de sa femme. La suite de la lettre de madame d'Harville vous dira la fin de cette scène pénible, monseigneur.

Rodolphe continua la lecture de la lettre de madame d'Harville.

« Après un entretien en allemand, qui dura quelques minutes, entre sir Walter Murph et Polidori, sir Walter dit à ce dernier :

« — Maintenant, répondez. N'est-ce pas madame — et il désigna ma belle-mère — qui, lors de la maladie de la première femme de M. le comte, vous a introduit chez lui comme médecin ?

» — Oui. c'est elle... — répondit Polidori.

» — Afin de servir les affreux projets de... madame... n'avez-vous pas été assez criminel pour rendre mortelle par vos prescriptions homicides la maladie d'abord légère de madame la comtesse d'Orbigny ?

» — Oui —dit Polidori.

» Mon père poussa un gémissement douloureux, leva ses deux mains au ciel, et les laissa retomber avec accablement.

» — Mensonges et infamie ! — s'écria ma belle-mère. — Tout cela est faux, ils s'entendent pour me perdre.

» — Silence, madame ! — dit sir Walter Murph d'une voix imposante. — Puis continuant de s'adresser à Polidori :

» — Est-il vrai qu'il y a trois jours madame a été vous chercher rue du Temple, n° 17, où vous habitez, caché sous le faux nom de Bradamanti ?

» — Cela est vrai.

» — Madame ne vous a-t-elle pas proposé de venir ici... assassiner le comte d'Orbigny, comme vous aviez assassiné sa femme ?

» — Hélas ! je ne puis le nier — dit Polidori.

» A cette accablante révélation, mon père se leva debout, menaçant; d'un geste foudroyant il montra la porte à ma belle-mère; puis, me tendant les bras, il s'écria d'une voix entrecoupée : — Au nom de ta malheureuse mère, pardon ! pardon !... je l'ai bien fait souffrir..... mais, je te le jure... j'étais étranger au crime qui l'a conduite au tombeau. Et avant que j'aie pu l'empêcher, mon père tomba à mes genoux.

» Lorsque moi et sir Walter nous le relevâmes, il était évanoui.

» Je sonnai les gens; sir Walter prit le docteur Polidori par le bras et sortit avec lui en disant à ma belle-mère : — Croyez-moi, madame, quittez cette maison avant une heure, sinon je vous livre à la justice.

» La misérable sortit de l'appartement dans un état de frayeur et de rage que vous concevrez facilement, monseigneur.

» Lorsque mon père reprit ses sens, tout ce qui venait de se passer lui parut un rêve horrible. Je fus dans la triste nécessité de lui raconter mes premiers soupçons sur la mort prématurée de ma mère, soupçons que votre connaissance des premiers crimes du docteur Polidori, monseigneur, avait changés en certitude. Je dus dire aussi à mon père comment ma belle-mère m'avait poursuivie de sa haine jusque dans mon mariage, et quel avait été son but en me faisant épouser M. d'Harville...

» Autant mon père s'était montré faible, aveugle à l'égard de cette femme, autant il voulait se montrer impitoyable envers elle : il s'accusait avec désespoir d'avoir été presque le complice de ce monstre en lui donnant sa main après la mort de ma mère; il voulait livrer madame d'Orbigny aux tribunaux. Je lui représentai le scandale odieux d'un tel procès, dont l'éclat serait si fâcheux pour lui; je l'engageai à chasser pour jamais ma belle-mère de sa présence en lui assurant seulement ce qui lui était nécessaire pour vivre, puis-

qu'elle portait son nom. J'eus assez de peine à obtenir de mon père ces résolutions modérées; il voulut me charger de la chasser de la maison. Cette
mission m'était doublement pénible; je songeai que sir Walter voudrait peut-
être bien s'en charger. Il y consentit. »

— Et j'y ai, pardieu! consenti avec joie, monseigneur — dit Murph à Rodolphe; — rien ne me plaît davantage que de donner aux méchants cette espèce
d'extrême-onction...

— Et qu'a dit cette femme!

— Madame d'Harville avait en effet poussé la bonté jusqu'à demander à son
père une pension de cent louis pour cette infâme; ceci me parut non pas de
la bonté, mais de la faiblesse : il était déjà mal de dérober à la justice une si
dangereuse créature. J'allai trouver le comte, il adopta parfaitement mes ob-
servations; il fut convenu qu'on donnerait, en tout et pour tout, vingt-cinq
louis à l'infâme pour la mettre à même d'attendre un emploi ou du travail. —
Et à quel emploi, à quel travail, moi, comtesse d'Orbigny, pourrai-je me livrer? — me demanda-t-elle insolemment. — Ma foi, c'est votre affaire : vous
serez quelque chose comme garde-malade ou gouvernante; mais, croyez-moi,
recherchez le métier le plus humble, le plus obscur; car, si vous aviez l'audace
de dire votre nom, ce nom que vous devez à un crime, on s'étonnerait de
voir la comtesse d'Orbigny réduite à une telle condition; on s'informerait, et

vous jugez des conséquences, si vous étiez assez insensée pour ébruiter le passé. Cachez-vous donc au loin ; faites-vous surtout oublier ; devenez madame Pierre ou madame Jacques, et repentez-vous... si vous pouvez. — Et vous croyez, monsieur — me dit-elle, ayant sans doute ménagé ce coup de théâtre — que je ne réclamerai pas les avantages que m'assure mon contrat de mariage ? — Comment donc, madame ! rien de plus juste ; il serait indigne à M. d'Orbigny de ne pas exécuter ses promesses, et de méconnaître tout ce que vous avez fait, et surtout ce que vous vouliez faire pour lui... Plaidez... plaidez, adressez vous à la justice ; je ne doute pas qu'elle ne vous donne raison contre votre mari. — Un quart d'heure après notre entretien, la créature était en route pour la ville voisine.

— Tu as raison, il est pénible de laisser presque impunie une aussi détestable mégère ; mais le scandale d'un procès, pour ce vieillard déjà si affaibli, il n'y fallait pas songer.

« J'ai facilement décidé mon père à quitter les Aubiers aujourd'hui même — reprit Rodolphe continuant de lire la lettre de madame d'Harville — de trop tristes souvenirs le poursuivaient ici ; quoique sa santé soit chancelante, les distractions d'un voyage de quelques jours, le changement d'air, ne peuvent que lui être favorables, a dit le médecin que le docteur Polidori avait remplacé, et que j'ai fait aussitôt demander à la ville voisine ; mon père a voulu qu'il analysât le contenu du flacon, sans lui dire rien de ce qui s'était passé ; le médecin répondit qu'il ne pouvait s'occuper de cette opération que chez lui, et qu'avant deux heures nous saurions le résultat de l'expérience. Le résultat fut que plusieurs doses de cette liqueur, composée avec un art infernal, pouvaient, en un temps donné, causer la mort sans laisser néanmoins d'autres traces que celles d'une maladie ordinaire que le médecin nomma.

« Dans quelques heures, monseigneur, je pars avec mon père et ma fille pour Fontainebleau ; nous y resterons quelque temps ; puis, selon le désir de mon père, nous reviendrons à Paris, mais non pas chez moi : il me serait impossible d'y demeurer après le déplorable accident qui s'y est passé.

« Ainsi que je vous l'ai dit, monseigneur, en commençant cette lettre, les faits vous prouvent tout ce que je dois encore à votre inépuisable sollicitude... Prévenue par vous, aidée de vos conseils, forte de l'appui de votre excellent et courageux sir Walter, j'ai pu arracher mon père à un péril certain, et je suis assurée du retour de sa tendresse...

« Adieu, monseigneur, il m'est impossible de vous en dire davantage ; mon cœur est trop plein, trop d'émotions l'agitent, je vous exprimerais mal tout ce qu'il ressent...

　　　　　　　　　　　　　» D'ORBIGNY D'HARVILLE.

« Je rouvre cette lettre à la hâte, monseigneur, pour réparer un oubli dont je suis confuse : en cherchant, d'après vos nobles inspirations, quelque bien à faire, j'étais allée à la prison de Saint-Lazare visiter de pauvres prisonnières :

j'y ai trouvé une malheureuse enfant à laquelle vous vous êtes intéressé... Sa douceur angélique, sa pieuse résignation font l'admiration des respectables femmes qui surveillent les détenues... Vous apprendre où est la *Goualeuse* (tel est son surnom, si je ne me trompe), c'est vous mettre à même d'obtenir à l'instant sa liberté ; cette infortunée vous racontera par quel concours de circonstances sinistres, enlevée de l'asile où vous l'aviez placée, elle a été jetée dans cette prison, où du moins elle a su faire apprécier la candeur de son caractère...

» Permettez-moi aussi de vous rappeler mes deux futures protégées, monseigneur, cette malheureuse mère et sa fille... dépouillées par le notaire Ferrand. Où sont-elles ? Avez-vous eu quelques renseignements sur elles ? Oh ! de grâce, tâchez de retrouver leurs traces, et qu'à mon retour à Paris je puisse leur payer la dette que j'ai contractée envers tous les malheureux !... »

— La Goualeuse a donc quitté la ferme de Bouqueval, monseigneur ! — s'écria Murph aussi étonné que Rodolphe de cette nouvelle révélation.

— Tout à l'heure encore on vient de me dire l'avoir vue sortir de Saint-Lazare — répondit Rodolphe. — Ma tête s'y perd : le silence de madame Georges[1] me confond et m'inquiète... Pauvre petite Fleur-de-Marie... quels nouveaux malheurs sont donc venus la frapper ? Fais monter un homme à cheval à l'instant, qu'il se rende en hâte à la ferme, et écris à madame Georges que je la prie instamment de venir à Paris. Dis aussi à M. de Graün de m'obtenir une permission pour entrer à Saint-Lazare... D'après ce que me dit madame d'Harville, Fleur-de-Marie y serait détenue ; mais non — reprit Rodolphe en réfléchissant... — elle n'y est plus prisonnière, car Rigolette l'a vue sortir de cette prison avec une femme âgée. Serait-ce madame Georges ? sinon, quelle est cette femme ? où est allée la Goualeuse ?

— Patience, monseigneur ; avant ce soir vous saurez à quoi vous en tenir ; puis, demain il vous faudra interroger ce misérable Polidori ; il a, dit-il, d'importantes révélations à vous faire, mais à vous seul...

— Cette entrevue me sera odieuse — dit tristement Rodolphe — car je n'ai pas revu cet homme depuis... le jour fatal... où... j'ai...

Rodolphe ne put achever ; il cacha son front dans sa main.

— Eh ! mort-Dieu ! monseigneur, pourquoi consentir à ce que demande Polidori ! Menacez-le de la justice française ou d'une extradition immédiate ; il faudra bien qu'il se résigne à me révéler ce qu'il ne veut révéler qu'à vous.

— Tu as raison, mon pauvre ami ; car la présence de ce misérable rendrait plus menaçants encore ces souvenirs terribles... auxquels se rattachent tant de douleurs incurables... depuis la mort de mon père... jusqu'à celle de ma pauvre petite fille... Je ne sais, mais plus j'avance dans la vie, plus cette enfant me manque... Combien je l'aurais adorée ! combien il m'eût été cher et

---

[1] Le lecteur se souvient que, trompée par l'émissaire de Sarah, qui lui avait dit que Fleur-de-Marie avait quitté Bouqueval par ordre du prince, madame Georges était sans inquiétude sur sa protégée, qu'elle attendait de jour en jour.

précieux, ce fruit charmant de mon premier amour, de mes premières et pures croyances, ou plutôt de mes jeunes illusions!... j'aurais déversé sur cette innocente créature les trésors d'affection dont son odieuse mère est indigne; et puis il me semble que, telle que je l'avais rêvée... cette enfant, par la beauté de son âme, par le charme de ses qualités, eût adouci, calmé tous les chagrins... tous les remords qui se rattachent, hélas! à sa funeste naissance.

— Tenez, monseigneur, je vois avec peine l'empire toujours croissant que prennent sur votre esprit ces regrets aussi stériles que cruels.

Après quelques moments de silence, Rodolphe dit à Murph :

— Je puis maintenant te faire un aveu, mon vieil ami : J'aime... oui !... j'aime profondément une femme digne de l'affection la plus noble et la plus dévouée... Eh! depuis que mon cœur s'est ouvert de nouveau à toutes les douceurs de l'amour, depuis que je suis prédisposé aux émotions tendres, je ressens plus vivement encore la perte de ma fille... J'aurais pour ainsi dire pu craindre qu'un attachement de cœur n'affaiblît l'amertume de mes regrets. Il n'en est rien : toutes mes facultés aimantes ont augmenté... je me sens meilleur, plus charitable, et plus que jamais il m'est cruel de n'avoir pas ma fille à adorer...

— Rien de plus simple, monseigneur, et pardonnez-moi la comparaison; mais de même que certains hommes ont l'ivresse joyeuse et bienveillante, vous avez l'amour bon et généreux...

— Pourtant ma haine des méchants est aussi devenue plus vivace, mon aversion pour Sarah augmente en raison sans doute du chagrin que me cause la mort de ma fille. Je m'imagine que cette mauvaise mère l'a négligée, qu'une fois ses ambitieuses espérances ruinées par mon mariage, la comtesse, dans son impitoyable égoïsme, aura abandonné notre enfant à des mains mercenaires, et que ma fille sera peut-être morte par le manque de soins... C'est ma faute aussi... je n'ai pas alors senti l'étendue des devoirs sacrés que la paternité impose... Lorsque le véritable caractère de Sarah m'a été tout à coup révélé, j'aurais dû à l'instant lui enlever ma fille, veiller sur elle avec amour et sollicitude. Je devais prévoir que la comtesse ne serait jamais qu'une mère dénaturée... C'est ma faute, vois-tu... c'est ma faute...

— Monseigneur, la douleur vous égare. Pouviez-vous... après l'événement si funeste que vous savez... différer d'un jour le long voyage qui vous était imposé... comme...

— Comme une expiation!... Tu as raison, mon ami — dit Rodolphe avec accablement.

— Vous n'avez pas entendu parler de la comtesse Sarah depuis mon départ, monseigneur?

— Non, depuis ces infâmes délations qui, par deux fois, ont failli perdre madame d'Harville, je n'ai eu d'elle aucune nouvelle... Sa présence ici me pèse, m'obsède; il me semble que mon mauvais ange est auprès de moi, que quelque nouveau malheur me menace.

— Patience, monseigneur, patience... Heureusement l'Allemagne lui est interdite, et l'Allemagne nous attend.

— Oui... bientôt nous partirons. Au moins, durant mon court séjour à Paris, j'aurai accompli une promesse sacrée, j'aurai fait quelques pas de plus dans cette voie méritante qu'une auguste et miséricordieuse volonté m'a tracée pour ma rédemption... Dès que le fils de madame Georges sera rendu à sa tendresse, innocent et libre ; dès que Jacques Ferrand sera convaincu et puni de ses crimes ; dès que j'aurai assuré l'avenir de toutes les honnêtes et laborieuses créatures qui, par leur résignation, leur courage et leur probité, ont mérité mon intérêt, nous retournerons en Allemagne ; mon voyage n'aura pas été du moins stérile.

— Surtout si vous parvenez à démasquer cet abominable Jacques Ferrand, monseigneur, la pierre angulaire, le pivot de tant de crimes.

— Quoique la fin justifie les moyens... et que les scrupules soient peu de mise envers ce scélérat, quelquefois je regrette de faire intervenir Cecily dans cette réparation juste et vengeresse.

— Elle doit maintenant arriver d'un moment à l'autre ?

— Elle est arrivée.

— Cecily ?

— Oui... Je n'ai pas voulu la voir : de Graün lui a donné des instructions très-détaillées ; elle a promis de s'y conformer...

— Tiendra-t-elle sa promesse ?

— D'abord tout l'y engage : l'espoir d'un adoucissement dans son sort à venir, et la crainte d'être immédiatement renvoyée dans sa prison d'Allemagne : car de Graün ne la quittera pas de vue ; à la moindre incartade il obtiendra son extradition.

— C'est juste... elle est arrivée ici comme évadée ; lorsqu'on saurait quels crimes ont motivé sa détention perpétuelle, on accorderait aussitôt son extradition.

— Et lors même que son intérêt ne l'obligerait pas de servir nos projets, la tâche qu'on lui a imposée ne pouvant se réaliser qu'à force de ruse, de perfidie et de séductions diaboliques, Cecily doit être ravie (et elle l'est, m'a dit le baron) de cette occasion d'employer les détestables avantages dont elle a été si libéralement douée.

— Est-elle toujours bien jolie, monseigneur ?

— De Graün la trouve plus attrayante que jamais ; il a été, m'a-t-il dit, ébloui de sa beauté, à laquelle le costume alsacien qu'elle a choisi donnait beaucoup de piquant. Le regard de cette diablesse a toujours, dit-il, la même expression véritablement magique.

— Tenez ! monseigneur, je n'ai jamais été ce qu'on appelle un écervelé, un homme sans cœur et sans mœurs ; eh bien ! à vingt ans, j'aurais rencontré Cecily, qu'alors même que je l'aurais sue aussi dangereuse, aussi perverse qu'elle l'est à cette heure, je n'aurais pas répondu de ma raison, si j'étais resté long-temps sous le feu de ses grands yeux noirs et brûlants qui étincellent au milieu de sa figure pâle et ardente... Oui , par le ciel ! je n'ose songer où aurait pu m'entraîner un si funeste amour.

— Cela ne m'étonne pas, mon digne Murph , car je connais cette femme. Du reste , le baron a été presque effrayé de la sagacité avec laquelle Cecily a compris ou plutôt deviné le rôle à la fois *provoquant* et PLATONIQUE qu'elle doit jouer auprès du notaire.

— Mais s'introduira-t-elle chez lui aussi facilement que vous l'espériez, monseigneur, grâce à l'intervention de madame Pipelet ! Les gens de l'espèce de ce Jacques Ferrand sont si soupçonneux...

— J'avais avec raison compté sur la vue de Cecily pour combattre et vaincre la méfiance du notaire.

— Il l'a déjà vue !

— Hier. D'après le récit de madame Pipelet, je ne doute pas qu'il n'ait été fasciné par la créole , car il l'a prise aussitôt à son service.

— Allons, monseigneur, notre partie est gagnée.

— Je l'espère : une cupidité féroce, une luxure sauvage ont conduit le bourreau de Louise Morel aux forfaits les plus odieux. C'est dans sa luxure, c'est dans sa cupidité qu'il trouvera la punition terrible de ses crimes : punition qui surtout ne sera pas stérile pour ses victimes ; car tu sais à quel but doivent tendre tous les efforts de la créole.

— Cecily ! Cecily !... Jamais méchanceté plus grande, jamais corruption plus dangereuse, jamais âme plus noire n'auront servi à l'accomplissement d'un projet d'une moralité plus haute et d'une fin plus équitable... Et David, monseigneur ?

— Il approuve tout... Au point de mépris et d'horreur où il est arrivé envers cette créature, il ne voit en elle que l'instrument d'une juste vengeance. « Si cette maudite pouvait jamais mériter quelque commisération après tout le mal qu'elle m'a fait — m'a-t-il dit — ce serait en se vouant à l'impitoyable punition de ce scélérat, dont il faut qu'elle soit le démon exterminateur. »

Un huissier ayant légèrement frappé à la porte , Murph sortit, et revint bientôt apportant deux lettres , dont l'une seulement était destinée à Rodolphe...

— C'est un mot de madame Georges !.. — s'écria ce dernier en lisant rapidement.

— Eh bien ! monseigneur... la Goualeuse ?

— Plus de doute — s'écria Rodolphe après avoir lu — il s'agit encore de quelque complot ténébreux. Le soir du jour où cette pauvre enfant a disparu de la ferme, et au moment où madame Georges allait m'instruire de cet événement, un homme qu'elle ne connaît pas , envoyé en exprès et à cheval, est venu de ma part la rassurer, lui disant que je savais la brusque disparition de Fleur-de-Marie, et que dans quelques jours je la ramènerais à la ferme. Malgré cet avis, madame Georges , inquiète de mon silence au sujet de sa protégée, ne peut, me dit-elle, résister au désir de savoir des nouvelles de sa fille chérie, ainsi qu'elle appelle cette pauvre enfant.

— Cela est étrange, monseigneur.

— Dans quel but enlever Fleur-de-Marie?

— Monseigneur — dit tout à coup Murph — la comtesse Sarah n'est pas étrangère à cet enlèvement...

— Sarah?... Et qui te fait croire?...

— Rapprochez cet événement de ses dénonciations contre madame d'Harville.

— Tu as raison — s'écria Rodolphe, frappé d'une clarté subite — c'est évident... je comprends maintenant... oui, toujours le même calcul. La comtesse s'opiniâtre à croire qu'en parvenant à briser toutes les affections qu'elle me suppose, elle me fera sentir le besoin de me rapprocher d'elle. Cela est aussi odieux qu'insensé... Il faut pourtant qu'une si indigne persécution ait un terme... Ce n'est pas seulement à moi, mais à tout ce qui mérite respect, intérêt, pitié... que cette femme s'attaque. Tu enverras sur l'heure M. de Graün officiellement chez la comtesse; il lui déclarera que j'ai la certitude de la part qu'elle a prise à l'enlèvement de Fleur-de-Marie, et que si elle ne donne pas les renseignements nécessaires pour retrouver cette malheureuse enfant, je serai sans pitié, et alors c'est à la justice que M. de Graün s'adressera.

— D'après la lettre de madame d'Harville, la Goualeuse serait détenue à Saint-Lazare.

— Oui, mais Rigolette affirme l'avoir vue libre et sortir de prison. Il y a là un mystère qu'il faut éclaircir.

— Je vais à l'instant donner vos ordres au baron de Graün, monseigneur; mais permettez-moi d'ouvrir cette lettre; elle est de mon correspondant de Marseille, à qui j'avais recommandé le Chourineur : il devait faciliter le passage de ce pauvre diable en Algérie.

— Eh bien! est-il parti?...

— Monseigneur, voici qui est singulier!

— Qu'y a-t-il?

— Après avoir long-temps attendu à Marseille un bâtiment en partance pour l'Algérie, le Chourineur, qui semblait de plus en plus triste et soucieux, a subitement déclaré, le jour même fixé pour son embarquement, qu'il préférait retourner à Paris...

— Quelle bizarrerie!

— Bien que mon correspondant eût, ainsi qu'il était convenu, mis une assez forte somme à la disposition du Chourineur, celui-ci n'a pris que ce qui lui était rigoureusement nécessaire pour revenir à Paris, où il ne peut tarder à arriver, me dit-on.

— Alors il nous expliquera lui-même son changement de résolution; mais envoie à l'instant de Graün chez la comtesse Mac-Gregor... et va toi-même à Saint-Lazare t'informer de Fleur-de-Marie.

Au bout d'une heure, le baron de Graün revint de chez la comtesse Sarah Mac-Gregor.

Malgré son sang-froid habituel et officiel, le diplomate semblait bouleversé ; à peine l'huissier l'eut-il introduit, que Rodolphe remarqua sa pâleur.

— Eh bien ! de Graün, qu'avez-vous ?... Avez-vous vu la comtesse ?

— Ah ! monseigneur !...

— Qu'y a-t-il ?

— Que Votre Altesse Royale se prépare à apprendre quelque chose de bien pénible.

— Mais encore ?...

— Madame la comtesse Mac-Gregor...

— Eh bien !...

— Que Votre Altesse Royale me pardonne de lui apprendre si brusquement un événement si funeste, si imprévu, si...

— La comtesse est donc morte ?

— Non, monseigneur... Mais on désespère de ses jours... elle a été frappée d'un coup de poignard.

— Ah !... c'est affreux ! — s'écria Rodolphe ému de pitié malgré son aversion pour Sarah. — Et qui a commis ce crime ?

— On l'ignore, monseigneur : ce meurtre a été accompagné de vol ; on s'est introduit dans l'appartement de madame la comtesse et l'on a enlevé une grande quantité de pierreries...

— A cette heure, comment va-t-elle ?

— Son état est presque désespéré, monseigneur... elle n'a pas encore repris connaissance... son frère est dans la consternation.

— Il faudra aller chaque jour vous informer de la santé de la comtesse, mon cher de Graün...

A ce moment Murph revenait de Saint-Lazare.

— Apprends une triste nouvelle — lui dit Rodolphe — la comtesse Sarah vient d'être assassinée... ses jours sont dans le plus grand danger...

— Ah !... monseigneur... quoiqu'elle soit bien coupable... on ne peut s'empêcher de la plaindre...

— Oui... une telle fin serait épouvantable !... Et la Goualeuse ?...

— Mise en liberté depuis hier, monseigneur, on le suppose, par la protection de madame d'Harville...

— Mais... c'est impossible !... madame d'Harville me prie, au contraire, de faire les démarches nécessaires pour faire sortir de prison cette malheureuse enfant !...

— Sans doute, monseigneur... et pourtant une femme âgée, d'une figure respectable, est venue à Saint-Lazare, apportant l'ordre de remettre Fleur-de-Marie en liberté... Toutes deux ont quitté la prison.

— C'est ce que m'a dit Rigolette ; mais cette femme âgée qui est venue chercher Fleur-Je-Marie, qui est-elle ? où sont-elles allées toutes deux ? quel est ce nouveau mystère ? La comtesse Sarah pourrait peut-être seule l'éclaircir ; et elle se trouve hors d'état de donner aucun renseignement. Pourvu qu'elle n'emporte pas ce secret dans la tombe !

— Mais son frère, Thomas Seyton, fournirait certainement quelques lumières. De tout temps il a été le conseil de la comtesse.

— Sa sœur est mourante ; s'il s'agit d'une nouvelle trame, il ne parlera pas ; mais .. — dit Rodolphe en réfléchissant — il faut savoir le nom de la personne qui s'est intéressée à Fleur-de-Marie pour la faire sortir de Saint-Lazare ; ainsi l'on apprendra nécessairement quelque chose.

— C'est juste, monseigneur.

— Tâchez donc de connaître et de voir cette personne le plus tôt possible, mon cher de Graün ; si vous n'y réussissez pas, mettez votre M. Badinot en campagne... n'épargnez rien pour découvrir les traces de cette pauvre enfant.

— Votre Altesse Royale peut compter sur mon zèle.

— Ma foi, monseigneur — dit Murph — il est peut-être bon que le Chourineur nous revienne ; ses services pourront vous être utiles... pour ces recherches.

— Tu as raison, et maintenant je suis impatient de voir arriver à Paris mon brave sauveur, car je n'oublierai jamais que je lui dois la vie.

G.ST.   HL

CHAPITRE XXIV.

L'ÉTUDE.

Plusieurs jours s'étaient passés depuis que Jacques Ferrand avait pris Cecily à son service. Nous conduirons le lecteur (qui connaît déjà ce lieu) dans l'étude du notaire à l'heure du déjeuner des clercs. Chose inouïe, exorbitante, merveilleuse ! au lieu du maigre et peu attrayant ragoût apporté chaque matin à ces jeunes gens par *feu* madame Séraphin, un énorme dindon froid, servi dans le fond d'un vieux carton à dossiers, trônait au milieu d'une des tables de l'étude, accosté de deux pains tendres, d'un fromage de Hollande et de trois bouteilles de vin cacheté ; une vieille écritoire de plomb, remplie d'un mélange de poivre et de sel, servait de salière : tel était le menu du repas. Chaque clerc, armé de son couteau et d'un formidable appétit, attendait l'heure du festin avec une impatience affamée ; quelques-uns même mâchaient à vide, en maudissant l'absence de M. le maître-clerc, sans lequel on ne pouvait hiérarchiquement commencer à déjeuner. Un progrès, ou plutôt un bouleversement si radical dans l'ordinaire des clercs de Jacques Ferrand, annonçait une énorme perturbation domestique.

L'entretien suivant, éminemment *béotien* (s'il nous est permis d'emprunter cette expression au très-spirituel écrivain qui l'a popularisée)[1], jettera quelque lumière sur cette importante question.

[1] Louis Desnoyers.

— Voilà un dindon qui ne s'attendait pas, quand il est entré dans la vie, à jamais paraître à déjeuner sur la table des clercs du patron.

— De même que le patron, quand il est entré dans la vie... de notaire, ne s'attendait pas à donner à ses clercs un dindon pour déjeuner.

— Car enfin ce dindon est à nous — s'écria le *saute-ruisseau* de l'étude avec une gourmande convoitise.

— Saute-ruisseau, mon ami, tu t'oublies; cette volaille doit être pour toi une étrangère.

— Et, comme Français, tu dois avoir la haine de l'étranger.

— Tout ce qu'on pourra faire sera de te donner les pattes.

— Emblème de la vélocité avec laquelle tu fais les courses de l'étude.

— Je croyais avoir au moins droit à la carcasse — dit le saute-ruisseau en murmurant.

— On pourra te l'octroyer... mais tu n'y as pas droit, ainsi qu'il en a été de la Charte de 1814, qui n'était qu'une autre carcasse de liberté — dit le Mirabeau de l'étude.

— A propos de carcasse — reprit un des jeunes gens avec une insensibilité brutale — Dieu veuille avoir l'âme de la mère Séraphin! car depuis qu'elle s'est noyée dans une partie de campagne, nous ne sommes plus condamnés à ses *ratatouilles forcées* à perpétuité.

— Et depuis une bonne semaine, le patron, au lieu de nous donner à déjeuner...

— Nous alloue à chacun quarante sous par jour...

— C'est ce qui me fait dire : Dieu veuille avoir l'âme de la mère Séraphin!

— Au fait, de son temps, jamais le patron ne nous aurait donné les quarante sous.

— C'est énorme!

— C'est fabuleux!

— Il n'y a pas une étude à Paris...

— En Europe...

— Dans l'univers, où l'on donne quarante sous... à un simple clerc pour son déjeuner.

— A propos de madame Séraphin, qui de vous a vu la servante qui la remplace?

— Cette Alsacienne que la portière de la maison où habitait cette pauvre Louise a amenée un soir, nous a dit le portier?

— Oui.

— Je ne l'ai pas encore vue.

— Ni moi.

— Parbleu! c'est tout bonnement impossible de la voir, puisque le patron est plus féroce que jamais pour nous empêcher d'entrer dans le pavillon de la cour...

— Et puis, c'est le portier qui range l'étude maintenant, comment la verrait-on, cette donzelle? ..

— Eh bien ! moi, je l'ai vue.

— Toi?

— Où cela?

— Comment est-elle?

— Grande ou petite?

— Jeune ou vieille?

— D'avance je suis sûr qu'elle n'a pas une figure aussi avenante que cette pauvre Louise... bonne fille !

— Voyons, puisque tu l'as aperçue, comment est-elle, cette nouvelle servante?

— Quand je dis que je l'ai vue... j'ai vu son bonnet... un drôle de bonnet.

— Ah bah! et comment?

— Il était de couleur cerise et en velours, je crois; une espèce de béguin comme en ont les vendeuses de petits balais.

— Comme les Alsaciennes? C'est tout simple, puisqu'elle est Alsacienne...

— Tiens... tiens... tiens...

— Parbleu!.. qu'est-ce qui vous étonne là-dedans? *Chat échaudé craint l'eau froide.*

— Ah çà, Chalamel, quel rapport ton proverbe a-t-il avec ce bonnet d'Alsacienne?

— Il n'en a aucun.

— Pourquoi le dis-tu, alors?

— Parce qu'*un bienfait n'est jamais perdu*, et que *le lézard est l'ami de l'homme.*

— Tiens, si Chalamel commence ses bêtises en proverbes, qui ne riment à rien, il en a pour une heure... Voyons, dis donc ce que tu sais de cette nouvelle servante?

— Je passais avant-hier dans la cour; elle était adossée à une des fenêtres du rez-de-chaussée...

— La cour?

— Quelle bêtise! non, la servante. Les carreaux d'en bas sont si sales, que je n'ai pu rien voir de l'Alsacienne; mais, ceux du milieu de la fenêtre étant moins troubles, j'ai vu son bonnet cerise et une profusion de boucles de cheveux noirs comme du jais; car elle avait l'air d'être coiffée à la Titus.

— Je suis sûr que le patron n'en aura pas vu tant que toi à travers ses lunettes; car en voilà encore un, comme on dit, que, s'il restait seul avec une femme sur la terre, le monde finirait bientôt.

— Cela n'est pas étonnant : *Rira bien qui rira le dernier*, d'autant plus que *l'exactitude est la politesse des rois.*

— Dieu! que ce Chalamel est assommant quand il s'y met!

— Dame... *Dis-moi qui tu hantes, je te dirai qui tu es.*

— Oh! que c'est joli...

— Moi, j'ai dans l'idée que c'est la superstition qui abrutit de plus en plus le patron

— C'est peut-être par pénitence qu'il nous donne quarante sous pour notre déjeuner.

— Le fait est qu'il faut qu'il soit fou.

— Ou malade.

— Moi, depuis quelques jours, je lui trouve l'air très-égaré.

— Ce n'est pas qu'on le voie beaucoup... Lui qui était pour notre malheur dans son cabinet... dès le *patron-minet*, et toujours sur notre dos, il reste maintenant des deux jours sans mettre le nez dans l'étude.

— Ce qui fait que le maître-clerc est accablé de besogne.

— Et que ce matin nous sommes obligés de mourir de faim en l'attendant.

— En voilà du changement dans l'étude !

— C'est ce pauvre Germain qui serait joliment étonné si on lui disait : Figure-toi, mon garçon, que le patron nous donne quarante sous pour notre déjeuner. — Ah bah ! c'est impossible ! — C'est si possible que c'est à moi Chalamel, parlant *à sa personne*, qu'il l'a annoncé. — Tu veux rire ? — Je veux rire ! Voilà comme ça s'est passé : pendant les deux ou trois jours qui ont suivi le décès de la mère Séraphin, nous n'avons pas eu à déjeuner du tout ; nous aimions mieux ça, d'une façon, parce que c'était moins mauvais ; mais, d'une autre, notre réfection nous coûtait de l'argent ; pourtant nous patientions, disant : Le patron n'a plus ni servante ni femme de ménage ; quand il en aura repris une... nous reprendrons notre dégoûtante pâtée. Eh bien ! pas du tout, mon pauvre Germain, le patron a repris une servante, et notre déjeuner a continué à être enseveli dans le fleuve de l'oubli. Alors j'ai été comme qui dirait député, pour porter au patron les doléances de nos estomacs. Il était avec le maître-clerc. — Je ne veux plus vous nourrir le matin — a-t-il dit d'un ton bourru et comme s'il pensait à autre chose ; — ma servante n'a pas le temps de s'occuper de votre déjeuner. — Mais, monsieur, il est convenu que vous nous devez notre repas du matin. — Eh bien ! vous ferez venir votre déjeuner du dehors, et je le payerai. Combien vous faut-il... quarante sous chacun ? — a-t-il ajouté en ayant l'air de penser de plus en plus à autre chose, et de dire quarante sous comme il aurait dit vingt sous ou cent sous. — Oui, monsieur, quarante sous nous suffiront — m'écriai-je en prenant la balle au bond. — Soit ; le maître-clerc se chargera de cette dépense ; je compterai avec lui. Et là-dessus le patron m'a fermé la porte au nez... Avouez, messieurs, que Germain serait furieusement étonné des libéralités du patron.

— Germain dirait que le patron a bu.

— Et que c'est un abus...

— Chalamel... nous préférons tes proverbes...

— Sérieusement je crois le patron malade... Depuis dix jours il n'est pas reconnaissable, ses joues sont creuses à y fourrer le poing.

— Et des distractions ! faut voir. L'autre jour il a levé ses lunettes pour lire un acte… il avait les yeux rouges et brûlants comme des charbons ardents.

— Il en avait le droit .. *les bons comptes font les bons amis.*

— Laisse-moi donc parler. Je vous dis, messieurs, que c'est très-singulier. Je présente donc cet acte à lire au patron .. mais il avait la tête en bas.

— Le patron? Le fait est que c'est très-singulier… Qu'est-ce qu'il pouvait donc faire ainsi la tête en bas? Il devait suffoquer! à moins que ses habitudes ne soient, comme tu dis, bien changées.

— Oh! que ce Chalamel est fatigant! je te dis que je lui ai présenté l'acte à lire à l'envers.

— Ah! a-t-il dû bougonner!…

— Ah bien, oui! il ne s'en est pas seulement aperçu; il a regardé l'acte pendant dix minutes, ses gros yeux rouges fixés dessus, et puis il me l'a rendu… en me disant : — C'est bien !

— Toujours la tête en bas?

— Toujours…

— Il n'avait donc pas lu l'acte?

— Pardieu! à moins qu'il ne lise à l'envers…

— C'est drôle !

— Le patron avait l'air si sombre et si méchant dans ce moment-là que je n'ai osé rien dire, et je m'en suis allé comme si de rien n'était.

— Et moi donc, il y a quatre jours, j'étais dans le bureau du maître-clerc; arrive un client, deux clients, trois clients, auxquels le patron avait donné rendez-vous. Ils s'impatientaient d'attendre; à leur demande, je vais frapper à la porte du cabinet; on ne me répond pas, j'entre…

— Eh bien?

— M. Jacques Ferrand avait ses deux bras croisés sur son bureau et son front chauve et peu ragoûtant appuyé sur ses mains; il ne bougea pas.

— Il dormait?

— Je le croyais… Je m'approche : — Monsieur, il y a là des clients à qui vous avez donné rendez-vous… — Il ne bronche pas… — Monsieur!… — Pas de réponse… Enfin je le touche à l'épaule, il se redresse comme si le diable l'avait mordu; dans ce brusque mouvement, ses grandes lunettes vertes tombent de dessus son nez, et je vois… Vous ne le croirez jamais…

— Eh bien! que vois-tu?

— Des larmes…

— Ah! quelle farce !

— En voilà une de sévère !

— Le patron pleurer? allons donc !

— Quand on verra ça… les hannetons joueront du cornet à piston.

— Et les poules porteront des bottes à revers.

— Ta ta ta ta, vos bêtises n'empêcheront pas que je l'aie vu comme je vous vois.

— Pleurer ?

— Oui, pleurer; il a ensuite eu l'air si furieux d'être surpris en cet état lacrymatoire, qu'il a rajusté à la hâte ses lunettes, en me criant : — Sortez!... sortez!... — Mais, monsieur... — Sortez!... — Il y a là des clients auxquels vous avez donné rendez-vous, et... — Je n'ai pas le temps; qu'ils s'en aillent au diable et vous avec! — Là-dessus il s'est levé tout furieux comme pour me mettre à la porte, je ne l'ai pas attendu, j'ai filé et renvoyé les clients, qui n'avaient pas l'air plus contents qu'il ne faut... mais, pour l'honneur de l'étude, je leur ai dit que le patron avait la coqueluche.

Cet intéressant entretien fut interrompu par M. le premier clerc qui entra tout affairé; sa venue fut saluée par une acclamation générale, et tous les yeux se tournèrent sympathiquement vers le dindon avec une impatiente convoitise.

— Sans reproche, *Seigneur*, vous nous faites diablement attendre — dit Chalamel. — Prenez garde, une autre fois... notre appétit ne sera pas aussi subordonné...

— Eh! messieurs, ce n'est pas ma faute... je faisais plus de mauvais sang que vous... Ma parole d'honneur, il faut que le patron soit devenu fou!...

— Quand je vous le disais!...

— Mais que cela ne nous empêche pas de manger...

— Au contraire!

— Nous parlerons tout aussi bien la bouche pleine...

— Nous parlerons mieux — s'écria le saute-ruisseau — pendant que Chalamel, dépeçant le dindon, dit au maître-clerc : — A propos de quoi donc vous figurez-vous que le patron est fou?

— Nous avions déjà une velléité de le croire parfaitement abruti lorsqu'il nous a alloué quarante sous par tête pour notre déjeuner... quotidien.

— J'avoue que cela m'a surpris autant que vous, messieurs; mais cela n'était rien, absolument rien, auprès de ce qui vient de se passer tout à l'heure.

— Ah bah!

— Ah çà! est-ce que ce malheureux là deviendrait assez insensé pour nous forcer d'aller dîner tous les jours à ses frais au Cadran-Bleu?

— Et ensuite au spectacle ?

— Et ensuite au café, finir la soirée par un punch ?

— Et ensuite...

— Messieurs, riez tant que vous voudrez; mais la scène à laquelle je viens d'assister est plutôt effrayante que plaisante.

— Eh bien ! racontez-nous-la donc, cette scène.

— Oui, c'est ça, ne vous occupez pas de déjeuner — dit Chalamel — nous voilà tout oreilles...

— Et tout mâchoires, mes gaillards ! Je vous vois venir : pendant que je parlerais, vous joueriez des dents... et le dindon serait fini avant mon histoire... Patience, ce sera pour le dessert.

Fut-ce l'aiguillon de la faim ou de la curiosité qui activa les jeunes prati-
ciens , nous ne le savons ; mais ils mirent une telle rapidité dans leur opération gastronomique , que le moment du récit du maître-clerc arriva presque
instantanément. Pour n'être pas surpris par le patron , on envoya en vedette
dans la pièce voisine le saute-ruisseau, à qui la carcasse et les pattes de la bête
avaient été libéralement dévolues.

M. le maître-clerc dit à ses collègues : — D'abord il faut que vous sachiez
que depuis quelques jours le portier s'inquiétait de la santé du patron ; comme
le bonhomme veille très-tard, il avait vu plusieurs fois M. Ferrand descendre
dans le jardin la nuit, malgré le froid ou la pluie, et s'y promener à grands
pas... Il s'est hasardé une fois à sortir de sa niche et à demander à son maître
s'il avait besoin de quelque chose. Le patron l'a envoyé se coucher d'un tel
ton que, depuis, le portier s'est tenu coi , et qu'il s'y tient toujours, dès
qu'il entend le patron descendre au jardin, ce qui arrive presque toutes les
nuits... tel temps qu'il fasse.

— Le patron est peut-être somnambule !

— Ça n'est pas probable... mais de pareilles promenades nocturnes annon-
cent une fameuse agitation... J'arrive à mon histoire... Tout à l'heure je me

rends dans le cabinet du patron pour lui demander quelques signatures... Au moment où je mettais la main au bouton de la serrure, il me semble entendre parler... je m'arrête... et je distingue deux ou trois cris sourds : on eût dit des plaintes étouffées. Après avoir un instant hésité à entrer... ma foi ! craignant quelque malheur... j'ouvre la porte...

— Eh bien ?

— Qu'est-ce que je vois !... le patron à genoux... par terre...

— A genoux ?... par terre ?

— Oui, agenouillé sur le plancher... le front dans ses mains... et les coudes appuyés sur le fond d'un de ses vieux fauteuils...

— C'est tout simple... sommes-nous bêtes ! Il est si cagot... il faisait une prière d'extrà.

— Ce serait une drôle de prière, en tout cas. On n'entendait que des gémissements étouffés ; seulement de temps en temps il murmurait entre ses dents : *Mon Dieu !... Mon Dieu !... Mon Dieu !...* comme un homme au désespoir. Et puis... voilà qui est encore bizarre... dans un mouvement qu'il a fait, comme pour se déchirer la poitrine avec les ongles, sa chemise s'est entr'ouverte, et j'ai très-bien distingué sur sa peau velue un petit portefeuille rouge suspendu à son cou par une chaînette d'acier...

— Tiens... tiens... tiens... Alors ?

— Alors.. ma foi... voyant ça, je ne savais plus si je devais rester ou sortir.

— Ça aurait été aussi mon opinion politique.

— Je restais donc là... très-embarrassé, lorsque le patron se relève et se retourne tout à coup : il avait entre ses dents un vieux mouchoir de poche à carreaux... ses lunettes restèrent sur le fauteuil... Non, non, messieurs... de ma vie je n'ai vu une figure pareille ; il avait l'air d'un damné... Je me recule effrayé, ma parole d'honneur, effrayé... Alors, lui...

— Vous saute à la gorge ?

— Vous n'y êtes pas... Il me regarde d'abord d'un air égaré ; puis, laissant tomber son mouchoir, qu'il avait sans doute rongé, coupé en grinçant des dents, il s'écrie en se jetant dans mes bras : *Ah ! je suis bien malheureux !...*

— Quelle farce !...

— Quelle farce !... Eh bien ! ça n'empêche pas que, malgré sa figure de tête de mort, quand il a prononcé ces mots-là... sa voix était si déchirante... je dirais presque si douce...

— Si douce... allons donc !... il n'y a pas de crecelle, pas de chat-huant enrhumé dont le cri ne semble de la musique auprès de la voix du patron !

— C'est possible... ça n'empêche pas que dans ce moment sa voix était si plaintive, que je me suis senti presque attendri, d'autant plus que M. Ferrand n'est pas expansif habituellement. — Monsieur — lui dis-je — croyez que... — *Laisse-moi ! Laisse-moi !* — me répondit-il en m'interrompant — *cela soulage tant de pouvoir dire à quelqu'un ce que l'on souffre...* Evidemment il me prenait pour un autre.

— Il vous a tutoyé ?... Alors vous nous devez deux bouteilles de bordeaux ;

Quand le patron vous a tutoyé,
A boire vous devez payer.

c'est le proverbe qui le dit, c'est sacré... les proverbes sont la sagesse des nations.

— Voyons, Chalamel, laissez là vos rébus... Vous comprenez bien, messieurs, qu'en entendant le patron me tutoyer, j'ai tout de suite compris qu'il se *méprenait* ou qu'il avait une fièvre chaude. Je me suis dégagé en lui disant : — Monsieur, calmez-vous !... calmez-vous !... c'est moi. — Alors il m'a regardé d'un air stupide.

— A la bonne heure, vous voilà dans le vrai.

— Ses yeux étaient égarés. — *Hein!* — a-t-il répondu — *qu'est-ce?... qui est là?... que me voulez-vous?...* Et il passait, à chaque question, sa main sur son front, comme pour écarter le nuage qui obscurcissait sa pensée.

— Qui obscurcissait sa pensée... Comme c'est écrit... bravo! maître-clerc, nous ferons un mélodrame ensemble.

Quand on parle si bien, sur mon âme!
On doit écrire un mélodrâââme.

— Mais tais-toi donc, Chalamel.

— Qu'est-ce donc que le patron peut avoir ?

— Ma foi! je n'en sais rien; mais ce qu'il y a de sûr, c'est que, lorsqu'il a retrouvé son sang-froid, ça a été une autre chanson : il a froncé les sourcils d'un air terrible, et m'a dit vivement, sans me donner le temps de lui répondre : — Que venez-vous faire ici ?... Y a-t-il long-temps que vous êtes là?... je ne puis donc pas rester chez moi sans être environné d'espions?... Qu'ai-je dit?... Qu'avez-vous entendu ?... Répondez... répondez... — Ma foi, il avait l'air si méchant, que j'ai repris : — Je n'ai rien entendu, monsieur, j'entre ici à l'instant même. — Vous ne me trompez pas? — Non, monsieur. — Eh bien! que voulez-vous? — Vous demander quelques signatures, monsieur... — Donnez. — Et le voilà qui se met à signer, à signer... sans les lire... une demi-douzaine d'actes notariés, lui qui ne mettait jamais son paraphe sur un acte sans l'épeler, pour ainsi dire, lettre par lettre, et deux fois d'un bout à l'autre. Je remarquais que de temps en temps sa main se ralentissait au milieu de sa signature, comme s'il eût été absorbé par une idée fixe; et puis il reprenait et signait vite, vite, et comme convulsivement. Quand tout a été signé, il m'a dit de me retirer, et je l'ai entendu descendre par le petit escalier qui communique de son cabinet dans la cour.

— J'en reviens toujours là... qu'est-ce qu'il peut avoir ?

— Messieurs, c'est peut-être madame Séraphin qu'il regrette.

— Ah bien oui! lui... regretter quelqu'un !

— Ça me fait penser que le portier a dit que le curé de Bonne-Nouvelle et son vicaire étaient venus plusieurs fois pour voir le patron, et qu'ils n'avaient pas été reçus. C'est ça qui est surprenant! eux qui ne démordaient pas d'ici.

— Moi, ce qui m'intrigue, c'est de savoir quels travaux il a fait faire au menuisier et au serrurier dans le pavillon.

— Le fait est qu'ils y ont travaillé trois jours de suite.

— Et puis un soir on a apporté des meubles dans une grande tapissière couverte.

— Ma foi, moi, messieurs, trou la la! je donne ma langue aux chiens, comme dit le cygne de Cambrai.

— C'est peut-être le remords d'avoir fait emprisonner Germain qui le tourmente...

— Des remords, lui?... il est trop dur à cuire et trop culotté pour ça..... comme dit l'aigle de Meaux!

— Farceur de Chalamel!

— A propos de Germain, il va avoir de fameuses recrues dans sa prison, pauvre garçon!

— Comment cela?

— J'ai lu dans la *Gazette des Tribunaux* que la bande de voleurs et d'assassins qu'on a arrêtée aux Champs-Élysées, dans un de ces petits cabarets souterrains.....

— En voilà de vraies cavernes...

— Que cette bande de scélérats a été écrouée *à la Force.*

— Pauvre Germain, ça va lui faire une jolie société!

— Louise Morel aura aussi sa part de recrues; car dans la bande on dit qu'il y a toute une famille de voleurs et d'assassins de père en fils..... et de mère en fille...

— Alors on enverra les femmes à Saint-Lazare, où est Louise.

— C'est peut-être quelqu'un de cette bande-là qui a assassiné cette comtesse qui demeure près de l'Observatoire, une des clientes du patron. M'a-t-il assez souvent envoyé savoir de ses nouvelles, à cette comtesse! Il a l'air de s'intéresser joliment à sa santé. Il faut être juste, c'est la seule chose sur laquelle il n'ait pas l'air abruti... Hier encore, il m'a dit d'aller m'informer de l'état de madame Mac-Gregor.

— Eh bien?

— C'est toujours la même chose : un jour on espère, le lendemain on désespère, on ne sait jamais si elle passera la journée; avant-hier on en désespérait, mais hier il y avait, a-t-on dit, une lueur d'espoir; ce qui complique la chose, c'est qu'elle a une fièvre cérébrale.

— Est-ce que tu as pu entrer dans la maison, et voir l'endroit où l'assassinat s'est commis?

— Ah! bien oui!... je n'ai pas pu aller plus loin que la porte cochère, et le concierge n'a pas l'air causeur, tant s'en faut...

— Messieurs... à vous, à vous ! voici le patron qui monte — cria le saute-
ruisseau en entrant dans l'étude toujours armé de sa carcasse.

Aussitôt les jeunes gens regagnèrent à la hâte leurs tables respectives, sur
lesquelles ils se courbèrent en agitant leurs plumes, pendant que le saute-
ruisseau déposait momentanément le squelette du dindon dans un carton
rempli de dossiers.

Jacques Ferrand parut en effet.

S'échappant de son vieux bonnet de soie noire, ses cheveux roux, mêlés de
mèches grises, tombaient en désordre de chaque côté de ses tempes ; quelques-unes des veines qui marbraient son crâne paraissaient injectées de sang,
tandis que sa face camuse et ses joues creuses étaient d'une pâleur blafarde. On
ne pouvait voir l'expression de son regard caché sous ses larges lunettes vertes ;
mais la profonde altération des traits de cet homme annonçait les ravages
d'une passion dévorante.

Il traversa lentement l'étude, sans dire un mot à ses clercs, sans même
paraître s'apercevoir qu'ils fussent là, entra dans la pièce où se tenait le maître-
clerc, la traversa ainsi que son cabinet, et redescendit immédiatement par le
petit escalier qui conduisait à la cour.

Jacques Ferrand ayant laissé derrière lui toutes les portes ouvertes, les
clercs purent à bon droit s'étonner de la bizarre évolution de leur patron, qui
était monté par un escalier et descendu par un autre, sans s'arrêter dans une
seule des chambres qu'il avait traversées machinalement.

CHAPITRE XXV.

Il fait nuit.

Le profond silence qui règne dans le pavillon habité par Jacques Ferrand est interrompu de temps en temps par les gémissements du vent et par les rafales de la pluie qui tombe à torrents. Ces bruits mélancoliques semblent rendre plus complète encore la solitude de cette demeure. Dans une chambre à coucher du premier étage, très-confortablement meublée à neuf et garnie d'un épais tapis, une jeune femme se tient debout devant une cheminée où flambe un excellent feu. Chose assez étrange! au milieu de la porte soigneusement verrouillée qui fait face au lit, on remarque un petit guichet de cinq ou six pouces carrés qui peut s'ouvrir du dehors. Une lampe à réflecteur jette une demi-clarté dans cette chambre, tendue d'un papier grenat; les rideaux du lit, de la croisée, ainsi que la couverture d'un vaste sofa, sont de damas soie et laine de même couleur.

Nous insistons minutieusement sur ces détails de *demi-luxe* si récemment importé dans l'habitation du notaire, parce que ce demi-luxe annonce une révolution complète dans les habitudes de Jacques Ferrand, jusqu'alors d'une avarice sordide et d'une insouciance de Spartiate (surtout à l'endroit d'autrui) pour tout ce qui touchait au bien-être. C'est donc sur cette tenture grenat, fond vigoureux et chaud de ton, que se dessine la figure de Cecily, que nous allons tâcher de peindre.

D'une stature haute et svelte, la créole est dans la fleur et dans l'épanouissement de l'âge. Le développement de ses belles épaules et de ses larges hanches fait paraître sa taille ronde si merveilleusement mince, que l'on croirait que Cecily peut se servir de sa jarretière pour ceinture.

Aussi simple que coquet, son costume alsacien est d'un goût bizarre, un peu théâtral, et ainsi d'autant plus approprié à l'effet qu'elle a voulu produire. Son spencer de casimir noir, à demi ouvert sur sa poitrine saillante, très-long de corsage, à manches justes, à dos plat, est légèrement brodé de laine pourpre sur les coutures et rehaussé d'une rangée de petits boutons d'argent ciselés. Une courte jupe de mérinos orange, qui semble d'une ampleur exagérée quoiqu'elle colle sur des contours d'une richesse sculpturale, laisse voir à demi le genou charmant de la créole, chaussée de bas écarlates à coins bleus, ainsi que cela se rencontre chez les vieux peintres flamands, qui montrent si complaisamment les jarretières de leurs robustes héroïnes.

Jamais artiste n'a rêvé un galbe aussi pur que celui des jambes de Cecily ; nerveuses et fines au-dessous de leur mollet rebondi , elles se terminent par un pied mignon , bien à l'aise et bien cambré dans son tout petit soulier de maroquin noir à boucles d'argent.

Cecily, un peu hanchée sur le côté gauche , est debout en face de la glace qui surmonte la cheminée… L'échancrure de son spencer permet de voir son cou élégant et potelé, d'une blancheur éblouissante , mais sans transparence.

Otant son béguin de velours cerise pour le remplacer par un madras, la créole découvrit ses épais et magnifiques cheveux d'un noir bleu, qui, séparés au milieu du front et naturellement frisés, ne descendaient pas plus bas que le *collier de Vénus* qui joignait le col aux épaules.

Il faut connaître le goût inimitable avec lequel les créoles *tortillent* autour de leur tête ces mouchoirs aux couleurs tranchantes , pour avoir une idée de la gracieuse coiffure de nuit de Cecily, et du contraste piquant de ce tissu bariolé de pourpre , d'azur et d'orange , avec ses cheveux noirs qui , s'échappant du pli serré du madras, encadrent de leurs mille boucles soyeuses ses joues pâles, mais rondes et fermes… Les deux bras élevés et arrondis au-dessus de sa tête, elle finissait, du bout de ses doigts déliés comme des fuseaux d'ivoire, de *chiffonner* une large rosette placée très-bas du côté gauche , presque sur l'oreille.

Les traits de Cecily sont de ceux qu'il est impossible d'oublier jamais.

Un front hardi, un peu saillant, surmonte son visage d'un ovale parfait ; son teint a la blancheur mate , la fraîcheur satinée d'une feuille de camélia imperceptiblement dorée par un rayon de soleil] ; ses yeux , d'une grandeur presque démesurée , ont une expression singulière, car leur prunelle , extrêmement large , noire et brillante, laisse à peine apercevoir, aux deux coins des paupières frangées de longs cils, la transparence bleuâtre du globe de l'œil ; son menton est nettement accusé ; son nez, droit et fin, se termine par deux narines mobiles qui se dilatent à la moindre émotion ; sa bouche, insolente et amoureuse , est d'un pourpre vif.

Qu'on s'imagine donc cette figure incolore, avec son regard tout noir qui étincelle , et ses deux lèvres rouges , lisses , humides, qui luisent comme du corail mouillé.

Disons-le , cette grande créole , à la fois svelte et charnue, vigoureuse et souple comme une panthère , était le type incarné de la sensualité brûlante qui ne s'allume qu'aux feux des tropiques.

Tout le monde a entendu parler de ces filles de couleur pour ainsi dire *mortelles* aux Européens , de ces vampires enchanteurs qui , enivrant leur victime de séductions terribles, pompent jusqu'à sa dernière goutte d'or et de sang , et ne lui laissent , selon l'énergique expression du pays , que *ses larmes à boire*, que *son cœur à ronger*.

Telle est Cecily.

Seulement ses détestables instincts , quelque temps contenus par son véritable attachement pour David , ne s'étant développés qu'en Europe, la *civi-*

lisation et l'influence des climats du nord en avaient tempéré la violence, modifié l'expression.

Au lieu de se jeter violemment sur sa proie, et de ne songer, comme ses pareilles, qu'à anéantir au plus tôt une vie et une fortune de plus, Cecily, attachant sur ses victimes son regard magnétique, commençait par les attirer peu à peu dans le tourbillon embrasé qui semblait émaner d'elle ; puis, les voyant alors pantelantes, éperdues, souffrant les tortures d'un désir inassouvi, elle se plaisait, par un raffinement de coquetterie féroce, à prolonger leur délire ardent ; puis, revenant à son premier instinct, elle les dévorait dans ses embrassements homicides.

Cela était plus horrible encore...

Le tigre affamé, qui bondit et emporte la proie qu'il déchire en rugissant, inspire moins d'horreur que le serpent qui la fascine silencieusement, l'aspire peu à peu, l'enlace de ses replis inextricables, l'y broie longuement, la sent palpiter sous ses lentes morsures, et semble se reparaître autant de ses douleurs que de son sang.

Cecily, nous l'avons dit, à peine arrivée en Allemagne, ayant d'abord été débauchée par un homme affreusement dépravé, put, à l'insu de David qui l'aimait avec autant d'idolâtrie que d'aveuglement, déployer et exercer pendant quelque temps ses dangereuses séductions ; mais bientôt le funeste scandale de ses aventures fut dévoilé, on fit d'horribles découvertes, et cette femme dut être condamnée à une prison perpétuelle.

Que l'on joigne à ces antécédents un esprit souple, adroit, insinuant, une si merveilleuse intelligence qu'en un an elle avait parlé le français et l'allemand avec la plus extrême facilité, quelquefois même avec une éloquence naturelle ; qu'on se figure enfin une corruption digne des reines courtisanes de l'ancienne Rome, une audace et un courage à toute épreuve, des instincts d'une méchanceté diabolique, et l'on connaîtra à peu près la nouvelle *servante* de Jacques Ferrand... la créature déterminée qui avait osé s'aventurer dans la tanière du loup.

Et pourtant, anomalie singulière ! en apprenant par M. de Graün le rôle provoquant et PLATONIQUE qu'elle devait remplir auprès du notaire et à quelles fins vengeresses devaient aboutir ses séductions, Cecily avait promis de jouer son personnage *avec amour*, ou plutôt avec une haine terrible contre Jacques Ferrand, s'étant sincèrement indignée au récit des violences infâmes qu'il avait exercées contre Louise, récit qu'il fallut faire à la créole pour la mettre en garde contre les hypocrites tentatives de ce monstre.

Quelques mots rétrospectifs à propos de ce dernier sont indispensables.

Lorsque Cecily lui avait été présentée par madame Pipelet comme une orpheline sur laquelle elle ne voulait conserver aucun droit, aucune surveillance, le notaire s'était peut-être senti moins encore frappé de la beauté de la créole que fasciné par son regard irrésistible ; regard qui, dès la première entrevue, porta le feu dans les sens de Jacques Ferrand, et le trouble dans sa raison

Car nous l'avons dit à propos de l'audace insensée de quelques-unes de ses paroles lors de sa conversation avec madame la duchesse de Lucenay, cet homme, ordinairement si maître de soi, si calme, si fin, si rusé, oubliait les froids calculs de sa profonde dissimulation lorsque le démon de la luxure obscurcissait sa pensée.

D'ailleurs, il n'avait pu nullement se défier de la protégée de madame Pipelet. Après son entretien avec cette dernière, madame Séraphin avait proposé à Jacques Ferrand, en remplacement de Louise, une jeune fille presque abandonnée dont elle répondait... Le notaire avait accepté avec empressement, dans l'espoir d'abuser impunément de la condition précaire et isolée de sa nouvelle servante. Enfin, loin d'être prédisposé à la méfiance, Jacques Ferrand trouvait dans la marche des événements de nouveaux motifs de sécurité.

Tout répondait à ses vœux. La mort de madame Séraphin le débarrassait d'une complice dangereuse... La mort de Fleur-de-Marie (il la croyait morte) le délivrait de la preuve vivante d'un de ses premiers crimes.

Enfin, grâce à la mort de la Chouette et au meurtre inopiné de la comtesse Mac-Gregor (son état était désespéré), il ne redoutait plus ces deux femmes, dont les révélations et les poursuites auraient pu lui être funestes...

Nous le répétons, aucun sentiment de défiance n'étant venu balancer dans l'esprit de Jacques Ferrand l'impression subite, irrésistible qu'il avait ressentie à la vue de Cecily... il saisit avec ardeur l'occasion d'attirer dans sa demeure solitaire la prétendue nièce de madame Pipelet.

Le caractère, les habitudes et les antécédents de Jacques Ferrand connus et posés, la beauté provoquante de la créole acceptée, telle que nous avons tâché de la peindre, quelques autres faits que nous exposerons plus bas feront comprendre, nous l'espérons, la passion subite, effrénée du notaire pour cette séduisante et dangereuse créature.

Et puis, il faut le dire... si elles n'inspirent qu'éloignement, que répugnance aux hommes doués de sentiments tendres et élevés, de goûts délicats et épurés, les femmes de l'espèce de Cecily exercent une action soudaine, une omnipotence magique sur les hommes de sensualité brutale tels que Jacques Ferrand. Du premier regard ils devinent ces femmes, ils les convoitent ; une puissance fatale les attire auprès d'elles, et bientôt des affinités mystérieuses, des sympathies magnétiques sans doute, les enchaînent invinciblement aux pieds de leur monstrueux idéal ; car elles seules peuvent apaiser les feux impurs qu'elles allument.

Une fatalité juste, vengeresse, rapprochait donc la créole du notaire. Une expiation terrible commençait pour lui. Une luxure féroce l'avait poussé à commettre des attentats odieux, à poursuivre avec un impitoyable acharnement une famille indigente et honnête, à y porter la misère, la folie, la mort... La luxure devait être le formidable châtiment de ce grand coupable. Car l'on dirait que par une fatale équité certaines passions faussées, dénaturées, portent en soi leur punition...

Un noble amour, lors même qu'il n'est pas heureux, peut trouver quelques consolations dans les douceurs de l'amitié, dans l'estime qu'une femme digne d'être adorée offre toujours à défaut d'un sentiment plus tendre. Si cette compensation ne calme pas les chagrins de l'amant malheureux, si son désespoir est incurable comme son amour, il peut du moins avouer et presque s'enorgueillir de cet amour désespéré... Mais quelles compensations offrir à ces ardeurs sauvages que le seul attrait matériel exalte jusqu'à la frénésie ?

Et disons encore que cet attrait matériel est aussi impérieux pour les organisations grossières que l'attrait moral pour les âmes d'élite...

Non, les sérieuses passions du cœur ne sont pas les seules subites, aveugles, exclusives, les seules qui, concentrant toutes les facultés sur la personne choisie, rendent impossible toute autre affection, et décident d'une destinée tout entière. La passion physique peut atteindre, comme chez Jacques Ferrand, à une incroyable intensité ; alors tous les phénomènes qui dans l'ordre moral caractérisent l'amour, irrésistible, unique, absolu, se reproduisent dans l'ordre matériel.

. . . .

Quoique Jacques Ferrand ne dût jamais être heureux, la créole s'était bien gardée de lui ôter absolument tout espoir : mais les vagues et lointaines espérances dont elle le berçait flottaient au gré de tant de caprices, qu'elles lui étaient une torture de plus, et rivaient plus solidement encore la chaîne brûlante qu'il portait.

Si l'on s'étonne de ce qu'un homme de cette vigueur et de cette audace n'eût pas eu déjà recours à la ruse ou à la violence pour triompher de la résistance calculée de Cecily, c'est qu'on oublie que Cecily n'était pas une seconde Louise. D'ailleurs, le lendemain de sa présentation au notaire, elle avait, ainsi qu'on va le dire, joué un tout autre rôle que celui à l'aide duquel elle s'était introduite chez *son maître* ; car celui-ci n'eût pas été dupe de sa *servante* deux jours de suite. Instruite du sort de Louise par le baron de Graün, et sachant ensuite par quels abominables moyens la malheureuse fille de Morel le lapidaire était devenue la proie du notaire ; la créole, entrant dans cette maison solitaire, avait pris d'excellentes précautions pour y passer sa première nuit en pleine sécurité.

Le soir même de son arrivée, restée seule avec Jacques Ferrand, qui, afin de ne pas l'effaroucher, affecta de la regarder à peine et lui ordonna brusquement d'aller se coucher, elle lui avoua *naïvement* que la nuit elle avait grand'peur des voleurs ; mais qu'elle était forte, résolue et prête à se défendre.

— Avec quoi ? demanda Jacques Ferrand.

— Avec ceci... — répondit la créole en tirant de l'ample pelisse de laine dont elle était enveloppée un petit stylet parfaitement acéré, dont la vue fit réfléchir le notaire.

Pourtant, persuadé que sa nouvelle servante ne redoutait que *les voleurs*, il la conduisit dans la chambre qu'elle devait occuper (l'ancienne chambre de Louise). Après avoir examiné les localités, Cecily lui dit en tremblant et en

baissant les yeux que, par suite de la même peur, elle passerait la nuit sur une
chaise, parce qu'elle ne voyait à la porte ni verrou ni serrure.

C. S T.

Jacques Ferrand, déjà complétement sous le charme, mais ne voulant rien
compromettre en éveillant les soupçons de Cecily, lui dit d'un ton bourru qu'elle
était sotte et folle d'avoir de telles craintes; mais il lui promit que le lendemain
le verrou serait placé. La créole ne se coucha pas.

Au matin, le notaire monta chez elle pour la mettre au fait de son service.
Il s'était promis de garder pendant les premiers jours une hypocrite réserve à
l'égard de sa nouvelle servante, afin de lui inspirer une confiance trompeuse;
mais frappé de sa beauté, qui au grand jour semblait plus éclatante encore,
égaré, aveuglé par les désirs qui le transportaient déjà, il balbutia quelques
compliments sur la taille et sur la beauté de Cecily.

Celle-ci, d'une rare sagacité, avait jugé, dès sa première entrevue avec le
notaire, qu'il était complétement sous le charme; à l'aveu qu'il lui fit de sa
flamme, elle crut devoir se dépouiller brusquement de sa feinte timidité, et,
ainsi que nous l'avons dit, changer de masque.

La créole prit donc tout à coup un air effronté.

Jacques Ferrand s'extasiant de nouveau sur la beauté des traits et sur la taille enchanteresse de sa nouvelle *bonne*.

— Regardez-moi donc bien en face — lui dit résolument Cecily. — Quoique vêtue en paysanne alsacienne, est-ce que j'ai l'air d'une servante ?

— Que voulez-vous dire ? — s'écria Jacques Ferrand.

— Voyez cette main... Est-elle accoutumée à de rudes travaux ? — Et elle montra une main blanche, charmante, aux doigts fins et déliés, aux ongles roses et polis comme de l'agate, mais dont la couronne, légèrement bistrée, trahissait le sang mêlé.

— Et ce pied ? est-ce un pied de servante ? — Et elle avança un ravissant petit pied coquettement chaussé, que le notaire n'avait pas encore remarqué, et qu'il ne quitta des yeux que pour contempler Cecily avec ébahissement.

— J'ai dit à ma tante Pipelet ce qui m'a convenu ; elle ignore ma vie passée, elle a pu me croire réduite à une telle condition... par la mort de mes parents, et me prendre pour une servante ; mais vous avez, j'espère, trop de sagacité pour partager son erreur, *cher maître !*

— Et, qui êtes-vous donc ? — s'écria Jacques Ferrand de plus en plus surpris de ce langage.

— Ceci est mon secret... Pour des raisons à moi connues, j'ai dû quitter l'Allemagne sous ces habits de paysanne ; je voulais rester cachée à Paris pendant quelque temps le plus secrètement possible. Ma tante, me supposant réduite à la misère, m'a proposé d'entrer chez vous, m'a parlé de la vie solitaire qu'on menait forcément dans votre maison, et m'a prévenue que je ne sortirais jamais .. J'ai vite accepté. Sans le savoir, ma tante allait au-devant de mon plus vif désir. Qui pourrait me chercher et me découvrir ici ?

— Vous vous cachez !... et qu'avez-vous donc fait pour être obligée de vous cacher ?

— De doux péchés, peut-être... mais ceci est encore mon secret.

— Et quelles sont vos intentions, mademoiselle ?

— Toujours les mêmes. Sans vos compliments significatifs sur ma taille et sur ma beauté, je ne vous aurais peut-être pas fait cet aveu... que votre perspicacité eût d'ailleurs tôt ou tard provoqué... Écoutez-moi donc bien, mon cher maître : j'ai accepté momentanément la condition ou plutôt le rôle de servante ; les circonstances m'y obligent... j'aurai le courage de remplir ce rôle jusqu'au bout... j'en subirai toutes les conséquences... je vous servirai avec zèle, activité, respect, pour conserver ma place... c'est-à-dire une retraite sûre et ignorée. Mais au moindre mot de galanterie, mais à la moindre liberté que vous prendriez avec moi, je vous quitte... non par pruderie... rien en moi, je crois, ne sent la prude... Et elle darda un regard chargé d'électricité sensuelle jusqu'au fond de l'âme du notaire qui tressaillit.

— Non, je ne suis pas prude — reprit-elle avec un sourire provoquant qui laissa voir des dents éblouissantes. — Vive Dieu !... quand l'amour me mord, les bacchantes sont des saintes auprès de moi..... Mais soyez juste... et vous conviendrez que votre servante indigne ne peut que vouloir faire honnêtement son métier de servante... Maintenant vous savez mon secret, ou du moins une partie de mon secret. Voudriez-vous, par hasard, agir en gentilhomme ? Me trouvez-vous trop belle pour vous servir ? Désirez-vous changer de rôle, devenir mon esclave ? Soit ! franchement je préférerais cela..... mais toujours à cette condition que je ne sortirai jamais d'ici, et que vous aurez pour moi des attentions toutes paternelles .... ce qui ne vous empêchera pas de me dire que vous me trouvez charmante : ce sera la récompense de votre dévouement et de votre discrétion...

— La seule ? la seule ? — dit Jacques Ferrand en balbutiant.

— La seule... à moins que la solitude et le diable ne me rendent folle... ce qui est impossible, car vous me tiendrez compagnie, et, en votre qualité de saint homme, vous conjurerez le démon. Voyons, décidez-vous, pas de position mixte... ou je vous servirai ou vous me servirez; sinon, je quitte votre maison... et je prie ma tante de me trouver une *autre place*... Tout ceci doit vous sembler étrange : soit; mais si vous me prenez pour une aventurière... sans moyen d'existence, vous avez tort... Afin que ma tante fût ma complice sans le savoir, je lui ai laissé croire que j'étais assez pauvre pour ne pas posséder de quoi acheter d'autres vêtements que ceux-ci... J'ai pourtant... vous le voyez, une bourse assez bien garnie : de ce côté, de l'or... de l'autre, des diamants... (et Cecily montra au notaire une longue bourse de soie rouge remplie d'or et à travers laquelle on voyait aussi briller quelques pierreries); malheureusement tout l'argent du monde ne me donnerait pas une retraite aussi sûre que votre maison, si isolée par l'isolement même où vous vivez... Acceptez donc l'une ou l'autre de mes offres, vous me rendrez service. Vous le voyez, je me mets presque à votre discrétion; car vous dire : Je me cache, c'est vous dire : On me cherche... Mais je suis sûre que vous ne me trahirez pas, dans le cas même où vous sauriez comment me trahir...

Cette confidence romanesque, ce brusque changement de personnage bouleversa les idées de Jacques Ferrand. Quelle était cette femme ? pourquoi se cachait-elle ? Le hasard seul l'avait-il en effet amenée chez lui ? Si elle y venait au contraire dans un but secret, quel était ce but ? Parmi toutes les hypothèses que cette bizarre aventure souleva dans l'esprit du notaire, le véritable motif de la présence de la créole chez lui ne pouvait venir à sa pensée. Il n'avait, ou plutôt il ne se croyait d'autres ennemis que les victimes de sa luxure et de sa cupidité; or, toutes se trouvaient dans de telles conditions de malheur ou de détresse, qu'il ne pouvait les soupçonner capables de lui tendre un piége dont Cecily eût été l'appât... Et encore, ce piége, dans quel but le lui tendre ?

Non, la soudaine transfiguration de Cecily n'inspira qu'une crainte à Jacques Ferrand : il pensa que si cette femme ne disait pas la vérité, c'était peut-être une aventurière qui, le croyant riche, s'introduisait dans sa maison pour le circonvenir, l'exploiter, et peut-être se faire épouser par lui. Mais, quoique son avarice et sa cupidité se fussent révoltées à cette idée, il s'aperçut, en frémissant, que ces soupçons, que ces réflexions étaient trop tardives... car d'un seul mot il pouvait calmer sa méfiance en renvoyant cette femme de chez lui Ce mot, il ne le dit pas... A peine même ces pensées l'arrachèrent-elles quelques moments à l'ardente extase où le plongeait la vue de cette femme si belle, de cette beauté sensuelle qui avait sur lui tant d'empire... D'ailleurs, depuis la veille, il se sentait dominé, fasciné.

Déjà il aimait à sa façon et avec fureur... Déjà l'idée de voir cette séduisante créature quitter sa maison lui semblait inadmissible; déjà même, ressentant des emportements d'une jalousie féroce en songeant que Cecily pourrait prodiguer à d'autres les trésors de volupté qu'elle lui refuserait peut-être toujours, il éprouvait une sombre consolation à se dire : — Tant qu'elle sera séquestrée chez moi... personne ne la possédera.

La hardiesse du langage de cette femme, le feu de ses regards, la provoquante liberté de ses manières révélaient assez qu'elle n'était pas, ainsi qu'elle le disait, une *prude*. Cette conviction, donnant de vagues espérances au notaire, assurait davantage encore l'empire de Cecily. En un mot, la luxure de Jacques Ferrand étouffant la voix de la froide raison, il s'abandonnait en aveugle au torrent de désirs effrénés qui l'emportait.

. . . .

Il fut convenu que Cecily ne serait sa servante qu'en apparence : il n'y aurait pas ainsi de scandale ; de plus, pour assurer davantage encore la sécurité de son *hôtesse*, il ne prendrait pas d'autre domestique, il se résignerait à la servir et à se servir lui-même ; un traiteur voisin apporterait ses repas, il payerait en argent le déjeuner de ses clercs, et le portier se chargerait des soins ménagers de l'étude. Enfin, le notaire ferait promptement meubler au premier une chambre au goût de Cecily : celle-ci voulait payer les frais... il s'y opposa et dépensa *deux mille francs...*

Cette générosité était énorme, et prouvait la violence inouïe de sa passion.

Alors commença pour ce misérable une vie terrible. Renfermé dans la solitude impénétrable de sa maison, inaccessible à tous, de plus en plus sous le joug de son amour effréné, renonçant à pénétrer les secrets de cette femme étrange, de maître il devint esclave; il fut le valet de Cecily; il la servait à ses repas, il prenait soin de son appartement.

Prévenue par le baron que Louise avait été surprise par un narcotique, la créole ne buvait que de l'eau très-limpide, ne mangeait que des mets impossibles à falsifier; elle avait choisi la chambre qu'elle devait occuper, et s'était assurée que les murailles ne recélaient aucune porte secrète. D'ailleurs Jacques Ferrand comprit bientôt que Cecily n'était pas une femme qu'il pût surprendre ou violenter impunément. Elle était vigoureuse, agile et dangereusement armée; un délire frénétique aurait donc pu seul le porter à des tentatives désespérées, et elle s'était parfaitement mise à l'abri de ce péril...

Néanmoins, pour ne pas lasser et rebuter la passion du notaire, la créole semblait quelquefois touchée de ses soins et flattée de la terrible domination qu'elle exerçait sur lui. Alors, supposant qu'à force de preuves de dévouement et d'abnégation il parviendrait à faire oublier sa laideur et son âge, elle se plaisait à lui peindre, en termes d'une hardiesse brûlante, l'inexprimable volupté dont elle pourrait l'enivrer, si ce miracle de l'amour se réalisait jamais.

A ces paroles d'une femme si jeune et si belle, Jacques Ferrand sentait quelquefois sa raison s'égarer... de dévorantes images le poursuivaient partout; l'antique symbole de la tunique de Nessus se réalisait pour lui...

Au milieu de ces tortures sans nom, il perdait la santé, l'appétit, le sommeil. Tantôt, la nuit, malgré le froid et la pluie, il descendait dans son jardin, et cherchait par une promenade précipitée à calmer, à briser ses ardeurs.

D'autres fois, pendant des heures entières, il plongeait son regard enflammé dans la chambre de la créole endormie; car elle avait eu l'infernale complaisance de permettre que sa porte fût percée d'un guichet qu'elle ouvrait souvent... souvent, car Cecily n'avait qu'un but, celui d'irriter incessamment la passion de cet homme sans la satisfaire, de l'exaspérer ainsi presque jusqu'à la déraison, afin de pouvoir alors exécuter les ordres qu'elle avait reçus...

Ce moment semblait approcher. Le châtiment de Jacques Ferrand devenait de jour en jour plus digne de ses attentats... Il souffrait les tourments de l'enfer. Tour à tour absorbé, éperdu, hors de lui, indifférent à ses plus sérieux intérêts, au maintien de sa réputation d'homme austère, grave et pieux, réputation usurpée, mais conquise par de longues années de dissimulation et de ruse, il stupéfiait ses clercs par l'aberration de son esprit, mécontentait ses clients par ses refus de les recevoir, et éloignait brutalement de lui les prêtres qui, trompés par son hypocrisie, avaient été jusqu'alors ses prôneurs les plus fervents.

A ses langueurs accablantes qui lui arrachaient des larmes, succédaient de furieux emportements; sa frénésie atteignait-elle son paroxysme, il se prenait à rugir dans la solitude et dans l'ombre comme une bête fauve; ses accès de rage se terminaient-ils par une sorte de brisement douloureux de tout son être, il ne jouissait même pas de ce calme de mort, produit souvent par l'anéantissement de la pensée; l'embrasement du sang de cet homme dans toute la vigoureuse maturité de l'âge ne lui laissait ni trêve ni repos... Un bouillonnement profond, torride, agitait incessamment ses esprits.

. . . .

Nous l'avons dit, Cecily se coiffait de nuit devant sa glace. A un léger bruit venant du corridor, elle détourna la tête du côté de la porte.

Malgré le bruit qu'elle venait d'entendre, Cecily n'en continua pas moins tranquillement sa toilette de nuit; elle retira de son corsage, où il était à peu près placé comme un busc, un stylet long de cinq à six pouces, enfermé dans un étui de chagrin noir, et emmanché dans une petite poignée d'ébène cerclée de fils d'argent, poignée fort simple, mais parfaitement *à la main*. Ce n'était pas là une arme de *luxe*.

Cecily ôta le stylet de son fourreau avec une excessive précaution, et le posa

sur le marbre de sa cheminée ; la lame, de la meilleure trempe et du plus fin
damas, était triangulaire, à arêtes tranchantes ; sa pointe, aussi acérée que
celle d'une aiguille, eût percé une piastre sans s'émousser. Imprégné d'un
venin subtil et persistant, la moindre piqûre de ce poignard devenait mortelle.
Jacques Ferrand ayant un jour mis en doute la dangereuse propriété de
cette arme, la créole fit devant lui une expérience *in animâ vili*, c'est-à-dire
sur l'infortuné chien de la maison, qui, légèrement piqué au nez, tomba et
mourut dans d'horribles convulsions.

STAAL

Le stylet déposé sur la cheminée, Cecily, quittant son spencer de drap noir,
resta, les épaules, le sein et les bras nus, ainsi qu'une femme en toilette de
bal. Selon l'habitude de la plupart des filles de couleur, elle portait, au lieu de
corset, un second corset de double toile qui lui serrait étroitement la taille ;
sa jupe orange, restant attachée sous cette sorte de canezou blanc à manches
courtes et très-décolleté, composait ainsi un costume beaucoup moins sévère
que le premier, et s'harmoniait à merveille avec les bas écarlates et la coiffure
de madras si capricieusement chiffonnée autour de la tête de la créole. Rien
de plus pur, de plus accompli que les contours de ses bras et de ses épaules,

auxquelles deux mignonnes fossettes et un petit signe noir, velouté, coquet, donnaient une grâce de plus.

Un soupir profond attira l'attention de Cecily. Elle sourit en roulant autour de l'un de ses doigts effilés quelques boucles de cheveux qui s'échappaient des plis de son madras.

— Cecily !... Cecily !... — murmura une voix à la fois rude et plaintive.

Et, à travers l'étroite ouverture du guichet, apparut la face blême et camuse de Jacques Ferrand ; ses prunelles étincelaient dans l'ombre.

Cecily, muette jusqu'alors, commença de chanter doucement un air créole.

Les paroles de cette lente mélodie étaient suaves et expressives. Quoique contenu, le mâle *contre-alto* de Cecily dominait le bruit des torrents de pluie et les violentes rafales de vent qui semblaient ébranler la vieille maison jusque dans ses fondements.

— Cecily !... Cecily !... — répéta Jacques Ferrand d'un ton suppliant.

La créole s'interrompit tout à coup, tourna brusquement la tête, parut entendre pour la première fois la voix du notaire, et s'approcha nonchalamment de la porte. — Comment ! cher maître (elle l'appelait ainsi par dérision), vous êtes là ! — dit-elle avec un léger accent étranger qui donnait un charme de plus à sa voix mordante et sonore.

— Oh ! que vous êtes belle ainsi !... — murmura le notaire.

— Vous trouvez ? — répondit la créole — ce madras sied bien à mes cheveux noirs, n'est-ce pas ?

— Chaque jour je vous trouve plus belle encore.

— Et mon bras, voyez donc comme il est blanc.

— Monstre... va-t'en !... va-t'en !... — s'écria Jacques Ferrand furieux.

Cecily se mit à rire aux éclats.

— Non, non, c'est trop souffrir ! Oh ! si je ne craignais la mort ! — s'écria sourdement le notaire ; — mais mourir c'est renoncer à vous voir, et vous êtes si belle... J'aime encore mieux souffrir... et vous regarder...

— Regardez-moi... ce guichet est fait pour cela... et aussi pour que nous puissions causer comme deux amis..... et charmer ainsi notre solitude..... qui vraiment ne me pèse pas trop... Vous êtes si *bon maître !*... Voilà de ces dangereux aveux que je puis faire à travers cette porte..

— Et cette porte, vous ne voulez pas l'ouvrir ! Voyez pourtant comme je suis soumis ! ce soir j'aurais pu essayer d'entrer avec vous dans votre chambre... je ne l'ai pas fait.

— Vous êtes soumis par deux raisons .. D'abord, parce que vous savez qu'ayant, par une nécessité de ma vie errante, pris l'habitude de porter un stylet... je manie d'une main ferme ce bijou venimeux, plus acéré que la dent d'une vipère... vous savez aussi que du jour où j'aurais à me plaindre de vous, je quitterais à jamais cette maison, vous laissant mille fois plus épris encore... puisque vous avez bien voulu faire la grâce à votre indigne servante de vous éprendre d'elle.

— Ma servante ! c'est moi qui suis votre esclave... votre esclave moqué, méprisé...

— C'est assez vrai...

— Et cela... ne vous touche pas ?

— Cela me distrait... Les journées... et surtout les nuits... sont si longues !

— Oh ! la maudite !

— Non, sérieusement, vous avez l'air si complétement égaré, vos traits s'altèrent si sensiblement, que j'en suis flattée... C'est un pauvre triomphe ; mais vous êtes seul ici....

— Entendre cela... et ne pouvoir que se consumer dans une rage impuissante !

— Avez-vous peu d'intelligence !!! jamais, peut-être... je ne vous ai rien dit de plus tendre...

— Raillez... raillez...

— Je ne raille pas ; je n'avais pas encore vu d'homme de votre âge... amoureux à votre façon... et il faut en convenir, un homme jeune et beau serait incapable d'une de ces passions enragées. Un Adonis s'admire autant qu'il nous admire... il aime du bout des dents... et puis le favoriser... quoi de plus simple ?... cela lui est dû... à peine en est-il reconnaissant ; mais favoriser un homme comme vous, mon maître... oh ! ce serait le ravir de la terre au ciel, ce serait combler ses rêves les plus insensés, ses espérances les plus impossibles ! Car enfin l'être qui vous dirait : Vous aimez Cecily éperdument ; si je le veux, elle sera à vous dans une seconde... vous croiriez cet être doué d'une puissance surnaturelle... n'est-ce pas, cher maître ?

— Oui, oh ! oui...

— Eh bien ! si vous saviez me mieux convaincre de votre passion, j'aurais peut-être la bizarre fantaisie de jouer auprès de moi-même, en votre faveur... ce rôle surnaturel. Comprenez-vous ?

— Je comprends que vous me raillez encore... toujours, et sans pitié...

— Peut-être... la solitude fait naître de si étranges fantaisies !...

L'accent de Cecily avait jusqu'alors été sardonique ; mais elle dit ces derniers mots avec une expression sérieuse, réfléchie, et les accompagna d'un long coup d'œil qui fit tressaillir le notaire.

— Taisez-vous... ne me regardez pas ainsi, vous me rendrez fou... j'aimerais mieux que vous me dissiez *jamais*... au moins je pourrais vous abhorrer, vous chasser de ma maison — s'écria Jacques Ferrand, qui s'abandonnait encore à une vaine espérance. — Oui, car je n'attendrais rien de vous. Mais malheur ! malheur ! je vous connais maintenant assez... pour espérer, malgré moi, qu'un jour je devrai peut-être à votre désœuvrement ou à un de vos dédaigneux caprices ce que je n'obtiendrai jamais de votre amour... Vous me dites de vous convaincre de ma passion ; ne voyez-vous pas combien je suis malheureux, mon Dieu ?... Je fais pourtant tout ce que je peux pour vous plaire. Vous voulez être cachée à tous les yeux, je vous cache à tous les yeux, peut-être au risque de me compromettre gravement ; car, enfin, moi, je ne sais pas qui vous êtes... je respecte votre secret... je ne vous en parle jamais... Je vous ai interrogée sur votre vie passée... vous ne m'avez pas répondu...

— Eh bien ! j'ai eu tort ; je vais vous donner une marque de confiance aveugle, ô mon maître... écoutez-moi donc.

— Encore une plaisanterie amère, n'est-ce pas ?

— Non... c'est très-sérieux... Il faut au moins que vous connaissiez la vie de celle à qui vous donnez une si généreuse hospitalité... — Et Cecily ajouta d'un ton de componction hypocrite et larmoyante : — Fille d'un brave soldat, frère de ma tante Pipelet, j'ai reçu une éducation au-dessus de mon état ; j'ai été séduite, puis abandonnée par un jeune homme riche. Alors, pour échapper au courroux de mon vieux père, intraitable sur l'honneur, j'ai fui mon pays natal... — Puis, éclatant de rire, Cecily ajouta : — Voilà, j'espère, une petite histoire très-présentable et surtout très-probable, car elle a été souvent racontée. Amusez toujours votre curiosité avec cela, en attendant quelque révélation plus piquante.

— J'étais bien sûr que c'était une cruelle plaisanterie — dit le notaire avec une rage concentrée. — Rien ne vous touche... rien... que faut-il faire ? parlez donc au moins. Je vous sers comme le dernier des valets ; pour vous je néglige mes plus chers intérêts ; je ne sais plus ce que je fais... je suis un sujet de surprise, de risée pour mes clercs... mes clients hésitent à me laisser leurs affaires... j'ai rompu avec quelques personnes pieuses que je voyais... je n'ose penser à ce que dit le public de ce renversement de toutes mes habitudes... Mais vous ne savez pas, non, vous ne savez pas les funestes conséquences que ma folle passion peut avoir pour moi... Voilà cependant des preuves de dévouement, des sacrifices... En voulez-vous d'autres ?... parlez !... Est-ce de l'or qu'il vous faut !... On me croit plus riche que je ne le suis... mais je...

— Que voulez-vous que je fasse maintenant de votre or ? — dit Cecily en interrompant le notaire et en haussant les épaules ; — pour habiter cette chambre... à quoi bon de l'or ?... Vous êtes peu inventif !

— Mais ce n'est pas ma faute, à moi, si vous êtes prisonnière... Cette chambre vous déplaît-elle ?... la voulez-vous plus magnifique ?... parlez.. ordonnez...

— A quoi bon, encore une fois ?... à quoi bon ?... Oh ! si je devais y attendre un être adoré... brûlant de l'amour qu'il inspire et qu'il partage, je voudrais de l'or, de la soie, des fleurs, des parfums, toutes les merveilles du luxe ; rien de trop somptueux, de trop enchanteur pour servir de cadre à mes ardentes amours — dit Cecily avec un accent passionné... qui fit bondir le notaire.

— Eh bien ! ces merveilles de luxe... dites un mot, et...

— A quoi bon ? à quoi bon ? Que faire d'un cadre sans tableau ?... Et l'être adoré... où serait-il... ô mon maître !

— C'est vrai !... — s'écria le notaire avec amertume. — Je suis vieux... je suis laid... je ne peux inspirer que le dégoût et l'aversion... Elle m'accable de mépris... elle se joue de moi... et je n'ai pas la force de la chasser... Je n'ai que la force de souffrir.

— Oh ! l'insupportable pleurard , oh ! le niais personnage avec ses do-léances ! — s'écria Cecily d'un ton sardonique et méprisant ; — il ne sait que gémir, que se désespérer... et il est depuis dix jours... enfermé seul avec une jeune femme... au fond d'une maison déserte...

— Mais cette femme me dédaigne... mais cette femme est armée... mais cette femme est enfermée !... — s'écria le notaire avec fureur.

— Eh bien ! surmonte les dédains de cette femme ; fais tomber son poignard de sa main ; contrains-la à ouvrir cette porte qui te sépare d'elle... et cela non par la force brutale .. elle serait impuissante.

— Et comment alors ?

— Par la force de ta passion...

— La passion... et puis-je en inspirer , mon Dieu ?

— Tiens, tu n'es qu'un notaire doublé de sacristain... tu me fais pitié... Est-ce à moi à t'apprendre ton rôle ?... Tu es laid... sois terrible : on oubliera ta laideur. Tu es vieux... sois énergique : on oubliera ton âge. Tu es repous-sant... sois menaçant. Puisque tu ne peux être le noble cheval qui hennit fiè-rement au milieu de ses cavales amoureuses... ne sois pas du moins le stu-pide chameau qui plie les genoux et tend le dos... sois tigre... un vieux tigre qui rugit au milieu du carnage a encore sa beauté... sa tigresse lui répond du fond du désert...

A ce langage qui n'était pas sans une sorte d'éloquence naturelle et hardie, Jacques Ferrand tressaillit, frappé de l'expression sauvage, presque féroce, des traits de Cecily. qui, le sein gonflé, la narine ouverte, la bouche insolente, attachait sur lui ses grands yeux noirs et brûlants.

Jamais elle ne lui avait paru plus belle... — Parlez, parlez encore — s'écria-t-il avec exaltation — vous parlez sérieusement cette fois... Oh ! si je pouvais...

— On peut ce qu'on veut — dit brusquement Cecily.

— Mais...

— Mais je te dis que, si vieux , si repoussant que tu sois... je voudrais être à ta place , et avoir à séduire une femme belle , ardente et jeune, que la soli-tude m'aurait livrée , une femme qui comprend tout .. parce qu'elle est peut-être capable de tout... oui, je la séduirais. Et, une fois ce but atteint, ce qui aurait été contre moi... tournerait à mon avantage..... Quel orgueil, quel triomphe de se dire : J'ai su me faire pardonner mon âge et ma laideur ! L'a-mour qu'on me témoigne, je ne le dois pas à la pitié, à un caprice dépravé : je le dois à mon esprit, à mon audace, à mon énergie... je le dois enfin à ma passion effrénée .. Oui , et maintenant ils seraient là de beaux jeunes gens, brillants de grâce et de charme, que cette femme si belle, que j'ai vaincue par les preuves sans bornes d'une passion effrénée, n'aurait pas un regard pour eux; non... car elle saurait que ces élégants efféminés craindraient de compromettre le nœud de leur cravate ou une boucle de leur chevelure pour obéir à un de ses ordres fantasques... tandis qu'elle jetterait son mouchoir au milieu des flammes, que, sur un signe d'elle, son vieux tigre se précipiterait dans la fournaise avec un rugissement de joie.

— Oui, je le ferais!... Essayez, essayez! — s'écria Jacques Ferrand de plus en plus exalté.

Cecily continua en s'approchant davantage du guichet et en attachant sur Jacques Ferrand un regard fixe et pénétrant. — Car cette femme saurait bien — reprit la créole — qu'elle aurait un caprice exorbitant à satisfaire... que ces beaux-fils regarderaient à leur argent s'ils en avaient, ou, s'ils n'en avaient pas, à une bassesse... tandis que son vieux tigre..

— Ne regarderait à rien... lui... entendez-vous? à rien... Fortune... honneur... il saurait tout sacrifier, lui!...

— Vrai?... — dit Cecily en posant ses doigts charmants sur les doigts osseux et velus de Jacques Ferrand, dont les mains crispées, passant au travers du guichet, étreignaient l'épaisseur de la porte.

Pour la première fois il sentait le contact de la peau fraîche et polie de la créole. Il devint plus pâle encore, poussa une sorte d'aspiration rauque.

— Comment cette femme ne serait-elle pas ardemment passionnée? — ajouta Cecily. — Aurait-elle un ennemi... que, le désignant du regard à son vieux tigre... elle lui dirait : Frappe... et...

— Et il frapperait... — s'écria Jacques Ferrand en tâchant d'approcher du bout des doigts de Cecily ses lèvres desséchées.

— Vrai?... le vieux tigre frapperait? — dit la créole en appuyant doucement sa main sur la main de Jacques Ferrand.

— Pour te posséder — s'écria le misérable — je crois que je commettrais un crime...

— Tiens, maître... — dit tout à coup Cecily en retirant sa main — à ton tour, va-t'en... va-t'en... je ne te reconnais plus; tu ne me parais plus si laid... que tout à l'heure... va-t'en. Elle s'éloigna brusquement du guichet.

La détestable créature sut donner à son geste et à ses dernières paroles un accent de vérité si incroyable, son regard à la fois surpris, brûlant et courroucé semblait exprimer si naturellement son dépit d'avoir un moment oublié la laideur de Jacques Ferrand, que celui-ci, transporté d'une espérance frénétique, s'écria en se cramponnant aux barreaux du guichet :

— Cecily... reviens... reviens... ordonne... je serai ton tigre...

— Non, non, maître... — dit Cecily en s'éloignant de plus en plus du guichet — et pour conjurer le diable qui me tente... je vais chanter une chanson de mon pays... Maître, entends-tu!... au dehors le vent redouble, la tempête se déchaîne... quelle belle nuit pour deux amants, assis côte à côte auprès d'un beau feu pétillant...

— Cecily... reviens!... — cria Jacques Ferrand d'un ton suppliant.

— Non, non, plus tard... quand je le pourrai sans danger... mais la lumière

de cette lampe blesse ma vue… une douce langueur appesantit mes paupières…
je ne sais quelle émotion m'agite… une demi-obscurité me plaira davantage…
on dirait que je suis dans le crépuscule du plaisir… Et Cecily alla vers la cheminée, éteignit la lampe, prit une guitare suspendue au mur, et attisa le feu
dont les flamboyantes lueurs éclairèrent alors cette vaste pièce.

De l'étroit guichet où il se tenait immobile, tel était le tableau qu'apercevait Jacques Ferrand :

Au milieu de la zone lumineuse formée par les tremblantes clartés du foyer,
Cecily, dans une pose pleine de mollesse et d'abandon, à demi couchée sur un
vaste divan de damas grenat, tenait une guitare dont elle tirait quelques harmonieux préludes. Le foyer embrasé jetait ses reflets vermeils sur la créole,
qui apparaissait ainsi vivement éclairée, au milieu de l'obscurité du reste de la
chambre.

Pour compléter l'effet de ce tableau, que le lecteur se rappelle l'aspect
mystérieux, presque fantastique, d'un appartement où la flamme de la cheminée lutte contre les grandes ombres noires qui tremblent au plafond et sur
les murailles…

L'ouragan redoublait de violence, on l'entendait mugir au dehors.

Tout en préludant sur sa guitare, Cecily attachait opiniâtrément son regard
magnétique sur Jacques Ferrand, qui, fasciné, ne la quittait pas des yeux.

— Tenez, maître — dit la créole — écoutez une chanson de mon pays ;

nous ne savons pas faire de vers, nous disons un simple récitatif sans rimes, et entre chaque repos nous improvisons, tant bien que mal, une cantilène appropriée à l'idée du couplet ; c'est très-naïf et très-pastoral, cela vous plaira, j'en suis sûre, maître... Cette chanson s'appelle *la Femme amoureuse ;* c'est elle qui parle.

Et Cecily commença une sorte de récitatif bien plus accentué par l'expression de la voix que par la modulation du chant. Quelques accords doux et frémissants servaient d'accompagnement. Telle était la chanson de Cecily :

Des fleurs, partout des fleurs...
Mon amant va venir ! L'attente du bonheur et me brise et m'énerve.
Adoucissons l'éclat du jour, la volupté cherche une ombre transparente...
Au frais parfum des fleurs mon amant préfère ma chaude haleine...
L'éclat du jour ne blessera pas ses yeux, car ses paupières, sous mes baisers, resteront closes.
Mon ange, oh ! viens... mon sein bondit, mon sang brûle...
Viens... viens... viens...

Ces paroles, dites avec autant d'ardeur impatiente que si la créole se fût adressée à un amant invisible, furent ensuite pour ainsi dire traduites par elle dans un thème d'une mélodie enchanteresse ; ses doigts charmants tiraient de sa guitare, instrument ordinairement peu sonore, des vibrations pleines d'une suave harmonie. La physionomie animée de Cecily, ses yeux voilés, humides, toujours attachés sur ceux de Jacques Ferrand, exprimaient les brûlantes langueurs de l'attente. Paroles amoureuses, musique enivrante, regards enflammés, beauté sensuellement idéale, au dehors le silence, la nuit... tout concourait en ce moment à égarer la raison de Jacques Ferrand. Aussi, éperdu, s'écria-t-il :

— Grâce... Cecily !... grâce !... c'est à en perdre la tête !... Tais-toi, c'est à mourir !.. Oh ! je voudrais être fou !...

— Écoutez donc le second couplet, maître — dit la créole en préludant de nouveau. Et elle continua son récitatif passionné :

Si mon amant était là et que sa main effleurât mon épaule nue, je me sentirais frissonner et mourir...
S'il était là... et que ses cheveux effleurassent ma joue, ma joue si pâle deviendrait pourpre...
Ma joue si pâle serait en feu...
Âme de mon âme, si tu étais là... mes lèvres desséchées, mes lèvres avides ne diraient pas une parole...
Vie de ma vie, si tu étais là, ce n'est pas moi qui, expirante... demanderais grâce..
Ceux que j'aime comme je t'aime... je les tue...
Mon ange, oh ! viens... mon sein bondit... mon sang brûle...
Viens... viens... viens...

Si la créole avait accentué la première strophe avec une langueur voluptueuse, elle mit dans ses dernières paroles tout l'emportement de l'amour antique. Et comme si la musique eût été impuissante à exprimer son fougueux délire, elle jeta sa guitare loin d'elle... et se levant à demi en tendant les bras vers la porte où se tenait Jacques Ferrand, elle répéta d'une voix éperdue, mourante.. — *Oh ! viens... viens... viens...*

Peindre le regard électrique dont elle accompagna ces paroles serait impossible... Jacques Ferrand poussa un cri terrible.

— Oh ! la mort... la mort à celui que tu aimerais ainsi... à qui tu dirais ces paroles brûlantes ! s'écria-t-il en ébranlant la porte dans un emportement de jalousie et d'ardeur furieuse. — Oh! ma fortune... ma vie pour une minute de cette volupté dévorante... que tu peins en traits de flamme.

Souple comme une panthère, d'un bond Cecily fut au guichet; et comme si elle eût difficilement concentré ses feints transports, elle dit à Jacques Ferrand d'une voix basse, concentrée, palpitante :

— Eh bien!... je te l'avoue... je me suis embrasée moi-même... aux ardentes paroles de cette chanson. Je ne voulais pas revenir à cette porte... et m'y voilà revenue... malgré moi... car j'entends encore tes paroles de tout à l'heure : *Si tu me disais frappe... je frapperais...* Tu m'aimes donc bien?

— Veux-tu... de l'or... tout mon or?...

— Non... j'en ai...

— As-tu un ennemi?... je le tue.

— Je n'ai pas d'ennemi...

— Veux-tu être ma femme?... je t'épouse...

— Je suis mariée!...

— Mais que veux-tu donc alors? mon Dieu!... que veux-tu donc?...

— Prouve-moi que ta passion pour moi est aveugle, furieuse, que tu lui sacrifierais tout!...

— Tout! oui, tout! mais comment?

— Je ne sais... mais il y a un instant l'éclat de tes yeux m'a éblouie... Si à cette heure tu me donnais une de ces marques d'amour forcené qui exaltent l'imagination d'une femme jusqu'au délire... je ne sais pas de quoi je serais capable!... Hâte-toi! je suis capricieuse; demain l'impression de tout à l'heure sera peut-être effacée.

— Mais quelle preuve puis-je te donner ici, à l'instant? — cria le misérable en se tordant les mains. — C'est un supplice atroce! Quelle preuve?... dis, quelle preuve?

— Tu n'es qu'un sot! — répondit Cecily en s'éloignant du guichet avec une apparence de dépit dédaigneux et irrité. — Je me suis trompée! je te croyais capable d'un dévouement énergique!... Bonsoir... C'est dommage...

— Cecily... oh! ne t'en va pas... reviens... Mais que faire?... dis-le-moi au moins. Oh! ma tête s'égare... que faire? mais que faire?

— Cherche...

— Mon Dieu! mon Dieu!

— Je n'étais que trop disposée à me laisser séduire, si tu l'avais voulu... Tu ne retrouveras pas une occasion pareille.

— Mais enfin... on dit ce qu'on veut! — s'écria le notaire presque insensé.

— Devine...

— Explique-toi... ordonne...

— Eh! si tu me désirais aussi passionnément que tu le dis... tu trouverais le moyen de me persuader... Bonsoir...

— Cecily!...

— Je vais fermer ce guichet... au lieu d'ouvrir cette porte...

— Grâce ! écoute...

— Un moment j'avais pourtant cru que ma tête se montait... ce foyer s'é-
teint... l'obscurité serait venue... je n'aurais plus songé qu'à ton dévouement ;
alors ce verrou... mais, non... tu ne veux pas... oh ! tu ne sais pas ce que tu
perds... Bonsoir, saint homme...

— Cecily... écoute... reste... j'ai trouvé... — s'écria Jacques Ferrand après
un moment de silence et avec une explosion de joie impossible à rendre.

Le misérable fut alors frappé de vertige. Une vapeur impure obscurcit son
intelligence ; livré aux appétits aveugles et furieux de la brute, il perdit toute
prudence... toute réserve... l'instinct de sa conservation morale l'abandonna...

— Eh bien ! cette preuve de ton amour ? — dit la créole, qui, s'étant rap-
prochée de la cheminée pour y prendre son poignard, revint lentement près
du guichet, doucement éclairée par la lueur du foyer... Puis, sans que le notaire s'en aperçût, elle s'assura du jeu d'une chaînette de fer qui reliait deux
pitons, dont l'un était vissé dans la porte, l'autre dans le chambranle.

— Écoute — dit Jacques Ferrand d'une voix rauque et entrecoupée —
écoute... si je mettais mon honneur... ma fortune... ma vie à ta merci... là...
à l'instant... croirais-tu que je t'aime ? Cette preuve de folle passion te suffi-
rait-elle, dis ?

— Ton honneur... ta fortune... ta vie ?... je ne te comprends pas.

— Si je te livre un secret qui peut me faire monter sur l'échafaud, seras-tu
à moi !

— Toi .. criminel ? tu railles... et ton austérité ?

— Mensonge...

— Ta probité ?

— Mensonge...

— Ta piété ?

— Mensonge...

— Tu passes pour un saint, et tu serais un démon... tu te vantes... Non,
il n'y a pas d'homme assez habilement rusé, assez froidement énergique,
assez heureusement audacieux pour capter ainsi la confiance et le respect des
hommes... Ce serait un sarcasme infernal, un épouvantable défi jeté à la face
de la société !

— Je suis cet homme... J'ai jeté ce sarcasme et ce défi à la face de la société
— s'écria le monstre dans un accès d'épouvantable orgueil.

— Jacques !... Jacques !... ne parle pas ainsi — dit Cecily d'une voix stri-
dente et le sein palpitant — tu me rendrais folle...

— Ma tête pour tes caresses... veux-tu ?

— Ah ! voilà donc de la passion enfin !... — s'écria Cecily. — Tiens...
prends mon poignard... tu me désarmes...

Jacques Ferrand prit, à travers le guichet, l'arme dangereuse avec précaution, et la jeta au loin dans le corridor.

— Cecily... tu me crois donc ? — s'écria-t-il avec transport.

— Si je te crois ! — dit la créole en appuyant avec force ses deux mains charmantes sur les mains crispées de Jacques Ferrand. — Oui, je te crois... car je retrouve ton regard de tout à l'heure, ce regard qui m'avait fascinée... Tes yeux étincellent d'une ardeur sauvage. Jacques... je les aime, tes yeux !

— Cecily !!!

— Tu dois dire vrai...

— Si je dis vrai !... Oh ! tu vas voir.

— Ton front est menaçant... ta figure redoutable... Tiens, tu es effrayant et beau comme un tigre en fureur... Mais tu dis vrai, n'est-ce pas !

— J'ai commis des crimes, te dis-je !

— Tant mieux... si par leur aveu tu me prouves ta passion...

— Et si je dis tout ?

— Je t'accorde tout... car si tu as cette confiance aveugle, courageuse... vois-tu, Jacques... ce ne serait plus l'amant idéal de la chanson que j'appellerais. C'est à toi... mon tigre... à toi... que je dirais : Viens... viens... viens...

En disant ces derniers mots avec une expression avide et ardente, Cecily s'approcha si près, si près du guichet, que Jacques Ferrand sentit sur sa joue le souffle embrasé de la créole, et sur ses doigts velus l'impression électrique de ses lèvres fraîches et fermes...

— Oh ! tu seras à moi... je serai ton tigre — s'écria-t-il — et après, si tu le veux, tu me déshonoreras, tu feras tomber ma tête... Mon honneur, ma vie, tout est à toi maintenant...

— Ton honneur ?

— Mon honneur ! Écoute : il y a dix ans, on m'avait confié une enfant et deux cent mille francs qu'on lui destinait ; j'ai abandonné l'enfant, je l'ai fait passer pour morte au moyen d'un faux acte de décès, et j'ai gardé l'argent...

— C'est habile et hardi... qui aurait cru cela de toi ?...

— Écoute encore : je haïssais mon caissier... Un soir, il avait pris chez moi un peu d'or qu'il m'a restitué le lendemain ; mais pour perdre ce misérable, je l'ai accusé de m'avoir volé une somme considérable. On m'a cru, on l'a jeté en prison... Maintenant mon honneur est-il à ta merci ?

— Oh !... tu m'aimes... Jacques... tu m'aimes... Me livrer ainsi tes secrets... quel empire ai-je donc sur toi !... Je ne serai pas ingrate... donne ce front où sont nées tant d'infernales pensées .. que je le baise...

— Oh ! s'écria le notaire en balbutiant — l'échafaud serait là... dressé, que je ne reculerais pas... Écoute encore... cette enfant, autrefois abandonnée, s'est retrouvée sur mon chemin... elle m'inspirait des craintes... je l'ai fait tuer...

— Toi ?... Et comment ?... où cela ? ..

— Il y a peu de jours... près du pont d'Asnières... à l'île du Ravageur... Un nommé Martial l'a noyée dans un bateau à soupape... Voilà-t-il assez de détails !... me croiras-tu ?...

— Oh ! démon... d'enfer... tu m'épouvantes et pourtant tu m'attires... tu me passionnes... Quel est donc ton pouvoir !

— Écoute encore… Avant cela, un homme m'avait confié cent mille écus… je l'ai fait tomber dans un guet-apens… je lui ai brûlé la cervelle… j'ai prouvé qu'il s'était suicidé, et j'ai nié le dépôt que sa sœur réclamait. . Maintenant ma vie est à ta merci… ouvre.

— Jacques… tiens… je t'adore ! — dit la créole avec exaltation.

— Oh ! viennent mille morts… et je les brave ! — s'écria le notaire dans un enivrement impossible à peindre. — Oui, tu avais raison, je serais jeune, charmant, que je n'éprouverais pas cette joie triomphante… La clef ! jette-moi la clef !… tire le verrou…

La créole ôta la clef de la serrure, fermée en dedans, et la donna au notaire par le guichet, en lui disant éperdument : — Jacques… je suis folle !…

— Tu es à moi enfin ! — s'écria-t-il avec un rugissement sauvage, en faisant précipitamment tourner le pêne de la serrure.

Mais la porte, fermée au verrou, ne s'ouvrit pas encore.

— Viens, mon tigre ! viens… — dit Cecily d'une voix mourante.

— Le verrou… le verrou. . — s'écria Jacques Ferrand.

— Mais si tu me trompais… — s'écria tout à coup la créole — si ces secrets… tu les inventais… pour te jouer de moi…

Le notaire resta un moment frappé de stupeur ; il se croyait au terme de ses vœux ; ce dernier temps d'arrêt mit le comble à son impatiente furie. Il porta rapidement la main à sa poitrine, ouvrit son gilet, rompit avec violence une chaînette d'acier à laquelle était suspendu un petit portefeuille rouge, le prit, et le montrant par le guichet à Cecily, il lui dit d'une voix oppressée, haletante :

— Voilà de quoi faire tomber ma tête… tire le verrou… le portefeuille est à toi…

— Donne, mon tigre… — s'écria Cecily. Et tirant bruyamment le verrou d'une main, de l'autre elle saisit le portefeuille…

Mais Jacques Ferrand ne le lui abandonna qu'au moment où il sentit la porte céder sous son effort… Mais si la porte céda… elle ne fit que s'entrebâiller de la largeur d'un demi-pied environ, retenue qu'elle était à la hauteur de la serrure par la chaîne et les pitons.

A cet obstacle imprévu, Jacques Ferrand se précipita contre la porte et l'ébranla d'un effort désespéré.

Cecily, avec la rapidité de la pensée, prit le portefeuille entre ses dents, ouvrit la croisée, jeta dans la cour un manteau, et aussi leste que hardie, se servant d'une corde à nœuds fixée à l'avance au balcon, elle se laissa glisser du premier étage dans la cour, rapide et légère comme une flèche qui tombe à terre… Puis, s'enveloppant à la hâte dans le manteau, elle courut à la loge du portier, l'ouvrit, tira le cordon, sortit dans la rue et sauta dans une voiture qui, depuis l'entrée de Cecily chez Jacques Ferrand, venait chaque soir, à tout événement, par ordre du baron de Graün, stationner à vingt pas de la maison du notaire… Cette voiture partit au grand trot de deux vigoureux chevaux. Elle atteignit le boulevard avant que Jacques Ferrand se fût aperçu de la fuite de Cecily

Revenons à ce monstre...

Par l'entrebâillement de la porte, il ne pouvait apercevoir la fenêtre dont la créole s'était servie pour préparer et assurer sa fuite... D'un dernier coup furieux de ses larges épaules, Jacques Ferrand fit éclater la chaîne qui tenait la porte entr'ouverte... Il se précipita dans la chambre... Il ne trouva personne...

La corde à nœuds se balançait encore au balcon de la croisée où il se pencha... Alors, de l'autre côté de la cour, à la clarté de la lune qui se dégageait des nuages amoncelés par l'ouragan, il vit, dans l'enfoncement de la voûte d'entrée, la porte-cochère ouverte.

Jacques Ferrand devina tout... Une dernière lueur d'espoir lui restait.

Vigoureux et déterminé, il enjamba le balcon, se laissa glisser à son tour dans la cour au moyen de la corde et sortit en hâte de sa maison.

La rue était déserte... Il ne vit personne. Il n'entendit d'autre bruit que le roulement lointain de la voiture qui emportait rapidement la créole.

Le notaire pensa que c'était quelque carrosse attardé, et n'attacha aucune attention à cette circonstance.

Ainsi, pour lui aucune chance de retrouver Cecily, qui emportait avec elle la preuve de ses crimes !!! A cette épouvantable certitude, il tomba foudroyé sur une borne placée à sa porte. Il resta long-temps là, muet, immobile, pétrifié.

Les yeux fixes, hagards, les dents serrées, la bouche écumante, labourant machinalement de ses ongles sa poitrine qu'il ensanglantait, il sentait sa pensée s'égarer et se perdre dans un abîme sans fond.

Lorsqu'il sortit de sa stupeur, il marchait pesamment et d'un pas mal assuré ; les objets vacillaient à sa vue comme s'il sortait d'une ivresse profonde...

Il ferma violemment la porte de la rue et rentra dans sa cour...

La pluie avait cessé.

Le vent, continuant de souffler avec force, chassait de lourdes nuées grises qui voilaient, sans l'obscurcir, la clarté de la lune dont la lumière blafarde éclairait la maison.

Un peu calmé par l'air vif et froid de la nuit, Jacques Ferrand, espérant combattre son agitation intérieure par la précipitation de sa marche, s'enfonça dans les allées boueuses de son jardin, marchant à pas rapides, saccadés, et de temps à autre portant à son front ses deux poings crispés...

Allant ainsi au hasard, il arriva au bout d'une allée, près d'une serre en ruines.

Tout à coup il trébucha violemment contre un amas de terre fraîchement remuée.

Il se baissa, regarda machinalement et vit quelques linges ensanglantés.

Il se trouvait près de la fosse que Louise Morel avait creusée pour y cacher son enfant mort...

Son enfant... qui était aussi celui de Jacques Ferrand...

Malgré son endurcissement, malgré les effroyables craintes qui l'agitaient... Jacques Ferrand frissonna d'épouvante...

Il y avait quelque chose de fatal... dans ce rapprochement...

Poursuivi par la punition vengeresse de sa LUXURE, le hasard le ramenait sur la fosse de son enfant... malheureux fruit de sa violence et de sa LUXURE.

Dans toute autre circonstance, Jacques Ferrand eût foulé cette sépulture avec une indifférence atroce ; mais ayant épuisé son énergie sauvage dans la scène que nous avons racontée, il se sentit saisi d'une faiblesse et d'une terreur soudaine...

Son front s'inonda d'une sueur glacée, ses genoux tremblants se dérobèrent sous lui, et il tomba sans mouvement à côté de cette tombe ouverte.

CHAPITRE XXVI.

LA FORCE.

Peut-être nous accusera-t-on, à propos de l'extension donnée aux scènes suivantes, de porter atteinte à l'*unité* de notre fable par quelques tableaux épisodiques; mais il nous semble que dans ce moment surtout, où d'importantes questions pénitentiaires, questions qui touchent au vif de l'état social, sont à la veille d'être, sinon résolues (nos législateurs s'en garderont bien), du moins discutées, il nous semble que l'intérieur d'une prison, effrayant pandémonium, lugubre *thermomètre* de la *civilisation*, serait une étude opportune... En un mot, les physionomies variées des détenus de toutes classes, les relations de famille ou d'affection qui les rattachent encore au monde dont les murs de la prison les séparent, nous ont paru dignes d'intérêt.

On nous excusera donc d'avoir groupé autour de plusieurs prisonniers, personnages connus de cette histoire, d'autres figures secondaires, destinées à mettre en action, en relief, certaines idées critiques, et à compléter cette initiation à la *vie de prison*.

. . . .

Entrons à LA FORCE. Rien de sombre, rien de sinistre dans l'aspect de cette maison de détention, située rue du Roi-de-Sicile, au Marais.

Au milieu de l'une des premières cours, on voit quelques massifs de terre, plantés d'arbustes au pied desquels pointent déjà çà et là les pousses vertes et précoces des primevères et des perce-neige; un perron surmonté d'un porche en treillage, où serpentent les rameaux noueux de la vigne, conduit à l'un des sept ou huit promenoirs destinés aux détenus.

Les vastes bâtiments qui entourent ces cours ressemblent beaucoup à ceux d'une caserne ou d'une manufacture tenue avec un soin extrême.

Ce sont de grandes façades de pierre blanche percées de hautes et larges fenêtres où circule abondamment un air vif et pur. Les dalles et le pavé des préaux sont d'une scrupuleuse propreté. Au rez-de-chaussée, de vastes salles chauffées pendant l'hiver, fraîchement aérées pendant l'été, servent durant le jour de lieu de conversation, d'atelier ou de réfectoire aux détenus.

Les étages supérieurs sont consacrés à d'immenses dortoirs de dix ou douze pieds d'élévation, au carrelage net et luisant; deux rangées de lits de fer les garnissent, lits excellents, composés d'une paillasse, d'un moelleux et épais matelas, d'un traversin, de draps de toile bien blanche et d'une chaude couverture de laine.

A la vue de ces établissements réunissant toutes les conditions du bien-être
et de la salubrité, on reste malgré soi fort surpris, habitué que l'on est à regarder les prisons comme des antres tristes, sordides, malsains et ténébreux.

On se trompe. Ce qui est triste, sordide et ténébreux, ce sont les bouges
où, comme Morel le lapidaire, tant de pauvres et honnêtes ouvriers languissent
épuisés, forcés d'abandonner leur grabat à leur femme infirme, et de laisser
avec un impuissant désespoir leurs enfants hâves, affamés, grelotter de froid
dans leur paille infecte.

Même contraste entre la physionomie de l'habitant de ces deux demeures.

Incessamment préoccupé des besoins de sa famille, auxquels il suffit à peine
au jour le jour, voyant une folle concurrence amoindrir son salaire, l'artisan
laborieux sera chagrin, abattu; l'heure du repos ne sonnera pas pour lui, une
sorte de lassitude somnolente interrompra seule son travail exagéré... Puis, au
réveil de ce douloureux assoupissement il se retrouvera face à face avec les
mêmes pensées accablantes sur le présent, avec les mêmes inquiétudes pour
le lendemain.

Bronzé par le vice, indifférent au passé, heureux de la vie qu'il mène, certain de l'avenir (il peut se l'assurer par un délit ou par un crime), regrettant
la liberté sans doute, mais trouvant de larges compensations dans le bien être
matériel dont il jouit, certain d'emporter à sa sortie de prison une bonne
somme d'argent, gagnée par un labeur commode et modéré; estimé, c'est-à-
dire redouté de ses compagnons en raison de son cynisme et de sa perversité,
le condamné, au contraire, sera toujours insouciant et gai.

Encore une fois, que lui manque-t-il? Ne trouve-t-il pas en prison un bon
abri, bon lit, bonne nourriture, salaire élevé[1], travail facile, et surtout et
avant tout *société de son choix*, société, répétons-le, qui mesure sa considération à la grandeur des forfaits?

Un condamné endurci ne connaît donc ni la misère, ni la faim, ni le froid.
Que lui importe l'horreur qu'il inspire aux honnêtes gens? Il ne les voit pas,
il n'en connaît pas. Ses crimes font sa gloire, son influence, sa force auprès
des bandits au milieu desquels il passera désormais sa vie.

Comment craindrait-il la honte? Au lieu de graves et charitables remon-
trances qui pourraient le forcer à rougir et à se repentir du passé, il entend de
farouches applaudissements qui l'encouragent au vol et au meurtre.

A peine emprisonné, il médite de nouveaux forfaits. Quoi de plus logique?

S'il est découvert, arrêté derechef, il retrouvera le repos, le bien-être matériel de la prison, et ses joyeux et hardis compagnons de crime et de débauche... Sa corruption est-elle moins grande que celle des autres, manifeste-t-il,
au contraire, le moindre remords; il est exposé à des railleries atroces, à des
huées infernales, à des menaces terribles.

Enfin, chose si rare qu'elle est devenue l'exception de la règle, un con-

---

[1] Salaire élevé, si l'on songe que, défrayé de tout, le condamné peut gagner de 5 à 10 sous par jour. Combien
est-il d'ouvriers qui puissent économiser une telle somme?

damné sort-il de cet épouvantable pandémonium avec la volonté ferme de revenir au bien par des prodiges de travail, de courage, de patience et d'honnêteté, a-t-il pu cacher son infamant passé ; la rencontre d'un de ses anciens camarades de prison suffit pour renverser cet échafaudage de réhabilitation si péniblement élevé. Voici comment :

Un libéré endurci propose une *affaire* à un libéré repentant ; celui-ci, malgré de dangereuses menaces, refuse cette criminelle association ; aussitôt une délation anonyme dévoile la vie de ce malheureux qui voulait à tout prix cacher et expier une première faute par une conduite honorable.

Alors, exposé aux dédains ou au moins à la défiance de ceux dont il avait conquis l'intérêt à force de labeur et de probité, réduit à la détresse, aigri par l'injustice, égaré par le besoin, cédant enfin à de funestes obsessions, cet homme, presque réhabilité, retombera encore et pour toujours au fond de l'abîme d'où il était si difficilement sorti.

Dans les scènes suivantes nous tâcherons donc de démontrer les monstrueuses et inévitables conséquences *de la réclusion en commun*.

Après des siècles d'épreuves barbares, d'hésitations pernicieuses, on paraît comprendre qu'il est peu raisonnable de plonger dans une atmosphère abominablement viciée des gens qu'un air pur et salubre pourrait seul sauver.

Que de siècles pour reconnaître qu'en agglomérant les êtres gangrenés, on redouble l'intensité de leur corruption, qui devient ainsi incurable !

Que de siècles pour reconnaître qu'il n'est, en un mot, qu'un remède à cette lèpre envahissante qui menace le corps social !... L'ISOLEMENT !

Nous nous estimerions heureux si notre faible voix pouvait être, sinon comptée, du moins entendue parmi toutes celles qui, plus imposantes, plus éloquentes que la nôtre, demandent, avec une si juste et si impatiente insistance, l'application complète, absolue, *du système cellulaire*.

Un jour aussi, peut-être, la société saura que le mal est une maladie accidentelle et non pas organique ; que les crimes sont presque toujours des faits de subversion d'instincts, de penchants toujours bons dans leur essence, mais faussés, mais maléficiés par l'ignorance, l'égoïsme ou l'incurie des gouvernants, et que la santé de l'âme, comme celle du corps, est invinciblement subordonnée aux lois d'une hygiène salubre et préservatrice.

Dieu donne à tous des organes impérieux, des appétits énergiques, le désir du bien-être ; c'est à la société d'équilibrer et de satisfaire ces besoins.

L'homme qui n'a en partage que force, bon vouloir et santé, a *droit*, souverainement droit, à un labeur justement rétribué, qui lui assure, non le superflu, mais le nécessaire, mais le moyen de rester sain et robuste, actif et laborieux... partant honnête et bon, parce que sa condition sera heureuse.

Les sinistres régions de la misère et de l'ignorance sont peuplées d'êtres morbides, aux cœurs flétris. Assainissez ces cloaques, répandez-y l'instruction, l'attrait du travail, d'équitables salaires, de justes récompenses ; et aussitôt ces visages maladifs, ces âmes étiolées renaîtront au bien, qui est la santé, la vie de l'âme.

. . . .

Nous conduirons le lecteur au parloir de la prison de *la Force.*

C'est une salle obscure, séparée dans sa longueur en deux parties égales par un étroit couloir à claires-voies. L'une des parties de ce parloir communique à l'intérieur de la prison : elle est destinée aux détenus. L'autre communique au greffe : elle est destinée aux étrangers admis à visiter les prisonniers.

Ces entrevues et ces conversations ont lieu à travers le double grillage de fer du parloir, en présence d'un gardien qui se tient dans l'intérieur et à l'extrémité du couloir.

L'aspect des prisonniers réunis au parloir ce jour-là offrait de nombreux contrastes : les uns étaient couverts de vêtements misérables, d'autres semblaient appartenir à la classe ouvrière, ceux-ci à la riche bourgeoisie.

Les mêmes contrastes de condition se remarquaient parmi les personnes qui venaient voir les détenus : presque toutes sont des femmes.

Généralement, les prisonniers ont l'air moins tristes que les visiteurs ; car, chose étrange, funeste et prouvée par l'expérience, il est peu de chagrins, de hontes, qui résistent à trois ou quatre jours *de prison passés en commun!*

Ceux qui s'épouvantaient le plus de cette hideuse communion s'y habituent promptement ; la contagion les gagne : environnés d'êtres dégradés, n'entendant que des paroles infâmes, une sorte de farouche émulation les entraîne, et, soit pour imposer à leurs compagnons en luttant de cynisme avec eux, soit pour s'étourdir par cette ivresse morale, presque toujours les nouveaux venus affichent autant de dépravation et d'insolente gaieté que les *habitués* de la prison.

Revenons au parloir.

Malgré le bourdonnement sonore d'un grand nombre de conversations tenues à demi-voix d'un côté du couloir à l'autre, prisonniers et visiteurs finissaient, après quelque temps de pratique, par pouvoir causer entre eux, à la condition absolue de ne pas se laisser un moment distraire ou occuper par l'entretien de leurs voisins, ce qui créait une sorte de secret au milieu de ce bruyant échange de paroles, chacun étant forcé d'entendre son interlocuteur, mais de ne pas écouter un mot de ce qui se disait autour de lui.

Parmi les détenus appelés au parloir par des visiteurs, le plus éloigné de l'endroit où siégeait le gardien était Nicolas Martial. Au morne abattement dont on l'a vu frappé lors de son arrestation avait succédé une assurance cynique. Déjà la contagieuse et détestable influence de la prison *en commun* portait ses fruits.

Sans doute, s'il eût été aussitôt transféré dans une cellule solitaire, ce misérable encore sous le coup de son premier accablement, face à face avec la pensée de ses crimes, épouvanté de la punition qui l'attendait, ce misérable eût éprouvé, sinon du repentir, au moins une frayeur salutaire dont rien ne l'eût distrait.

Et qui sait ce que peut produire chez un coupable une méditation incessante, forcée, sur les crimes qu'il a commis et sur leurs châtiments?...

Loin de là, jeté au milieu d'une tourbe de bandits, aux yeux desquels le moindre signe de repentir est une lâcheté, ou plutôt une *trahison* qu'ils font chèrement expier, car, dans leur sauvage endurcissement, dans leur stupide défiance, ils regardent comme capable de les espionner tout homme (s'il s'en trouve) qui, triste et morne, regrettant sa faute, ne partage pas leur audacieuse insouciance et frémit à leur contact,

Jeté, disons-nous, au milieu de ces bandits, Nicolas Martial, connaissant dès long-temps et par tradition les mœurs des prisons, surmonta sa faiblesse et voulut paraître digne d'un nom déjà célèbre dans les annales du vol et du meurtre.

Quelques vieux repris de justice avaient connu son père le supplicié, d'autres son frère le galérien; il fut reçu et aussitôt patroné par ces vétérans du crime avec un intérêt farouche. Ce fraternel accueil de meurtrier à meurtrier exalta le fils de la veuve; ces louanges données à la perversité héréditaire de sa famille l'enivrèrent. Oubliant bientôt dans ce hideux étourdissement l'avenir qui le menaçait, il ne se souvint de ses forfaits passés que pour s'en glorifier et les exagérer encore aux yeux de ses compagnons.

L'expression de la physionomie de Martial était donc aussi insolente que celle de son visiteur était inquiète et consternée.

Ce visiteur était le père Micou, le recéleur-logeur du passage de la Brasserie, dans la maison duquel madame de Fermont et sa fille, victimes de la cupidité de Jacques Ferrand, avaient été obligées de se retirer.

Le père Micou savait de quelles peines il était passible pour avoir maintes fois acquis à vil prix le fruit des vols de Nicolas et de bien d'autres. Le fils de la veuve étant arrêté, le recéleur se trouvait presque à la discrétion du bandit, qui pouvait le désigner comme son acheteur habituel. Quoique cette accusation ne pût être appuyée de preuves flagrantes, elle n'en était pas moins très-dangereuse, très-redoutable pour le père Micou; aussi avait-il immédiatement exécuté *les ordres* que Nicolas lui avait fait transmettre par un libéré sortant.

— Eh bien! comment ça va-t-il, père Micou! — lui dit le brigand.

— Pour vous servir, mon brave garçon — répondit le recéleur avec empressement. — Dès que j'ai eu vu la personne que vous m'avez envoyée, tout de suite je me...

— Tiens! pourquoi donc que vous ne me tutoyez plus, père Micou! — dit Nicolas en l'interrompant d'un air sardonique. — Est-ce que vous me méprisez .. parce que je suis dans la peine!...

— Non, mon garçon, je ne méprise personne... — dit le recéleur qui ne se souciait pas d'afficher sa familiarité passée avec ce misérable.

— Eh bien! alors dites-moi *tu*... comme d'habitude, ou je croirai que vous n'avez plus d'amitié pour moi, et ça me fendrait le cœur...

— A la bonne heure — dit le père Micou en soupirant. — Je me suis donc occupé tout de suite de tes petites commissions.

— Voilà qui est parlé, père Micou... je savais bien que vous n'oublieriez pas les amis. Et mon tabac ?

— J'en ai déposé deux livres au greffe, mon garçon.

— Il est bon ?

— Tout ce qu'il y a de meilleur.

— Et le jambonneau ?

— Aussi déposé avec un pain blanc de quatre livres, j'y ai ajouté une petite surprise à laquelle tu ne t'attendais pas... une demi-douzaine d'œufs durs et une belle *tête* de Hollande...

— C'est ce qui s'appelle se conduire en ami ! Et du vin ?

— Il y a six bouteilles cachetées, mais tu sais qu'on ne t'en délivrera qu'une bouteille par jour.

— Que voulez-vous !... faut bien en passer par là...

— J'espère que tu es content de moi, mon garçon ?

— Certainement, et je le serai encore, et je le serai toujours, père Micou, car ce jambonneau, ce fromage, ces œufs et ce vin ne dureront que le temps d'avaler... mais, comme dit l'autre, quand il n'y en aura plus, il y en aura encore, grâce au papa Micou, qui me donnera encore du *nanan* si je suis gentil.

— Comment !... tu veux ?...

— Que dans deux ou trois jours vous me renouveliez mes petites provisions, père Micou.

— Que le diable me brûle si je le fais... c'est bon une fois.

— Bon une fois ! allons donc ! des jambons et du vin, c'est bon toujours, vous savez bien ça.

— C'est possible, mais je ne suis pas chargé de te nourrir de friandises.

— Ah ! père Micou !... c'est mal, c'est injuste, me refuser du jambon, à moi qui vous ai si souvent porté du *gras-double* [1].

— Tais-toi donc, malheureux ! — dit le recéleur effrayé.

— Non, j'en ferai juge le *curieux* [2]; je lui dirai : Figurez-vous que le père Micou...

— C'est bon, c'est bon — s'écria le recéleur, voyant avec autant de crainte que de colère Nicolas très-disposé à abuser de l'empire que lui donnait leur complicité — j'y consens... je te renouvellerai ta provision quand elle sera finie.

— C'est juste... rien que juste... Faudra pas non plus oublier d'envoyer du café à ma mère et à Calebasse, qui sont à Saint-Lazare; elles prenaient leur tasse tous les matins... ça leur manquerait...

— Encore ! mais tu veux donc me ruiner, gredin ?...

---

[1] Du plomb volé. — [2] Le juge.

— Comme vous voudrez, père Micou... n'en parlons plus... je demanderai au *curieux* si...

— Va donc pour le café... — dit le recéleur en l'interrompant. — Mais que le diable t'emporte !... maudit soit le jour où je t'ai connu !...

— Mon vieux... moi c'est tout le contraire... dans ce moment, je suis ravi de vous connaître... Je vous vénère comme mon père nourricier.

— J'espère que tu n'as rien de plus à m'ordonner ?... — reprit le père Micou avec amertume.

— Si... tu diras à ma mère et à ma sœur que, si j'ai tremblé quand on m'a arrêté, je ne tremble plus, et que je suis maintenant aussi déterminé qu'elles deux.

— Je leur dirai... Est-ce tout ?

— Attendez donc... J'oubliais de vous demander deux paires de bas de laine bien chauds... vous ne voudriez pas que je m'enrhume, n'est-ce pas ?

— Je voudrais que tu crèves !

— Merci, père Micou, ça sera pour plus tard ; aujourd'hui j'aime autant autre chose... je veux la passer douce... Au moins si on me raccourcit comme mon père... j'aurai joui de la vie.

— Elle est propre, ta vie.

— Elle est superbe !... depuis que je suis ici je m'amuse comme un roi... S'il y avait eu des lampions et des fusées, on aurait illuminé et tiré des fusées en mon honneur, quand on a su que j'étais le fils du fameux Martial, le guillotiné.

— C'est touchant... Belle parenté !

— Tiens ! il y a bien des ducs et des marquis... pourquoi donc que nous n'aurions pas notre noblesse, nous autres ! — dit le brigand avec une ironie farouche.

— Oui... c'est *Charlot* [1] qui vous les donne sur la place du Palais, vos lettres de noblesse...

— Bien sûr que ce n'est pas monsieur le curé ; raison de plus, en prison faut être de la noblesse de *la haute pègre* [2] pour avoir de l'agrément, sans ça on vous regarde comme des rien du tout. Faut voir comme on les arrange, ceux qui ne sont pas *nobles de pègre* et qui font leur tête... Tenez, il y a ici justement un nommé Germain, un petit jeune homme qui fait le dégoûté et qui a l'air de nous mépriser. Gare à sa peau ! c'est un sournois, on le soupçonne d'être un *mouton*. Si ça est, on lui grignotera le nez... en manière d'avis.

— Germain ? ce jeune homme s'appelle Germain ?

— Oui... vous le connaissez ! il est donc de la pègre ? Alors, malgré son air colas...

— Je ne le connais pas... mais s'il est le Germain dont j'ai entendu parler, son compte est bon.

— Comment ?

[1] Le bourreau. — [2] Des grands voleurs.

— Il a déjà manqué de tomber dans un guet-apens que Velu et le Gros-
Boiteux lui ont tendu il y a quelque temps.

— Pourquoi donc ça ?

— Je n'en sais rien... Ils disaient qu'en province il avait *coqué* ¹ quelqu'un
de leur bande.

— J'en étais sûr... Germain est un *mouton*... Eh bien !, on en mangera du
mouton... Je vas dire ça aux amis... ça leur donnera de l'appétit... Ah çà !
le Gros-Boiteux fait-il toujours des niches à vos locataires ?

— Dieu merci ! j'en suis débarrassé, de ce vilain gueux-là ! tu le verras ici
aujourd'hui ou demain.

— Vive la joie ! nous allons rire ! En voilà encore un qui ne boude pas !

— C'est parce qu'il va retrouver ici Germain... que je t'ai dit que le compte
du jeune homme serait bon... si c'est le même...

— Et pourquoi l'a-t-on pincé, le Gros-Boiteux ?

— Pour un vol commis avec un libéré qui voulait rester honnête et travailler... Ah ! bien oui ! le Gros-Boiteux l'a joliment enfoncé. . Il a tant de
vice, ce gueux-là... Je suis sûr que c'est lui qui a forcé la malle de ces deux
femmes qui occupent chez moi le cabinet du quatrième.

— Quelles femmes ? Ah ! oui... deux femmes, dont la plus jeune vous in-
cendiait, vieux brigand, tant vous la trouviez gentille.

— Elles n'incendieront plus personne ; car, à l'heure qu'il est, la mère doit
être morte, et la fille n'en vaut guère mieux. J'en serai pour une quinzaine de
loyer ; mais que le diable me brûle si je donne seulement une loque pour les
enterrer !... J'ai fait assez de pertes, sans compter les douceurs que tu me
pries de donner à toi et à ta famille ; ça arrange joliment mes affaires... J'ai
de la chance cette année...

— Bah ! bah ! vous vous plaignez toujours, père Micou ; vous êtes riche
comme un Crésus... Ah çà ! que je ne vous retienne pas !...

— C'est heureux !

— Vous viendrez me donner des nouvelles de ma mère et de Calebasse, en
m'apportant d'autres provisions ?

— Oui... il le faut bien...

— Ah ! j'oubliais : pendant que vous y êtes, achetez-moi aussi une casquette
neuve, en velours écossais, avec un gland ; la mienne n'est plus mettable.

— Ah çà ! décidément tu veux rire ?

— Non. Père Micou, je veux une casquette en velours écossais... C'est
mon idée.

— Mais tu t'acharnes donc à me mettre sur la paille !

---

¹ Dénoncé. — On se souvient que Germain, élevé pour le crime par un ami de son père, le Maître d'école,
ayant refusé de favoriser un vol que l'on voulait commettre chez le banquier où il était employé à Nantes, avait
instruit son patron de ce qu'on tramait contre lui, et s'était réfugié à Paris. Quelque temps après, ayant rencontré dans cette ville le misérable dont il avait refusé d'être le complice à Nantes, Germain, épié par lui, avait
manqué d'être victime d'un guet-apens nocturne. C'était pour échapper à de nouveaux dangers qu'il avait
quitté la rue du Temple et tenu secret son nouveau domicile.

LE GARDIEN DE LA FORCE.

— Voyons, père Micou, ne vous échauffez pas; c'est oui ou c'est non. Je ne vous force pas... mais, suffit.

— Le recéleur, en réfléchissant qu'il était à la merci de Nicolas, se leva, craignant d'être assailli de nouvelles demandes, s'il prolongeait sa visite.

— Tu auras ta casquette — dit-il; — mais prends garde, si tu me demandes autre chose, je ne donnerai plus rien; il en arrivera ce qui pourra, tu y perdras autant que moi.

— Soyez tranquille, père Micou, je ne vous *ferai chanter*[1] qu'autant qu'il en faudra pour que vous ne perdiez pas votre voix; car ce serait dommage, vous *chantez* bien.

Le recéleur sortit en haussant les épaules avec colère, et le gardien fit rentrer Nicolas dans l'intérieur de la prison.

Au moment où le père Micou quittait le parloir destiné aux détenus, Rigolette y entrait.

Le gardien, homme de quarante ans, ancien soldat à figure rude et énergique, était vêtu d'un habit-veste, d'une casquette et d'un pantalon bleu; deux étoiles d'argent étaient brodées sur le collet et sur les retroussis de son habit.

A la vue de la grisette, la figure de cet homme s'éclaircit et prit une expression d'affectueuse bienveillance; il avait toujours été frappé de la grâce, de la gentillesse et de la bonté touchante avec laquelle Rigolette consolait Germain lorsqu'elle venait au parloir s'entretenir avec lui.

Germain était de son côté un prisonnier peu ordinaire; sa réserve, sa douceur et sa tristesse inspiraient un vif intérêt aux employés de la prison, intérêt qu'on se gardait d'ailleurs de lui témoigner, de peur de l'exposer aux mauvais traitements de ses hideux compagnons, qui, nous l'avons dit, le regardaient avec une haine méfiante.

Au dehors il pleuvait à torrents; mais, grâce à ses socques élevés et à son parapluie, Rigolette avait courageusement bravé le vent et la pluie.

Quel vilain jour, ma pauvre demoiselle ! — lui dit le gardien avec bonté. — Il faut du cœur pour sortir par un temps pareil, au moins !

— Quand on pense toute la route au plaisir qu'on va faire à un pauvre prisonnier, on ne s'inquiète guère du temps, allez, monsieur !

— Je n'ai pas besoin de vous demander qui vous venez voir...

— Sûrement... Et comment va-t-il, mon pauvre Germain ?

— Tenez, ma chère demoiselle, j'en ai bien vu, des détenus; ils étaient tristes, tristes un jour, deux jours, et puis peu à peu ils se mettaient au train-train des autres; et les plus chagrins dans les premiers temps finissaient souvent par devenir les plus gais de tous... M. Germain, ce n'est pas cela, il a l'air de plus en plus accablé, lui.

— C'est ce qui me désole.

[1] Forcer à donner de l'argent en menaçant de faire certaines révélations.

— Quand je suis de service dans les cours, je le regarde du coin de l'œil, il est toujours seul... Je vous l'ai déjà dit, vous devriez lui recommander de ne pas s'isoler ainsi... de prendre sur lui pour parler aux autres; il finira par être leur bête noire... Les préaux sont surveillés; mais un mauvais coup est bientôt fait.

— Ah! mon Dieu! monsieur... est-ce qu'il y a davantage de danger pour lui? — s'écria Rigolette.

— Pas précisément; mais ces bandits-là voient qu'il n'est pas des leurs, et ils le haïssent parce qu'il a l'air honnête et fier.

— Je lui avais pourtant recommandé de faire ce que vous me dites là, monsieur, de tâcher de parler aux moins méchants; mais c'est plus fort que lui, il ne peut surmonter sa répugnance.

— Il a tort... il a tort... une rixe est bien vite engagée.

— Mon Dieu! mon Dieu! on ne peut donc pas le séparer d'avec les autres?

— Depuis deux ou trois jours que je me suis aperçu de leurs mauvaises intentions à son égard, je lui avais conseillé de se mettre ce que nous appelons à la *pistole*, c'est-à-dire en chambre.

— Eh bien?

— Je n'avais pas pensé à une chose... toute une rangée de cellules est comprise dans les travaux de réparation qu'on fait à la prison, et les autres sont occupées.

— Mais ces mauvais hommes sont capables de le tuer! — s'écria Rigolette dont les yeux se remplirent de larmes. — Et si par hasard il avait des protecteurs, que pourraient-ils pour lui, monsieur?

— Rien autre chose que de lui faire obtenir ce qu'obtiennent les détenus qui peuvent la payer, une chambre à la pistole.

— Hélas!... alors il est perdu, s'il est pris en haine à la prison...

— Rassurez-vous, on y veillera de près... Mais, je vous le répète, ma chère demoiselle... conseillez-lui de se familiariser un peu... il n'y a que le premier pas qui coûte!

— Je lui recommanderai cela de toutes mes forces, monsieur; mais pour un bon et honnête cœur, c'est dur, voyez-vous, de se familiariser avec des gens pareils.

— De deux maux il faut choisir le moindre. Allons, je vais demander M. Germain. Mais au fait, tenez, j'y pense — dit le gardien en se ravisant — il ne reste plus que deux visiteurs... attendez qu'ils soient partis... il n'en reviendra pas d'autres aujourd'hui... car voilà deux heures... je ferai prévenir M. Germain, vous causerez plus à l'aise... Je pourrai même, quand vous serez seuls, le faire entrer dans le couloir, de façon que vous ne serez séparés que par une grille au lieu de deux : c'est toujours cela.

— Ah! monsieur, combien vous êtes bon... que je vous remercie!

— Chut! qu'on ne vous entende pas, ça ferait des jaloux. Asseyez-vous là-bas au bout du banc, et dès que cet homme et cette femme seront partis, j'irai prévenir M. Germain.

Le gardien rentra à son poste dans l'intérieur du couloir ; Rigolette alla tristement se placer à l'extrémité du ban où s'asseyaient les visiteurs.

Pendant que la grisette attend l'arrivée de Germain, nous ferons successivement assister le lecteur à l'entretien des prisonniers qui étaient restés dans le parloir après le départ de Nicolas Martial.

AVIS AU RELIEUR

POUR LE CLASSEMENT DES GRAVURES DE LA TROISIÈME PARTIE.

Nota. Les gravures ci-après, données avec les livraisons de la troisième partie, devront être ultérieurement classées à la quatrième partie, savoir : Maître Boulard (45ᵉ livraison), Pique-Vinaigre (49ᵉ livraison), Le Squelette (54ᵉ livraison), Jeanne Duport (57ᵉ livraison).

TABLE DES CHAPITRES

DE LA TROISIÈME PARTIE.

— PARIS, IMPRIMÉ PAR BÉTHUNE ET PLON. —